# MEU

# ROMEU

# SOMBRIO

*L.J. Shen  &*
*Parker S. Huntington*

# MEU

# ROMEU

# SOMBRIO

Tradução
Laura Pohl

HARLEQUIN®
Rio de Janeiro, 2024

Contatos: Rua da Quitanda, 86, sala 601 A — Centro — 20091-005
Rio de Janeiro — RJ
Tel.: (21) 3175-1030

Edição: *Julia Barreto e Cristhiane Ruiz*

Copidesque: *Mariana C. Dias*

Revisão: *Pedro Staite e Thais Entriel*

Design de capa: *Renata Vidal*

Diagramação: *Abreu's System*

Publisher: *Samuel Coto*

Editora executiva: *Alice Mello*

CIP-Brasil. Catalogação na Publicação
Sindicato Nacional dos Editores de Livros, RJ

H924m

   Huntington, Parker S.
     Meu Romeu sombrio / Parker S. Huntington, L.J. Shen ; tradução Laura Pohl. – 1. ed. – Rio de Janeiro : Harlequin, 2024.
     384 p. ; 23 cm.

     Tradução de: My dark Romeo
     ISBN 9786559703739

     1. Romance americano. I. Shen, L.J. II. Pohl, Laura. III. Título.

24-87615

     CDD: 813
     CDU: 82-31(73)

Meri Gleice Rodrigues de Souza – Bibliotecária – CRB-7/6439

"Assim, com um beijo, morro."

*Romeu e Julieta*, William Shakespeare

*Alguns Romeus merecem morrer.*

# PRÓLOGO

## *Dallas*

Sempre achei que minha vida era como um romance. E que entre minhas páginas eu encontraria um final feliz.

Nunca me ocorreu que eu tivesse errado o gênero. Que poderia ser uma história de terror. Um mistério arrepiante.

Então, Romeo Costa entrou como um furacão no meu mundo, roubando todo o meu otimismo.

Ele me ensinou o que era escuridão.

Ele me ensinou a ser forte.

E, mais importante, ele me ensinou a lição mais cruel de todas: há beleza em cada fera. Espinhos em cada rosa.

E uma história de amor pode florescer — mesmo na carcaça do ódio.

# 1

## Dallas

— Meu Deus, eles não estavam brincando, não é? Ele está mesmo na cidade.
— Emilie agarrou o meu braço, as unhas afiadas afundando na minha pele bronzeada.

— Oliver von Bismarck também está. — Savannah estendeu o braço. — Alguém me belisca. — Fiz aquilo com prazer. — Ai, Dal. Pare de ser tão literal.

Dei de ombros, focando no bufê ao lado. O real motivo da minha presença no baile de debutantes daquela noite.

Peguei uma casca de toranja coberta de chocolate em uma bandeja de cristal e a esmaguei com os dentes, saboreando o néctar cítrico.

Deus não era um homem.

Deus também não era uma mulher.

Deus provavelmente era um pedaço de fruta coberto com chocolate Godiva.

— O que eles estão fazendo aqui? Eles nem são do Sul. — Emilie roubou o cronograma de debutantes de Sav e abanou o rosto. — E com certeza não estão aqui para conhecer mulheres. Os dois são solteirões convictos. Costa não deu o fora em uma princesa sueca perfeita no verão passado?

— E o que seria uma princesa sueca imperfeita? — perguntei em voz alta.

— *Dal.*

Onde estavam os pasteizinhos? Tinham me prometido pasteizinhos de nata.

— Você disse que haveria pastéis de nata. — Peguei uma melopita, uma tortinha grega de mel, como prêmio de consolação, e acenei com ela para Emilie. — É isso que ganho por ter confiado em você.

Os olhos de águia dela me pegaram enfiando duas rosquinhas polonesas na bolsa.

— Dal, você não pode esconder isso na sua Chanel. Vai estragar o couro de bezerro.

Sav enfiou a mão agitada na bolsa, apanhando um batom.

— Ouvi falar que Von Bismarck está aqui para comprar o Le Fleur.

O pai de Jenna era dono do Le Fleur. Eles produziam lençóis de percal para hotéis cinco estrelas. No oitavo ano, Emilie e eu fugimos de casa e dormimos por uma semana na loja antes de nossos pais descobrirem.

— Para que ele precisa do Le Fleur?

Escolhi um *knafe* dessa vez, as costas ainda viradas para as criaturas míticas que tinham enlouquecido minhas melhores amigas. A julgar pelos cochichos em tom de urgência ao nosso redor, elas não tinham sido as únicas.

Emilie pegou o Bond No. 9 da Savannah, aplicando uma camada generosa nos lábios.

— Ele trabalha com hotelaria. Tem uma rede pequena chamada O Grão--Regente. Você já deve ter ouvido falar.

O Grão-Regente começou como um resort exclusivo, apenas para convidados, antes de se alastrar com mais filiais do que o Hilton. Então me dei conta de que aquele tal Pomposo von Chiqueza não era nenhum plebeu desvalido. Na verdade, uma quantia obscena de riqueza herdada era o ingresso para o evento daquela noite.

O 303º Baile de Debutantes Real de Chapel Falls era basicamente um desfile de cães de raça que atraía todo bilionário e megamilionário do estado. Pais desfilavam as filhas criadas para aquele tipo de coisa ao redor da Astor Opera House, na esperança de que se destacassem para serem cortejadas por homens que pagavam a mesma quantidade de impostos que eles.

Eu não tinha ido lá para encontrar um marido. Antes de eu nascer, papai havia prometido minha mão para alguém, e o anel de noivado de diamante no meu dedo era um constante lembrete. Aquilo sempre me pareceu um problema para o futuro — até que dois dias atrás descobri o anúncio oficial na coluna social do jornal.

— Ouvi dizer que Romeo está determinado a se tornar CEO da empresa do pai.

Meu Deus, Sav ainda não tinha parado de falar dele. Será que não estavam interessadas em escrever uma página na Wikipédia sobre o cara?

— E ele já é bilionário — completou.

— Não só bilionário. Megabilionário. — Emilie tocou o diamante marquise na pulseira Broderie, um gesto involuntário. — E ele não é do tipo que gasta tudo em iates e privadas de ouro nem financia projetos para satisfazer os próprios caprichos.

Sav deu uma olhada rápida e desesperada para eles através do espelhinho de maquiagem.

— Acha que podemos ser apresentadas?

Emilie franziu a testa.

— Ninguém aqui os conhece. Dal? Dallas? Você está prestando atenção na conversa? É importante.

A única situação importante que eu acabara de testemunhar era que os biscoitos amanteigados tinham chegado ao fim. Com relutância, voltei os olhos para os dois homens que abriam caminho pela multidão de chiffon de seda e cabelo com gel.

Eles tinham pelo menos um metro e noventa. Sua imensa estatura os fazia parecer gigantes tentando caber em casinhas de boneca. Na verdade, nada neles era convencional. As semelhanças acabavam na altura. Em todo o resto eram opostos extremos. Um era seda, e o outro, couro.

Se eu precisasse adivinhar, o Ken humano era Von Bismarck. Com cabelo loiro-escuro, queixo quadrado e uma barba por fazer que aparentava usar como adorno, ele parecia com algo que apenas um ilustrador da Walt Disney poderia esboçar. O príncipe europeu perfeito, até nos olhos azuis escandalosos e na estrutura óssea romana.

*Seda.*

O outro homem era um selvagem elegante. Uma ameaça escondida em um terno Kiton. O cabelo escuro tinha um corte cavalheiresco, bem aparado.

Tudo nele parecia ter sido cuidadosamente elaborado. Projetado com a intenção de liberar doses letais na corrente sanguínea de uma mulher. Maçãs do rosto angulosas, sobrancelhas grossas, cílios pelos quais eu arriscaria perder meu réu primário e os olhos cinzentos mais gélidos que eu tinha visto na vida. Na verdade, os olhos eram tão claros e glaciais que julguei que não combinavam com seus traços italianos.

*Couro.*

— Romeo Costa. — A voz de Savannah se torceu com desejo enquanto ele passava por nós, seguindo direto para uma mesa reservada aos convidados VIPs. — Eu o deixaria me arruinar do mesmo jeito ou pior de como o Elon Musk destruiu o Twitter.

— Ah, eu o deixaria fazer coisas horripilantes comigo. — Emilie brincou com o diamante azul no pescoço. — Tipo, nem sei o que essas coisas seriam, mas eu estaria disposta, entende?

Era um problema, sermos garotas puras do Sul que iam à igreja e liam a Bíblia no século XXI. Chapel Falls era uma cidade conhecida por duas coisas: 1) habitantes podres de ricos, a maioria sócios de conglomerados de negócios de prestígio no estado da Geórgia; 2) seu conservadorismo extremo, do tipo antiquado, que trancava as filhas em casa.

As coisas funcionavam de forma um pouco diferente ali. Quase todas as garotas, incluindo eu, conseguiam apenas alguns beijos desajeitados e furtivos antes do casamento, apesar dos nossos quase 21 anos.

Enquanto minhas amigas educadas mantinham os olhares discretos, eu não me importei de encarar diretamente. Os rapazes estudavam os arredores enquanto um atendente apreensivo os acompanhava até a mesa. Romeo Costa, alheio e insatisfeito, parecia um homem que havia se banqueteado com lixo no jantar; e Von Bismarck tinha uma atitude distraída e cínica.

— O que está fazendo, Dal? Eles vão notar que você está encarando! — Savannah quase desmaiou. Eles nem estavam olhando na nossa direção.

— E daí? — Bocejei, afanando uma taça de champanhe de uma bandeja que avistei pelo canto dos olhos.

Enquanto Sav e Emilie continuavam sussurrando mais elogios, saí dali, passando pelas mesas de banquete cheias de doces importados, champanhe e sacolinhas com lembranças. Fiz a ronda, cumprimentando conhecidos e parentes distantes, só para ter acesso às bandejas de comida no lado oposto da sala. Também fiquei de olho na minha irmã, Franklin.

Frankie estava lá em algum lugar, decerto ateando fogo ao topete de alguém ou perdendo a fortuna da família em um jogo de cartas.

Se eu era rotulada como a irmã preguiçosa, sem ambição, com uma abundância de tempo livre, ela era o poltergheist do lar dos Townsend.

Eu não fazia ideia de por que papai a trouxera. Ela mal havia completado 19 anos e o interesse dela em homens era menor do que o meu em arranjar um emprego no qual eu precisasse mastigar agulhas de seringas não esterilizadas.

Exibindo meus Louboutins de edição limitada — treze centímetros, veludo preto e salto agulha de pérolas e cristais Swarowski sobrepostos —, ofereci sorrisos e soprei beijos para todos em meu caminho até que trombei com outro corpo.

— Dal!

Frankie me abraçou como se não tivesse me visto quarenta minutos antes, quando me fez jurar segredo depois que a peguei enfiando minigarrafas de tequila Clase Azul no bojo do sutiã. As pontas de plástico das garrafinhas pressionaram meus peitos enquanto nos abraçávamos.

— Está se divertindo? — Eu a segurei antes que ela tombasse como uma cabra. — Precisa de um copo de água? Analgésico? Intervenção divina?

Frankie cheirava a suor. E a perfume barato. E a maconha.

*Que Deus ajude meu pai.*

— Eu estou ótima. — Ela acenou a mão, espiando os arredores. — Você viu que tem um duque de Maryland aqui?

— Acho que a monarquia não existe nos Estados Unidos, maninha. — Só porque o nome Von Bismarck soava inventado, aquilo não significava que era da realeza.

— E o amigo super-rico dele? — Ela me ignorou. — Ele é traficante de armas. Que divertido.

Só na cabeça dela um traficante de armas seria algo divertido.

— Sim, Sav e Emilie ficaram tão animadas que estavam prontas a entrar numa briga com um puma. Você foi apresentada aos dois?

— Não exatamente — respondeu ela.

Frankie franziu o nariz, ainda analisando o salão de baile, decerto em busca da pessoa que a tinha impregnado com o mesmo cheiro do carro de um traficante de drogas.

— Acho que quem os convidou queria causar uma boa impressão, porque a mesa deles tem biscoitos amanteigados preparados pelo padeiro favorito da falecida rainha. Vieram de avião direto de Surrey. — Ela me lançou um sorriso torto. — Roubei um quando ninguém estava de olho.

Senti um aperto no coração. Eu amava tanto minha irmã. Também quis *matá-la* naquele momento.

— E não roubou um pra mim? — eu quase gritei. — Você sabe que nunca comi biscoitos amanteigados autenticamente britânicos. O que deu em você?

— Ah, ainda tem muitos lá. — Frankie enfiou os dedos no penteado apertado, massageando o couro cabeludo. — As pessoas estão fazendo fila para falar com esses babacas como se eles fossem de Windsor ou algo parecido. Vai lá, se apresenta e pega um biscoito como quem não quer nada. Tem uma pilha deles.

— De biscoito ou de pessoas?

— Dos dois.

Estiquei o pescoço. Ela tinha razão. Uma fila de convidados esperava para beijar os anéis daqueles dois homens. Já que eu não via problema em me rebaixar um pouco por algo gostoso, fui até o amontoado de pessoas que rodeavam a mesa de Costa e Von Bismarck.

—... *plano de taxação desastroso que causaria um caos na economia...*

—... *com certeza, sr. Costa, deve ter algum limite para todos esses gastos. Não podemos continuar financiando essas guerras...*

—... *é verdade sobre a falta de tecnologia nas armas? Eu queria perguntar...*

Enquanto os homens de Chapel Falls tagarelavam a ponto de quase deixar os dois em coma, e as mulheres se curvavam para exibir os decotes, percorri o caminho entre a multidão de olho no prêmio — uma bandeja de três andares cheia de biscoitos amanteigados de dar água na boca. Primeiro, coloquei a mão na mesa, de modo casual. *Não havia nada para ver ali.* Então, inclinei-me mais na direção daqueles docinhos britânicos — o centro da minha atenção.

Meus dedos roçaram um quadradinho quando uma voz mordaz se voltou para mim.

— Quem é você?

A voz veio de Couro. Ou, melhor, de Romeo Costa. Ele estava sentado relaxado na cadeira, encarando-me com a mesma cordialidade que um crocodilo do Nilo. Fato curioso: eles consideravam humanos uma parte essencial da sua dieta.

Dobrei os joelhos e fiz uma mesura.

— Ah, perdão. Onde estão meus modos?

— Não na travessa de biscoitos amanteigados, com certeza. — A voz dele era seca e desinteressada.

Certo. Público difícil. Mas eu tinha *mesmo* tentando roubar os biscoitos.

— Meu nome é Dallas Townsend, da família Townsend.

Abri um sorriso caloroso, oferecendo a mão para ser beijada. Ele a avaliou com repugnância, ignorando o gesto. Atitute desproporcional ao meu suposto crime.

— Você é Dallas Townsend?

Um quê de decepção estragou seu rosto divino. Como se ele esperasse algo bem diferente. Ele esperar qualquer coisa já era um exagero. Não frequentávamos o mesmo círculo social. Na verdade, eu tinha noventa e nove por cento de certeza de que aquele homem frequentava um quadrado. Ele parecia do tipo mais afiado.

— Faz vinte e um anos.

Eu olhei o biscoito. Tão perto, mas tão longe.

— Meus olhos estão aqui em cima — advertiu Costa.

Von Bismarck riu, pegando o biscoito maior, possivelmente por maldade.

— Ela é uma fofa, Rom. Uma gracinha.

Fofa? Gracinha? Do que ele estava falando? Com muita relutância, movi os olhos pela extensão da mesa, indo dos biscoitos ao rosto de Romeo. Ele era tão bonito. Mas... os olhos pareciam mortos.

Ele se inclinou para a frente.

— Tem certeza de que você é Dallas Townsend?

Dei uma batidinha no meu queixo.

— Bom, agora que você perguntou, gostaria de mudar minha resposta para Hailey Bieber.

— Era para ser engraçado?

— Era para ser sério?

— Você está agindo como uma tola.

— Foi você que começou.

Arfadas surpresas ecoaram por todos os cantos da mesa. No entanto, Romeo Costa pareceu mais indiferente do que ofendido. Ele se reclinou no assento, cada braço apoiado em um braço da cadeira. A postura — e o terno Kilton muito bem ajustado — davam a ele a aura de um rei incisivo com gosto pela guerra.

— Dallas Maryanne Townsend. — Barbara Alwyn-Joy se apressou para intervir. A mãe de Emilie era uma das monitoras do evento. Como todas as outras, ela levava o trabalho a sério demais. — Eu deveria mandar seu pai escoltá-la para fora deste salão neste exato minuto por falar assim com o sr. Costa. Não tratamos as pessoas desse jeito em Chapel Falls.

*Se dependesse de Chapel Falls, todas as ruivas da cidade seriam queimadas na fogueira.*

Abaixei a cabeça traçando o contorno de um biscoito redondo no mármore com o dedão do pé.

— Desculpe, senhora.

Eu não estava arrependida. Romeo Costa era um babaca. Ele teve sorte por termos uma plateia, ou teria lidado com minha versão sem filtro. Eu me virei, prestes a sair dali antes de causar uma comoção ainda maior e papai cancelar meu cartão de crédito sem limite.

Mas, então, é claro que Costa teve que abrir a boca de novo.

— Senhorita Townsend?

*Pra você, é sra. Bieber.*

— Pois não?

— Faltou um pedido de desculpas.

Eu me virei e o encarei com toda a fúria que consegui reunir.

— Você está chapado se acha que vou me des...

— Quero dizer que *eu* deveria me desculpar. — Ele ficou de pé, abotoando o blazer.

Ah. *Ah.* Dezenas de olhares ao redor se voltaram para nós dois. Não tive certeza do que estava acontecendo, mas notei que as chances de eu conseguir aquele biscoito quadruplicaram. Além disso, tive que admirar o talento dele por parecer tão confiante e controlado, até mesmo em um momento como esse. Pedir desculpas sempre me fazia sentir impotente demais. Por outro lado, Costa tratava isso como uma ferramenta para se elevar ainda mais na hierarquia humana. Como se ele já não parecesse de uma espécie diferente de todos ali.

Cruzei os braços, ignorando tudo o que as aulas de etiqueta me ensinaram, como sempre.

— Sim. Estou disposta a ouvir.

Ele não abriu um sorriso. Nem sequer me olhou. Em vez disso, olhou através de mim.

— Peço desculpas por duvidar da sua identidade. Por desinformação, achei que você seria... diferente.

Em uma outra ocasião, eu teria perguntado quem tinha dito alguma coisa sobre mim para ele, mas precisava impedir que minha situação piorasse e sair logo dali antes que minha boca me enfiasse em mais encrenca. Havia um motivo pelo qual, em oitenta por cento do tempo, eu estava mastigando alguma coisa. Além disso, eu não conseguia encarar aquele homem sem sentir que minhas pernas eram feitas de pudim. Eu não gostava de como ele me deixava desnorteada. Ou de como minha pele corava no lugar que os olhos dele pousavam.

— Hum, sei. Tudo bem. Acontece nas melhores famílias. Aproveite sua noite.

Com isso, voltei direto para minha mesa.

Por sorte, papai passou o jantar inteiro com um humor ótimo, falando de negócios com os amigos. Barbara não deve ter cumprido sua ameaça, porque logo depois da quarta entrada, ele me deu permissão para ir dançar.

E foi o que eu fiz. Primeiro, com David da igreja. Depois, com James, meu colega da escola. E, por fim, com Harold, meu vizinho da rua ao lado. Eles me rodopiaram, me inclinaram até centímetros do chão de mármore e me deixaram guiar algumas valsas. No geral, quase recuperei a confiança de que a noite tinha sido um sucesso. Até Harold curvar a cabeça quando nossa música acabou, e eu começar a caminhar na direção do assento. Quando me virei, Romeo Costa estava lá de novo. Como um demônio que tinha sido invocado. A uns cinco centímetros de mim.

*Minha Nossa Senhora, por que o pecado tem que ser sempre tão tentador?*

— Senhor Costa. — Coloquei minha mão contra o decote. — Desculpe, estou um pouco tonta e exausta. Acho que não consigo danç...

— Eu vou guiar. — Ele me ergueu nos braços, meus pés praticamente pairando acima do chão, e começou a valsar comigo sem que eu precisasse participar.

*Nossa, um alerta vermelho do tamanho do Texas.*

— Me solte, por gentileza — pedi, lábios contraídos em reprovação.

Seu aperto na minha cintura se fortaleceu, o contorno dos músculos me engolindo.

— Por gentileza, pare de fingir que é uma dama. Já vi Olivia Wilde ser mais convincente atuando do que você.

*Ai.* Eu lembrava de ter desejado jogar alvejante nos olhos depois de ver *Renascida do inferno.*

— Obrigada. — Relaxei os músculos, forçando-o a segurar todo o meu peso, ou a me largar por completo no chão. — Sinceramente, ser um membro respeitável da sociedade é exaustivo.

— Você veio até a minha mesa por causa dos biscoitos, não foi?

Qualquer outra garota teria negado de pés juntos, provavelmente. No entanto, eu gostaria que Romeo soubesse que, sim, ele não era a atração principal para mim.

— Foi.

— Estavam espetaculares.

Olhei para a mesa por cima do ombro dele.

— Ainda sobraram alguns.

— Muito perceptivo da sua parte, srta. Townsend. — Ele me girou com a experiência assustadora de alguém que participava de competições de dança de salão. Não sei se fiquei nauseada porque ele dançava rápido demais, ou pelo fato de eu estar nos braços dele. — Me pergunto se você não estaria interessada em champanhe para acompanhar. Oliver e eu acabamos de conseguir uma garrafa de Millenium Cuvée Cristal Brut.

Uma garrafa daquilo custava treze mil dólares. *É claro* que eu estaria interessada. Tentei imitar seu tom desanimado.

— Na verdade, acho que uma taça seria perfeita para acompanhar os biscoitos.

O rosto dele permaneceu impassível e imóvel. Meu Deus, o que era preciso para arrancar um sorriso?

Eu estava consciente de que as pessoas nos encaravam. Então, me ocorreu que o sr. Costa não tinha dançado com mais ninguém a não ser comigo. Aquilo me deixou incomodada. Savannah e Emilie comentaram que ele não tinha vindo em busca de um par, mas também disseram, na pré-escola, que vacas marrons davam leite achocolatado. Então obviamente não eram uma fonte confiável de informações.

Pigarreei.

— Tem uma coisa de que você precisa saber. — Ele me olhou firme com aqueles olhos cinzentos como o inverno britânico, a expressão me dizendo que era impossível eu saber de algo que ele já não soubesse. — Sou noiva e vou me casar, então se estiver querendo me conhecer melhor...

— Conhecer você não é minha intenção. — Quando ele falou, notei, pela primeira vez, o pequeno chiclete esmagado entre os dentes incisivos. De menta, pelo cheiro.

— Graças a Deus. — Relaxei, continuando a valsa. — Não gosto de rejeitar ninguém. É um problema para mim, sabe?

Eu não adorava a ideia de me casar com Madison Licht, mas não a odiava. Eu o conhecia desde pequena. Como filho único do colega de quarto do meu pai na faculdade, ele aparecia nas festas de fim de ano e em alguns jantares. Tudo nele era adequado. Adequadamente atraente. Adequadamente rico. Adequadamente educado. No entanto, ele tolerava minha esquisitice. Além do mais, ser oito anos mais velho dava a ele o brilho de um homem com experiência, um homem vivido. Tínhamos ido a dois encontros, nos quais ele esclareceu que me deixaria viver minha vida da forma como eu bem entendesse, coisa rara entre os casamentos arranjados de Chapel Falls.

Romeo Costa me encarou como se eu fosse um cocô em chamas na porta da casa dele no qual ele teria que pisar para apagar.

— Quando é o casamento? — A zombaria em sua voz estava disfarçada pelo tom aveludado.

— Não faço ideia. Acho que quando eu me formar.

— O que você estuda?

— Literatura na Emory.

— Quando vai se formar?

— Quando eu parar de ser reprovada?

Um sorriso amargo tocou seus lábios, como se reconhecesse que aquilo tinha a intenção de entretê-lo.

— E você gosta?

— Não.

— Do *que* você gosta, além de biscoitos amanteigados? — Ele parecia puxar assunto só para que eu não fosse embora.

Eu não tinha ideia do motivo. Não parecia que ele gostava muito da minha companhia. Ainda assim, pensei de verdade na pergunta, já que eu nem precisava me concentrar para acertar os passos. Ele fazia todo o trabalho por nós.

— Livros. Chuva. Bibliotecas. Dirigir sozinha à noite ouvindo minha playlist favorita. Viajar, principalmente por causa da comida. Mas as coisas históricas também são legais.

Chapel Falls me conhecia como a garota que passava os dias gastando o dinheiro do pai em bolsas de luxo, frequentando restaurantes chiques e caçando qualquer livro decente no Cinturão Bíblico dos Estados Unidos. Era um fato conhecido que eu não tinha nenhuma ambição digna.

Porém, as fofocas não estavam de todo corretas. Eu tinha um desejo secreto. Um desejo clandestino que, infelizmente, requeria um homem para se tornar realidade. Mais do que qualquer coisa, eu queria ser mãe.

Parecia tão simples. Tão viável. Mas, ainda assim, havia passos importantes para alcançar aquele objetivo, e eu não tinha chegado nem perto de dar nenhum deles na prosaica Chapel Falls.

— Você é muito honesta. — Ele não disse em tom de elogio.

— Você é muito curioso. — Deixei que ele me inclinasse, mesmo quando aquilo nos aproximou ainda mais. — Do que você gosta? — perguntei um segundo depois, porque era a coisa educada a se fazer.

— De poucas coisas. — Ele nos rodopiou em círculos rápidos, passando bem em frente a uma Savannah boquiaberta. — Dinheiro. Poder. Guerra.

— Guerra? — perguntei, me engasgando.

— Guerra — confirmou ele. — É uma coisa que dá lucro. Também é estável. Sempre tem uma guerra acontecendo no mundo, ou países se preparando para uma. É extraordinário.

— Talvez para os políticos. Não para as pessoas que estão sofrendo. Para as crianças que fazem xixi na cama de medo. As mortes, as famílias, as pessoas atingidas...

— Você é sempre tão irritante ou guardou esse discurso de concorrente de concurso de beleza só para mim?

Depois de ficar sem palavras com aquela babaquice, respondi:

— Guardei para você. Espero que se sinta especial.

Ele estalou o chiclete. Igual a um cavalheiro. *Só que não.*

— Me encontre no jardim de rosas daqui a dez minutos.

*Todo mundo* sabia o que acontecia no jardim de rosas.

Cerrei os lábios. Ele não estava presente nos últimos minutos?

— Acabei de falar para você que estou noiva, que vou me casar.

— Mas você ainda não se casou. — Ele me inclinou na dança mais uma vez enquanto corrigia minha frase. Exibido. — É sua despedida antes de juntar os trapos. Seu momento de fraqueza antes que seja tarde demais para experimentar algo novo.

— Mas... não gosto de você.

— Você não precisa gostar de mim para deixar que eu faça você se sentir bem.

Afastando minha cabeça, eu o encarei, meus olhos se arregalando sem que eu pudesse controlar.

— O que você está propondo?

— Refúgio desse evento chatíssimo. — Outro rodopio. Mais um rebote. Ou talvez fosse aquela conversa. Ele manteve a voz firme e baixa. — Garanto discrição completa. Dez minutos. Eu levo os biscoitos e o champanhe. Tudo que você precisa levar é a si mesma. Na verdade... — Ele fez uma pausa, olhando-me de cima a baixo. — Eu não me importaria se deixasse sua personalidade aqui no salão.

Com isso, ele me soltou no meio da dança e me colocou no chão.

Minha mente vacilou enquanto o observei se afastar. Não entendi o que havia acabado de acontecer. Ele tinha me oferecido uma sessão de pegação? Parecia horrorizado com a nossa conversa, mas talvez ele fosse sempre assim.

Gélido, reservado e precipitado.

Parte de mim argumentava que eu deveria aceitar o que ele tinha ofertado. É claro que não por completo. Eu estava resguardando minha virgindade. Mas alguns beijos no escuro não fariam mal algum. Não era como se Madison estivesse sentado em casa, trabalhando em uma colagem de fotos nossa.

Eu sabia muito bem que enquanto ele estava em D.C., curtia casos com modelos e socialites. Minha amiga Hayleigh morava no mesmo andar do prédio dele e me contava de todas as mulheres que entravam e saíam do apartamento.

Quer dizer, a gente nem sequer era um casal-casal. Conversávamos por telefone uma vez por mês para "nos conhecermos melhor", a pedido dos nossos pais, mas só isso.

Um homem como Romeo Costa era uma oportunidade única. Eu *deveria* aproveitar. Eu deveria me aproveitar dele. E talvez ele poderia me ensinar alguns truques. Algo que eu pudesse usar para impressionar Madison.

Além do mais... biscoitos amanteigados.

Assim que papai se virou para falar com o sr. Goldberg, corri na direção do banheiro. Apertei a beirada da pia de pedra calcária com contornos em ouro até os nós dos meus dedos ficarem brancos, pisquei encarando o espelho.

*São só uns beijos.*

*Você já fez isso antes com diversos rapazes.*

Ele era tão novo, tão maduro, tão sofisticado, que nem consegui me importar que estava na cara que ele era babaca. Vamos falar a verdade: o sr. Darcy não era grande coisa até os últimos vinte por cento do livro.

— Nada de ruim vai acontecer — garanti ao meu reflexo. — Nada.

Atrás de mim, uma descarga soou. Emilie saiu de uma das cabines, franzindo a testa ao parar ao meu lado para lavar as mãos.

— Você fumou a mesma coisa que o garçom deu para sua irmã? — As costas da mão ensaboada foram parar na minha testa. — Está falando sozinha.

Eu me desviei do toque dela.

— Ei, Em, você conheceu o Romeo Costa?

Ela fez um beicinho.

— Ele e Von Bismarck são as atrações principais, estão sempre rodeados de gente. Não consegui nem tirar uma foto dele. Vi você dançando com ele. Que sorte. Eu mataria por essa oportunidade.

Uma risada imprudente e sem fôlego me escapou.

— Aonde você vai? — perguntou ela enquanto eu saía.

*Fazer uma loucura.*

# 2

## Dallas

Que aquilo poderia ser um erro não me ocorreu nenhuma vez enquanto eu esperava empoleirada no banco de pedra atrás dos arbustos de rosas. O sopro quente do verão se agarrava à noite fresca, um resíduo úmido pesando nas rosas que floresciam. Romeo Costa estava três minutos e trinta e quatro segundos atrasado. Ainda assim, eu soube que ele viria. Mordi o lábio para conter o riso. Adrenalina corria pelas minhas veias.

Quando o som de folhas sendo trituradas interrompeu o canto dos grilos e o zumbido dos carros distantes, eu me aprumei. Os traços impecáveis de Romeo apareceram, iluminados pela sombra azul graciosa da lua. Ele estava ainda mais lindo naquela escuridão, como se estivesse em seu hábitat natural, jogando pelo time da casa. Cumprindo sua palavra, ele segurava, pelo gargalo, uma garrafa aberta de champanhe em uma das mãos, e um punhado de biscoitos embrulhados num guardanapo na outra.

— Meu precioso! — sibilei, imitando o Gollum, estendendo os dedos. Ele me lançou aquele olhar entediado de um homem acostumado a se desvencilhar de fãs antes de perceber que eu queria os biscoitos, não ele. Enfiei um inteiro na boca, joguei a cabeça para trás e grunhi de prazer. — Bom demais. Praticamente sinto o gosto de Londres.

— Surrey — corrigiu ele, encarando-me como se eu fosse um javali selvagem que ele precisava dominar. — Você gosta do sabor de ruínas antigas e estrume?

— Estraga-prazeres.

Por algum motivo além da minha compreensão, ele não parecia muito feliz de ter que passar tempo comigo, apesar de o encontro ter sido ideia dele.

— Vamos a um lugar discreto.

Era mais uma exigência que uma sugestão.

— Ninguém vai encontrar a gente. — Acenei com a mão. — Frequento esse baile desde meus 16 anos. Conheço cada cantinho.

Ele balançou a cabeça.

— Alguns garçons vêm fumar aqui.

Romeo não devia querer ser visto comigo, assim como eu não queria ser vista com ele. Eu era uma garota bobinha e provinciana quando comparada à sua reputação de magnata bilionário.

Suspirei, jogando os farelos do biscoito no chão.

— Tudo bem. Mas se você acha que vou até o fim com você, está muitíssimo enganado.

— Eu não ousaria supor nada. — Ele pontuou o murmúrio taciturno com as costas, encaminhando-se ao outro lado do pátio. Parecia que estava fugindo de mim, não guiando o caminho. Eu o segui mesmo assim, comendo meu terceiro biscoito. — O que fez você vir ao jardim? O lanche ou a proposta?

— Um pouco dos dois. — Lambi os dedos. — E o fato de que aposto que Madison não é fie... — Eu me segurei.

Não deveria falar mal do meu noivo, mesmo ele, de fato, jogando sujo. Não estávamos oficialmente juntos. Não tínhamos nem nos beijado. Não é como se eu estivesse com ciúme. Eu não dava a mínima para as pessoas com quem ele saía antes de nos tornarmos um casal de verdade.

— A curiosidade matou a gata — completei.

— Sua gata vai sobreviver. Apesar de eu estar tentado a deixá-la em uma condição não muito imaculada.

*Minha gata? Será que ele estava falando da minha boce...*

Meu. Deus. Do. Céu. Meu corpo, que não entendeu o recado de que não gostávamos de babacas convencidos, começou a formigar em lugares que eu nem lembrava da existência.

— Você não presta — disse a ele, alegre. — Você vai ser meu erro favorito.

Ele parou em uma pequena colina verdejante nos fundos do anfiteatro. Parecia bem isolado, com uma parede escura à direita. Romeo me passou a garrafa de champanhe.

— Beba.

Pressionando a garrafa nos lábios, drenei um quinto da garrafa.

— Você não é nenhum mestre da sedução, é?

Ele se apoiou na parede, as mãos nos bolsos da frente.

— A sedução é uma arte da qual eu raramente preciso.

O líquido borbulhante escorreu pela minha garganta, frio e fresco. Tossi um pouco, entregando a garrafa para ele.

— Que humilde.

Ele tomou um gole generoso, o chiclete ainda na boca.

— Você é virgem?

— Sou. — Olhei em volta, de repente me perguntando se aquilo valeria a pena. Ele era gostoso. Mas meio escroto. — E você?

— Quase isso.

A pergunta tinha sido uma piada, mas precisei de um tempinho para assimilar a resposta. Jogando a cabeça para trás, comecei a rir.

— Quem poderia imaginar? *Existe* senso de humor embaixo dessa camada de gelo.

— Você pensou até que ponto quer ir? — Ele passou a garrafa de volta para mim, dois terços vazia.

— Posso só falar na hora que eu quiser que você pare?

— Pelo pouco tempo que passei com você, imagino que você só vai parar quando perder a sua virgindade e a de qualquer outra garota bem-educada da região. Vamos concordar em manter seu hímen intacto.

*Alguém* precisava melhorar muito na hora de falar sacanagem.

— Parece um bom plano. Você é de Nova York?

— Não.

— Então de onde...

— Melhor não falarmos.

*Ah. Certo.* O cara não ia entrar para a história como meu melhor peguete, mas ele *era*, de longe, o peguete mais gato, então deixei passar. Revezamos a garrafa de champanhe até ficar vazia. Meu corpo estava cheio de energia, zumbindo de expectativa. Até que — *finalmente* — ele colocou a garrafa no chão, desencostou da parede e pegou meu queixo, segurando-o entre o dedão e o indicador, inclinando minha cabeça para cima. Meu coração deu um pulo e pareceu ter ido parar no estômago, onde derreteu e virou lama.

Pela primeira vez, os olhos dele brilharam com aprovação calorosa.

— Já conheci fiscais de imposto mais agradáveis que você, mas tenho que admitir: Você é deliciosa, srta. Townsend.

Abri a boca.

— Como você poderia sabe...

Nunca terminei a frase, porque ele cuspiu o chiclete na grama e me calou com um beijo abrasador. A boca era quente e cheirava a fogueira, perfume caro e hortelã. Sugou toda a minha lógica, deixando-me atordoada. O corpo era forte, firme e desconhecido. Eu me encaixei nele, abraçando-o como se eu fosse um polvo.

Ele avançou com a língua, afastando meus lábios. Quando os abri, a satisfação dele reverberou contra meu estômago. Ele segurou minha nuca para aprofundar o beijo. Naquele instante, a língua dele estava toda dentro da minha boca, explorando o terreno como se conquistando cada milímetro. A refrescância do chiclete tomou conta. O gosto de Romeo era delicioso, e ele aplicava a medida certa de pressão. De súbito, as palavras ásperas e o exterior pétreo se derreteram e viraram paixão, fogo e uma promessa depravada de coisas com as quais eu não sabia se conseguiria lidar.

O ponto entre minhas pernas pulsava. Tentei me lembrar se alguma vez tinha me sentido assim. A resposta, infelizmente, era *não*. Aquele era um território novo. Eram águas misteriosas nas quais eu queria mergulhar. Gemi contra a boca dele, puxando as lapelas do blazer, minha língua procurando a dele. Não me importei com o que ele pensava de mim. Eu nunca o veria de novo.

Minhas mãos passaram pelas mangas dele, agarrando o material caro e os músculos definidos embaixo. Ele era atlético e forte, mas sem ser exagerado. Meu Deus, ele era lindo. Frio, elegante e imperioso como mármore. Como se alguém tivesse soprado vida o bastante em uma estátua romana para fazê-la se mexer — mas não o suficiente para ter sentimentos.

Enquanto nos devorávamos, eu me perguntei se conseguiria sentir cada volume do tanquinho dele. Alisei seu abdômen. Consegui. Eu mal podia esperar para contar tudo para Frankie. Ela choraria lágrimas de tesão.

Romeo me empurrou contra a parede, pegando meu cabelo longo e solto e o envolvendo duas vezes na mão, como as rédeas de um cavalo. Ele puxou, inclinando minha cabeça para cima e aprofundando o beijo. A ereção imponente pressionava minha coxa, pulsando com calor e necessidade. Um arrepio percorreu meu corpo.

— Ora, ora. — Ele me apertou mais. Senti que ele se desfazia, as muralhas rachando só um pouco. — Você nasceu para ser corrompida, não foi, Biscoitinho?

*Ele acabou de me chamar de... Biscoitinho?*

— Mais.

Eu me agarrei ao terno dele. Não sabia o que estava pedindo. Tudo que eu sabia era que aquilo parecia melhor do que qualquer sobremesa. E que acabaria em questão de minutos. Eu não poderia ficar longe da festa por muito tempo.

— Mais o quê? — A mão já tinha encontrado um caminho pela fenda do meu vestido.

— Mais... sei lá. Você que é o especialista.

Ele agarrou minha bunda, e o dedo indicador desceu pelo elástico da minha calcinha de algodão, invadindo o espaço entre minhas nádegas.

— Sim. Sim. Isso. — Eu interrompi o beijo, mordendo o queixo dele, deixando minha inexperiência transparecer naquele encontro ao não conseguir me controlar. — Mas... do outro jeito. Pela frente.

— Tem certeza de que quer perder sua virgindade com os dedos de um estranho que te deu biscoitos?

— É só não enfiar o dedo, então. — Afastei a cabeça, franzindo a testa para ele. — Só fique... por ali, sabe? Em volta.

Ele enfiou a mão entre minhas pernas, cobrindo meu centro aquecido com a palma, apertando com força.

— Eu devia mesmo te foder até você esquecer dessa sua boquinha cheia de respostas sarcásticas. — Foi a primeira vez que o homem ardiloso do Meio--Atlântico falou obscenidades, e eu soube, de alguma forma, que era algo raro para ele.

Arqueando as costas, eu me encaixei na mão dele, procurando mais contato.

— Hummm. Isso.

Ele acariciou minha fenda por cima da calcinha, fazendo um movimento circular com o dedo. Talvez tenha sido por causa do toque sem pressa, leve e feito para me levar à loucura, mas a calcinha ficou molhada. Uma tortura deliciosa, era incrível.

— Sua boca sempre te coloca em apuros?

Ele terminou de me beijar e começou a me deixar mais louca ao acariciar minha boceta, me encarando com irritação evidente. Que homem estranho. Muito estranho. Mas não tanto para que eu me afastasse do que quer que estivesse acontecendo entre nós.

— Sempre. Minha mãe fala que se eu deixasse minhas pernas tão livres quanto minha boca, eu poderia competir nas Olimpí... *ahhh*, isso é tão bom.

O dedo dele mergulhou na fenda, curvando-se sobre o clitóris, então, retraiu tão rápido quanto tinha chegado. Para meu horror, ouvi minha própria umidade enquanto ele abria meus lábios.

— Faça isso de novo. — Eu me esfreguei no pescoço dele, embriagada pelo seu perfume. — Mas pode ir até o fim.

Ele grunhiu, seguido do que eu tinha quase certeza ser um sussurro ríspido: "Que bagunça". Bom, ninguém estava apontando uma arma para a cabeça dele.

— Você pelo menos está se divertindo?

Eu estava começando a pensar que ele tinha se arrependido. Mesmo com minha confusão mental por causa do tesão, eu o achei mais irritado que excitado. Quer dizer, o pau dele do tamanho de uma perna me dizia que ele não estava sofrendo, mas Romeo parecia muito irritado com o fato de me achar atraente.

— Muito. — A voz dele transbordava sarcasmo.

— Pode chupar meu peito se quiser. Ouvi dizer que é bom.

Tentei pegar meu seio preso no corpete, puxando o tecido.

A mão dele se apressou para segurar a minha e envolveu um dos meus seios, mantendo-o vestido.

— Muito generoso da sua parte, mas vou recusar.

— Eles são bonitos, eu juro. — Tentei puxar com mais força para mostrar a ele. Ele apertou ainda mais minha mão.

— Gosto que minhas coisas sejam minhas. Escondidas de vista. Um entretenimento apenas meu.

*Dele?*

Eu recobrei o controle.

— Seu?

Naquele instante, a parede em que estávamos nos apoiando foi ao chão. A anfitriã do baile estava no pódio, segurando o controle dos fogos de artifício. *Nós* estávamos no pódio também. *Meu Deus.* Aquilo não era uma parede. Era uma cortina. E, na nossa frente, estavam todos os trezentos convidados do baile. Todos boquiabertos, de olhos arregalados e com expressões de censura.

Logo vi papai. Em um nanossegundo, a pele marrom-clara ficou pálida como casca de ovo; e as orelhas, cada vez mais vermelhas. Finalmente, alguns pensamentos adentraram aos poucos meu cérebro coberto pela névoa do tesão. Primeiro, papai iria, com duzentos por cento de certeza, cancelar tudo meu — do cartão de crédito até a carteirinha da biblioteca. E, por fim, percebi o que todos estavam vendo. Eu, nos braços de um cara que com certeza não era meu noivo. A mão dele enfiada entre as minhas pernas pela fenda do vestido. Meu batom arruinado. Meu cabelo uma bagunça... e eu sabia que tinha deixado uns chupões visíveis na pele dele.

— Cara. — Aquela era a voz da minha irmã, Frankie, no meio da multidão. — Mamãe vai te deixar de castigo até você completar 40 anos.

A multidão irrompeu em um burburinho animado. Lanternas de celular atacaram meu rosto enquanto eu cambaleava para trás, empurrando Romeo Costa para longe. Mas ele não quis nem saber . O psicopata fingiu me proteger, tentando me colocar atrás dele. O toque era descuidado, frio. Era tudo fingimento. Que porra estava acontecendo?

—... arruinou tudo para todos os homens da região...

—... pobre Madison Licht. Um rapaz tão bom...

—... um ímã de escândalo...

—.... não sabe nem se vestir...

Tudo bem, essa última foi uma mentira deslavada.

— P-p-papai, não é o que parece. — Tentei alisar meu vestido Oscar de la Renta e pisei no pé de Romeo com meu salto afiado, me desvencilhando dele.

— Infelizmente, é exatamente o que parece — rebateu Romeo, indo ainda mais ao centro do palco e me puxando pelo cotovelo para me juntar a ele. Mas, caramba, o que ele pensava que estava fazendo? — O segredo acabou, meu amor. — *Meu amor? Eu?* Ele limpou, no meu vestido de marca, a mão que, segundos atrás, estava entre minhas pernas. — Por favor, não chamem minha Dallas de uma mulher arruinada. Ela só cedeu à tentação. Como disse Oscar Wilde, é apenas humano.

Os olhos dele continuaram duros. Certeiros no meu pai.

Ele tinha mesmo citado Oscar Wilde do nada? E por que estava falando igual a um personagem secundário de *Downton Abbey*? Por que disse que eu estava arruinada?

— Eu devia te matar. — Meu pai, o grande Shepherd Townsend, empurrou diversas pessoas com o ombro para chegar ao palco. — Correção: eu *vou* te matar.

Um pânico intenso me percorreu. Eu não sabia se ele estava falando comigo, com Romeo ou com os dois.

As pontas dos meus dedos estavam tão geladas que não consegui senti-las. Eu tremia igual a uma folha soprada pelo vento de outono.

Daquela vez, eu tinha estragado tudo. Não se tratava mais de ser reprovada em aulas aleatórias, de dar respostas atravessadas para alguém cuja opinião meus pais valorizavam nem de (não tão) acidentalmente comer o bolo de aniversário de Frankie. Por conta própria, eu tinha acabado de destruir a boa reputação da minha família. Manchado e arruinado o nome Townsend com o que viriam a ser fofocas e condenação.

— Shep, não é mesmo? — Romeo tirou do bolso a mão que não estava me abraçando e olhou para o relógio Patek Philippe no pulso.

— Para você, é sr. Townsend — disse meu pai entredentes, agora no palco conosco. — O que você que tem a dizer em sua defesa?

— Vi que chegamos à parte das barganhas da noite. — Costa me analisou, como se tentando decidir quanto ofereceria por mim em um leilão. — Sei que Chapel Falls tem uma política "quebrou, pagou" com as filhas castas e debutantes. — As palavras dele surraram minha pele, deixando marcas vermelhas onde tocaram. Naquela hora, ninguém mais nos ouvia, então ele não estava mais fingindo que estávamos juntos e falava com meu pai como um homem de negócios. — Estou disposto a pagar pelo que quebrei.

Por que ele estava falando como se eu fosse um vaso? E que diabo estava propondo?

— Eu não estou quebrada. — Eu o empurrei, a meio caminho de ficar irritada. O aperto dele na minha cintura ficou mais tenso em resposta. — E não sou um produto para ser comprada.

— Caladinha, Dallas. — A respiração do meu pai estava pesada, ele respirava com dificuldade. O suor escorria pelas têmporas como eu nunca tinha visto antes. Ele se colocou entre nós, como se não pudesse confiar em nenhum dos dois para evitar outra sessão amorosa. E, finalmente, Romeo me soltou. — Não sei o que está propondo, sr. Costa, mas tudo não passou de alguns beijos em uma noite de bebedeira...

Romeo ergueu a mão para interrompê-lo.

— Eu conheço a sensação de ter a boceta da sua filha na minha mão, senhor. Também conheço o gosto. — Ele lambeu a ponta do dedo, sem deixar de fazer contato visual com o meu pai. — Você pode tentar sair dessa da forma que quiser. O mundo vai acreditar na minha versão. Nós dois sabemos disso. Sua filha agora é minha. Tudo que você pode fazer é negociar um acordo decente.

— O que está acontecendo? — Barbara estava na multidão. — É um pedido de casamento?

— É melhor que seja — avisou alguém.

— Eu nem sabia que eles se conheciam — choramingou Emilie. — Ela só ficou falando da sobremesa.

Senti minhas bochechas corarem de vergonha. A única coisa que me mantinha de pé era a certeza de que eu nunca deixaria aquele homem horrível ganhar. Minha raiva era tão forte, tão tangível, que senti um gosto amargo na boca. Cobria cada canto, escorrendo pelo meu organismo como um veneno sombrio.

Papai abaixou a voz, falando igual a Romeo, mas com todo o ódio que tinha:

— Prometi minha filha a Madison Licht.

— Licht agora não vai chegar perto dela nem com uma ordem judicial.

— Ele vai entender.

— Vai? — Romeo arqueou uma sobrancelha. — Fora o fato de que a noiva dele acabou de ser pega com os meus dedos embaixo do vestido dela na frente da cidade inteira, você sabe que eu e ele somos grandes rivais nos negócios.

*Senhoras e senhores, aqui está o homem que aparentemente quer se casar comigo.* Era seguro presumir que Edgar Allan Poe não estava se revirando no túmulo, preocupado de ser enxotado do seu pedestal de Grande Poeta.

— Olhe aqui. Ela é minha filha, e eu...

— Você a deu de presente para um babaca bem de vida, que tenho certeza de que vai tratá-la como se fosse um móvel barroco. — Não havia alegria nenhuma na voz de Romeo. Nem sinal de vitória. Ele entregou aquela frase como um Deus grego mal-humorado que decidia o destino de um mero mortal. — Não há diferença nenhuma entre o que ofereço a ela e o que Madison Licht oferece, tirando o fato de que eu logo vou valer vinte bilhões de dólares, e a empresa dele ainda nem abriu o capital.

O peso do mundo inteiro pareceu cair sobre mim quando entendi duas coisas: 1) Romeo Costa sabia exatamente quem eu era assim que chegou. Ele me procurou, me fisgou, se certificou de ter minha atenção. Eu sempre fora o seu objetivo. Afinal, como ele mesmo disse: Madison Licht era seu inimigo, e Romeo queria arruinar as coisas para ele. 2) Romeo Costa era um desgraçado tão grande que se casaria comigo mesmo que isso deixasse todos os envolvidos infelizes, só para irritar meu noivo. *Ex-noivo, provavelmente.*

Eu me impeli com força para a frente, as mãos se conectando ao peito dele.

— Não quero me casar com você.

— O sentimento é recíproco. — Ele se aproveitou do meu toque raivoso, pegou minha mão esquerda, então tirou o anel de noivado de Madison do meu dedo. — Bem, tradições têm que ser respeitadas. Eu toquei, eu quebrei. Diga oi para seu novo noivo. — Romeo examinou o anel preso entre os dedos, nada impressionado. — Isso mal custou dezesseis mil dólares.

Ele o jogou na multidão, e algumas garotas pouco honrosas tentaram pegá-lo.

O ar fugiu dos meus pulmões. Romeo examinou meu pai com uma expressão impassível, confiante de que, apesar da minha imprudência, eu não ousaria desafiar a ordem do patriarca se ele decidisse que eu deveria me casar.

Não. *Não, não, não, não.*

— Papai, por favor.

Eu me apressei até ele, prendendo meu braço no dele. Ele se afastou do meu toque, fazendo uma cara emburrada para os sapatos, esforçando-se para controlar a respiração. Senti as bochechas arderem com a rejeição, como se ele tivesse me dado um tapa. Meu pai nunca tinha sido tão cruel comigo. Eu quis chorar. Eu *nunca* chorava.

O mal tinha um rosto. Era lindo de tirar o fôlego... e pertencia ao homem que acabara de se tornar meu futuro marido.

— Por que não discutimos isso longe de olhos curiosos? — Meu pai olhou em volta, exaurido e abatido pela dor. Eu provavelmente tinha estragado aquele smoking para ele, assim como estraguei meu futuro. — Senhor Costa, venha à minha casa agora.

Romeo Costa roçou o braço no meu ombro ao passar por mim, sem sequer me conceder um breve olhar.

— Arruinada por biscoitos. — Ele jogou um chiclete na boca enquanto sua figura imponente descia do palco. — Ah, nada como a queda dos poderosos.

# 3

**Ollie vB**: @RomeoCosta, qual a sensação de inaugurar um escândalo? Bem-vindo ao clube, cara. Temos lanchinhos. E a família Kennedy.

**Romeo Costa**: www.dmvpost.org/Herdeiro-Von-Bismarck-Flagrado--Muito-Próximo-da-Esposa-do-governador-da-Georgia

**Ollie vB**: Me chame de papai, e talvez eu te ensine todas minhas habilidades.

**Zach Sun**: Destruir casamentos não é uma habilidade.

**Ollie vB**: Diga isso a Rom. Ele acabou de arruinar um noivado, uma reputação e um futuro em menos de dez minutos. O aluno superou o mestre.

**Ollie vB**: [Gif do Shia LaBeaouf aplaudindo de pé]

**Zach Sun**: Cadê o Rom?

**Ollie vB**: Deve estar na casa dela, tacando fogo nas lembranças da infância e afogando os bichinhos de estimação.

**Zach Sun**: Se eu tivesse um coração, estaria partido por ela.

**Ollie vB**: Julgando pelo tanto que ela resistiu, se alguma coisa for se partir, vai ser a alma do nosso garoto antes do fim do mês.

# 4

## Romeo

Um milhão de Dallas Townsend valsavam na minha cabeça, o salto fino delas esfaqueando cada pedacinho. Abri os olhos. A sala parecia oscilar como se eu tivesse embarcado de forma clandestina em um navio afundando.

— Você não deveria ter acabado com o uísque Pappy Van Winkle sozinho, cara. — A voz animada de Oliver ecoou dos fundos do banheiro. — Quem divide amigo é.

Zach fez um muxoxo de reprovação ao longe.

— Pela última vez, Von Bismarck, a modelo de lingerie da Agent Provocateur não queria um ménage.

Eu sibilei contra uma fronha sedosa no Hotel Grand La Perouse, me arrependendo de cada decisão que me fez acabar naquela espelunca. Motivados pela descoberta de última hora, nós três havíamos chegado a Chapel Falls meia hora antes do baile.

Naquele momento, ocupávamos a suíte presidencial de quatro cômodos. Não tanto porque gostávamos da companhia um do outro, mas porque conhecíamos o idiota que tinha feito a reserva antes do baile. Alegrar-se um pouco com a infelicidade dos outros era um dos pequenos prazeres da vida. Um que eu aproveitava com frequência.

Oliver entrou no quarto, a boca segurando um charuto ainda apagado.

— Você precisava entorpecer essa dor. Apagar a memória de enfiar o dedo em uma garota novinha na frente de toda a lista da Fortune 500. — Ele vestiu uma camisa polo. — A conta deu quarenta mil só de álcool e charutos, aliás. Deveríamos começar a investir em bailes de debutante. O mundo nunca vai ficar sem jovens mulheres privilegiadas que precisam de maridos bilionários.

A ideia de perder meu tempo daquela forma me deixou revoltado de novo .

— Você arranjaria um jeito de transformar aquilo em um cassino e de ainda ser o pai de alguns bastardos antes mesmo da primeira valsa — continuou ele.

Oliver se jogou na beirada da minha cama, calçando as botas de montaria.

— Sim para o cassino. Não para os bastardos. Eu sempre uso preservativo. Sem camisinha, sem amorzinho — falei.

Considerando que ele via mulheres como uma esteira rolante de buracos quentes nos quais poderia se enfiar por uma noite, eu duvidava de que Oliver conhecesse bem o conceito de amor. Ele parou, os lábios se curvando em volta do charuto.

— Nem todo mundo é escrupuloso o bastante para praticar seu método de se certificar de que nenhum filho ilegítimo vai herdar o trono — retrucou ele.

Zachary Sun — alto, esguio, gênio irritante e tão emotivo quanto uma pedra — entrou no meu quarto com o laptop preso embaixo do braço.

— Qual é o método de Rom?

Ele preferiu ficar no hotel na noite anterior. A presença dele no baile teria sido redundante. A ideia de o filho se casar com uma garota do Sul teria feito a sra. Sun enfartar. Nenhuma mulher comum seria boa o suficiente para a linhagem antiga e rica da família, que tinha suas origens na dinastia Zhou.

— Tem um buraco que ele nunca fode, e é aquele de onde saem os bebês. — Oliver entregou aquela informação com uma alegria desnecessária.

Zach franziu o cenho, provavelmente se lembrando do meu passado.

— Isso é recente, ou é desde sempre?

Compartilhávamos a mesma visão do mundo, a de que o oxigênio providenciado pelas florestas cada vez mais escassas da Terra eram desperdiçados na humanidade. Contrariando meus princípios, eu tinha feito uma única exceção em todos meus 31 anos de existência, e acabei me arrependendo. De uma forma espetacular.

— Ele tem se privado há tempo suficiente para ser considerado quase virgem de novo. — Oliver colocou o casaco de montaria. — Além de otário.

Se aquelas palavras tinham sido para me ofender, erraram o alvo por cerca de milhares de quilômetros. Mulheres não me interessavam.

No geral, pessoas também não.

Zach me observou, em parte abismado, em parte confuso.

— Como é que eu nunca soube disso?

— Deve ter passado reto pelo meu anúncio que ficou três meses na primeira página do *New York Times*. — Esvaziei a garrafa de água em um gole só, colocando um chiclete de menta na pontinha da língua. — Que horas são?

— Que bom que perguntou. — Oliver acendeu o charuto e tragou com força. Uma coluna de fumaça subiu da ponta âmbar. — Já passou da hora de eu te lembrar do que aconteceu ontem à noite. Do incidente que ocorreu antes de você virar uma garrafa de uísque sozinho na esperança de morrer de coma alcoólico depois de ter deixado as dependências dos Townsend.

Enterrei a garrafa vazia direto no lixo.

— Pode se gabar. Me conte como foi horrível presenciar aquilo.

— Não foi ruim. — Zach colocou o laptop na mesa em frente à minha cama. — Bizarro? Sim. Escandaloso? Como era a intenção. Mas você passou a imagem de um cara bom tentando conquistar a garota. Ao menos nos vídeos espalhados no TikTok e no YouTube. Alguns deles estão viralizando. Estão chamando de a proposta de casamento do século.

Oliver assobiou.

— Você ganhou sua própria hashtag.

Eu nunca tinha criado um escândalo em toda a minha vida, e com certeza não fiquei satisfeito de me tornar parte de um. Porém, os fins justificam os meios.

Eu tinha conseguido.

Tinha roubado a noiva de Madison Licht, e agora ela era minha.

Aquele cretino sempre terminava sua participação em eventos sociais ao lado de uma interesseira menor de idade, que achava que ficaria com ele por mais de uma noite. Imagine minha surpresa quando, dois dias atrás, Oliver o ouviu discursando de forma poética sobre o corpo delicioso da noiva, seu rosto perfeito e cabelo sedoso.

Pela primeira vez em sua vida miserável, parecia que não tinha mentido.

Esfreguei o queixo.

— Pelo menos ela era tão linda quanto me lembro?

— Extraordinária. Está de parabéns. — Oliver levou a ponta dos dedos aos lábios com um *muáh*. — E parece que ela acabou de sair da puberdade. Ela, pelo menos, é maior de idade, Rom?

— Sim. — Sob a ponta dos dedos, senti uma depressão na forma de dentes cravado na ponta do meu queixo. Aquela megera maluca tinha me mordido e deixado uma marca. — Está na faculdade há pelo menos dois anos.

Três ou mais, se não exagerou sobre ter sido reprovada. Como alguém podia ser reprovada em literatura, eu não sei, mas é claro que aquela visão do inferno tinha conseguido.

— Zach, quando eu digo que ela ficou lívida... — Oliver balançou a cabeça, a fumaça saindo das narinas como um dragão demoníaco. — Ela quase o matou com facadas naquela hora. Acho que a única coisa que a impediu foi a probabilidade de envergonhar a família dela ainda mais.

Ainda bem que Dallas Townsend parecia ter um limite. Dado nosso breve contato, desconfio que o único limite. Eu teria dificuldade para imaginar uma mulher tão excêntrica quanto ela.

Parecia estar sempre ligada no 220V, desde tentar roubar comida a desatar a falar como se estivesse em uma maratona. Só de pensar nela eu tinha vontade de engolir quatro ibuprofenos com um copo de uísque.

Se eu soubesse da personalidade dela antes de adquiri-la como meu novo investimento, teria preferido ouvir aquele imbecil falar de Dallas pelo resto de sua vida patética em vez de eu mesmo me casar com ela.

Oliver bateu no próprio joelho, gargalhando.

— Ela acabou com ele.

— Tenho certeza de que ele vai responder na mesma moeda quando se casarem. — Zach continuava a digitar no laptop, não totalmente concentrado na conversa. — O que aconteceu depois que você chegou na casa dela?

Eu me recostei na cabeceira, massageando o pé no qual minha futura esposa tinha feito um buraco com o salto.

— O pai mandou ela para o quarto. Depois fechamos um bom negócio: vou fazer grandes doações de dinheiro para as ONGs dele nos próximos cinco anos e apresentá-lo a algumas pessoas com quem ele quer fazer negócios.

E tudo isso para quê?

Eu podia contar nos dedos de uma das mãos o tanto de vezes que veria Dallas Townsend depois da nossa cerimônia de casamento — e ainda sobrariam dedos.

— Bem. — Oliver ajustou as luvas de couro marrom nos dedos, jogando a bituca do charuto pela janela. — Por mais que eu adore ficar falando da noite em que Romeo arruinou a vida dele, tenho cavalos para ver e mulheres para corromper.

Zach ergueu a sobrancelha.

— Qualquer mulher que seja burra o bastante para acabar embaixo de você já está devidamente arruinada.

Oliver suspirou.

— É verdade.

Zach franziu o nariz.

— Você ainda não ficou entediado disso tudo?

Enquanto Oliver amava todas as mulheres, Zach não conseguia encontrar uma que correspondesse às suas exigências absurdas. Na verdade, a mãe dele tinha o costume de agendar encontros semanais com herdeiras de empresas gigantes de logística, de mineração de cobre e de software.

O passatempo favorito de Zach era descartá-las por motivos absurdos, como bonita demais, inteligente demais, rica demais, caridosa demais e, meu favorito de todos: parecida demais com ele.

— Vou parar de correr atrás de rabo de saia quando eu morrer. — Oliver ficou em pé, colocando a carteira e o celular em uma bolsa de couro lustroso. Ele franziu a testa. — Na verdade acho que nem os vermes estarão a salvo da minha libido. Agora, se me derem licença, vou aproveitar o máximo desse buraco de merda antes de irmos embora, e não consigo pensar em uma forma melhor de passar o tempo senão longe de vocês.

Quando Oliver saiu para deixar o mundo um lugar pior, Zach e eu nos encaramos. A princípio, tínhamos muito em comum.

Uma única coisa nos motivava.

Dinheiro.

Zach tinha duas empresas multibilionárias por causa dos aplicativos que tinha desenvolvido. Enquanto isso, eu cuidava da empresa do meu pai como CFO, lidando com fundos de investimento e investimentos de alto risco por diversão. Desde que me graduei do MIT, eu tinha triplicado o faturamento da Costa Industries.

Ele e eu éramos reservados, calculistas, pragmáticos e inabaláveis por expectativas da sociedade. Nossos pais nos pressionavam para que nos casássemos logo. E iriam a extremos para nos levar até o altar com a futura mãe de seus netos.

Porém, nossas semelhanças acabavam ali.

Diferente de Zach, eu não tinha uma gota sequer de sensibilidade no corpo. Sem mencionar a integridade, um conceito que para mim era tão lendário quanto sereias. Eu fazia coisas terríveis, e ainda dormia como um bebê à noite.

Zach, por outro lado, era uma pessoa decente de verdade. Aquilo não importava muito, já que ele achava noventa e nove por cento da população difícil de engolir por causa da baixa inteligência.

— Então. — Zach não tirou os olhos da tela. — Acha que você vai criar uma consciência e deixar a coitada ir embora?

Joguei os pés no chão e apoiei os cotovelos nos joelhos, pressionando a palma das mãos nos olhos.

— Não.

— Por que não?

Havia um milhão de razões, mas só uma importava.

— Porque ela pertencia a Madison, e ele não merece nada de bom na vida.

— Então ela é boa.

— Eu disse alguma coisa boa? Ela é insuportável.

— Um elogio.

— Insuportável é um elogio, considerando quem ela é. Ela poderia fazer um monge matar alguém.

— Interessante. — Ele não achou aquilo interessante. Ele não achava que nada, além de dinheiro, tecnologia ou arte fosse vagamente estimulante. — Nunca ouvi você falar de forma tão passional sobre uma mulher, de um jeito ou de outro, desde a Mo...

— Não fale o nome dela. De qualquer forma, Dublin e eu vamos nos casar somente no papel.

Eu estava tentando convencer Zach ou a mim mesmo?

— Dublin, é? — Ele tirou os olhos da tela só para me lançar um olhar de pena. — Não subestime o poder do papel. O dinheiro é feito dessa porcaria.

— É um quarto linho, três quartos algodão — corrigi. Não que ele já não soubesse.

— Os cheques, então. O que você sabe da vida dela?

Não muito.

Depois do dia anterior, minha curiosidade não estava atiçada, para dizer o mínimo. Seduzi-la tinha sido mais fácil do que tirar doce de criança. Ironicamente, tirar doce *dela* era algo que eu não achava ser possível sem resultar na perda de um braço.

— Ela é linda, louca e preferiria comer os próprios olhos a ter que se casar comigo.

Zach fez um brinde no ar com a garrafa de água eletrolisada.

— Vou fazer pipoca para ver isso.

— Não fique tão convencido. Você é o próximo da fila.

— Mas a fila é longa. — Ele se voltou para a tela, se desligando da conversa e focando no trabalho. — E eu sou bom em enrolar.

# 5

**Romeo**

O dia continuou como um pesadelo. Em um ritmo lento e excruciante.

Zach se ocupou com videoconferências para se apoderar de uma empresa. Oliver preencheu suas horas andando a cavalo e recebendo um oral — possivelmente ao mesmo tempo.

Enquanto isso, devorei um prato de peito de frango com couve-de-bruxelas, me livrei do gosto amargo com café Chicory e refiz o estoque de chiclete, exigindo do recepcionista do hotel a marca Mastika.

Quando não consegui adiar mais o inevitável, saí do hotel para comprar um anel de noivado para o desgosto da minha existência. Era muito importante que Dallas tivesse um anel de noivado três vezes maior do que o que seu ex-noivo tinha lhe dado.

Aquilo não tinha nada a ver com ela, mas com a garantia de que eu veria Madison tentar arrancar os próprios olhos sempre que ela mostrasse o anel em público.

E se fosse pesado demais para seus dedos delicados, ela que aguentasse. Não era como se trabalhasse de verdade.

Eu tinha ouvido os rumores.

Minha futura esposa era excessiva, notória e bem preguiçosa.

Enquanto o gerente da loja passava meu cartão sem limite para pagar o anel gigantesco de dois milhões de dólares, junto a um seguro substancial, meu celular vibrou com uma ligação.

*Minha mãe.*

Pressionei o botão para aceitar, mas não a agraciei com palavras de verdade.

— E então? — soou a voz de Romeo Costa, o pai. — Como estão as coisas?

É claro que meu pai não tinha conhecimento do que metade da internet já sabia e tinha até criado memes.

Era lamentável, se não um tanto deselegante, eu ter me tornado um fenômeno das redes sociais por arruinar a honra de uma jovem em um baile de debutantes. Até agora, eu tinha sobrevivido por 31 anos sem uma única mácula na minha reputação.

Tinha presenteado Dallas Townsend com meu primeiro escândalo; e ela, me presenteado com seu futuro. Não parecia ser uma troca justa, e era a primeira vez na minha vida adulta que eu tinha perdido em, bem, qualquer coisa.

Tudo por causa de uma garota que entraria na van de um estranho se isso significasse que comeria um doce.

— Chapel Falls é agradável. — Peguei a sacola turquesa da vendedora e saí da loja. — Como vocês tão?

— Romeo, minha nossa. — Uma voz horrorizada e distinta soou, assumindo o controle da ligação. Sem dúvida minha mãe agarrava as pérolas de sempre enquanto falava. — Não mandei você a Sidwell Friends, MIT e depois Harvard para começar a falar com esse sotaque horrível do sul.

— Você também não me mandou para Sidwell Friends, MIT e Harvard para ser o mero CFO na empresa do seu marido, mas aqui estamos nós.

Todos sabíamos que eu merecia a posição de COO, que o outro desgosto da minha existência, Bruce Edwards, até então ocupava.

Meu pai ignorou minha alfinetada.

— Você encontrou uma noiva? Lembre-se, Romeo: sem noiva, sem empresa.

Ah. O xis da questão do meu problema existencial.

O motivo de eu ter me enfiado naquela espelunca úmida para começo de conversa.

No mundo ideal, eu teria apenas manchado a reputação da garota Townsend e mandado algumas fotos de lembrança para Madison do sangue virginal nos meus lençóis de algodão egípcio.

No caso, o que aconteceu foi que meus pais tinham me dado um ultimato mais cedo naquela semana: encontrar uma noiva e sossegar, ou a posição de CEO iria direto para Bruce Edwards.

Bruce Edwards era o resultado da endogamia das classes sociais superiores de Massachusetts. Nove anos na Milton Academy e quatro na Phillips Andover, e dois diplomas de Harvard.

Ele e meu pai tiveram o mesmo dormitório na Winthrop House, com dezoito anos de diferença entre as estadias. Os dois foram iniciados do Porcellian Club, onde meu pai foi seu mentor *alumni*.

Apesar de nem um único pingo de sangue Costa correr pelas veias inúteis de Bruce, uma afronta aos séculos de tradição nepotista da nossa família, Romeo

Costa Sênior se considerava honrado demais para se esquecer dos seus calouros de Harvard.

Portanto, Bruce era, para minha grande angústia, alguém permanente em nossa vida. Ele tinha o hábito irritante de me chamar de Júnior em todas as oportunidades quando estávamos em público. Havia oito anos, ele tinha começado até a chamar meu pai de Romeo em vez de sr. Costa, apenas para conseguir justificar o apelido que tinha me dado.

Aparentemente, ele também estava na mesma sala que meus pais naquele instante.

Sua voz profunda e irritante acalmou meu pai quando disse:

— Romeo, Mon. — "Mon", em vez de "Monica", como se jogassem golfe juntos. — As crianças demoram mais para amadurecer hoje em dia. Talvez Júnior só não esteja pronto. Nem para o casamento, nem para o cargo.

*Aquilo.*

Era aquilo o motivo de eu preferir números e planilhas em vez de humanos. Sei que meu pai esperava — talvez até desejasse — que eu fracassasse naquele desafio e permanecesse solteiro.

A única coisa que Bruce tinha e eu não era uma esposa. Uma coisinha sem sal chamada Shelley.

Não havia nada de errado com Shelley, a não ser seu gosto por homens. Também não havia nada de certo com ela. Era como um pão francês humano. Tão sem graça e sem tempero quanto um peito de frango, e com o mesmo apelo.

— Não vou entregar uma das empresas mais lucrativas nos Estados Unidos para um solteirão sem alma de quem metade dos funcionários tem medo demais para conversar.

Era o que meu pai tinha dito, mas ele estava errado.

Era aquela falta de alma que me tornava o candidato perfeito para o trabalho de entregar armas pesadas na mão de governos de índole duvidosa e repúblicas de bananas. Não que ele se importasse com meu estado matrimonial.

Ele só se importava com uma coisa: dar continuidade à linhagem Costa.

— Vamos, Romeo. — Bruce se meteu mais uma vez na conversa. — Isso não deve fazer bem para sua pressão.

O irmão de Bruce era dono de uma corporação farmacêutica tão grande que deixava a Pfizer no chinelo, então ele fingia com frequência se importar com o estado de saúde do meu pai. A verdade é que tanto eu quanto Bruce queríamos que ele morresse. E fingíamos ser bonzinhos para obter o cargo de CEO antes de o velho bater as botas.

Bom, eu fingia ser bonzinho.

Bruce estava com a língua tão cansada de lamber as bolas do meu pai que era surpreendente ele ainda conseguir falar.

Meu pai ignorou Bruce e continuou a vociferar:

— Ainda mais com o Licht Holdings respirando no nosso cangote.

Licht Holdings, como dava para imaginar, pertencia ao pai de Madison Licht. Uma firma de defesa rival que se popularizava entre os figurões de D.C. Para soar mais honesto, quando disse "defesa", quis dizer armas.

Minha família fabricava um número extraordinário de armas e vendia a maior parte delas para os Estados Unidos. Armas submarinas, rifles de precisão, sistemas robóticos armados, armamento de eletrochoque e mísseis hipersônicos. Se o armamento era capaz de matar milhares em só um golpe, havia grande probabilidade de ter sido fabricado por nós.

A guerra era uma indústria lucrativa.

Muito mais do que a paz.

*Desculpa, Tolstói, mas meus parabéns pela ideia.*

— Na verdade, encontrei a mulher com quem vou me casar.

Suspirei quando me lembrei de que minha suposta noiva devia estar, naquele instante, mudando seu nome, criando um passaporte falso e fugindo para um país sem acordo de extradição.

— Encontrou? — arfou Monica, empolgada.

— Encontrou? — perguntou meu pai, cético.

— Encontrou? — repetiu Bruce, como se eu tivesse enfiado um míssil inteiro na bunda dele.

— Encontrei. — Chamei um Uber para me levar até a residência da minha futura noiva, já que esse cafundó nem sequer tinha um serviço de aluguel de carros. — Mal posso esperar para vocês a conhecerem.

— Como ela é? — As pérolas nos dedos de Monica reviravam com seu entusiasmo.

— Ela está viva e tem um útero, as duas únicas exigências de vocês.

*Não que ela vá usar o útero.*

Monica deu uma risada alegre.

— Ah, Rom. Você às vezes é tão grosseiro.

Um Uber de luxo parou ao lado da calçada. Era um Range Rover, modelo do ano anterior. Eu realmente tinha que ir embora logo de Chapel Falls. Entrei no carro, ignorando o contato visual que o motorista tentou forçar comigo. A única coisa que tornaria aquele dia ainda mais inconveniente seria a conversa fiada de um estranho.

— Quando vamos conhecer a garota?

Se dependesse de Monica, Dallas seria entregue na porta dela pelo serviço da Amazon Prime no mesmo dia.

— Assim que for possível.

Eu precisava destruir qualquer chance de Bruce se tornar um candidato viável para o cargo de CEO. Infelizmente, aquilo significava passar mais algumas horas em um espaço confinado com Dallas Townsend.

Monica parecia prestes a explodir de alegria.

— Ahh. Você está tão empolgado assim para nos apresentar?

Encarei a janela.

— Estou quase explodindo de animação.

— Júnior... Meu Deus, cara. — Foi assim que eu soube que Bruce tinha encontrado um dos vídeos virais da noite anterior. — Mon, Romeo... Acho que vocês deveriam ver uma coisa. Lembram de Clinton Brunswick, do Pentágono? A esposa dele acabou de mandar um vídeo para minha Shelley. Sinto muito ter que mostrar isso a vocês, mas não me sentiria confortável ficando em silêncio, já que Júnior fez uma coisa horr...

Aquela foi minha deixa para desligar. Me distraí observando Chapel Falls passar por mim em toda a sua glória de cidade pequena e imaginei que me casar com a garota Townsend não seria uma ideia tão ruim assim.

Eu a deixaria cuidar da própria vida — ir às compras? Almoços e festas? Botox? — e só apareceria em sua vida de vez em quando para arrastá-la a eventos de gala ou a reuniões importantes, nos quais eu precisaria parecer um homem de família respeitável.

Ela decerto voltaria para Chapel Falls em um ano ou dois e envelheceria mal, passando o tempo se esbaldando em uma extravagância materialista e em fofocas desprezíveis para entorpecer os sentidos da própria irrelevância.

E eu continuaria com a minha vida de sempre em Potomac.

Meu trabalho. Meus amigos. *Meus planos.*

Depois de uns anos, dez ou doze, quando a vontade de ser mãe a invadisse de verdade, eu consideraria conceder um divórcio a Dallas. Dependendo do quanto ela teria se provado útil para mim até lá. Eu a faria assinar um contrato pré-nupcial. Aquela mulher não valia metade da fortuna Costa.

*Sim*, decidi. *Me casar com a garota Townsend será um incidente anedótico, não um momento decisivo da minha vida.*

Não importava o quanto ela decidisse fazer barulho.

Meu silêncio sempre falaria mais alto.

# 6

*Romeo*

Achei adequado que uma mansão que parecia ter sido feita com um molde para biscoitos, de tão idêntica que era às outras, fosse o lar da minha noiva obcecada por doces. Com uma camada recente de tinta branca, cortinas pretas, colunas imperiais e uma porta vermelha, a mansão colonial pré-guerra poderia estampar as páginas de uma revista de casas sulistas.

Na varanda do segundo andar, duas cadeiras de balanço ainda oscilavam com a força de seja lá quem as tivesse ocupado antes. Aquilo confirmou minhas suspeitas. Biscoitinho havia esperado pela minha chegada iminente para reivindicar minha nova aquisição: *ela*.

Eu me diverti com a ideia de deixá-la ter um final de semana inteiro para dizer adeus à família e aos amigos, principalmente para que eu não precisasse carregar o fardo da sua existência. Porém, era melhor resolver logo aquilo.

Shep Townsend abriu a porta com suas melhores roupas. É claro que tinham acabado de voltar da igreja. Nada no mundo dizia "cristão devoto" tanto quanto ser pega com a mão de um estranho entre as pernas.

— A aliança é aceitável? — Ele pegou a caixinha da minha mão, abrindo-a à força. — Porque não vou permitir que humilhe ainda mais minha filha.

Eu até poderia ter sido um ser humano desprezível por arrastar a filha dele enquanto ela gritava até o altar, mas ele foi um babaca ainda pior por permitir tal coisa. E, primeiro, por tê-la feito noiva de Madison Licht, que era um saco de ISTs ambulante embrulhado em um terno barato.

As sobrancelhas subiram quase até o couro cabeludo quando viu o que havia na caixinha, e ele engoliu em seco.

— Vai servir.

Passando por ele sem me dar ao trabalho de reconhecer suas palavras, inspecionei o saguão. Não havia nem sinal da minha futura esposa. Uma versão menor e carrancuda dela — a irmã mais nova, presumi — estava no sopé da escada, segurando o corrimão e me observando como uma criatura selvagem prestes a dar o bote.

Dei uma olhada no meu Rolex.

— Onde está Dallas?

— Lá em cima, descansando.

A ex-miss Estados Unidos Natasha Townsend veio da cozinha, usando um vestido xadrez de algodão respeitável, encarando-me com ódio evidente. Por sorte, Dallas tinha herdado as feições da mãe, em vez das do pai.

— Descansando de quê?

Aquela garota com certeza não tinha uma agenda cheia. Ela não tinha *nem* agenda.

— Pare de hostilizá-la. É mais fácil atrair com mel do que com abelhas. — Shep colocou a mão no meu braço, levando-me à sala de estar. — Ontem mesmo você a arruinou, acabou com o noivado dela e a forçou a um casamento. Ela precisa de tempo para processar tudo.

Nunca havia me ocorrido que Dallas Townsend era uma personagem tridimensional, com necessidades, desejos e motivações. A meu ver, ela mais parecia uma criança petulante, mimada e linda, acostumada a ter tudo o que queria. Uma pena que parecia nutrir uma obsessão nada saudável por comida.

Eu me convidei a me sentar de frente para a família chocada de Dallas.

— Diga para ela descer agora mesmo. Precisamos discutir o cronograma.

A pequena Townsend se impeliu para a frente.

— Por que você não vai se ferr...

— Vá buscar sua irmã, Franklin. — Os lábios de Shep se retorceram para baixo. — E lave a boca com sabão em seguida.

Balançando a cabeça, Franklin saiu da minha visão periférica. Shep continuou de pé, assim como a esposa. Os dois me fuzilavam com o olhar.

Abri minha pasta de couro e comecei a espalhar na mesa a papelada que minha noiva precisaria assinar.

— Uma xícara de café seria bom. Sem açúcar, sem leite e sem cuspe.

Os olhos da sra. Townsend faiscaram. No fim, a famosa hospitalidade sulista venceu o ressentimento. Ela se apressou até a cozinha. Provavelmente, fazendo uma prece a Jesus para que eu sofresse um ataque cardíaco fatal bem cedo na vida.

Shep agarrou o encosto de uma cadeira.

— Você fez isso para se vingar de Madison, ou por que seu pai o está obrigando a se casar?

Espanei um pó inexistente do terno, começando a marcar com um X todas as linhas em que Dallas precisaria assinar.

— É uma situação na qual posso matar dois coelhos com uma cajadada só.

Ele se sentou, os dedos unidos e apoiados na mesa, a cara amarrada.

— Minha filha é muito especial.

Tentando não revirar os olhos, murmurei:

— Todas são.

— Não — insistiu ele. — Dallas não é como nenhuma outra pessoa que você já tenha visto ou conhecido. Eu garanto. — Se eu ganhasse um centavo para cada vez que um pai orgulhoso havia tentado me vender sua filha baseado nos méritos dela... bem, eu ainda seria bilionário. — Quando se apaixonar por ela, não se revolte com ela por isso.

Então delírios eram um mal de família. Por sorte, eu não precisaria do DNA de Dallas.

Olhei em volta, entediado.

— Darei o melhor de mim.

— Estou falando sério. — Ele cerrou a mandíbula. — Sei que você não se sente assim agora, mas minha filha é irresistível. Não houve um homem nesta cidade e nas redondezas que não fez uma oferta. Espero que, quando ela conquistar seu coração, ela tenha a sensatez de parti-lo. Assim como você está fazendo com o dela.

Aquilo foi demais.

— Ela não está apaixonada por Madison Licht.

— Como você sabe?

— Por mais que eu não seja um especialista em relacionamentos, tenho bastante certeza de que precisaria de mais do que trinta segundos de uma valsa para convencê-la de que enfiar meus dedos nela era uma boa ideia se ela estivesse apaixonada.

O homem sempre estremecia quando eu mencionava meu encontro sexual com a filha dele.

— Mas ela gosta dele.

— Ela também vai gostar de mim — retruquei.

Eu não queria que ela gostasse de mim. Apenas odiava a ideia de perder algo para Licht.

Shep se recostou na cadeira.

— É o que veremos.

Minha noiva interrompeu aquela conversa bizarra, pisando forte ao entrar na sala em um vestido de cetim verde-escuro. O cabelo castanho escorria pelo ombro até a cintura. Uma onda de alívio verteu de meus pulmões. Dallas

Townsend era mesmo linda. Ainda mais atraente do que eu me lembrava. Com olhos imponentes cor de mel, longos cílios curvados e lábios macios.

Ah, bem. Era justo que, com o preço que havia concordado em pagar, eu pudesse de fato arruiná-la. Sexo com penetração estava fora de questão, mas algumas ideias passaram pela minha cabeça. Sem dúvida, eu só precisaria de dois minutos e de um saco de balas para pôr as ideias em prática.

Biscoitinho me encarou cheia de desdém, ainda de pé.

— Meu doce — falei arrastado. — Você deve ter sentido saudade.

— O que você quer?

*Bruce e Madison mortos. E que você passe por um transplante de personalidade.*

— Vamos embarcar no avião para Potomac daqui a três horas.

— Já vai tarde. Mande lembranças ao Von Chiqueza.

Ela roubou meu cupcake do prato que Natasha tinha me deixado, comendo-o todo em duas mordidas.

Dallas Townsend, senhoras e senhores. Ela tinha metade dos modos e duas vezes a beleza de qualquer mulher que já conheci. Era uma pena ter uma personalidade tão insuportável acompanhada de um rosto tão estonteante.

— Você virá comigo.

— Ah. — Ela cerrou os lábios, mas não argumentou.

— Vá arrumar as malas.

Ela se virou para o pai, mordendo o lábio.

— Preciso mesmo?

Ele assentiu. Ela bufou. Ótimo. Eu me casaria com uma mulher que tinha a idade mental de alguém de 12 anos.

— Confie em mim, Dal, sua mãe e sua irmã também não vão me perdoar.

— Mas é impróprio que eu more com ele antes de me casar.

Empilhei os papéis do acordo pré-nupcial, já entediado com aquilo.

— Todo mundo sabe que eu experimentei a mercadoria.

— Você não experimentou nada. — Ela virou o rosto com tudo para olhar para mim. — Você mal tocou em mim, e nós dois sabemos disso.

Saber e admitir eram coisas diferentes. Esperar honestidade de mim era tão ridículo quanto esperar lealdade de uma prostituta.

— Você tem duas horas para arrumar suas coisas. — Eu me forcei a fazer contato visual direto, erguendo a pilha de papéis. — Depois, você vai assinar o acordo pré-nupcial. Vou ficar aqui esperando.

Ela deu de ombros. Estreitei os olhos. Do pouco que conhecia dela, Dallas não parecia receber ordens muito bem, ainda mais quando vinham de mim. Estava na ponta da língua o aviso de que haveria sérias consequências caso ela não respeitasse o que eu dissera.

Então, percebi que não precisava mais seduzi-la. Não precisava mais convencê-la. Ela já estava presa na minha teia. Ainda se debatia, mas estava colada no lugar.

Na próxima vez que fizesse algo estúpido, ela pagaria por isso.

Não havia lição melhor do que a experiência.

# 7

## Romeo

Os residentes do lar Townsend não estavam entre os meus fãs mais fervorosos, para dizer o mínimo. Eles achavam rude me chutar de lá, mas também não me ofereceram opções no quesito entretenimento. Com minha noiva trancada no próprio quarto, eu mesmo me convidei para um passeio pela casa em que ela havia crescido.

Era impressionante, mas um saco. Ou foi o que pensei até chegar ao fim do corredor, onde ficava a biblioteca. Pressentindo que ali era o santuário de Biscoitinho, entrei. Eu estava certo. Tinha o cheiro dela. Um aroma que reconheci do baile de debutantes. De talco, rosas florescendo e uma mulher perturbada.

Passei os dedos pelas lombadas enquanto perambulava pelos livros, esmagando o chiclete entre os dentes para aliviar certa irritação. Estavam rachadas, e o couro tinha sofrido. Biscoitinho com certeza não era gentil com as coisas que apreciava. Ela tinha uma natureza inquieta, um temperamento infernal e uma língua tão afiada que poderia cortar uma barra de ferro. Eu não conseguia imaginá-la com alguém como Licht, um rabanete humano.

Dallas era uma leitora versátil. Os gêneros variavam, de romances a thrillers, fantasias a mistérios. A única coisa que se destacou foi o fato de que ela era a dona orgulhosa de todos os treze livros do universo de Henry Plotkin. Uma série tão famosa que até eu conhecia. Contava a história de um jovem bruxo que aprendia a usar magia para transportar seus entes queridos mortos de volta ao mundo dos vivos. *Henry Plotkin e a poção mística. Henry Plotkin e a garota que ousou. Henry Plotkin e a varinha mágica.* Aposto que o último soou melhor na cabeça do autor.

— Não toque nisso. — O veneno na voz dela ressoou do outro lado do cômodo.

Peguei o livro, para passar uma mensagem, e me virei, encontrando Franklin na minha frente. Ela marchou adiante, arrancando o exemplar da minha mão. Os olhos inchados me disseram que tinha passado a última hora chorando.

— Dal é uma grande fã da série. Ela madruga do lado de fora das livrarias no Natal para comprar os livros novos no dia do lançamento. Ninguém tem permissão para tocar neles. Ninguém. Nem eu. — Ela devolveu o livro ao lugar a que pertencia, então se voltou para mim. — Tenho uma proposta para você.

— Não estou interessado.

— Leve-me no lugar dela. Posso ser sua namorada... sua esposa... sua... *o que você quiser*. — Ela revirou os olhos. — Sou forte. Eu aguento. E você nunca vai ficar entediado comigo.

Franklin era uma versão menos refinada da irmã. Não tão bonita. Não tão tentadora. E — provavelmente — não tão imprudente. Também estava na cara que era uma menina. Apesar de eu não poder me gabar da minha moral, colocar meu pau na boca de uma garota do ensino médio ultrapassava meu limite.

— Sua oferta não tem nenhum apelo para mim. — Enfiei a mão dentro no bolso da calça. — Já tenho mais Townsend nas mãos do que desejo.

— Por favor. — Soou mais como uma exigência que um pedido. Sua postura estava ereta e ela me encarava nos olhos. Me perguntei de onde vinha aquela coragem das irmãs Townsend, porque com certeza não tinha sido do papai querido. — Eu e você combinamos mais. Eu sou mais pragmática, ela é mais...

— Louca?

Ela arreganhou os dentes.

— Idealista.

Apoiei um ombro na estante.

— Só tem um problema.

— Qual?

— Eu não sou pedófilo.

— Primeiro, eu tenho 19 anos, seu escroto. Segundo, você não quer se casar com ela. Confie em mim.

Eu tive que admitir: ela foi esperta o bastante para não apelar ao meu coração, provavelmente pressentindo que eu não tinha um.

— E por que não?

— Porque ela está apaixonada por Madison.

Aquilo chamou minha atenção. Diferente do pai, presumi que Franklin de fato conversava aquele tipo de coisa com Dallas. Também me lembrei de Biscoitinho reclamando da infidelidade de Madison.

Eu a examinei, quase interessado, admirado.

— É mesmo?

— Sim. — A raiva irradiava dos seus olhos. — Case-se comigo. Eu não tenho noivo.

— Mas também não é adequada.

— Ela nunca vai te amar.

— Eu vou tentar seguir com a vida.

A exigência dela se transformou em um apelo desesperado.

— *Romeo.* — Ela invadiu meu espaço, escorregando a mão pela minha gravata. Os dedos pararam logo acima do umbigo, mas só porque segurei a mão dela antes que tocasse no meu saco. Preferia ser seduzido por um sanduíche de ovo podre do que por aquela criança. Franklin se aproximou mais, encostando o peito reto contra meu tórax. — Deixe eu me provar para... — Dando um passo para trás, deixei que ela caísse de cara no carpete. Ela grunhiu, a boca a centímetros dos meus sapatos. — Seu babaca doentio.

Usei a ponta do sapato para chutar o celular dela para longe. O aparelho virou. Na tela, o aplicativo da gravação se iluminou. Era uma armadilha. Bem novelesco.

Franklin se apressou a ficar em pé, uma expressão de desagrado estampada no rosto.

— Sabe do que mais? Fico feliz por você se casar com ela. Ela não vai parar até arruinar sua vida.

— Nisso eu acredito.

Os lábios dela se entreabriram, preparada para soltar mais de sua diarreia verbal, mas o toque do meu celular me informou que as duas horas de Biscoitinho tinham acabado.

— Vá chamar sua irmã.

— Eu não sou sua secretária, palhaço. Vá você.

*Será um imenso desprazer.*

Saí da biblioteca e subi a escada em espiral até o segundo andar. O quarto de Biscoitinho ficava ao fim do corredor. Bati na porta.

— O tempo acabou.

Nenhuma resposta.

Em vez de repetir todo o processo — eu sabia que ela não iria ceder —, abri a porta. Se ela estivesse indecente, tudo bem. Não era nada que não tivesse se oferecido para me mostrar antes, mas Biscoitinho não estava nua. Nem estava chorando histericamente, pondo as emoções para fora, empoleirada no parapeito como uma dama em apuros. Na verdade, ela estava dormindo tranquila na cama tamanho *queen*, ainda de camisola, um reality show passando na TV. Um ronco sacudiu seus ombros.

Todas as palavras me fugiram. Pela primeira vez na vida, tive a noção de que meu vocabulário talvez fosse insuficiente. É claro que Dallas não tinha arrumado nada. Não havia nem uma mala à vista.

Como se tivessem pressentido a tempestade, Shep e a esposa se materializaram na porta. Shep segurou no batente.

— Lembre-se, Costa, é mais fácil atrair com mel do que com abelhas.

Avancei sem qualquer dificuldade até a cama de Dallas, sentando-me na beirada. O cabelo — espesso, ondulado e macio — emoldurava seu rosto. Passei os nós dos dedos pela coluna dela. Ela se mexeu, a pele exposta revelando calafrios. Um gemido suave escapou dos lábios dela.

— Acorde, Biscoitinho. — Minha voz soprou sua pele aveludada. — É hora de dizer adeus.

Ela estava tão desorientada que seguiu minhas ordens pela primeira vez, abrindo os olhos. Então, o sorrisinho sereno no rosto se transformou em uma careta. Mas não abandonei o papel que eu estava fazendo.

Tirei a mão dela de debaixo das cobertas e, em seguida, deslizei o anel de noivado de vinte quilates de corte esmeralda no dedo dela.

— Dormiu bem?

Atrás de mim, Shep soltou um suspiro aliviado.

Dallas me encarou, desconfiada, ignorando o anel.

— Acho que sim. É só horrível ter acordado.

*Confie em mim, docinho, eu também estou decepcionado.*

— Nosso avião parte em quarenta minutos. Temos que sair agora.

— Que seja. — Ela se sentou, o edredom enrolado na cintura. — Deixe eu só arrumar...

— Desculpe, Biscoitinho. Como eu disse antes, você teve duas horas.

— Pare de me chamar de Biscoitinho. Eu tenho nome.

— Um que, convenhamos, é ainda um pouco mais ridículo.

— Cara, seu nome é Ro...

— Não me chame de "cara".

— Meu Deus. Tudo bem, saia daqui. Vou arrumar minhas coisas.

— Você vem comigo agora, ou vou retirar o pedido de casamento.

Ela arregalou os olhos.

— Você acha que isso é uma *ameaça*?

— Com certeza. — Fiquei em pé, pegando o celular no bolso para chamar um Uber. — Se eu retirar a oferta agora, você será uma garota arruinada sem nenhuma perspectiva de casamento com um sulista respeitável. Uma garota que ficou conhecida por ter sido dedada por um estranho em um baile e, depois, descartada por dois homens em menos de vinte e quatro horas. Como você acha que sua família vai ficar? Como vai ficar sua reputação? Seus objetivos de vida?

Ela não respondeu. Ela entendia a gravidade da situação. Eu a segurei pelo cotovelo e a acompanhei pela escada abaixo. Gentil, mas firme.

Ela cambaleou ao entrar no corredor, bem acordada naquele momento.

— Ao menos deixe eu me vestir.

— Você está perfeita assim, *querida*.

Eu valorizava a pontualidade. Minha noiva nem sequer conhecia a definição daquilo. Mais um motivo pelo qual nosso casamento seria uma união infeliz. Não haveria tempo para assinar o acordo pré-nupcial. Poderíamos fazer isso quando chegássemos a Potomac, presumi.

— Preciso de roupas. Preciso de calcinhas. Preciso...

— Ser melhor em administrar seu tempo. E, quanto ao resto, você vai ganhar cartões de crédito e ter acesso a shoppings e à internet. Você vai sobrevier.

*Para minha aflição.*

Descemos as escadas. O Uber chegaria a qualquer minuto. Biscoitinho se virou com tudo na direção oposta, tentando chegar na sapateira.

Eu a puxei de volta para perto de mim.

— Os boatos estavam errados. Você não é nada preguiçosa. Com incentivo, você tem bastante energia.

Ela se virou para me encarar, furiosa.

— Eu não vou sair daqui sem sapatos.

— Quer apostar?

— Deixe minha irmã calçar os sapatos.

Franklin se apressou até nós, os punhos balançando no ar. Ela bateu com aquelas pequenas mãos espremidas no meu peito. Eu não senti nada.

— Ela teve duas horas para colocar sapatos. Ela escolheu ver um reality show.

O sr. e a sra. Townsend hesitavam no patamar da escada, discutindo.

Natasha cobriu o rosto com as mãos e soluçou.

— Ah, Shep, quem se importa com nossa reputação? Dê um fim nessa bobagem agora mesmo.

Ele deu tapinhas nas costas dela.

— Você sabe tão bem quanto eu que Costa é a melhor aposta dela agora.

— Eu te odeio.

Biscoitinho se atirou nos braços da mãe.

— Não se preocupe comigo, mamãe. Eu vou ficar bem.

— Ah, querida...

Mais choro, abraços e um teatrinho generalizado. Desviei o olhar. Não por ter ficado desconfortável com aquela cena digna de um programa de auditório barato, mas porque queria ver pela janela se o Uber já tinha chegado. E tinha. Oliver e Zach já deviam estar no avião.

— Hora de ir.

Biscoitinho se virou para mim.

— Posso ao menos pegar um livro para me fazer companhia no voo?

Não pude evitar notar que o rosto dela estava seco e estoico. A família inteira chorava atrás de Dallas, mas ela não tinha derramado uma única lágrima. Uma estranha pontada de respeito ecoou por mim.

Abri a boca para dizer não, mas percebi que ela tentaria conversar comigo se ficasse entediada.

— Escolha um clássico. Sua cabeça já está cheia até a tampa de bobagens.

Ela foi com pressa até a biblioteca e voltou um minuto depois trazendo *Anna Kariênina* embaixo do braço. Biscoitinho tentou mais uma vez pegar os sapatos, mas eu a segurei e me apressei pela porta, colocando-a no carro antes que ela pudesse sair impune com mais algum mau comportamento.

O motorista engatou a primeira e estava se afastando da calçada quando o veículo bateu em alguma coisa. Ou melhor, alguém. Pareceu sério. O que davam de alimento para os gatos de rua na Geórgia?

— Frankie! — Biscoitinho abriu a janela, elevando metade do corpo para fora do carro. — Está tudo bem com você?

Franklin espalmou as mãos no capô, parando o carro.

— Aqui! — Em seguida, empurrou uma maleta pela janela. — De jeito nenhum eu deixaria você ir embora sem eles.

Então Dallas conseguiu escapar daquele buraco com suas roupas e calcinhas, afinal.

Biscoitinho abraçou a pequena mala contra o peito.

— Estão todos aqui?

— Todos. Estão organizados por data de publicação.

— Ah, graças a Deus.

*O quê?*

— Henry Plotkin vai manter você segura. — Franklin apertou a mão da irmã. — Casa Dovetalon pra sempre.

Minha noiva passou nossa jornada até o aeroporto abraçada com a maleta, olhando para todos os lados, excetos para mim. A mulher era uma agente de carteirinha do caos. Oliver e Zach estavam prestes a ver com o que eu teria que lidar.

Eles nunca mais me deixariam em paz.

### *Dallas*

Parecia que meu futuro marido usava a boca só para mascar chiclete e me irritar. Quando não estava fazendo uma coisa, com certeza estava fazendo a outra, feliz em passar o trajeto inteiro até o aeroporto em silêncio. *Por mim, tudo bem.* A julgar pela forma como desdenhou da minha mala cheia de livros em capa dura do Henry Plotkin, ele tinha acabado de quebrar minha regra principal: nunca confiar em alguém que tivesse mau gosto para livros.

O Gulfstream G550 brilhante de Romeo esperava na pista. Fomos parar em um carrinho de passageiros, que nos levou pela curta distância do hangar até a pista. Na escada do avião, ele pegou minha maleta e subiu os degraus, ignorando o fato de que eu estava descalça.

Eu me vingaria dele. Mas, primeiro, precisava me adaptar a Potomac.

Eu já tinha um plano. Eu conhecia uma pessoa lá. *Madison.* Não tínhamos rompido o noivado. Não oficialmente. Naquela manhã, meu pai tinha ligado para o pai dele e informado os acontecimentos (omitindo as partes indelicadas, é claro). Os Licht insistiram que entenderam, prometendo que ainda gostavam de mim. Madison era inimigo de Romeo. Poderíamos nos vingar dele juntos.

Quando entrei no avião, fui cumprimentada por diversos homens. Passamos pela cabine, onde dois homens atraentes de cerca de 30 anos discutiam a escalação dos Baltimore Ravens ao lado da porta. O capitão e o copiloto. Na cabine, Oliver von Bismarck estava esparramado em um sofá cor de creme, bebendo cerveja importada e vendo algo no celular. O rosto dele era o de um querubim, angelical. Com a boca vermelha e cachos claros ao redor das orelhas e da testa. Muito adequado um demônio se esconder atrás de um anjo perfeito. Por mais que o pedido de casamento de Romeo tivesse sido o maior acontecimento do baile de debutantes, boatos se espalhavam de que Oliver esteve debaixo das saias de pelo menos três divorciadas da região. Ao

E mais outro homem alto e bonito, usando o uniforme casual de menino rico — camisa de botão, calça cáqui passada e jaqueta —, estava sentado atrás de uma mesa compacta, tendo uma conversa de negócios ao celular. Ele tinha a aparência de alguém importante, de um homem cuja atenção todos queriam disputar quando ele chegava.

— Oliver, Zach, esta é minha noiva, Dallas. — Romeo fez apresentações curtas, sem nem se dar o trabalho de se aproximar dos amigos. — Dallas, estes são Oliver e Zach. — Oliver ergueu a mão para dar oi. Zach sorriu de uma forma tão impaciente e impessoal que eu poderia ser a criada oferecendo serviço de quarto. Romeo se jogou em uma cadeira. — Pode ficar confortável. A decolagem é daqui a dez minutos.

Fiz o que ele sugeriu, recusando-me a parecer intimidada. O fato de encontrar ali uma tábua de frios ajudou. Fileiras de biscoitos adornavam um prato de cristal ao lado. Empurrei a bandeja para longe. Por razões óbvias, achei os biscoitos de mau gosto.

— Os biscoitos a ofenderam, Dover? — Oliver gesticulou para a cestinha de lanche importado na frente dele. — São todos seus.

Primeiro, Biscoitinho. Depois, Dover. Que apelidos adoráveis.

Tive vontade de mostrar a ele meu dedo do meio. Então, vi os salgadinhos de camarão e abandonei minha dignidade mais rápido do que a mulher que tinha transformado Jesus Cristo em um macaco no *Ecce Homo*.

Eu tinha comido metade do pacote quando a voz afiada de Romeo cortou o silêncio:

— Senhorita Townsend, está alimentando você mesma ou suas roupas? Há hora e lugar certos para devorar o sustento de um vilarejo inteiro com a boca aberta. Sugiro que não demonstre esses maus modos durante a estadia em Potomac.

— Ou o quê? — Enfatizei a pergunta com um salgadinho, jogando-o na boca e o esmagando entre os dentes, fazendo tanto barulho quanto era possível.

— Ou vai se encontrar na posição infeliz que é estar sob o escrutínio da venenosa mídia de todo o condado.

— Eu já estive nessa posição infeliz. Com você. Quando nos conhecemos. Na frente de toda Chapel Falls.

— Que eu me lembre, você gostou de cada segundo. — Ele inclinou a cabeça, tirando uma latinha retangular, preta e fosca do bolso.

— Você deve ter colocado drogas no biscoito.

— Vou me corrigir. Você tem um talento, sim. Você interpreta tudo errado de propósito.

Franzi o cenho.

— Quando foi que você me acusou de não ter talento nenhum?

Oliver jogou a cabeça para trás e riu.

— Que fantástico. No fim, Bruce não vai precisar te matar para conseguir seu cargo. É sua esposa que vai fazer isso por ele.

Bruce? Trocar ideias com o homem que queria matar meu futuro marido me pareceu maravilhoso, mas, antes que eu pudesse perguntar mais detalhes, passaram a discutir algo da bolsa de valores.

Com aquilo, coloquei a ponta do pacote de salgadinhos na boca e inclinei a cabeça para trás, comendo até a última migalha. Romeo abriu um novo pacote de chiclete e transferiu os cubinhos para sua latinha com dedos ágeis, formando uma fileira reta, perfeita. Então ofereceu para cada um dos amigos, esquecendo-se de mim. E era *eu* quem tinha maus modos?

Encarei a janela, emburrada, tentando encontrar algo de bom na minha situação. Qualquer coisa. Primeiro, nossos bebês seriam lindos. Era impossível que qualquer coisa que saísse do esperma dele e dos meus óvulos fosse algo menos que esteticamente perfeito. Segundo, pelo que notei, tanto eu como Romeo sabemos nos expressar muito bem. Nosso filho sairia do útero falando como um duque do século XIV, mas sem a misoginia, eu esperava. E terceiro... Não havia terceiro. Deus, até o segundo ponto era meio ruim.

Eu me afundei na cadeira, deprimida.

Depois da decolagem, Zach foi o primeiro a falar comigo. Romeo parecia estar digitando e-mails no celular, e Oliver roncava no sofá.

— Você não é suicida, né? — Ele não parecia se importar de verdade, mas o fato de ter me perguntado me fez suspirar de alívio.

Ao menos *alguém* tinha reconhecido o quanto minha situação era repugnante. Dei de ombros.

— Estou mais para assassina. Por que eu que deveria ser punida pelo mau comportamento de Romeo?

— Potomac é um bom lugar.

Eu o fuzilei com o olhar.

— O que tem de tão bom lá?

— É perto de Nova York, quase.

Aquilo o fez ganhar uma risadinha minha. Por que Zach não poderia me forçar a me casar com ele? E por que homens altos, morenos e lindos com a mesma capacidade emocional de uma unha encravada eram tão charmosos?

— Não a encoraje, Zach — avisou Romeo. — Quando ela começa a falar, é impossível fazê-la parar.

Já que meu futuro marido estava determinado a não me ter por perto, eu me levantei e fui sem pressa até a cabine do piloto. Sempre quis visitar uma. Quando era mais nova, meus pais diziam que era rude querer bisbilhotar, só porque sempre viajávamos de primeira classe.

Passei pela porta.

— Posso dar uma olhada? — perguntei.

— Fique à vontade. — O copiloto acenou com a mão. — Sou o Scott.

— E eu sou o Al. — O piloto me cumprimentou com um aceno de dois dedos.

Explorei o espaço pequeno, os diversos botões e as nuvens brancas e densas que atravessávamos, rodeados por uma noite escura.

— Pode se sentar do meu lado se quiser. — Scott escorregou para o lado, abrindo espaço para mim. — É um pouco apertado, mas você pode se espremer.

Hesitei. Mamãe não aprovaria. Era impróprio se sentar assim tão perto de um homem. Então, lembrei-me de que estava noiva de um destruidor de corações, e ser inapropriada era meu novo objetivo de vida.

— Certo. — Eu me sentei bem perto dele, praticamente grudada. Inclinei--me para a frente, estudando os botões e as telas. Um mapa iluminava a lateral. Passei os dedos pelo painel central, cheio de interruptores. — Parece uma espaçonave.

— Legal, né? — Ouvi o sorriso dele. Al soltou um suspiro impaciente. Tive a sensação de que não era muito fã do copiloto se engraçando comigo. Scott apontou para a direita com o dedão. — Espere até ver a vista da minha janela. Aqui embaixo, tem um tapete sem fim de nuvens.

— Quero ver. — Eu me inclinei sobre o corpo dele e olhei pelo vidro frio. Ele tinha razão. Nuvens fofas se enrolavam umas nas outras, grossas e densas como neve. — Uau. — Suspirei. — Que incrível.

Outra coisa incrível era como meus peitos pressionavam o colo de Scott naquela posição. O rosto dele estava no meu cabelo. Percebi que eu tinha certo ímpeto sexual reprimido do encontro de ontem com meu querido noivo. Ele não havia, de fato, terminado o serviço. Eu estava prestes a me endireitar e me sentar quando a porta da cabine se abriu.

É claro que era Romeo. E é claro que, do ponto de vista dele, parecia que eu estava pagando um boquete para Scott. Minha cabeça no colo dele, meu corpo inteiro escondendo a parte inferior do copiloto. Apesar da minha vontade eterna de irritá-lo, não queria que ele pensasse que eu tinha ido *tão* longe assim.

Fiquei de pé, encontrando o olhar de Romeo. Como sempre, sua expressão estava resignada e inerte. Um silêncio obstinado preencheu o espaço pequeno.

Scott falou primeiro:

— Senhor Costa, posso garantir que não era nada do que...

— Docinho. — Romeo me surpreendeu ao laçar minhas costas com a braço e me puxar contra o peito dele. Ele sorriu, mas não pareceu estar se divertindo. Parecia que alguém tinha entalhado aquele sorriso com um canivete. — Aproveitando os pilotos... Opa, quer dizer, a cabine?

Minha nossa, ele achava mesmo que eu tinha concedido a Scott algum favor sexual. Bom, eu que não me apressaria para explicar meu comportamento.

Scott e Al, naquele instante, levantaram-se, encarando Romeo com expectativa.

Eu sorri, ignorando a mandíbula travada do meu noivo.

— Sim.

— Sim? — Ele estreitou os olhos, esperando uma desculpa, uma explicação, qualquer coisa.

— Aproveitei muito. Obrigada, meninos. — Jogando o cabelo para trás, marchei para fora da cabine com tanta dignidade quanto possível estando descalça e de camisola.

Romeo ficou mais alguns minutos enquanto eu me demorava ao lado das opções de lanche, aproveitando para comer ervilhas com wasabi. Oliver e Zach jogavam xadrez no canto, sem prestar atenção em mim. Cerca de cinquenta pacotinhos de chiclete estavam empilhados de forma organizada na mesa. Que fixação oral era aquela? Talvez ele tivesse mau hálito. Efeito colateral de só falar merda.

De repente, dedos quentes e ásperos se acomodaram na minha nuca. Prendi a respiração enquanto meu futuro marido virava meu rosto para que eu encontrasse seu olhar gélido e cinzento. Ele era muito mais alto que eu, o peito encostado nas minhas costas. Achei que ele faria algum comentário a respeito do ocorrido na cabine, mas me surpreendeu ao dizer:

— Preciso lembrá-la, srta. Townsend, de que seu pai confiscou todos os seus cartões de crédito depois que foi pega se deliciando nos meus dedos? Suas perspectivas de comer, tomar banho, vestir-se e dormir embaixo de um teto dependem da minha boa vontade. Comporte-se de acordo.

— Já acabou? — Bocejei. — Gostaria de me sentar e ler meu livro.

— E tenho o lugar perfeito para colocar você.

Ele pegou o exemplar de *Anna Kariênina* que eu havia deixado na mesa e me guiou até a poltrona dele. Eu o segui, confusa, enquanto ele se sentava e me entregava o livro.

Ergui uma sobrancelha.

— Quer que eu fique em pé?

Ele balançou a cabeça, pegando minha mão, então começou a me abaixar entre as pernas dele. Arregalei os olhos. Ele me obrigaria a fazer aquilo na frente dos amigos? Ele me forçaria a fazer sexo oral nele como castigo pelo que ele achou ter visto acontecer com Scott?

Pelo canto do olho, vi Zach congelar, uma das torres na mão, pairando sobre o tabuleiro de xadrez. Oliver também olhava para Romeo como se o amigo tivesse enlouquecido.

Eu não estaria nem aí se ele decidisse me jogar para fora do avião. Eu me recusaria a fazer aquilo.

— Não. — Tentei me desvencilhar da mão, mas, em vez de empurrar minha cabeça no colo dele, ele me virou até eu ficar de frente para a parede. Minha bunda caiu no chão entre as pernas dele.

— Aqui. Assim posso ficar de olho em você.

— Eu não fiz nada com Scott — eu disse, apesar de ter prometido a mim mesma que não me explicaria. A raiva se alastrava pelos meus pulmões, fazendo-os pesar ao ponto de eu não conseguir respirar direito.

Romeo se abaixou, os lábios roçando a concha da minha orelha por trás.

— Você acha que tive a impressão de que chupou o pau do copiloto? Se fosse o caso, ele teria sido atirado do avião pela porta de emergência. Agora, leia seu livro e finja ser uma mulher ao menos um pouco respeitável.

Não adiantava brigar com ele agora. Eu precisava chegar a Potomac, recalcular os planos e me vingar dele.

Pelo restante do voo, fiquei sentada entre as pernas do meu futuro marido como um cão leal. Meu cabelo esparramado sobre as coxas dele. Pude sentir seu olhar fixo na lateral do meu rosto. De vez em quando, a mão dele repousava no topo da minha cabeça, acariciando meu cabelo, lembrando-me de que eu não era nada além de uma mascote para ele. Eu o odiava com cada célula, cada molécula, cada átomo no meu corpo.

Os amigos ficaram em um silêncio mortal, e consegui ouvir cada vez que engoliam a saliva. Eu apostaria que Romeo adorava me ver humilhada daquele jeito. De joelhos, no chão, lendo *Anna Kariênina* com a cabeça baixa.

Ele continuou mandando e-mails no celular, mas, de alguma forma, eu soube que toda a sua atenção estava em mim. Depois de trinta minutos, o avião começou a descer, preparando-se para a aterrisagem.

— Biscoitinho.

*Aquele* apelido de novo.

— Pois não, babaca? — Nada mais justo do que retribuir.

— Já faz tempo que li *Anna Kariênina*, mas tenho certeza de que lembraria se Anna e o conde Alexei praticassem algum tipo de fetiche de exaltação.

Minhas costas se enrijeceram. Eu não falei nada. Senti Romeo se inclinar para a frente até o queixo roçar minha clavícula. Ele olhou direto para o livro, o rosto com a barba por fazer pressionando o meu, então, começou a ler:

— "... ele enfiou o pau na boceta molhada, só até a metade, enlouquecendo-a de desejo e prazer. Tirando e entrando. Tirando e entrando. 'Por favor', ela implorava. 'Por favor, preciso que você me preencha. Cada centímetro.' 'Só boas moças são recompensadas', afirmou o lindo estranho, colocando as mãos no traseiro redondo dela. 'E você tem sido muito, muito má.'"

Primeiro, aquele homem poderia narrar livros de romance e ganhar uma fortuna se a coisa toda de perpetuar-a-Terceira-Guerra-Mundial não funcionasse. Segundo, eu era burra demais por nem sequer ter notado aquilo. Ele era um ser humano desprezível. Quem se importava que ele tinha uma voz sensual e uma mandíbula tão afiada que daria para cortar queijo?

Romeo tirou o exemplar das minhas mãos. Eu me virei para olhá-lo. Ele retirou a sobrecapa, revelando um livro diferente debaixo da capa de *Anna Kariênina*.

Ele franziu os lábios.

— *Zaddy sabe das coisas?*

Eu arranquei o livro da mão dele.

— É uma obra de arte.

— É putaria.

— O que você acha que Anna fazia com Alexei? A mesma coisa. Só não incluíram na história.

— Sim, tenho certeza de que Tolstói cortou a cena com contas anais nas últimas edições que fez no livro.

— Talvez ele tenha cortado mesmo.

Naquela altura, eu estava discutindo só por esporte — o *único* esporte que eu tinha vontade de praticar.

Oliver meio que tossiu, disfarçando uma risada atrás de mim. Zach passou a mão pelo rosto. Eu poderia jurar que vi os lábios dele estremecerem. Senti a coragem florescer no meu peito.

— Pare de me desafiar — avisou Romeo.

— Então pare de ser impossível. Você não me deixa nem respirar.

— Olhe só, você acabou de me dar uma ideia.

— Não é culpa minha se você resolveu se casar com alguém que acha insuportável só porque quer ver quem tem um pau maior, você ou Madison. Eu nunca pedi nada disso. Nem para você, nem para ele. Eu não pedi nada.

Para minha surpresa, o comentário atravessou a insensibilidade dele. A mandíbula, normalmente tensa, relaxou. Ele se recostou na cadeira, dando-me mais espaço.

— Continue lendo seu livro e pare de falar.

— Meus joelhos estão doendo no chão — menti. Eu estava confortável, mas uma ideia surgiu na minha cabeça. — Posso me sentar na poltrona ao lado da cabine?

— De jeito nenhum.

— *Romeo.* — A voz de Zach ressoou afiada como uma lâmina, fria em contraste com sua aparência bem-apessoada. — Pare com essa merda.

As narinas do meu futuro marido inflaram.

— Sente-se no meu colo.

Considerei enfrentá-lo, mas tive uma ideia melhor ainda. Com um suspiro exagerado, fiquei em pé e sentei a bunda no colo dele. Os amigos continuaram observando. Talvez eu devesse me sentir envergonhada, mas não me senti. Nada daquilo era culpa minha.

— Melhor? — Não houve nenhum sinal de preocupação na voz de Romeo.

Bufei em resposta. Ele não merecia nenhuma palavra minha.

Nos trinta minutos seguintes, fiquei me remexendo e me esticando no colo dele, fingindo procurar uma posição confortável, esfregando-me na virilha dele. Ele ficou duro, o volume aumentando embaixo de mim até parecer que eu estava sentada em um cano de água.

— Pare de se mexer. — Ele mal conseguiu produzir o som daquele comando gutural.

— Só estou tentando achar uma posição confortável.

Ergui a cabeça e, por acaso, consegui ver Oliver, que sorria de orelha e orelha. Eu me senti igual ao Pernalonga, deixando Hortelino maluco, mas, de alguma forma, conseguindo escapar.

— É tão difícil assim? — rosnou Romeo.

— Ah, confie em mim, é um trabalho *muito duro.*

Oliver caiu na gargalhada. Inclinei a cabeça um pouco para observar a reação de Romeo. Ele parecia pronto para enrolar os dedos no meu pescoço e me estrangular. Esperei que me dissesse para levantar do colo dele, mas as palavras nunca vieram. Ele sabia que perderia nosso joguinho se falasse para eu sair.

— Eu amo ela, Rom. — Von Bismarck aplaudiu em câmera lenta do assento dele. — Se não se casar com ela, eu me caso.

— Você deveria se casar com Oliver. — Tudo que saía da boca de Zach parecia uma proposta de negócios. — Ele é mais bonito, mais agradável e mais rico do que Deus.

— Por favor. — Oliver sacudiu a mão. — O patrimônio líquido de Deus nem se compara ao que eu pago de impostos por ano. Mas eu recebo a mesma apreciação e a mesma devoção? É claro que não.

— Eu topo entrar no seu culto — eu me voluntariei.

— De alguma forma, eu não duvido.

Zach abaixou o queixo, abrindo um sorrisinho insolente para Romeo.

— Bom, quem diria? Uma pequena batalha vencida aqui hoje — provocou ele.

Esperei por alguma reação do meu novo noivo, mas não tive nenhuma. Ele agiu como se eu não existisse. Se ao menos eu pudesse tornar seu desejo realidade e simplesmente sumir...

# 9

## Dallas

A paz que senti quando pousamos foi tanta que poderia ter sido usada para solucionar uma crise humanitária. Na última meia hora de voo, não consegui me concentrar em uma única palavra do livro. Às vezes, quando eu lia, percebia que ficava mais feliz ao escapar para um mundo que não era meu. No entanto, daquela vez, a única coisa boa era a ereção de Romeo pulsando contra minha bunda. Não havia ódio entre nós. O desejo, porém, que antes não existia, naquela hora marcou presença, implorando para ser convertido em sexo indecente.

Quando o avião parou por completo, a comissária abriu a porta.

— Estamos só esperando o carro. — Ela direcionou o sorriso alegre para Romeo, dono do jatinho. — Não deve levar mais do que alguns minutos.

Al e Scott saíram da cabine, parando ao lado da mulher. Senti o gosto do perigo antes de qualquer coisa acontecer. A tensão estalava no ar como um chicote. Romeo ficou em pé, derrubando-me na poltrona quente quando se levantou. Ele foi na direção de Scott, alto, ameaçador e, para dizer a verdade, aterrorizante.

O rosto de Scott murchou. Ele deu um passo para trás, esbarrando na porta da cabine.

— Senhor. — Ele ergueu as duas palmas. — Eu não sei o que acha que aconteceu entre mim e sua noiva, mas posso garantir...

Sem dizer uma palavra, Romeo o pegou pelo colarinho e o arrastou ao buraco que a porta do avião havia ocupado. Jogou Scott de cara no chão, bem perto da saída aberta. A cabeça dele ricocheteou no ar enquanto o corpo se contorcia no chão de madeira.

Meu futuro marido pressionou o sapato contra as omoplatas de Scott. Um grito ficou entalado na minha garganta. O que ele estava fazendo?

— Se tocar na minha noiva de novo, da maneira que for, se por acaso sequer respirar na direção dela, vou te livrar disso que você chama de coluna vertebral.

As palavras foram frias, calmas e apáticas.

— *Ai!* — Scott se debateu sob ele. — Minhas costas.

Pela primeira vez, a serenidade tomou conta da expressão de Romeo.

— Fale que entendeu, e pode voltar para sua existência miserável.

Oliver franziu o cenho para o que parecia ser uma unha quebrada na mão perfeita.

— Jesus, Costa. Quem mijou na sua cerveja?

Zach ligou para a assistente de Romeo de prontidão, nem um pouco perturbado, como se aquele fosse apenas mais um domingo normal.

— Oi, Cara. Ligue para Hayword, ou seja lá quem estiver advogando para Romeo agora. — Uma pausa. — Agressão. Dá pra imaginar? — Outra pausa. — Não, não estou interessado em um encontro às cegas com sua sobrinha, mas agradeço a oferta.

Por fim, o nó na minha garganta se afrouxou. Soltei o grito. Romeo nem sequer me olhou.

— Prometo. — Scott gemeu. — Juro pela minha vida que nunca mais vou olhar para ela.

— Acredito em você. — Romeo retirou o pé das costas de Scott, virando o rosto do copiloto para cima com a ponta do sapato. — Porque você está despedido, a partir de agora.

Todos no avião ficaram em silêncio. Nem mesmo eu consegui encontrar as palavras certas.

Senti a culpa me consumir. Aquilo tinha acontecido com Scott por minha causa, por causa da minha imprudência. Da minha necessidade infantil de atormentar meu noivo.

— Mas seu pai me contratou...

— Meu pai não está aqui, e logo ele não estará mais vivo. Sou eu quem dá as ordens.

Não sei quanto tempo se passou, mas, a certa altura, Al arrastou Scott para fora, o carro chegou e Zach e Oliver vieram na minha direção.

Oliver deu uma batidinha no meu ombro.

— Vamos, Davenport.

Eu nem sequer tive energia para corrigi-lo.

Quando Zach passou por Romeo, balançou a cabeça.

— Nos vinte e nove anos que nos conhecemos, nunca vi você perder a cabeça. Mas vi você fazer isso três vezes só hoje.

Romeo o fuzilou com o olhar.

— Se tem algo a dizer, fale logo, Sun.

Zach espanou um fiapo do casaco de caxemira de seu ombro.

— Uma imagem vale mais que mil palavras, mas seu rosto só vale uma frase: você acabou de tomar um chá e tanto.

# 10

## *Dallas*

Silêncio completo.

Sentindo a atmosfera tensa, Jared desligou a estação de música clássica e ergueu a divisória do Maybach S600.

É claro que Romeo tinha um chofer.

E é claro que o chofer usava um uniforme completo, ornamentado com um quepe preto e luvas de couro.

Romeo parecia gostar muito de tratar todos ao redor dele como se tivessem a profundidade de um personagem do jogo *The Sims*. Ele considerava as pessoas como tapa-buracos que existiam apenas para que pudesse avançar na própria história.

Encarei a janela, observando os carros passarem e sabendo que perderia o controle se começássemos a discutir. Uma placa de D.C. passou por mim, TAXAÇÃO SEM REPRESENTAÇÃO escrito em um adesivo enorme com letras em negrito.

Aquilo pareceu estourar minha última gota de paciência.

*São todos farinha do mesmo saco.*

Paguei um preço alto demais por um único erro, e, de repente, eu não tinha mais voz. Se ao menos eu pudesse chorar de raiva. Encontrar algum alívio.

Porém, Romeo Costa não merecia minhas lágrimas.

Inferno, ele não merecia *nenhum* dos meus fluidos corporais.

Por fim, viramos em uma rua interminável com cercas vivas que davam privacidade às propriedades e fileiras de portões duplos que mantinha dezenas de mansões fora de vista.

Parecia adequado que o tirano ao meu lado morasse na Avenida Dark Prince. Príncipe Sombrio.

Alguns minutos depois, um par de portões de ferro altos surgiu. Uma entrada de quinhentos metros ladeada por cerejeiras levou o Maybach até a casa de Romeo.

Talvez "casa" não tenha sido a palavra certa para descrever aquela *villa* italiana clássica de três mil metros quadrados, esparramada por quatro hectares de propriedade com origem anterior à Guerra Civil.

Seis quartos, doze banheiros, duas piscinas e uma vinícola particular.

Eu pesquisei tudo isso no celular assim que pus os olhos naquela estrutura gigantesca.

Quando passamos a primeira dezena de árvores, Romeo finalmente se lembrou da minha existência.

— Por causa dos riscos no meu ramo de trabalho, temos câmeras de segurança instaladas por todos os cantos, caso esteja planejando uma fuga.

Eu não estava.

Até porque não tinha para onde ir.

Meu pai nunca me aceitaria — e, de qualquer maneira, eu não faria isso com Frankie —, e eu me recusava a ir embora antes de retaliar todas as injúrias que Romeo tinha feito a mim.

Escolhi não responder.

A mandíbula dele ficou tensa.

— Ele ultrapassou os limites.

— Você *pisou* nele. — Eu tentei dar meu melhor para impedir que a voz tremesse. — Por que você precisa humilhar de uma forma tão horrível todo mundo que te irrita? É um traço de personalidade muito desagradável.

— Nós não escolhemos nossos traços de personalidade. Apenas os aturamos.

Era óbvio que ele carregava consigo um passado que pesava mais do que uma esteira cheia de malas em um aeroporto, mas me recusei a pensar em qualquer atenuante. Nenhuma desculpa perdoaria o comportamento dele, seja lá qual fosse seu passado.

Quanto mais perto chegávamos da mansão, melhor eu conseguia vê-la. Um gramado verdejante envolvia o casarão à moda Potomac. A propriedade tinha uma área separada para os funcionários.

Do lado oposto, havia uma oficina situada entre a borda de uma pequena floresta e um prédio apenas para segurança.

E eu achando que minha família era rica.

— Tire essa expressão do rosto — exigiu Romeo.

Ele realmente tinha um problema com tudo que eu fazia. Ou deixava de fazer.

— Que expressão?

— Essa que diz você que está planejando destruir toda a mobília da minha casa em retaliação.

Aquilo nem tinha me ocorrido. Preferia servir minha vingança como um prato refinado. Mas logicamente eu não o reconfortaria.

— Não prometo nada.

— Você vai ser uma dor de cabeça, não vai?

— Uma dor de cabeça? — Inclinei o rosto para o lado. — Foi você quem me raptou, seu psicopata. Não vou ser uma dor de cabeça. Vou ser, no mínimo, um tumor fatal no seu cérebro.

Dizem que o destino é apenas a consequência de nossas ações. Bem, eu planejava ser a pior coisa que o destino tinha reservado para ele.

— Certo — disse Romeo, com relutância. — Você tem direito a um.

— Theo James — retorqui, sem pestanejar. — Caso um dia eu tenha a chance de conhecê-lo.

— Eu não estava te dando um passe livre para transar com uma celebridade. — O rosto dele ficou sombrio, claramente horrorizado com minha resposta. — Estou falando de um desejo. — Ele examinou meu rosto, como se já estivesse arrependido de ter feito uma oferta de paz. — Uma coisa que pode pedir de mim, e vou te dar. Sem questionar.

Eu o olhei de soslaio.

— E qual é a pegadinha?

— Você precisa prometer que vai se comportar.

Eu nunca me comportaria, mas minha raiva também não permitiria que eu ficasse de boca fechada. Um sorriso amargo agraciou meu rosto.

— Quer saber o que eu desejo?

A cara emburrada dele me disse que a resposta era *não*.

O Maybach parou diante das portas duplas da entrada da mansão. Eu encarei Romeo, sustentando seu olhar, sem piscar.

— Meu único desejo é que você morra nos meus braços, Romeo Costa. Quero ver quando você der seu último suspiro. Sentir sua pele ficar fria e cadavérica sob meu toque. Meu desejo é testemunhar suas narinas oscilando enquanto você consome oxigênio pela última vez. — Fiz uma pausa, levando a mão ao peito. — Quero ver você sofrer por todo sofrimento que me causou. Não tem nada no mundo que eu deseje mais do que isso.

# 11

## Dallas

O carma deve ter feito uma pausa para o almoço, porque vinte e cinco minutos tinham se passado desde que eu havia desejado que meu noivo morresse. E, ainda assim, ele continuava bem vivo.

Igual à raiva que eu sentia enquanto arrastava a mala até os degraus de entrada da casa, esperando que Romeo terminasse uma ligação repentina de negócios e me perguntando se deveria arrombar a porta dele com uma pá que eu tinha acabado de ver ali do lado, apoiada na estufa.

No fim das contas, bisbilhotei a conversa do homem com quem eu logo dividiria uma casa. Fiquei sentada no degrau mais alto, observando Romeo, o cotovelo no joelho e o queixo apoiado na palma da mão.

O sol apareceu por entre uma nuvem branca como marshmallow, deixando passar os primeiros raios de luz enquanto surgia no horizonte. A luz parecia circundar meu noivo. Por um instante, ele pareceu angelical.

Então, abriu a boca.

— Essa entrega requer segurança extra. Não preciso dizer que as atividades dos rebeldes armados aumentaram nos últimos meses. — Pausa. — Ou *preciso*?

*Armas.* Eles estavam falando de armas. Os lanchinhos importados que eu havia comido no avião reviraram na minha barriga.

— Se estragar isso, posso garantir que seu próximo trabalho vai requerer um avental e um conhecimento extensivo de como operar uma fritadeira industrial.

Romeo encerrou a ligação e se virou para mim, mais uma vez aturdido e irritado pela minha existência.

— Hettie está na cozinha, caso queira comer. Se alguma coisa precisar de conserto, pode falar com Vernon pelo interfone. Entendo que vai ser difícil, mas evite causar devastação na minha propriedade. Na verdade, na cidade.

— Sim, porque, de nós dois, sou eu a destruidora. — Fiquei em pé, espanando a camisola. — Cara, você trabalha vendendo *morte*. Quem é que está tentando enganar?

— Da próxima vez que você me chamar de "cara", vou confiscar seu celular, a TV e os lanchinhos. Você vai se comportar de acordo com seu pedigree.

— Eu sou uma pessoa, não um Golden Retriever — então, antes de me esquecer, acrescentei: —, *cara*.

Um músculo na mandíbula dele pareceu querer saltar da pele.

— Já acabou, srta. Townsend?

— Eu nem comecei. — Agarrei a alça da maleta. — Você vende armas para quem paga melhor...

— Nem sempre é para quem paga melhor. — Ele já parecia entediado com a conversa. — Infelizmente. Patriotismo é a raiz da maior parte das disputas geopolíticas, e é dicotômico demais para a maioria dos indivíduos.

Aquelas palavras nem sequer faziam sentido juntas, então me recusei a argumentar naquela linha.

— Você fornece as ferramentas para os exércitos matarem pessoas — expliquei, como se ele fosse uma criança. — E faz isso em troca de dinheiro.

— Não é por dinheiro.

— Se não é por dinheiro, é pelo quê?

Ele não respondeu, indo até a porta e digitando o código.

— 4-8-1-0-4-3-2-4-1-5. O código muda uma vez por semana.

— E você espera que eu me lembre disso? — Àquela altura, eu precisava começar a construir uma arca para não morrer afogada naquele mar de besteira que ele falava.

— Tem uma cama no galpão, caso você esqueça.

Eu não me mexi, recusando-me a passar por aquelas portas sem ao menos recuperar um pouco de dignidade.

— Vamos fazer um acordo.

— Para um acordo, cada parte precisa ter algo a oferecer. Eu sei o que eu tenho. Também sei que você *não* tem. O que você teria para me ofertar?

O olhar de frieza dele desceu pelo meu corpo, da cabeça aos pés descalços.

Resisti ao impulso de me cobrir, fechando a porta com tudo para ocupar minhas mãos.

— *Não*. Meu corpo é um templo.

— E você polui esse templo com três toneladas de porcarias de sabor artificial e cheias de açúcar a cada três horas.

A julgar por aquela avaliação entusiasmada de mim, suspeitei que ele queria que eu fosse mais refinada.

Eu me recusava.

Se você precisava mudar para ser aceito, então a pessoa que exigia isso não tinha que fazer parte da sua vida para começo de conversa. Porque não era com você quem queria ficar. Era com a versão *que essa pessoa criou* de você.

Não havia nada que me faria submeter às expectativas de Romeo Costa.

Uma risada áspera borbulhou do meu peito.

— Você acha que o poder dessa relação é todo seu, não acha? Bom, *maridinho*, você está errado. Somos iguais.

Um sorriso feroz fez as bochechas dele subirem.

— Iguais? Você é uma mulher que não tem objetivo de vida. Não tem nenhum sonho.

— Eu *tenho* sonhos.

Ter um bebê.

Bem, bebês, no plural.

De alguma forma, eu sabia que ele acharia aquilo indigno. E estaria errado. Todo sonho é digno. Mesmo que fosse pequeno e insignificante para uma pessoa, poderia ser impossível para outra.

Romeo esperou que eu elaborasse.

Não elaborei.

Ele preencheu o silêncio, de forma previsível, com mais de suas bobagens.

— Não é sábio enraivecer o homem que tem seu destino na palma da mão dele, srta. Townsend. Considere esse conselho meu segundo presente a você.

— Segundo?

— O primeiro foi quando decidi poupar você de uma vida toda de zombarias. Dallas Licht parece o nome de uma clínica de ISTs.

Ele achava que eu estava agindo daquela forma por causa de Madison? Não estava. Eu nem gostava de Madison. Não de verdade. Eu só também não queria Romeo.

— Tudo bem. Quer saber meu desejo? — Avancei, enfiando o dedo bem no meio do peito dele. — Que você largue esse emprego.

— Dê-me um bom motivo.

— Porque o que você faz me dá nojo.

— O que eu faço vai financiar sua existência. Ao menos até você começar a receber do fundo fiduciário. — Romeo digitou o código na porta mais uma vez. — E seguir vivendo como sempre fez. Sem responsabilidades. Sem propósito.

A adrenalina no meu corpo chegou ao pico, queimando a energia junto. Eu mudei de assunto, percebendo que não venceria aquela discussão.

— Zach está solteiro?

— Irrelevante. Ele não tocaria em você nem com uma arma apontada para a cabeça dele.

— Por mim, tudo bem. Nunca tive fetiche em armas. — Umedeci os lábios, sorrindo. — Ele é gostoso.

— Ele é incapaz de ter qualquer emoção que não seja tédio.

— Ao menos ele é educado. Ainda seria melhor que você.

Ele ignorou minha provocação, empurrando a porta.

— Entre e encontre um quarto para ficar. Qualquer um menos o maior. Esse é meu.

— Ah, como você é territorialista. Por que não aproveita e faz um xixi fedido no tapete, só para marcar seu território?

— A única coisa que está fedendo é *você*, me fazendo perder a paciência. Sugiro que comece a se esforçar para ser mais agradável durante o tempo que eu ficar fora.

— Espere. Aonde você vai?

Era difícil acompanhar o que estava acontecendo. Tentei organizar meus pensamentos como se fossem peças de um quebra-cabeça espalhadas no chão.

— Chama-se trabalho. — Ele se virou, descendo os degraus para voltar ao carro, que tinha sido deixado ligado. — Você não está familiarizada com o conceito.

— São cinco da manhã.

— A guerra nunca para. A devastação acontece durante todas as horas do dia. Fiquei boquiaberta.

— Você não pode estar falando sério.

— Eu *só* posso falar sério, Biscoitinho. Esqueci de mencionar: eu não tenho senso de humor.

Naquele momento, faminta, com frio e confusa, tudo o que quis foi morrer.

— Você vai simplesmente me largar aqui?

Não sei por que perguntei. Eu já sabia a resposta.

Sem nem mesmo olhar para trás, Romeo fechou a porta do Maybach com força. A resposta dele chegou na forma da fumaça do escapamento e de uma risada sombria abafada.

# 12

**Dallas**

A vontade de fugir para Chapel Hills fazia meus pés formigarem.

Quem se importava se eu tinha sido parte de um escândalo?

Aquela palavra tinha perdido o impacto havia muito tempo, já que papai a usava para descrever *tudo*. Desde o acidente com o pudim até o que tinha acontecido na viagem de família para Aspen. Se ele queria ser levado a sério, precisava ser mais cuidadoso com o uso da palavra.

Então, lembrei-me da minha irmã e da minha mãe.

*Eu* poderia sofrer, se significasse que *elas* não sofreriam.

Acomodada em uma enorme cama com dossel luxuosa, eu me remexi por horas até que o edredom, que era fofo, pareceu duro sob meu peso. Sozinha, em um quarto que tinha um cheiro diferente, que parecia diferente e que me fazia me *sentir* diferente, um surto teria sido inevitável.

Só que eu *nunca* chorava.

De acordo com minha mãe, eu tinha saído do útero sem derramar uma lágrima, nem mesmo quando a enfermeira me beliscou.

Eu estava com saudades de Frankie, de mamãe e — pateticamente — do meu péssimo exemplo de pai. Tanto que parecia que meus pulmões tinham sido transportados para dentro de uma máquina de pinball, cada respiração ricocheteando por lá, uma dor aguda.

Esquerdo. Direito.

Esquerdo. Direito.

E, *ainda assim*, não consegui chorar.

O relógio na mesinha de cabeceira mostrava que era meio-dia e meia. Eu estava na cama desde que Romeo havia me largado na porta dele, e eu, ido direto para o segundo andar e escolhido o quarto mais distante do dele. Não conseguia nem suportar estar no mesmo CEP que ele, mas era com o que eu teria que me contentar.

Fechando os olhos com força, contei carneirinhos. Quando isso não funcionou, comecei a contar as formas como faria Romeo pagar. Por fim, caí em um sono tranquilo.

Balas jorraram do cano de uma metralhadora, sacudindo o ar.

*Bang. Bang, bang.*

Segurando a respiração, esperei que alguma chegasse ao destino planejado. O coração ressequido da fera que havia me capturado.

*Bang. Bang, bang.*

Abri os olhos com tudo, suor escorrendo pelas têmporas. Estrelas brancas rodopiavam de um lado ao outro da minha visão. O relógio na cabeceira mostrava que era meio-dia e meia. Segundos se passaram antes de eu perceber que tinha dormido um dia inteiro.

Encarei a porta como se ela fosse revelar o culpado por me acordar antes da melhor parte do sonho. Outra batida fez o batente sacudir. A luz turva da tarde entrava pelas cortinas borgonha do meu novo quarto, aquecendo minha pele.

— Entre. — Puxei o cobertor até o queixo.

Um homem idoso com roupas enlameadas entrou cambaleando. Havia uma mancha de terra em sua bochecha, e seu cabelo branco apontava em todas as direções. Ele exibia o sorriso tranquilo e genuíno de alguém que não tinha segundas intenções.

— Olá, querida. Sou o Vernon. — Ele parou ao pé da cama. — Não se preocupe. Tenho uma neta da sua idade. Não aguentaria pensar que ela tem medo de mim.

Puxei ainda mais as cobertas.

— Por que você está aqui?

— Sou o caseiro do sr. Costa. — Ele me encarou com interesse. — Pensei que deveria me apresentar, já que vamos nos encontrar pela casa. O almoço está na cozinha. Hettie prepara três refeições por dia, além de lanches.

— Obrigada.

Ainda assim, Vernon não se mexeu. Deve ter percebido que havia algo de errado. Que eu não estava ali por vontade própria.

— Romeo é um homem incompreendido, mas é fenomenal. — Ele mordeu o lábio. — Uma alma bonita e complicada. Assim que ele se abre.

— Não tenho nenhuma intenção de abri-lo. — A não ser que fosse com uma faca afiada de cortar carne.

Vernon hesitou. Por fim, tirou uma simples rosa branca do bolso de trás e a colocou na mesinha. As unhas estavam cheias de terra também. Aquele pequeno detalhe me pareceu estranhamente reconfortante.

— Conhece a Venus et Fleur?

Assenti.

— É um tipo de rosa que dura um ano inteiro.

Mamãe ama aquelas flores. Todo final de ano, ela as dava para os vizinhos, parentes e amigos.

O rosto de Vernon se iluminou.

— Uma rosa pode durar até trinta e cinco anos nas condições climáticas e com os cuidados certos. Você não acha triste que a maioria não sobrevive ao inverno?

Balancei a cabeça.

*Estava mais preocupada* comigo *não sobrevivendo ao outono.*

Percebendo que eu tinha parado de prestar atenção, Vernon pigarreou.

— Um dos meus passatempos é cruzar flores. Consegui combinar duas espécies de rosa para criar algo extraordinário.

Eu me sentei direito na cama, recostando-me na cabeceira.

— Extraordinário como?

*Uma rosa venenosa?*

O apelo de proporcionar uma vingança lenta e cadavérica deveria ter me aterrorizado. Eu não era violenta daquele jeito. Mas, para Romeo, abriria uma exceção.

— Aí está. — Um sorriso aliviado se espalhou no rosto de Vernon. Tive a sensação de que ele não ficaria tão feliz assim se conseguisse ler meus pensamentos. — Essa rosa pode viver até seis meses sem sol ou calor. Talvez até mais. É o tempo perfeito para se apaixonar.

Minha empolgação evaporou, meus ombros caíram e meu rosto nublou.

— Ninguém vai se apaixonar aqui.

— Só porque você não está planejando isso, não significa que não vai acontecer. — Vernon curvou a cabeça. — Minha rosa é um exemplo. Ela pode sobreviver às condições mais difíceis e ainda florescer. Talvez você também possa.

Segurei a língua. De nada adiantaria brigar com o coitado.

Vernon deu um passo para trás, sem se virar.

— Bom, se o sr. Costa causar problemas para você, sabe onde me encontrar. Cuide dessa rosa por mim, está bem?

Quando ele foi embora, chutei o edredom e peguei a rosa, disposta a quebrá-la ao meio.

*Me apaixonar, até parece.*

Eu teria sorte se não me deprimisse. Foi só quando meus dedos envolveram o talo delicado que percebi que eu não era Romeo, que havia esmagado uma flor com o calcanhar no jardim de rosas. Eu não queria matar algo bonito só porque eu podia.

E a rosa era mesmo bonita. Branca como a neve, espinhos como foices adornando o talo.

— Não é culpa sua. — Suspirei, falando com a flor. — Você tem razão.

Com um grunhido frustrado, fui até o banheiro da suíte, esvaziei um potinho de cotonetes e o enchi com água da torneira. Enfiei a rosa nele, colocando-a na mesa de cabeceira.

A rosa poderia sobreviver.

Mesmo que a *minha* vida tivesse acabado.

# 13

## Dallas

*Jaulas não eram feitas de barras de ferro. Eram feitas de pensamentos, expectativas e medo.*

Minha citação favorita, arruinada por Romeo Costa, que transformou Henry Plotkin em um mentiroso.

A jaula em que *Romeo* tinha me prendido era um palácio coríntio com pátios de pedra, pavimentos antigos e tudo banhado a ouro. Um lar limpo e organizado, com um chão tão impecável que daria para lamber.

Quando acabei de explorar os quartos, fui ao jardim e absorvi os últimos raios de sol, escondida entre arbustos de lilases. Depois, voltei para dentro e revistei cada saguão, corredor e canto.

O silêncio assombroso fez os pelinhos na minha nuca se arrepiarem. Uma completa e absoluta ausência de sons. A ponto de eu não conseguir ouvir nada. Nem os pássaros cantando, nem o zumbido do ar-condicionado, nem os aparelhos eletrônicos funcionando.

Cada parede parecia ter sido reforçada por dentro. Que adequado meu futuro marido, que tinha camadas inquebráveis e grossas de gelo envolvendo o coração, proteger a casa da mesma forma.

Não era à toa que ele me odiava. Eu não tinha inibição nenhuma, deixava meu coração à mostra, e, como papai sempre dizia, dava para ouvir minha voz de diversos estados diferentes na América do Norte.

Por volta das seis da tarde, minha barriga roncou, lembrando-me de que eu não comia havia quase quarenta horas. Não desde que Romeo tinha me forçado a entrar no avião e que fiz a festa com os queijos, bolachas salgadas e salgadinho de camarão. Era hora de explorar a parte mais importante da casa.

Endireitando os ombros, entrei desfilando na cozinha luxuosa do chef. O aroma de comida subia das panelas e frigideiras no fogão.

Abri uma das tampas — ainda estava quente — e dei uma olhada dentro.

Foi como cair de cara no chão.

— Eca.

Couve-de-bruxelas e peito de frango? Tudo bem que Romeo não tinha coração, mas será que também não tinha papilas gustativas?

— Algum problema? — A voz soou tão alta comparada ao resto da minha existência até então silenciosa que dei um pulo.

Virando-me, encontrei uma mulher. Presumi que fosse Hettie. Pequena, despojada e não muito mais velha que eu. Ela não era nada do que eu esperava.

Apesar de odiar meu futuro marido, não consegui evitar sentir um pouco de pânico com a ideia de alguém tão adorável perambulando pela casa dele a qualquer hora do dia.

*Ele literalmente colocou você no meio das pernas dele e fez carinho na sua cabeça. Você deveria estar torcendo para eles dois se apaixonarem.*

Apertei os lábios, indo até a geladeira.

— Problema nenhum.

Por que as pontas rosa-choque do cabelo loiro dela pareciam tão legais? E por que o piercing no lábio me fazia querer um também? Mamãe teria um infarto.

Hettie franziu o nariz.

— Então por que o "eca" quando tirou a tampa da panela? Minha comida não é boa o bastante para Vossa Majestade?

— Tenho certeza de que está ótima. — Abri a porta da geladeira. — Mas quero alguma coisa reconfortante. E aquilo é...

Ela bufou.

— Horrível?

Virei a cabeça para encará-la. Apesar do meu humor sombrio, não pude evitar que um sorriso se abrisse em meus lábios.

— Eu ia dizer saudável, mas... couve-de-bruxelas? Cara, você pegou pesado.

Ela deu uma risadinha.

— É culpa de Romeo. A dieta dele é muito restrita. Granola e proteínas magras e verduras todos os dias. É um vaidoso que adora exibir o tanquinho.

Então ela sabia que ele tinha um tanquinho. O pavio do meu interesse pegou fogo.

— Isso é tudo que você cozinha para ele?

Contratar uma chef particular para fazer peito de frango e couve-de-bruxelas todos os dias era como ir a uma loja da Chanel para comprar esmalte. A não ser que ela estivesse fazendo algo além de cozinhar.

— Sim! — Hettie jogou os braços para cima, recostando-se no banquinho em que tinha se sentado. O cropped do Joy Division subiu, expondo um abdômen liso acima da calça jeans skinny. — É horrível. Aceitei o emprego assim que saí da Le Cordon Bleu. Achei que, já que não teria que pagar aluguel e ainda por cima receberia um salário ótimo, eu poderia guardar dinheiro e pagar meu empréstimo da faculdade. Mas é chato para caramba preparar comida saudável e sem gordura.

Será que eu tinha encontrado uma irmã de alma?

Talvez ela estivesse aberta à opção de envenenar Romeo aos poucos.

Eu faria questão de, mais tarde, buscar inspiração em livros de mistério com assassinatos.

Fechei a geladeira, animada com a ideia de ter alguém que falava e se comportava como se vivesse no mesmo século que eu. Era como uma amiga de Chapel Falls, só que mais descolada.

E que sabia mais das coisas do mundo.

*E que provavelmente transava com meu noivo.*

— Acha que poderíamos fazer outra coisa?

Ela ergueu a sobrancelha.

— Está pensando no quê?

— Batata frita trufada, assado de porco embrulhado no bacon, inhame caramelizado e pão doce de canela. — Umedeci os lábios. — Apenas alguns exemplos.

Hettie se aprumou para encarar o desafio. Em vez de preparar a refeição sozinha, ela começou a me passar tarefas. Enquanto cozinhávamos, ela me falou mais a respeito dela mesma. Que tinha vindo do Brooklyn e viajado o mundo para fazer turismo gastronômico, e que até mataria para repetir a dose.

Ela falava de Romeo com certo respeito e curiosidade. Como se fosse um quebra-cabeça não resolvido do qual ela ainda queria encontrar todas as peças.

Hettie colocou o pão doce no forno a vapor.

— Então, podemos tocar no assunto mais importante de todos?

Enfiei a faca no inhame que eu deveria cortar em cubinhos.

— Podemos.

— Hum... quem diabo é você? — Ela riu. — Tipo, o que você tá fazendo aqui?

Romeo não tinha contado para ela? Na verdade, quando parei para pensar no assunto, ele também não tinha contado para Vernon. Acrescentei "péssimas habilidades de comunicação" na minha lista infinita de coisas que eu detestava nele.

— Eu... bem, acho que sou noiva de Romeo.

As sobrancelhas subiram depressa.

— Você *acha*?

— Dá pra ter certeza quando se trata de homens como ele?

Hettie despejou as batatas fritas trufadas em uma cestinha forrada com papel-toalha, gesticulando para que eu experimentasse uma. Peguei e a coloquei na boca. *Divina.*

— Você não parece muito chocada. — Eu a examinei, roubando outra batata.

— É algo normal de se acontecer? Romeo trazer uma noiva para casa?

— Não. — Hettie lambeu um pouco de mel do dedo. — Mas o pai dele estava enchendo o saco para ele se casar, então imaginei que fosse acontecer uma hora. Eu só esperava algo... *diferente.*

— Uma noiva encomendada pelo correio?

Ela bufou.

— Garota, o cara tem mulheres fazendo fila no portão dele o tempo todo. É um incômodo, até. Daria para você jogar água nelas para vazarem de vez ou algo do tipo?

Apesar de, na maioria das vezes, eu ser sensata, me peguei dizendo:

— Qual costuma ser a preferência dele?

Hettie franziu o cenho, pondo a mesa com dois pratos. Ela faria a refeição comigo. Borboletas idiotas passaram voando pelo meu estômago.

— Na verdade, nunca o vi com uma namorada antes. Mas as mulheres que ficam penduradas nele em eventos são meio metidas, acho. Usam saia-lápis e frequentam sempre a ópera. Quase nunca dizem uma palavra sequer e não comem batata frita. Não que isso devesse importar para você. Ele nunca as traz para casa. — Ela apontou para o cômodo. — Acho que ele tem medo de alguma delas resolver sujar a casa ou algo do tipo.

Arquivei aquela informação como crucial na minha mente. Eu tinha a intenção de ser especialmente barulhenta, nada refinada e bem cafona, só para deixar meu noivo, que era obcecado por limpeza, bem doido.

Começamos a comer, e a refeição estava deliciosa. Dei um gemido, o que me fez ganhar um sorriso de Hettie.

— Bom demais, né?

Assenti.

*A única coisa decente naquela casa, na verdade.*

# 14

## Dallas

Foi uma decepção muito grande Romeo não estar presente para admirar minha obra de arte. Eu tinha manchado o sofá restaurado de duzentos anos dele com molho de carne do meu sanduíche francês enquanto assistia a algo no pay-per-view.

Eu nem gostava de boxe, mas *gostava* de desperdiçar o dinheiro precioso dele.

Não tinha planejado bagunçar a casa dele, de verdade. Nunca foi minha intenção. Mas, então, vi como tudo estava meticulosamente limpo, e não me segurei.

Enfim, onde será que ele estava?

Não era como se eu pudesse perguntar para alguém.

Eu nem sequer tinha o telefone dele.

O que eu *tinha* era o cartão de crédito Centurion dele, que eu havia encontrado no balcão da cozinha, junto do cartão de visitas de um motorista. Já que eu tinha cem por cento de certeza de que o desgraçado não dera uma passadinha em casa, imaginei que a furtiva Cara era responsável por aquela pequena demonstração de humanidade.

Por uma questão de princípio, não comprei nenhuma roupa. Continuei andando pela casa de camisola, mesmo quando começou a feder.

Hettie franziu o nariz, abandonando a tentativa inútil de limpar a mancha de molho do sofá.

— Tem uma lavanderia no andar de cima.

— Eu sei. — Girei o garfo, içando mais da massa *pappardelle*. — Você não está com fome?

— Eu acabei de jantar com você faz duas horas. — Os olhos dela acompanharam o molho ao sugo que tinha manchado a camisola e o estofado de lã. — Você não está preocupada com o surto que Romeo vai dar quando vir... — ela gesticulou com os dedos — tudo isso?

— Não.

— Vocês estão brigados?

*Se eu tivesse feito aquilo por estarmos brigados, então a Segunda Guerra Mundial não havia passado de uma disputa entre vizinhos.*

Sentindo meu mau humor, ela ficou em pé, saiu e, quando voltou ao cômodo, trazia uma garrafa cara de champanhe.

— Podemos nos embebedar para esquecer dos problemas.

Enfiei macarrão na boca.

— Para eu lembrar de tudo amanhã, só que de ressaca?

— Entendi.

À meia-noite, Hettie me deixou sozinha com meus pensamentos inquietos.

Uma fúria violenta ofuscava o alívio de não precisar lidar com Romeo. Como ele tinha ousado me trancar na mansão dele enquanto continuava a viver o melhor daquela sua vida vilanesca?

Em vez de ter um noivo em quem descontar a raiva, todos os itens no quarto e no escritório dele estavam à minha disposição.

Não deixei de revirar nada na tentativa de descobrir mais a respeito do homem que tinha entrado na minha vida usando um smoking caro e a virado de ponta-cabeça só porque aquilo o beneficiaria.

Passei a noite inteira revirando a papelada no escritório, item por item, e coloquei tudo de volta em ordem não cronológica, como tortura psicológica.

Na hora que o sol apareceu no céu, eu tinha descoberto algumas coisas sobre meu futuro marido:

1) Ele era excepcional, alarmante e *irritantemente* bom em ganhar dinheiro. O talento dele de pegar uma moedinha e transformá-la em uma nota de cem dólares era inigualável.

2) Nos últimos meses, o pai o havia pressionado para se casar em troca de receber o cargo de CEO da Costa Industries, assim que sua aposentadoria iminente ocorresse.

3) Os e-mails ríspidos e nada amigáveis trocados entre Romeo e o pai também incluíam palavras duras sobre a família Licht. Os Costa se sentiam intimidados, e eu era um tipo de vantagem que tinham encontrado na batalha.

Satisfeita por ter conseguido avançar na pesquisa, dei uma passada na cozinha para sentir o cheiro dos waffles de mirtilo e pecã de Hettie antes de me retirar para o quarto e tirar um cochilo.

Na noite seguinte, fiquei sentada ao lado de Hettie, bebendo o chá indiano que ela comprara em Darjeeling.

— Ele geralmente dorme fora de casa?

Um telejornal passava na tela à nossa frente. Alguma coisa a respeito de um grupo de ladrões que agiam à luz do dia, entrando em restaurantes e lojas de luxo e roubando os mais ricos da região.

— Normalmente não. — Hettie se afundou nas almofadas. — Às vezes, quando ele trabalha até tarde, passa a noite na cobertura ao lado do Woodley Park. Mas ele não gosta de mudar a rotina. Do mesmo jeito que as refeições dele precisam ser sempre as mesmas.

Então... Romeo tinha um apartamento na capital. Outra informação que viria a calhar.

— Por quê? — Hettie abriu um sorriso, dando uma batidinha no meu ombro com o dela. — Está com saudade do seu gato?

*Se por gato ela queria dizer um animal violento, então... mesmo assim, não.*

Eu não tinha contado a Hettie sobre a natureza do meu relacionamento com Romeo. Apesar de que não era preciso ter um doutorado em neurociência para ligar os pontos.

Sorri ao ouvir a pergunta.

— Mal posso esperar para vê-lo de novo.

Aquela parte não era mentira.

Na próxima vez que eu encontrasse Romeo, eu o lembraria da minha existência.

De forma barulhenta. Bagunçada. E sem remorso algum.

# 15

**Dallas**

Havia apenas uma coisa pior do que acordar de um sono tranquilo — e era ser acordada de um sono tranquilo de forma *grosseira* por um grupo de homens brancos privilegiados de meia-idade, com queixos tão proeminentes que eram capazes de esculpir toda uma outra pessoa.

— É ela? — Não reconheci a voz.

— Infelizmente. — A resposta curta só poderia pertencer a uma pessoa.

Meus olhos se abriram. Como já imaginava, dois homens que eu desconhecia estavam ao pé da cama, ao lado de um homem que eu conhecia, mas preferia não conhecer — meu noivo. Eu me sentei, recostando-me na cabeceira, e esfreguei os olhos, bocejando. Se eu esperava que Romeo pareceria desarrumado e cansado, tendo passado diversas noites fora de casa, eu estava muito enganada. Ele parecia tão viçoso quanto o chiclete que mascava, vestindo um terno cinza-claro, uma camisa de botão azul-clara e um relógio Panerai.

Ele olhou para o relógio.

— São quase seis da tarde.

Levei a mão ao peito.

— Minha nossa, você sabe ver as horas em um relógio de ponteiro. Que outras qualidades importantes você deve estar escondendo, meu querido?

O olhar que ele me lançou poderia congelar o ártico até fazê-lo voltar ao estado pré-aquecimento global. Olhei para os dois acompanhantes. Eu já sabia quem eram. Meu pai tinha mandado mensagem avisando. Uma mensagem que continuava sem resposta, apesar dos pedidos frequentes de que eu retornasse as ligações.

Eu afundei de volta no colchão, fechando os olhos.

— Bem, isso foi divertido. Não esqueça de apagar a luz quando sair.

— O que acha que está fazendo?

— Dormindo.

— No meio da nossa conversa?

— Era uma conversa? — Ergui o edredom até os ombros. — Como deve se lembrar, você me acusou de não ter sonho nenhum. Não dá para eu ter sonhos sem dormir. — Bocejei, expulsando-os com um aceno de mão. — Bom, hora de seguir meus sonhos. Tchauzinho.

Romeo arrancou o edredom de cima de mim.

— Este é Jasper Hayward, meu advogado. E este é Travis Hogan, seu advogado. Vamos assinar um acordo pré-nupcial hoje à noite.

Ele foi até as janelas, abrindo as cortinas em um movimento brusco. Até o pôr do sol queimou meus olhos sonolentos.

— Você contratou um advogado para mim. — Saí da cama, usando a mesma camisola havia seis dias, e fui até ele. — Que fofo da sua parte. Tenho certeza de que ele vai ter meus melhores interesses em mente.

Romeo fez uma expressão de desdém.

— Seu pai aprovou o conteúdo hoje de manhã. Pode ficar tranquila, está alinhado com os acordos pré-nupciais padrões. — As palavras soaram tão reservadas e cuidadosas que eu quis sacudi-lo. Minha vontade era segurá-lo pelo terno e chacoalhá-lo até que as inibições dele fossem parar no chão como moedinhas.

— Relaxe, querido, eu confio em você. — Avancei até o carrinho de bebidas, servindo-me de alguns dedos de uísque do decantador, sabendo que ele não aprovaria. — Até agora, você não me tratou mal.

Se sarcasmo fosse veneno, Romeo já teria morrido umas cinco vezes.

— Bebendo durante o dia. — Ele contraiu os lábios. — Ouso perguntar se isso é um hábito seu?

Eu poderia contar nos dedos de uma só mão o número de vezes que tinha ficado bêbada na vida, considerando que cresci com regras religiosas estritas. Mas ele não precisava saber daquilo. Suspirei, balançando a bebida.

— Anime-se. Poderia ser pior. Eu poderia ser viciada em cocaína. — Bebi um gole do uísque. — Infelizmente, cocaína tem cheiro de nada. Dá para acreditar? Quinhentos dólares que nunca vou ver de novo. Quem sabe? Talvez eu tenha mais sorte com crack.

Jasper deu algumas tossidas. Travis bateu nas costas dele, olhando para qualquer outra coisa que não fosse eu. A julgar pelo olhar impassível de Romeo, eu soube que ele tinha começado a se arrepender da decisão de se casar comigo, assim como eu soube que era tarde demais para pular fora daquele compromisso.

— Vista-se. — Os olhos dele averiguaram cada mancha que eu tinha adquirido em Potomac. — Parece até que andou catando comida no lixo.

— E vou me vestir com o quê? — Franzi o cenho, fingindo-me de burra. — Amorzinho, eu não tenho roupas. Lembra de que tivemos que correr para o aeroporto para ficarmos juntos? Não tive tempo de fazer a mala.

— O cartão de crédito que eu lhe dei não era enfeite.

— Não? — Dei um berro, arregalando os olhos. — Mas fica tão bonito na mesa da cozinha. Enfim, eu estava ocupada demais pensando em você para usá-lo.

Os dois advogados nos olharam, confusos.

Jasper mexeu a maleta.

— Gostariam de alguns instantes a sós?

— Sim — vociferou Romeo.

Na mesma hora, ergui a bebida no ar e anunciei:

— Instantes? Eu amaria ter uma *vida inteira* sozinha com esse gato.

Jasper e Travis fugiram correndo, trocando olhares confusos.

Com apenas Romeo naquele espaço confinado, eu me senti pequena. Não tão corajosa. Ainda assim, dei um passo para a frente, chegando mais perto dele. Quanto antes ele percebesse que eu transformaria a vida dele no inferno na Terra, mais cedo ele me deixaria ir embora.

— Onde você estava, amorzinho? — Fingi um sotaque doce e sulista que eu sabia que o deixaria irritado, erguendo a mão para escorregar o copo úmido pela bochecha dele. — Queria que a gente olhasse os catálogos de casamentos juntos. Acho que peônias ficaria lindo. E o tema? *Glitter*. Você ficaria lindo em um terno de lantejoulas. Verão em Portofini. Para honrar sua ancestralidade italiana, sabe?

— Portofi-*no*. — Ele arrancou o copo de uísque da minha mão, deslizando-o entre meus seios. Arrepios deliciosos se espalharam pela minha pele. — A cerimônia vai acontecer no fim do mês no quintal de Von Bismarck, e a lista de convidados está pronta, elaborada pela minha família e a sua. — As palavras ásperas me deixaram atordoada. Havia uma data. E um lugar. — Podemos ter peônias e lantejoulas. Se acha que um terno feio vai me impedir de dar continuidade ao plano, você não esteve prestando atenção.

Ele inclinou o copo, deixando algumas gotas de uísque escorrerem entre meus seios, deslizarem pela minha barriga e desaparecerem na minha calcinha embaixo da camisola. Foi erótico, irritante e enlouquecedor, tudo ao mesmo tempo. Respirei mais fundo para que meus mamilos eriçados roçassem o peito dele cada vez que eu exalava.

— Mal posso esperar — consegui dizer.

— Que bom. E há mais um evento no qual você vai poder bajular as pessoas: vamos passar na casa dos meus pais assim que assinarmos o acordo pré-nupcial, e você vai se comportar, o que, para você, significa usar talheres e não cheirar a bunda de ninguém como forma de cumprimento.

Eu o encarei com todo o ódio no mundo, tremendo de raiva. Aquela indiferença completa me destruía. Ele era o homem mais frio e maldoso que eu já havia conhecido. Os olhos dele desceram do meu rosto para a camisola. Meu peito se encheu de ar. Eu estava sem sutiã, e os mamilos, perolizados e eretos por causa do surto de adrenalina.

— Você não consegue evitar, consegue? — Um brilho sádico tremeluziu pelos olhos claros. — Uma criatura tão básica.

Através do cetim, ele passou a borda gelada do copo de aço inox por cima da auréola alta, levando o celular à orelha com a mão livre.

Eu não conseguia me mexer. Não conseguia nem mesmo respirar. A sensação foi tão intensa e incrível que meu corpo parecia ter virado argila. Com aquele toque simples, pareceu que ele havia assumido o controle de cada centímetro meu. O calor rodopiava abaixo do umbigo. Meus seios pareciam pesados, cheios e sensíveis, como se implorando para que Romeo os segurasse e brincasse com eles.

— Cara? — Ele desenhou um círculo lento ao redor do mamilo com o copo. Resisti ao impulso de me jogar em cima dele. De implorar por mais. Pela milionésima vez, amaldiçoei meu pai pela minha criação superprotetora. Se ao menos eu fosse menos inocente em relação àquelas coisas, Romeo não teria tanto controle sobre mim. — Vá até a Tyson's Galleria e compre cada item de roupa feminino da Yves Salomon, Celine, Burberry e a última coleção do Brunello Cucinelli. Tamanho P.

Ele deixou o copo de uísque na mesa, a mão vindo na minha direção. A palma da mão quente cobriu meu seio direito.

— Sutiã tamanho 32B.

*Na mosca. Droga.*

Agarrando o osso do meu quadril, ele me virou para que eu ficasse de costas. Senti os olhos avaliarem minha bunda. A mão passou por baixo da minha camisola por trás, alisando a pele nua do seio.

— Calça tamanho 38.

— É 40, babaca.

Uma sensação estranha de formigamento entre as pernas fez minha pele zumbir com expectativa. A ideia de resistir até passou pela minha cabeça, mas eu sabia que, se eu recusasse, poderia nunca mais explorar aquele prazer.

Cara disse algo que não consegui decifrar pelo telefone. Eu queimei de vergonha. Ele estava falando com outra mulher enquanto manuseava meu corpo como se eu fosse um brinquedinho particular, ainda assim eu amei demais como ele fazia me sentir para pedir que parasse.

— Barra curta para as calças. Ela tem a altura de um duende de jardim.

Romeo deu um beliscão no meu mamilo, fazendo meus joelhos estremecerem. Reprimi um gemido. Tive a sensação distinta de que estava me provocando sexualmente só para provar que podia. Mais um de seus joguinhos de controle. Ele pressionou a ereção na minha bunda, apertou os seios e subiu a mão do mamilo para o pescoço, virando-me para que eu o encarasse.

— Que número você calça, Biscoitinho?

Que número? Eu não consegui nem lembrar do meu nome do meio com o pau dele pulsando entre as minhas nádegas.

*Pense. Você sabe.*

— Calço 35. — Minha voz soou carregada, rouca.

Ele soltou meu pescoço abruptamente, dando um passo para trás, nada afetado pelo meu corpo. Por eu ter estado pronta para recebê-lo.

— Ela calça 35. Por gentileza, entregue todos os itens dentro de duas horas. O tempo é crucial.

Ele desligou. Eu me virei para encará-lo, decepcionada comigo mesma por tê-lo deixado tocar meu corpo como um instrumento. De novo. Eu não tinha aprendido nada no baile de debutante?

— Hoje à noite, você vai se apresentar para minha família como uma senhorita correta e sensata. — Ele pegou o uísque Macallan M pelo gargalo, confiscando a garrafa. — Se você obtiver sucesso os enganando, fazendo com que pensem que você é, sim, alguém digna de se casar, irei recompensá-la de acordo e a livrarei de toda a sua frustração sexual acumulada.

— Quer dizer que tudo o que você acabou de fazer foi suborno para eu me comportar e podermos transar hoje à noite?

A mudança brusca que aquela última frase dele me causou fez minhas bochechas queimarem. Ele realmente achou que eu seria uma bonequinha só porque os golpes baixos que ele usava no meu corpo atiçavam minha curiosidade.

Ele fez uma careta em desaprovação.

*Meu Deus, que esnobe.*

— Nós ainda não nos casamos, srta. Townsend. Eu estava me referindo a favores orais.

— Favores orais? — Franzi o nariz, notando que ele falava como se tivesse acabado de sair das páginas de um romance histórico... o gênero de que eu menos gostava, aliás. — E por que você está falando como se fosse um foragido do elenco de *Bridgerton*?

Não havia motivo para lhe dizer que não ia rolar nenhum favor oral, nenhum jantar cordial e nenhuma noiva correta naquela noite.

— Nossos advogados devem estar perdendo a paciência. — Ele tomou uísque direto da garrafa. — Francamente, eu também.

*Não se preocupe, querido*, pensei ao passar por ele, recusando-me a parecer angustiada. *Depois que eu acabar com você, você vai querer fugir de mim, sem mais.*

# 16

**Ollie vB**: Como anda a Delaware?

**Romeo Costa**: Dallas.

**Ollie vB**: Uma das séries favoritas da minha avó?

**Romeo Costa**: Não estamos em um programa de auditório, sua criançona medíocre. O nome dela é Dallas.

**Zach Sun**: Tenho pena dela por isso.

**Zach Sun**: Mas não tanto quanto tenho pena dela por se casar com você.

**Ollie vB**: @ZachSun, concordo. Essa menina deve ter sido da *Judenrat* em outra vida para merecer esse tipo de carma.

**Zach Sun**: Talvez tenha sido a mão direita de Mussolini.

**Ollie vB**: A mão que Mussolini usava para se masturbar.

*Romeo Costa saiu da conversa.*

*Ollie vB adicionou Romeo Costa na conversa.*

**Zach Sun**: Ela ainda está causando mais problemas do que toda a população do Hemisfério Norte junta?

**Ollie vB**: Nunca vou me esquecer da cara de Romeo ficando azul enquanto ela rebolava aquela bundinha no colo dele. Jogada de mestre.

**Zach Sun**: Ou quando Rom deu um chilique depois que ela deu em cima do copiloto. O autocontrole dele evaporou mais rápido que um pensamento no cérebro de Ollie.

**Romeo Costa**: Ela não deu em cima do copiloto. Só estava sendo difícil. Agir como pirralha define a personalidade dela.

**Ollie vB**: Já consumou o noivado?

**Romeo Costa**: Você tem alguma familiaridade com costumes humanos? Não se consuma nada antes do casamento.

**Ollie vB**: Vixe. Com certeza não rolou.

**Romeo Costa**: Um cavalheiro não fofoca.

**Ollie vB**: Que babaca.

**Ollie vB**: Pode parar com essa história de cavalheiro. Já conheci vibradores mais honrados que você.

**Zach Sun**: @OllievB, você conheceu vibradores? Social ou intimamente? Ou dos dois jeitos?

**Romeo Costa**: Não posso acreditar que quase duas décadas nas melhores instituições educacionais dos Estados Unidos me levaram a ter vocês dois como melhores amigos.

**Ollie vB**: Pois fique sabendo que eu sou legal pra caralho e um amigo de primeira.

**Ollie vB**: E ficaria feliz em provar isso. Quer que eu dê uma amaciada nela para você?

**Romeo Costa**: Se fizer mais uma piada com isso, vou aí cortar seu pau e dar para você comer cada pedacinho, até você se engasgar.

**Zach Sun**: Chilique nº 2 devidamente registrado na pauta da reunião.

**Zach Sun**: Essa mulher fez de você um animal.

**Ollie vB**: …

**Ollie vB**: Isso foi um não?

# 17

*Romeo*

Os sinais de aviso eram luminosos e barulhentos, desafiando-me a prestar atenção.

Na verdade, fiquei tão envolvido ao observar o rosto corado, o pescoço provocante, os seios fartos e a beleza macabra da minha noiva que acabei baixando a guarda.

Ela parecia deliciosa, mesmo naquela camisola manchada. Tão jovem, inocente e cheia de vida. Acariciar os seios dela foi como jogar tinta sobre a neve recém-caída. Como o pecado perfeito, corrompendo o incorruptível.

O acordo pré-nupcial foi assinado sem dificuldades. Biscoitinho analisou cada palavra, escreveu o nome nas linhas tracejadas uma dúzia de vezes e escutou, assentindo sempre que era apropriado. Foi a primeira vez que demonstrou sinais de racionalidade.

Aquele deveria ter sido meu primeiro aviso.

A energia dela voltou com força total quando nossos advogados foram embora e Cara chegou para entregar um trilhão de roupas novas. Biscoitinho lançou um olhar significativo a Cara, uma mulher de 57 anos e com uma aliança no dedo. Ela relaxou os ombros.

Minha noiva era tão capaz de blefar quanto um filhotinho de cachorro.

— Essas roupas são uma ofensa para os olhos. Vai parecer que estou brincando de me vestir como se eu tivesse 60 anos — reclamou Dallas enquanto atirava vestidos de caxemira e cardigãs tricotados à mão no chão de madeira, escolhendo uma roupa para vestir no jantar.

A temperatura do meu corpo subiu de repente. Eu odiava todo tipo de bagunça, e tudo nela era desorganizado.

Cara ficou perto de Dallas, entregando roupas diferentes para minha noiva. Hettie se juntou à festa, dando uma gargalhada toda vez que Dallas testava a paciência de Cara.

Eu suspeitei que tinham ficado amigas no tempo que passei na minha cobertura em Woodley Park. Não me importava. Era bom que Biscoitinho tivesse alguém com quem conversar, porque essa pessoa não seria eu.

Mesmo assim, eu não estava feliz em ter plateia para aquele espetáculo.

Cara pegou um suéter de estampa xadrez.

— O que tem de errado com esse vestido?

Dallas fez barulho de pum com a boca, como uma criança, só para me irritar.

— Vai parecer que estou prestes a começar um monólogo sobre como não vejo meu amado há oitenta e quatro anos.

Hettie, que tinha entendido a referência a *Titanic*, curvou-se e caiu no chão, segurando a barriga de tanto rir. Cara, envergonhada, colocou as mãos no quadril.

— É o décimo sexto vestido que você experimenta, minha jovem. E é um vestido maravilhoso. Um clássico. Custa uma fortuna. Não ouvi nenhuma reclamação quando Romeo comprou o mesmo para a ex-namo...

Ela não terminou a frase, mas bastou para o desgosto aparecer no rosto de Biscoitinho.

— Bem, *nesse* caso, ele poderia se casar com ela.

*Não, muito obrigado.*

Eu preferiria Dallas a Morgan em qualquer dia da minha maldita semana.

Quarenta minutos depois daquele espetáculo, arranquei um vestido dos dedos de Dallas.

— Se não for escolher uma roupa, farei isso por você. Será que ouso suspeitar que nossos gostos são diferentes?

Um olhar feroz tomou conta do rosto dela.

— Quero ficar sozinha. Todo mundo para fora.

*Com prazer.*

Esperei no saguão, de olho nas mensagens.

**Ollie vB**: Aquele sofá precisava mesmo de uma reforma.

**Zach Sun**: Odeio ter que falar isso, mas você se casou com a versão feminina e virginal de Oliver.

**Romeo Costa**: Zach, querido, tem certeza de que está trabalhando no ramo da criação de códigos, e não do consumo de cocaína?

Ao meu lado, Hettie assobiou.

— Caramba.

Guardei o celular no bolso, erguendo a cabeça. Biscoitinho desceu a escadaria, lembrando-me do motivo de eu tê-la roubado.

Pela primeira vez na vida, fiquei arrependido pela minha regra de não fazer sexo. Imaginei como seria ver aquela mulher inocente e inexperiente se contorcendo embaixo de mim enquanto eu tirava sua virgindade. Aquilo seria o auge de toda a minha década, se não de toda a minha vida.

Minha futura esposa estava deslumbrante.

Um decote amplo acima do corpete do vestido dourado. A pequena cintura oscilando enquanto andava, guiando a cauda do vestido no chão. Um coque frouxo na cabeça, mechas soltas de cabelo escuro emoldurando o rosto.

Ela estava tão linda que eu a observava como se fosse uma fada. Mas, no fim, nem mesmo a srta. Townsend, por mais atraente que fosse, faria com que eu quebrasse a regra de não ter herdeiros.

Quando chegou ao último degrau, Dallas pressionou a bolsa Chanel no meu peito. Eu segurei a bolsa, satisfazendo-a. Se isso garantisse que ela iria se comportar bem quando eu a apresentasse aos meus pais, eu poderia fazer papel de cavalheiro por um tempo.

— Vou pegar um lanche para a viagem. Faz duas horas que comi.

Onde ia parar toda a comida que ela consumia?

— Depressa, e cuidado com o vestido.

Ela começou a ir até a cozinha, então parou, franzindo o cenho.

— Sua família é horrível? Preciso saber se pego uma dose de bebida forte para acompanhar o lanche.

— Pegue duas. Na verdade, traga a garrafa. Vamos dividir.

# 18

## Romeo

Pensando bem, eu estava com remorso de comprador.

Passei o caminho todo até a casa dos meus pais encarando minha futura esposa, perguntando-me se ela tinha sido criada por lobos. As pernas compridas e torneadas de Dallas estavam esparramadas embaixo dela como excesso de tecido de um vestido novo.

Ela abriu um Oreo e lambeu o recheio com um gemido, engolindo tudo com um gole do champanhe vintage que estávamos dividindo.

— Sabia que no Japão eles têm um Bourbon sabor chocolate e biscoito de café? Imagine o gosto.

A única coisa que imaginei foi minha porra no lugar do recheio do Oreo, escorrendo daqueles lábios suculentos.

Fiquei enfurecido por ter acreditado quando ela disse que era alcoólatra. Aquela mulher era certinha demais. Preguiçosa, mimada e imprudente, sem dúvida. Mas seu único vício parecia ser comidas que a levariam aos braços da diabete tipo 2 e a uma morte prematura.

Infelizmente, Dallas interpretou meu olhar como um convite para conversarmos.

— Então, por que seu papai quer tanto que você se case?

Ela jogou o restante do Oreo no lixo e pegou outro, abrindo-o ao meio só pelo recheio.

Não me dei ao trabalho de perguntar como ela sabia daquilo. As câmeras no escritório a pegaram bisbilhotando meu computador em imagens 4K Ultra HD.

— Porque ele gosta de controle tanto quanto eu, e ele sabe que eu preferiria adotar um urso de estimação a me casar, se houvesse escolha.

— Que bom para mim. — Ela passou a língua pelo recheio. *Jesus.* — E por que você concordou com isso?

— Porque ele está usando a empresa que eu devo herdar como isca, e não vou perdê-la para aquele bajulador e saco de ISTs do Bruce.

— Conte-me mais sobre esse Bruce.

Ela parou de lamber o recheio e me estudou, o interesse atiçado. Era a primeira vez que aquela mulher não estava tentando me matar ou me enlouquecer, então resolvi agradá-la.

— Ele é o COO da Costa Industries, um babaca insuportável e, pior de tudo, fenomenal no trabalho. Você vai notar que meu pai trata Bruce como um poodle inestimável. Eles se conheceram um ano antes de Monica engravidar de mim. Fazia anos que tentavam ter um filho, mas sem sorte, então ele pensou que Bruce fosse sua única chance de ter um legado.

— E o pai de Bruce?

— Irrelevante. Dono de um império farmacêutico, que vai ser herdado pelo irmão mais velho de Bruce.

— Então agora Bruce quer o legado dos Costa.

— Exatamente. Meses antes de descobrir que Monica estava grávida, Romeo Sênior decidiu que Bruce seria seu aprendiz e o contratou na Costa Industries. Bruce faz o que ele manda desde então, casou-se com a herdeira de um império de moda só para que o pai dela investisse nos nossos negócios. Sênior quer que sejamos marionetes dele. O que for nosso tem que ser dele também.

Biscoitinho prendeu uma mecha de cabelo atrás da orelha.

— Seu pai parece pior do que o meu.

— Duvido.

— Por quê?

— Nenhum homem decente entregaria a filha preciosa a uma pessoa como eu.

— Então você admite ser horrível. — Ela comemorou com um punho erguido no ar.

— Confesso que me falta compaixão, empatia e simpatia. E que, por isso, seria melhor continuar solteiro.

— E sua mãe?

— Ela não tem muita força de caráter. Os níveis de compaixão dela são razoáveis.

Dallas revirou os olhos.

— Eu queria saber se vocês são próximos.

— Nem um pouco. — Tomei um gole do champanhe. — Não vale a pena perder tempo conversando com ela.

— Ela não deveria ser a pessoa com quem você *mais* conversa?

Deus, Dallas estava soando como um livro infantil de novo.

— Chega de conversa fiada, Biscoitinho. Você está aqui para ser bonita e parecer viva. Dispenso a terapia gratuita.

Dallas suspirou.

— É horrível, né? No fim das contas, não passamos de subprodutos das ambições, dos princípios e desejo de nossos pais. Uma coleção de memórias, erros e da necessidade inexplicável de agradar a quem nos deu uma vida. Olhe para nós. — Ela deu uma olhada pela janela, os lábios perfeitos como arco repuxados para baixo. — Presos em um noivado que nenhum de nós quer por causa de nossos pais.

Eu a encarei, o bloco de gelo no meu peito derretendo um pouco. Era a primeira vez que dizia algo tão profundo, e me perguntei quais outras coisas interessantes enchiam aquela linda cabecinha dela, ou se aquilo tinha sido apenas uma passagem de livro que ela havia memorizado por acidente.

Dallas se afastou de mim, talvez com medo de que eu quase a fizesse ter outro orgasmo, meu novo passatempo lamentável.

— Por que está me olhando assim?

— Porque — respondi enquanto a limusine parava na frente da residência dos meus pais — acho que, sem a mínima intenção, você acabou de dizer algo sensato.

# 19

*Romeo*

Meus pais moravam em uma mansão de estilo francês que misturava elementos refinados e rústicos. Apesar de morarmos na mesma rua, era preciso dez minutos para chegar aos portões deles, seguido de mais dois minutos para andar de uma ponta a outra pelo caminho até a entrada. A casa ocupava um hectare e meio e era ao mesmo tempo grandiosa e discreta o bastante para evidenciar que eram endinheirados havia muito tempo. Luzes amarelas brilhavam pelas janelas vastas, iluminando uma mesa comprida repleta de comida preparada por profissionais. Eu sabia que, para qualquer um que não fosse eu, aquela cena parecia o retrato da felicidade doméstica.

Dei um último aviso a Dallas antes de tocar a campainha.

— Lembre-se: hoje à noite, você é uma mulher que recebeu a melhor educação.

— Alguém disse pão? — ofegou Dallas, fingindo-se de burra. — Espero que também tenha molho. Qualquer coisa em que eu possa mergulhar o pão.

Os saltos altos de Monica soaram do outro lado da porta. Assim que foi aberta, empurrei Biscoitinho para os braços dela, meu sacrifício humano.

— Mãe, Dallas Townsend. Dallas, Monica, a mulher que me deu à luz, possivelmente para me irritar.

— Minha nossa, olhe só para você! — Monica se esqueceu de todo o decoro e etiqueta e segurou as bochechas de Dallas com as garras, examinando o rosto delicado da minha noiva com pupilas histéricas. — Não vou fingir que não fiz algumas ligações para descobrir mais a seu respeito! Todos disseram que você era linda, mas os elogios não fazem justiça a você!

Biscoitinho abraçou minha mãe, em geral reticente, em um gesto teatral e floreado. Mesmo não tendo qualquer apreço especial por nenhuma das duas, fiquei satisfeito em ver que faziam um bom par.

— Bom, sra. Costa, posso ver que você e eu nos daremos muito bem.

— Por favor, me chame de mãe!

Nem *eu* a chamava de mãe. E por que ela estava usando pontos de exclamação em todas as frases que saíam de sua boca?

— Ah, já que insiste. Você conhece bons lugares para fazer compras aqui perto, *mãe*?

— Se conheço? — Monica quase teve uma parada cardíaca. — Eu tenho uma *personal shopper* em cada loja.

Os olhos dela seguiram para o colar de pérolas que Dallas deveria ter roubado do meu quarto. Eu sabia que ela tinha bisbilhotado, por causa das marcas de dedo engordurado por todos os cantos, mas só naquele instante notei o pescoço dela. Monica cobriu os lábios com a ponta dos dedos, trocando um olhar com o Sênior.

— Ah, querido, Rom deu o colar de pérolas da sua tataravó para Dallas. Eles vão mesmo se casar.

Atrás dela, Romeo Sênior, Bruce e Shelley espiaram Dallas. Eu analisei meu pai. Os ombros enrijecidos. A forma como sacudiam a cada expiração. Ele colocou a mão no corrimão. Para se apoiar, imaginei, mesmo que nunca admitisse. Ele odiava fraquezas. A má notícia era que Romeo Sênior ainda estava vivo. A boa? Era que ele parecia um pouco menos vivo do que na última vez que o tinha visto.

Bruce e Shelley avançaram na direção de Dallas depois que ela conseguiu se desvencilhar dos braços de Monica.

— Querida. — Shelley apertou o ombro de Biscoitinho, uma expressão sombria sobrepujando o rosto. — Ouvimos falar do que aconteceu no baile de debutantes. Você está bem?

— Senhorita Townsend. — Bruce se colocou entre elas, agarrando a mão de Dallas em uma atuação digna de um Oscar. — Se quiser conversar algo em particular por um instante, eu estou à disposição.

Aquele babaca queria que Biscoitinho se jogasse aos pés dele, implorando para que fosse salva do grande lobo mau.

Eu tinha previsto que Bruce se comportaria daquele jeito, assim como imaginei a reação de Dallas — ela sabia que não tinha escapatória. Que não tinha um lar para voltar. Chapel Falls apenas a aceitaria se fosse como minha esposa depois do nosso fiasco no jardim.

Apesar de esperar que Dallas descartasse a aproximação de Bruce, eu não imaginei que ela empinaria o nariz, tratando-o como se ele fosse um criado humilde.

— Bruce, não é? — Ela estreitou os olhos, dando um passo para trás.

— Sim. — Ele inclinou a cabeça em falsa modéstia. — Não precisa fingir coragem, querida. Eu vi os vídeos nas redes sociais...

— Você sabe como são as redes sociais. — Biscoitinho examinou as unhas feitas com um biquinho de desdém. — É uma realidade fabricada.

Shelley deu um passo para a frente, tentando tirar alguma confissão da minha noiva.

— Mas você parecia tão horrorizada...

— Ah, eu fiquei. — Dallas riu, enrolando uma mecha de cabelo no dedo. Notei que ela tinha uma constelação de sardas em formato de asa no nariz. — Mas depois tive tempo para me acalmar e considerar o quanto esse homem está completamente obcecado por mim. Quer dizer, olhe tudo o que ele fez para que pudéssemos nos casar. Eu juro que, toda vez que ele olha para mim, ele fica com lágrimas nos olhos. Ele mal consegue se conter. Estou com a felicidade dele na palma da mão. Não é romântico?

Eu poderia beijá-la naquele instante. Mas, é claro, ela decerto me arrancaria um pedaço dos lábios por vingança.

Decepcionados, Bruce e Shelley se afastaram enquanto Romeo Sênior foi até Biscoitinho. Senti o sangue gelar nas veias e os músculos ficaram tensos. Coloquei uma mão possessiva na cintura dela.

Dallas analisou o estado de saúde do meu pai. Ou de falta de saúde. Um milhão de perguntas dançaram por trás daqueles olhos cor de mel. Esperei que meu pai visse cada uma delas. Ele odiava a ideia de pessoas saberem o que tinha acontecido com ele. Que seu corpo imperioso havia fracassado, e que logo morreria. Por isso, havia optado por se aposentar antes de o público testemunhar o que a doença faria com ele.

Romeo Sênior pegou a mão de Dallas e a levou aos lábios, fazendo contato visual.

— Romeo, ela é deslumbrante.

— Eu tenho olhos — informei.

— Você tem mãos também, e parece que não saem de cima da moça. Relaxe. — Ele riu. — Ela não vai fugir para lugar algum, vai?

Dallas examinou o círculo humano que a cercava, tentando interpretar a atmosfera. Era óbvio que existia animosidade entre os homens presentes. Apostando em algo que lhe pareceu seguro, ela passou o braço pelo de Monica e sorriu.

— Eu adoraria ajudá-la na cozinha, mãe.

— Ah, eu não entro na cozinha desde 1998. — Ela acenou com a mão. — Os criados cuidam disso.

Dallas abriu um sorriso iluminado, mas notei que ela não gostou da forma que Monica usou a palavra *criados*. Será que minha noivinha tinha princípios éticos? Improvável. Melhor não descobrir.

— Que tal nos sentarmos para jantar? — sugeriu Romeo Sênior.

— Certamente, Romeo. — Bruce só faltou rolar no chão e mostrar a barriga para receber carinho.

Os quatro entraram na sala de jantar, mas Biscoitinho ficou para trás e se inclinou na minha direção, a voz baixa quando perguntou:

— Está tudo bem com seu pai? Tem alguma coisa errada com ele?

Tinha muita coisa errada com ele. Na verdade, a ataxia de Friedreich era a única coisa certa. Aquilo ia acabar com ele. Uma morte lenta demais para meu gosto. Mas, enquanto isso, eu aproveitava a progressão dos sintomas. Cada vez que ele precisava se esforçar para andar em momentos repentinos. A fadiga. A fala arrastada. O único momento em que eu o ouvia, na verdade.

— Ele tem uma doença genética rara que causa danos progressivos ao sistema nervoso. — Caminhei até a sala de jantar, recusando-me a falar baixo igual a Dallas. Eu não me importava se Romeo Sênior ouvisse. Na verdade, até gostaria.

Ela franziu o cenho.

— Genética? Você vai...

— Herdar a doença? Não. É preciso dois genes recessivos. — Inclinei-me para perto dela, meus lábios roçando o contorno da orelha. — Cuidado, Biscoitinho. Não vai querer que ninguém ache que você se importa.

O jantar consistiu em Bruce e Shelley interrogando Biscoitinho a respeito do baile de debutantes, Monica tentando convencer Dallas a sair fazendo compras com ela pela Europa e meu pai tentando encontrar defeitos óbvios nela, os quais eram muitos. Minha noiva estava arqueada na cadeira como um camarão que tinha sido cozido por tempo demais, certamente para mexer com os meus nervos. Percebi que Biscoitinho não gostava de defender nosso relacionamento, pelo simples fato de que ele não existia. Ela foi forçada a mentir na caradura por um homem que a havia tirado de sua vida abençoada. Na hora que a sobremesa foi servida, de forma chocante, Dallas nem tocou no prato.

Bruce e Shelley a questionaram pela milésima vez sobre o relacionamento dela com Madison Licht. Ela tomava goles frequentes de água, o fogo usual dela se extinguindo.

—... só acho estranho, depois de Madison tê-la elogiado para metade da região, vocês romperem o noivado por causa de um flerte breve com nosso pequeno Júnior...

Bruce a teria continuado cutucando até alcançar a camada pré-sal de Dallas se ela não tivesse dito:

— Com licença, por favor.

Meus pais trocaram um olhar confuso.

— Fique à vontade. — Eu fiquei em pé, puxando a cadeira para ela.

Ela desapareceu mais rápido que a parte de cima de um biquíni em uma festa de universitários em Cancún. Bruce se virou para mim.

— Júnior, filho, o que você está fazendo com a criança é deplorável.

— O que você está fazendo comigo também — rebati.

— O que eu estou fazendo com você?

— Existindo.

— Romeo — repreendeu meu pai de maneira fingida. Ele adorava nossa competição pelo trono dele. — Pare de provocar Bruce. Você sabe que não deve desrespeitar os mais velhos.

Tomei um gole de conhaque.

— Foi ele quem começou.

Bruce fechou a cara.

— Como?

— Nascendo.

Nada trazia minha criança interior à tona como discutir com meu rival na frente do meu pai.

— Madison anda dizendo por aí que o Departamento de Defesa vai fazer a eles uma oferta pelo contrato anual. — Romeo Sênior comeu mais da torta, mudando de assunto. O garfo preso entre os dedos dele estremeceu, por causa da irritação ou da doença. — Aquele que atualmente é nosso. Como vocês sabem, a empresa deles tem os direitos do protótipo da arma de choque. Minhas fontes me informaram que vale o rompimento do acordo. Eles têm projetos de ponta que nós não temos.

Aquilo era uma consequência direta do meu pai depender de engenheiros e especialistas com conhecimento defasado e sem nenhuma experiência em campo. Ele não tinha só deixado a peteca cair. Ele a havia deixado sair rolando até o campo inimigo. Durante minha graduação no MIT, ele advertiu que meu diploma em engenharia era um desperdício porque a Costa Industries tinha um exército de engenheiros, mas ali estávamos. Uma década de desatualização, pegos de calças curtas.

— Madison está certo. Estamos ultrapassados. Fracos. — Bati o copo na mesa, encarando Romeo Sênior. — Faça-me o novo CEO, e lhe darei uma arma de última geração. Estou falando de destruição a nível nuclear.

— Romeo. — Bruce engoliu em seco. Ele estava naquela por dinheiro. Nós dois sabíamos que meu pai teria que tomar uma decisão em breve, e que essa decisão iria nos glorificar ou destruir. — Você deveria pensar melhor. No mínimo...

— Vamos esperar até você subir ao altar, filho. — Meu pai tentou e fracassou, mais uma vez, em cortar seu pedaço de torta. Era a doença. O garfo retiniu contra o prato quando ele foi pegar a bebida. — Então vou considerar seriamente seu pedido.

*Não sou seu filho. Não na questão que mais importa.*

Esmaguei o chiclete entre os dentes. Além de querer que a dinastia dos Costa continuasse, Romeo Sênior via minha descendência como uma fonte de entretenimento para a esposa dele. Ele imaginava que, se me chantageasse a ponto de me convencer a me casar, eu teria filhos, uma família, algo para manter Monica entretida e feliz. Ela queria netos e férias de família no Natal e cartões com fotos dignas de filmes no Ano-Novo. A família improvisada que ela nunca havia tido, porque meu pai esteve ocupado demais transando com toda a Costa Leste em vez de dar qualquer atenção a nós.

Monica ergueu o copo.

— Romeo.

— Sim?

— Aonde Dallas foi?

Boa pergunta. Ela tinha escapado dos meus pensamentos. Talvez até escapado da casa dos meus pais.

Já que havia uma chance razoável de que a fuga a obrigaria a viver na floresta com uma família de texugos, joguei meu guardanapo no prato e me levantei.

— Vou ver onde ela está.

Monica tocou o pescoço.

— Olhem para ele. Não vejo Rom assim, tão envolvido, desde a época de Morgan.

*Morgan.*

Eu nem me importei de verificar se Biscoitinho estava na cozinha, no jardim ou na biblioteca do meu pai. Eu sabia onde a encontraria e subi as escadas dois degraus por vez. Entrei no enorme corredor de mogno, abrindo bruscamente a porta do meu quarto de infância. Como esperado, Dallas estava ali, sentada na beirada da minha cama de adolescência, folheando um velho álbum de fotos. Morgan e eu de férias em Aspen. Morgan e eu em Nova York. Morgan e eu nos beijando. Nos abraçando. Existindo no nosso pequeno universo.

Ela não ergueu o olhar, nem mesmo quando entrei no quarto e fechei a porta.

— Por que você não se casou com ela? — A voz de Dallas pareceu estar distante, em outra galáxia. — Morgan. Está na cara que você ainda a ama.

Por que ela não chegaria àquela conclusão? Meu quarto antigo era como um altar para minha ex-namorada. Álbuns de fotos. Fotografias emolduradas. Ingressos de shows a que fomos. Lembrancinhas de lugares exóticos que visitamos. Eu me recusava a jogar fora as evidências de que algum dia fui um ser humano completamente funcional. O rosto de Morgan estampava cada canto daquele quarto. O corpo delicado de bailarina. O sorriso com covinhas. Ela era tão graciosa quanto um dia perfeito de outono. Destacando-se em tudo que Dallas ficava aquém.

Ao me aproximar da minha futura esposa, peguei o álbum das mãos dela e o coloquei de volta na gaveta da mesa de cabeceira, sua moradia habitual. Por mim, eu poderia queimar todas as memórias de Morgan, e então mijar nos restos para evitar um incêndio. Eu tinha superado a nossa relação de cinco anos e o fim do noivado que se seguiu. Porém, não poderia destruir as provas do nosso relacionamento, ou os membros da minha suposta família interpretariam mal os motivos.

— Casar com ela não era uma opção.

Ainda mais porque eu a tinha expulsado, completamente nua, da cobertura que dividíamos no dia que nosso noivado terminou, e depois ainda pedi uma ordem de restrição contra ela quando Morgan voltou repetidas vezes até minha porta, implorando por perdão.

— Você ainda é apaixonado por ela, não é? — Dallas ergueu o rosto adorável, piscando com aqueles cílios escuros e curvados que a faziam parecer um animalzinho da Disney.

A negação estava na ponta da minha língua antes de eu perceber que, se eu dissesse sim, eu pouparia Biscoitinho de um coração partido quando finalmente me livrasse dela. O corpo dela já estava sintonizado com o meu. Debaixo daquela camada de rebeldia, havia uma jovem mulher capaz de muito amor. Amor que eu com certeza não corresponderia. Era melhor estabelecer que não seríamos nada além de uma transação de negócios.

— Sim — eu me ouvi dizer.

Foi a primeira vez em anos que senti uma risada de verdade se acumular na garganta. Eu. Apaixonado por Morgan. Eu sentia mais solidariedade pelo diabo.

Dallas engoliu em seco. Ela assentiu, segurando o vestido e ficando em pé.

— E você? — perguntei. — Madison ainda tem seu coração?

Era aquilo que Frankie havia dito. Eu tinha planejado tocar no assunto. Não porque me importava, mas porque precisava saber se deveria monitorá-la. Só porque não sentia nada por ela não significava que estava aberto a lidar com um escândalo que abalaria toda a capital.

Ela parou na porta, de costas para mim.

— Seu colega de trabalho e a esposa dele estão testando minha paciência. — Ela ignorou minha pergunta. — Eu gostaria de voltar para casa nos próximos dez minutos.

Eu teria insistido quanto a Madison, mas não consegui reunir em mim mais nenhuma curiosidade.

— Vou ligar para Jared.

# 20

**Dallas**

No mínimo, eu poderia ficar tranquila sabendo que a falta de civilidade do meu marido também se estendia às outras pessoas.

Jared estacionou na frente da mansão perto da meia-noite. Meu futuro marido desafivelou o cinto de segurança, o rosto ainda enterrado no celular enquanto lia um artigo na *Forbes Money*.

— Jared — rosnou Romeo, tocando a maçaneta. — Fique aqui. Vou para a cobertura daqui a uma hora.

Nenhum por favor.

Nenhum muito obrigado.

*Ainda por cima*, o homem que tinha acabado de confessar estar apaixonado pela ex esperava que eu fizesse sexo oral nele antes que ele seguisse para seu apartamento de solteiro. Como recompensa pelo meu bom comportamento, para piorar.

Eu poderia informá-lo de que estava errado... ou poderia ensiná-lo que eu era bem mais do que uma coitadinha inocente, enxotando-o até o dia do casamento.

Pela primeira vez na vida, escolhi a educação.

Seguimos até a porta. O silêncio pesava entre nós dois como uma trilha sonora dramática.

Ele abriu a porta, deixando-me entrar primeiro.

— Sua postura não foi das melhores, mas, fora isso, você se saiu bem.

A versão dele de um elogio, imaginei. Não era à toa que Morgan tinha dado o fora nele. O homem era tão caloroso quanto Urano.

Fiquei em silêncio, focada em pisar duro até meu quarto sem enfiar uma faca nele. Uma vitória para mim. Ele seguiu no meu encalço.

— Na verdade... — Eu me virei, levando a mão ao peito dele.

Os músculos flexionaram sob a camisa social. Ele pareceu ligeiramente consciente da minha existência, para variar.

— Poderia trazer um pouco de chantili da cozinha? — Mordi o lábio inferior.
— Sempre tive uma fantasia...

A expressão dele se fechou.

— Não.

— Romeo, ah, Romeo. — Envolvi meus braços sobre os ombros dele, pressionando meu corpo no seu. Tudo nele estava duro. Todos os lugares *mesmo*. A coitada da Morgan ainda podia ter o coração dele, mas pelo visto o pau de Romeo fazia parte de uma comunhão de bens. — Esse é o meu *sonho*.

Ele tirou meus braços de cima dele.

— Encontre um sonho melhor.

Usando meu olhar mais puro e desejoso, que sempre convencia papai a fazer o que eu queria, sussurrei:

— É minha primeira... *experiência*.

Aquilo pareceu convencê-lo.

— Pode ser a última se você continuar agindo feito uma pirralha.

Ele se virou, descendo até a cozinha com passos pesados.

*Caramba.*

Ele faria mesmo aquilo. Mamãe estava certa. Homens são mais simples do que um pretinho básico.

Apressei-me até o quarto, vestindo uma camisola de lingerie rosa bebê com laços de seda envolvendo o peito. *Obrigada, Cara, por valorizar a mercadoria.* Romeo apareceu alguns minutos depois, uma garrafa de chantili em mãos. Foi engraçado demais ver o homem mais metido e sério que eu já tinha conhecido na vida segurando algo tão... aleatório.

Os olhos dele percorreram meu corpo de cima a baixo.

— Cara comprou isso para você?

— Sim. — Forcei-me a sorrir. — Você gostou?

— Vou gostar mais quando for só trapos no chão. — Ele colocou a garrafa de chantili na minha mão. — De joelhos. Agora, srta. Townsend.

— Você pode... se despir primeiro? — Engoli em seco, fingindo timidez. — Eu nunca fiquei nua na frente de um homem.

— Nudez completa não vai ser necessária para o que tenho em mente.

Um grito entalou na minha garganta. Desgraçado egoísta. O ego dele precisava de uma mansão própria, um programa de televisão e um harém de agentes.

— Só... deite-se na minha cama, tudo bem? — consegui dizer.

— Prefiro fazer isso em pé.

— Se você não fizer algumas das coisas que eu quero, prefiro não fazer nada disso — rebati. Então, para esconder meu plano, voltei a ser gentil. — Tudo que fizemos até agora foi nas suas condições. Isso é importante pra mim. Preciso sentir que também tenho voz.

Romeo franziu o cenho, avaliando minhas palavras. Por fim, se conformou.

— Se tirar proveito de minha boa vontade, eu lhe garanto... vou lembrá-la de que não tenho muita.

Com os joelhos bambos, esperei até ele se deitar no colchão antes de eu montar nele, apertando sua cintura estreita com minhas coxas. Ele me encarou, a indiferença abrindo espaço para um vislumbre de desejo naqueles olhos nebulosos.

— É tudo tão novo e estranho para mim. — Umedeci os lábios, sentindo meu rosto corar, porque aquilo não era de todo mentira. Me atrapalhei com os botões da camisa dele, desabotoando-os com dedos trêmulos.

— Já disse que não vou me despir.

— Eu vou me despir também. Prometo. — Não consegui me livrar das abotoaduras feitas sob medida para ele. Ele se encarregou de retirá-las com um rosnado impaciente. Hesitei. — Espero não decepcionar você.

— Apesar de não ser fã da sua personalidade, eu pagaria um bom dinheiro só para observar você sentada enquanto respira — confessou ele, a voz com um tom mais rouco. — Tudo que precisa fazer é estar viva para eu ter uma ereção, então não perturbe sua linda cabecinha com a possibilidade de você não ter um bom desempenho.

Infelizmente, aquela era a coisa mais fofa que ele já tinha me dito.

A camisa caiu como uma pluma no chão, expondo o torso esculpido. A ponta dos meus dedos formigava, implorando para tocar naqueles músculos que eram uma obra de arte. A pele era macia e bronzeada, o tanquinho era firme, os peitorais, perfeitos, e os músculos, esguios. As veias que corriam pelos braços e antebraços contavam a história de um homem que se mantinha em excelente forma. Eu também estava muitíssimo ciente da facilidade que ele teria para me esmagar com toda aquela força caso quisesse.

Umedeci os lábios, permitindo que minhas mãos escorregassem pelo peito dele e seguissem até o umbigo.

— Deus — falei, ofegante. — Você é lindo.

Romeo segurou meu pulso quando minha mão já estava na metade do caminho até a calça. Ele sustentou meu olhar.

— Se você se sentar na minha cara e me deixar lambê-la, eu compro a Astor Opera House inteira para você.

Levei quinze segundos para compreender aquela frase. Aquilo não soava nada como ele. O tom possessivo. A urgência carnal daqueles olhos que pareciam sempre mortos, como os de um tubarão.

— Hum... O quê?

— Eu a compro para você. — Ele nem sequer piscou, meu pulso ainda preso em sua mão. — Você vai poder fazer o que quiser com ela. Cancelar o baile anual de debutantes. Incendiá-la. Demolir tudo e construir um shopping cafona como vingança pela forma que Chapel Falls te julgou na noite do baile. A cidade inteira vai saber que seu marido comprou a Opera House para você só para satisfazer sua vontade.

Meus olhos se arregalaram, o coração preso na garganta. Romeo estava falando muito sério. Ele com certeza tinha um parafuso a menos, como dizia papai. Não adiantaria lembrá-lo de que *ele* era o motivo de eu ter sido excluída socialmente.

— A Astor Opera House não está à venda — eu disse, quando encontrei minha voz. — É do amigo do meu pai, Paul Dunn...

— Tudo está à venda pelo valor certo. Teste você mesma essa teoria. Sente-se na minha cara, Dallas, e lhe darei qualquer coisa que você quiser. Eu compro aquela fábrica de biscoitos japonesa inteira se você me deixar me banquetear com seu sabor.

Eu o olhei com cuidado, a adrenalina correndo pelas minhas veias. Minha sensualidade tinha poder sobre Romeo quando ele baixava a guarda, o que tinha acontecido apenas uma vez até aquele momento.

— Mas você vai voltar para a cobertura depois? Depois que nós...

— Sim. — Lembrando-se de quem era, ele soltou minha mão como se estivesse em chamas. — Não confunda luxúria com carinho. Luxúria é uma necessidade. Carinho é um sentimento. Não tenho carinho por você.

Coloquei a mão na cintura da calça dele.

— Então prefiro fazer as coisas do meu jeito.

Daquela vez, não me atrapalhei. Abri o zíper e me apoiei nos meus joelhos enquanto ele tirava a calça. A cueca preta apareceu. Cós com a logomarca da Givenchy. Aquele homem era tão rico que suspeitei que ele limpava a bunda com paninhos de seda egípcia. A silhueta do seu pau me deixou com água na boca. Por um segundo considerei experimentá-lo. Era comprido e grosso, a forma da cabeça perfeitamente inchada preenchendo o tecido luxuoso. Engraçado que todas as minhas amigas casadas tinham me dito que pênis não eram bonitos. Achei o pênis do meu noivo bastante atraente. O único problema era que estava acoplado a um babaca.

— Biscoitinho. — O tom dele foi de aviso.

— Sim?

— É uma troca. Tire a blusa antes que eu faça isso por você.

Desviando o olhar do pau dele, desfiz os laços de seda cor-de-rosa, que mantinham minha modéstia intacta. Os olhos dele se acenderam de desejo enquanto as fitas caíam em seu peito. Ele me agarrou pela cintura, erguendo-me no ar, e me posicionou mais para baixo para que minha entrada estivesse alinhada com o pau coberto dele, arrastando-me pela ereção com um sibilar dolorido.

Minha cabeça girava com aquele desejo idiota e adrenalina. Era hora de agir antes que eu me afogasse em uma tentação doce e entregasse a Romeo o que ele queria. A *única* coisa que queria de mim. Peguei um dos laços de seda cor-de-rosa e aproveitei para amarrar o pulso do meu noivo na cabeceira da cama, atrás da cabeça dele.

— Quero explorar seu corpo primeiro. Nunca toquei num homem.

Não mais presos um ao outro pelas fitas delicadas, meus peitos balançavam para fora da camisola, cheios e redondos, de um lado para outro enquanto eu amarrava o pulso dele na cabeceira.

— Você não vai me amarrar.

— Ah, fala sério. — Eu me abaixei para que um dos mamilos ficasse na altura da boca dele, sabendo que ele o pegaria para chupar. — Eu provavelmente não vou fazer o trabalho direito. Me deixe aproveitar.

Romeo estava tão focado em observar os pêndulos que eram meus seios, tentando pegar um mamilo rosado entre os dentes enquanto eu me abaixava, que permitiu que eu amarrasse seu pulso esquerdo na coluna da cama de dossel.

— Você tem tendência a ser desastrada — murmurou ele perto do meu peito, lambendo a pele. Senti um tremor me percorrer.

— Agora, a outra mão.

Eu me abaixei mais, meu torso contra o peito dele enquanto eu amarrava o outro pulso na cama. Ele fechou os lábios quentes e úmidos ao redor do mamilo e chupou quase todo o peito para dentro da boca. Estremeci com o calor, minhas mãos caindo nos ombros dele. A camisola estava úmida entre minhas pernas. Eu me sentia aérea. Louca de desejo. Passei os dedos no cabelo escuro e espesso dele, jogando minha cabeça para trás com um gemido. O dente dele roçou meu mamilo no mesmo instante que a língua circulou o bico. Eu me esfreguei sem parar no pau dele, ciente de que estava deixando manchas do meu desejo em sua cueca.

— As coisas que vou fazer com você, Biscoitinho...

O apelido me trouxe de volta à realidade. Eu me lembrei das palavras no baile de debutantes. *Arruinada por biscoitos.* Endireitando os ombros, eu me afastei e fiquei em pé do lado da cama.

Romeo tentou se levantar, o tanquinho magnífico se contraindo, mas foi quando percebeu que eu o havia amarrado com um nó triplo de cada lado. A cabeça caiu nos meus travesseiros. Ele arqueou uma sobrancelha escura, calmo e controlado.

— Cuidado com o chantili, srta. Townsend. Odeio bagunça e sujeira, e, a julgar pela sua falta de jeito, sua mira deve deixar muito a desejar.

Sem me dar ao trabalho de continuar o teatro, revirei os olhos e dei um puxão na fita que o prendia na cama, certificando-me de que não soltaria.

— Não é à toa que Morgan lhe deu um fora. Como parceiro, você fede mais do que boné de adolescente.

Ele abriu a boca para responder, mas mostrei que eu não me importava nem um pouco quando me virei para pegar a garrafa de chantili na mesa. Fui até ele, balançando os quadris de forma sedutora. Meus peitos ainda estavam totalmente expostos, mas, de alguma forma, não me senti nada envergonhada. Aquele homem tratava minha aparência como se fosse um defeito — e tinha me levado contra minha vontade. Bem, então eu transformaria aquela fraqueza no meu ponto forte.

Notei algumas cicatrizes na lateral das costelas dele. Antigas e rosadas na pele bronzeada, e bem grandes. Fiquei curiosa, mas sabia que, se eu perguntasse, ele tentaria arrancar minha cabeça.

A expressão de Romeo ficou sombria.

— Nem tente, Biscoitinho.

— Por que não? Não é como se você não tivesse tentado me punir antes.

Dei a ele um sorriso doce, peguei o elástico da cueca e o puxei para baixo de uma vez só. O pau dele apareceu, pesado, pulsante e volumoso. Aquela coisa era enorme. Ele queria que eu enfiasse aquilo na boca? Eu mal conseguiria fazê-lo caber na minha mala. Talvez Morgan tivesse deslocado a mandíbula e por isso terminou tudo. Recebê-lo na vagina parecia comparável a dar à luz um pastor-alemão adulto.

— Ah, esqueci de mencionar. — Sacudi a garrafa nas mãos, observando meu futuro marido tentando libertar os pulsos, contorcendo-se como uma besta enjaulada. — Fui escoteira na infância toda. Um efeito colateral de ter sido criada como uma boa garota. Sei fazer todos os sete nós de cor, sem olhar, com uma mão amarrada. Opa, não era para ser uma piada. — Dei uma piscadela.

Ele estreitou os olhos e se impeliu com mais força, sacudindo a cama. As fitas de cetim pressionaram a carne, criando marcas vermelhas feias como pulseiras na pele dele.

— Por que você masca chiclete o tempo todo? — exigi saber, ficando a uma distância segura.

Ele travou a mandíbula.

— Se você responder, talvez eu deixe você se safar — menti.

— Não vai, não. E, mesmo se me soltasse, não negocio com terroristas.

— É uma obsessão.

— É um *mecanismo de defesa* — corrigiu ele.

— Tipo o silêncio da sua casa. Sua ideia de céu é o inferno da maioria das pessoas.

— O inferno não é tão ruim assim. Faz sol o ano todo, muitos vizinhos interessantes e ninguém precisa ir à igreja aos domingos.

Ele ia *mesmo* implicar com religião? Era como se ele quisesse ser o antagonista de toda a existência.

Sem mais conversa, virei o bico da garrafa na direção da virilha dele e apertei, espirrando uma nuvem fofa e espessa de chantili no pau e nas bolas. O frio fez a pele dele se arrepiar. Ele sibilou.

Romeo me encarou como se planejando um assassinato.

— Você já se divertiu. Agora, desamarre-me ou as consequências serão lentas e horríveis.

Soltei uma risada.

— Você me chantageou para me casar com você, aniquilou minha reputação e destruiu meu relacionamento com meu pai. O que mais você pode fazer? — Mirei a garrafa no peito dele, cobrindo cada mamilo com a fofura branca, então desenhei um sorrisinho na barriga dele. — Ah. Você está *tão* fofo. Mal posso esperar para Hettie ou Vernon encontrarem você assim.

As sobrancelhas dele subiram até quase o couro cabeludo.

— Se você não me soltar neste instante, Dallas...

— A liberdade não é grátis, colega. Foi você quem me ensinou a lição. Aquele cartão de crédito que você me deu vai ser útil hoje à noite. — Eu me virei, peguei do chão um vestido que ele tinha comprado para mim e o coloquei. — Vou passar a noite em um hotel. Pedir serviço de quarto. Talvez sobremesa. Eu não estava com fome quando visitamos seus pais.

Eu me aproximei dele e deixei a garrafa perto da mão presa, inclinando-me para sussurrar no ouvido:

— Arruinado por chantili. — Fiz um barulho de reprovação, idêntico ao que ele tinha feito quando nos conhecemos. — Ah, nada como a queda dos poderosos.

Saí saltitando até a porta, sabendo que Romeo ficaria onde eu o havia deixado, nu e coberto por comida grudenta, até o dia nascer e os funcionários chegarem na mansão.

Antes de sair, dobrei os joelhos em uma reverência fingida, imitando a forma pomposa dele de falar, até mesmo o sotaque chique da capital do país.

— Talvez possamos nos reencontrar no próximo século, lorde Costa. Ou talvez no seguinte.

Ele não respondeu.

*Público difícil.*

Eu sabia que aquele momento viria à tona quando meu Dia do Julgamento chegasse.

# 21

**Romeo Costa**: @OllievB, você ainda está interessado em se responsa-
bilizar pelo monstro?

**Ollie vB**: Por quê?

**Romeo Costa**: Estou colocando-a de volta no mercado.

**Zach Sun**: Ah, não.

**Zach Sun**: O que deu errado?

**Zach Sun**: [GIF de uma pessoa pulando de um avião com um guarda-
-chuva em vez de um paraquedas]

**Ollie vB**: Não sei se estou disposto a me casar com ela, mas fico feliz em
disponibilizar uma cama pra ela dormir até você resolver sossegar.

**Romeo Costa**: A cama também estaria disponível para mim? A cobertura está em reforma, e não volto para casa de jeito nenhum antes
do casamento.

**Ollie vB**: Foi mal, mas a oferta é exclusiva para pessoas a quem quero
oferecer um tratamento de máscara facial de sêmen.

**Zach Sun**: Linda, a imagem que você pintou. Obrigado, @OllievB.

**Ollie vB**: O que rolou? Mostre na boneca inflável onde ela te tocou.

**Romeo Costa**: @ZachSun? Você tem cinco quartos extras.

**Zach Sun**: Desculpa, estou esperando convidados de Cantão.

**Romeo Costa**: Sua família só vem no Ano-Novo.

**Zach Sun**: Que boa memória.

**Zach Sun**: Nesse caso, você não pode dormir aqui simplesmente porque
você é insuportável.

**Ollie vB**: Eu conheço uma ótima rede de hotéis se quiser uma reco-
mendação.

**Romeo Costa**: Que caridoso da sua parte.

**Ollie vB**: Não vai contar o que aconteceu?

**Romeo Costa**: Se eu contar, vou arruinar chantili para vocês por toda a eternidade.

**Zach Sun**: Sou intolerante a lactose.

**Ollie vB**: E eu sou intolerante a limites, então nada poderia me abalar.

**Romeo Costa**: Tudo bem. Vocês pediram.

# 22

**Romeo**

Eu nunca mais faria contato visual com Hettie.

O silêncio que tomou conta do quarto de Dallas quando Hettie me encontrou às oito da manhã e me desamarrou da cama — com o chantili grudento e derretido mal cobrindo a ereção matinal — foi ensurdecedor.

Primeiro, ela tentou afrouxar o nó com a mão.

Depois de uma luta de três minutos, ela bufou.

— Puta merda, de todas as mulheres com quem você poderia se casar, escolheu justamente a que tem as mesmas habilidades de combate que o James Bond?

— Confie em mim, ninguém está menos empolgado do que eu para as núpcias. Agora vá pegar uma tesoura, mas, antes disso, aproveite e use um cobertor para cobrir minha região inferior.

*Arquivar na pasta: frases que nunca pensei que diria a alguém que contratei para fazer broccolini no vapor.*

— Região inferior?

— Meu pau, Hettie. Por Deus, alguém com menos de 30 anos tem um vocabulário que não tenha vindo do TikTok?

Ela tinha visto minhas cicatrizes.

Eu tinha certeza.

Minha noiva também. Porém, as duas tiveram o bom senso de não fazer perguntas. Ainda assim, eu não gostava que as pessoas soubessem. Não gostava que pudessem tirar conclusões. Não gostava, também, de ser lembrado de que uma vez eu tinha sido fraco.

Minha primeira parada foi no banheiro para tomar um banho. Esfreguei qualquer traço de açúcar e creme e soquei os azulejos até pelo menos dois dos nós nos dedos começarem a sangrar.

Depois, vesti meu melhor terno, coloquei três chicletes na boca e peguei o celular, informando ao mundo que, para sua decepção, eu ainda estava vivo.

Eu nunca desaparecia por mais de quatro horas seguidas, o máximo que eu dormia. Todo mundo no trabalho pensou que eu tinha me atirado de um penhasco. Sem dúvida, os funcionários da Costa Industries ficaram tristes ao descobrir que eu ainda estava no mundo dos vivos. Minhas atitudes não levavam as pessoas a me admirar ou a se tornar fãs.

Enquanto me levava ao trabalho, Jared me avisou que minha astuciosa noiva estava hospedada no Grand Millennium Regent. Um dos hotéis para a elite e de alto nível de Von Bismarck. Em uma suíte que custava quinze mil dólares por noite, claro.

Precisei de menos de cinco minutos para cancelar todos os cartões de crédito dela, realocar os livros de Henry Plotkin para um cofre com tranca no meu quarto e retirar qualquer coisa saborosa da cozinha e da despensa.

Era desnecessário dizer que chantili estava banido daquela casa para sempre.

Também cancelei as assinaturas da Netflix e da TV a cabo, e então da internet, só para garantir. Minha noiva provocante não precisava de entretenimento. Ela precisava pensar no que tinha feito.

Na próxima vez que eu a visse, ela me prometeria ser minha para sempre.

E eu aceitaria.

Só para irritá-la.

# 23

## Dallas

— A gente ainda pode fugir. Eu recuperei o anel de Madison que Romeo jogou na multidão. — Frankie andava em círculos no quarto nupcial improvisado na mansão de Von Bismarck, o rosto franzido em concentração, segurando o tal anel entre os dedos. O vestido de seda sem manga, laranja-amarelado se arrastando pelo chão de mármore. — Deve valer alguma coisa, né?

O dia do meu casamento tinha chegado. Fazia quase três semanas que eu não via o noivo. Durante aquelas semanas, mamãe e Frankie tinham me visitado duas vezes, mas, ainda assim, eu nunca me sentira tão sozinha na vida.

— Esqueça isso. — Encarei o espelho enquanto duas maquiadoras e um cabeleireiro me paparicavam. — Não tem mais volta.

Minha irmã nunca saberia quanto eu estava tentada a aceitar a ideia e fugir. Quase tinha feito aquilo na primeira semana depois de eu ter enganado Romeo. Mas meus amigos e parentes começaram a confirmar presença na cerimônia, lembrando-me do quanto Romeo tinha manchado minha reputação.

— É verdade que você está grávida? — Savannah tinha gritado em uma ligação comigo numa tarde. — As pessoas estão falando que seu pai forçou Romeo a se casar com você depois de ter encontrado um teste de gravidez no lixo.

Emilie conseguiu ser um pouco mais refinada.

— Seus pais me mandaram um convite. Eu agradeço. Você ficaria muito chateada se eu não fosse ao casamento? Não estou dizendo que não vou. Só preciso verificar com meus pais se isso não vai arruinar minha... bem, reputação. Por favor, não fique brava comigo, Dal. Ao menos você vai se casar. E com Romeo Costa, ainda por cima. Eu não recebi nenhuma oferta e não quero ficar com uma reputação ruim por ser vista com as pessoas erradas.

No fim, o universo deu seu jeito. Emilie tinha vindo acompanhada dos pais e seus olhos de águia. E Sav, também, tinha até trazido um acompanhante.

Na verdade, ouvi falar que do lado de fora, no jardim do século XIX de Oliver von Bismarck, cerca de oitocentos convidados socializavam, entre eles a família Licht.

Meus pais os tinham convidado, sendo corteses e aproveitando a oportunidade para provar ao público que estava tudo bem, que não havia ressentimentos entre as duas famílias.

Madison estava lá.

Saber daquilo me fez querer me esconder debaixo da penteadeira. Eu me sentia muito mal e culpada pelo que tinha feito, pela reação em cadeia que havia virado a vida de todo mundo de pernas para o ar.

— Dal! Ah, Dal, o bolo! — Mamãe entrou sem aviso na suíte, também conhecida como o décimo segundo quarto de visitas de Oliver, abanando-se. Ela murchou ao se apoiar na porta, os dedos tremendo sobre o peito. — É um bolo de oito andares. Todo branco. Tem o formato do seu vestido, com rosas realistas e comestíveis, sem mencionar a caligrafia customizada.

Mamãe estava radiante. Frankie e eu a tínhamos protegido da verdade amarga sobre meu casamento. Eu havia passado a última semana fazendo mil elogios a Romeo.

O que mais eu poderia ter feito?

Frankie disse que ela tinha parado de comer e de falar com meu pai em uma tentativa de me trazer de volta para casa. Não importava quanto eu odiasse papai, eu não aguentaria ver minha mãe devastada.

— Ah, nossa. — Forcei um sorriso. — Pena que eu vou engolir tudo antes de alguém tirar uma foto.

— Está na hora, senhoras. — A assessora abriu a porta praticamente com um chute, suando em bicas sob a roupa de marca. Ela tinha um fone no ouvido e um microfone pairava na frente dos lábios. — O noivo já está esperando, e ele está delicioso, tenho que dizer. Todos os convidados estão sentados. Hora de ir.

Frankie me lançou um olhar desesperado.

*É agora ou nunca*, parecia dizer.

E, apesar de não conseguir me imaginar encontrando a felicidade com meu lindo mas cruel noivo, eu também não poderia voltar a Chapel Falls como uma mulher arruinada e acabar arriscando o futuro de Frankie.

Além daquilo, que tipo de destino me esperava por lá?

Mais ninguém ia me querer. Ao menos com Romeo Costa eu teria segurança financeira, um teto sobre a cabeça e um futuro com filhos pela frente.

— Venha, meu amor. — Mamãe afastou os cabeleireiros e maquiadores, puxando-me para me levantar. O sorriso desapareceu assim que nossos dedos se tocaram. — Suas mãos parecem uma pedra de gelo.

Eu engoli em seco.

— Só estou nervosa.

— Tem certeza? — Ela olhou para meu rosto. — Você me contaria se estivesse infeliz, não é, chuchu?

Eu quase desmaiei ao ouvir meu apelido de infância. Não havia mais nada que eu quisesse além de voltar para casa. Desfazer meu erro do mês anterior.

— Tudo está perfeito, mamãe. Sou a garota mais sortuda do mundo.

# 24

## Dallas

Como todas as mentiras, meu casamento foi lindo demais, ensaiado demais e, acima de tudo, desprezível. Meu vestido era o epítome da realeza. Mangas compridas de renda com um decote em V profundo, uma coluna de cetim simples moldando o corpo e uma cauda redonda que cobria toda a escadaria da mansão Von Bismarck. Três revistas de moda vieram tirar fotos. Todos os lucros iriam para uma instituição de caridade: Friedreich's Army. Foi ideia de Romeo. Assim como em todas as outras coisas, eu não tinha voz.

Os tabloides e os noticiários locais informaram que os arranjos florais, sozinhos, tinham custado mais de cento e vinte mil dólares. Eu não duvidava. Meus pais não tinham economizado um centavo sequer naquele evento magnífico. Mamãe mencionara muito tempo antes que tínhamos ultrapassado o limite do orçamento de um milhão de dólares. A festa — que seria no segundo jardim botânico cheio de heras de Oliver — incluía um coquetel especial chamado R&D em nossa homenagem, aperitivos feitos na hora por chefs de cozinha italianos com estrelas Michelin e lembrancinhas de no mínimo dez mil dólares, feitas para todo mundo ficar com água na boca.

Eu murchei dentro do vestido pesado, como se estivesse nadando envolta pelo tecido que pressionava minhas costelas. Não comia nada substancial havia semanas. Desde que Romeo tinha livrado a casa de qualquer coisa comestível. Hettie, às vezes, trazia burritos de café da manhã e doces escondidos debaixo da roupa, para que as câmeras não a pegassem desafiando uma ordem de Romeo. Fora aquilo, tudo o que a casa tinha a oferecer era espinafre, peito de frango, granola e infelicidade.

Quando cheguei no início do caminho que me levaria ao altar, parei. Uma tela de orquídeas brancas me deixava fora de vista. Logo, eu percorreria aquele caminho, me submeteria aos braços do Deus da Guerra e me tornaria uma Costa.

Papai se materializou ao meu lado, prendendo o braço no meu. Ele tentou fazer contato visual enquanto estávamos parados naquele tapete branco que corria pelo quintal de dois hectares de Oliver. Mantive os olhos fixos em frente, nas orquídeas, a mandíbula tensionada.

— Por favor, Dallas, não vê que estou devastado?

Ele queria mesmo tornar aquela ocasião algo relacionado apenas a ele?

— Como deveria.

Segurei o buquê de rosas brancas com firmeza, os espinhos fincados na pele. Papai abriu a boca. Por sorte, a música o interrompeu. Com mamãe e Monica no comando da maior parte do planejamento — usei dores de cabeça como desculpa o mês inteiro —, eu não fazia ideia de que música tinham escolhido. *Ave Verum Corpus*, de Mozart. Que adequado. Sempre a associei com uma carnificina brutal nas telas, ao estilo Casamento Vermelho. Até *aquele* casamento tinha sido melhor do que o meu.

Não sei como consegui colocar um pé na frente do outro, mas consegui. A certa altura, papai e eu atravessamos a cortina de orquídeas e entramos em cena. Respirações ofegantes e sussurros abafados nos acompanharam pelo caminho. Os flashes das câmeras faziam minha pele brilhar. Minhas madrinhas, Frankie e Sav, carregavam a cauda do vestido enquanto seis daminhas seguiam atrás, jogando pétalas de rosas brancas nos convidados. Evitei contato visual com os convidados, que tinham ficado de pé, batendo palmas e comemorando.

Eu me perguntei se Morgan estaria ali, em algum lugar da multidão. Bebendo champanhe, entretida pelo quanto eu parecia boba, casando-me com um homem que ainda a adorava. Na verdade, eu me perguntava se Romeo a tinha visto entre o baile de debutantes e o casamento. Aquela ideia me deixou nauseada. Não porque eu gostava dele, mas porque eu me recusava a ser feita ainda mais de boba.

Cheguei ao altar. O homem que eu havia deixado amarrado na minha cama coberto de chantili estava diante de mim. Poderoso, imponente, gigante. A imagem me fez ter um ataque de risos repentino e incontrolável. Senti o pescoço corar. Então, ergui o olhar e a risada morreu nos meus lábios.

Eu quase tinha me esquecido do quanto Romeo Costa era majestoso. *Quase.* Ele usava um smoking lindo. O cabelo — mais curto do que eu me lembrava, cortado à perfeição — estava penteado para trás. Os olhos cinzentos, que sempre flertavam com a cor azul, pareciam quase de um prata metálico. O rosto estava impassível e neutro como uma pintura sem graça em uma sala de espera. Quando papai deu um passo para o lado, e eu me posicionei na frente dele, Romeo me surpreendeu ao se inclinar para a frente, pressionando os lábios no meu rosto.

Só que ele não beijou minha bochecha. Aquilo tinha sido uma encenação para os convidados. Na verdade, Romeo aproveitou o momento para sussurrar no meu ouvido:

— Se fizer qualquer gracinha, eu garanto a você que sua reputação não será a única coisa que destruirei.

Meu cérebro entrou em curto-circuito procurando uma resposta. Piscando, reconheci que quem oficializaria o casamento era um padre de Chapel Falls. O padre Redd começou a cerimônia. Quando chegou minha vez de fazer os votos, declarei um discurso de casamento tão clichê e insincero que tive certeza de que meu futuro marido quis vomitar com tamanha cafonice.

Atrás dele, Oliver e Zach vestiam smokings de marca. Zach irradiava impaciência, lançando olhares furtivos em direção ao relógio sem levantar o pulso. Apesar do charme clássico e dos modos adoráveis, algo sombrio o espreitava. Algo escondido apenas o bastante para sugerir que ele não mostrava seu verdadeiro eu ao mundo. Por outro lado, Oliver — um livro aberto e cheio de anotações coloridas — encarava minhas madrinhas com afinco. Se ele achava que Frankie estaria interessada em seu joguinho... Ah, ele descobriria a verdade quando eu esmagasse aquela esperança junto com as bolas dele.

O padre Redd virou a página do manual de cerimônias.

— Romeo Niccolò Costa, você aceita esta mulher para ser sua esposa, para viverem juntos em matrimônio sagrado, amá-la, honrá-la, reconfortá-la, na saúde e na doença, renunciando a todas as outras, até que a morte os separe?

Romeo enlaçou os dedos nos meus. Eram frios e pareciam argila.

— Aceito.

Um sorriso charmoso atravessou o rosto dele, deslumbrando o público. Pareceu uma foto editada.

— E você, Dallas Maryanne Townsend, aceita este homem para ser seu marido, para viverem juntos em matrimônio sagrado, amá-lo, honrá-lo, reconfortá-lo, na saúde e na doença, renunciando a todos os outros, até que a morte os separe?

Amá-lo e reconfortá-lo? Ele tinha era sorte de não sair dali em uma ambulância. Meu novo sonho era contribuir para aumentar o número de cicatrizes no corpo dele.

— Uhum.

Padre Redd pigarreou, rindo.

— Isso foi um sim?

— Eu aceito — cuspi as palavras.

— Agora, você pode beijar a noiva.

Não sabia o que esperar. Talvez um selinho modesto para selar o acordo. Mas Romeo Costa era cheio de surpresas. Em vez daquilo, ele deu um passo à frente, envolveu minha cintura com seu braço forte e me puxou contra ele. Com uma possessividade de gelar o sangue, ele envolveu meu pescoço com a mão livre, inclinou meu corpo para trás e colidiu a boca com a minha, aplicando uma força brutal.

Aquele gesto declarou apenas uma coisa — que eu era *dele*.

Ao fundo, as pessoas ficaram loucas, aplaudindo e assobiando. Risadas, música e vozes femininas comentando o beijo icônico preencheram o espaço.

—... tão épico quanto o pedido de casamento dele...

—... nunca vi um homem tão apaixonado...

—... parecia mais um filme...

Permaneci inerte nos braços dele, mesmo quando ele estendeu a língua e abriu meus lábios, lambendo e brincando, explorando minha boca com confiança.

Era uma declaração.

Um beijo para informar ao mundo que eu era propriedade dele.

*Invasores serão punidos. Ou coisa pior.*

Prendi a respiração, ignorando o calor que irradiava da minha coluna, exigindo que eu o beijasse de volta, e esperei que Romeo se afastasse. Eu me recusava a ceder e participar daquela catástrofe.

— Sua submissão é mais doce do que chantili, *sra. Costa.* — Ele se afastou, e depois esfregou o nariz no meu. — Como está a vida longe da civilização? Já aprendeu a fazer fogo com pedrinhas?

Minha resposta veio na forma de enfiar os dentes no lábio inferior dele até encontrar a resistência de músculo e carne e o gosto metálico invadir minha boca. Ele usou as costas da mão para limpar o sangue, dando um sorrisinho.

— Aí está ela. Estava começando a me preocupar que tivesse perdido os dentes.

— Você gosta dos meus dentes? — Fingi segurar a cabeça dele, encarando-o com uma devoção falsa. — Que bom, porque você está prestes a conhecer minhas garras.

Então, porque eu queria muito machucá-lo, peguei o anel de noivado de Madison, que Frankie tinha me dado mais cedo, e girei-o entre os dedos.

— Talvez você precise de câmeras melhores, *maridinho.* Fiquei muito fogosa enquanto você estava desaparecido, e o fogo não veio do nada.

Eu estava mesmo aludindo ao fato de ter tido um caso com Madison? Era imprudente e perigoso, mas muito satisfatório. O olhar no rosto de Romeo, de um homem à beira de iniciar uma guerra, inundou-me com adrenalina.

Recusando-me a mostrar a ele quanto eu havia me sentido infeliz nas últimas semanas, sorri.

— Aproveite nosso casamento.

A assessora levou os convidados para a recepção. A mansão de Oliver von Bismarck contava com um salão de baile completo. Eu juro, a casa dele deixava Shangri-La no chinelo. Mesas redondas cobertas de renda branca cercavam a pista de dança. Centros de mesa na forma de candelabros antigos adornavam cada uma delas. Lustres rústicos com detalhes dourados e uma dezena de flores diferentes, todas de cor branca, enfeitavam o salão. Eu desejei que aquele evento não simbolizasse minha ruína, para eu poder apreciar melhor todo o seu esplendor.

Assim que me desvencilhei de Romeo, Frankie apareceu do meu lado, segurando meu braço e me ancorando em segurança. Ela estava tão linda que meus olhos lacrimejaram. Seria bom ela encontrar um par decente. Um amor verdadeiro depois do sacrifício que fiz por ela.

— Eu sei que o odiamos, e daqui a um segundo volto a fuzilar ele com o olhar, mas achei que você acharia reconfortante ouvir que o beijo de Romeo molhou todas as calcinhas da Costa Leste.

— Não a minha — menti. — Além disso, tem muitos caras gatos no mundo.

— Falar que seu marido é gato é falar que o monte Everest é levemente inclinado. Aquele maldito é muito gostoso. Não sei como você não perde o controle só de ficar perto dele.

Não tive coragem de dizer a ela que Romeo havia roubado todos os meus livros de Henry Plotkin. Também não queria que ela o esfaqueasse com um dos sincelos decorativos que mantinham as garrafas de champanhe vintage resfriadas. Mamãe e papai se juntaram a nós. Fomos de mesa em mesa e agradecemos a todos por terem nos agraciado com sua presença. Romeo faria o mesmo com a família dele, apesar de eu ter tentado desligar o cérebro, me forçando a não lembrar que ele estava no mesmo lugar que eu. Quase funcionou.

Eu havia acabado de voltar a respirar direito — até a sensação entorpecida dos dedos tinha desaparecido — quando papai me arrastou até a mesa dos Licht. Como seu melhor amigo de Georgetown, o sr. Licht resolveu aparecer, apesar do histórico complicado com os Costa. Ele não perderia a oportunidade de provar que não tinha sido afetado pelo fiasco público.

— Dallas, querida, parabéns. Você está deslumbrante. — A sra. Licht limpou o canto da boca com um guardanapo, apesar de não ter tocado na comida deliciosa na frente dela.

Eu assenti, inerte. Meu olhar estava fixo no chão. Não consegui olhar para Madison. Ele, que tinha me deixado escolher meu anel de noivado. Que tinha me prometido que transformaria um cômodo no apartamento dele em uma biblioteca para mim.

— Dallas. — A voz dele soou imparcial, nenhum traço de raiva nela. Eu quis me enterrar em um buraco. Mesmo depois de seu arqui-inimigo ter me arruinado, ainda existia certa bondade nele. — Olhe para mim, por favor. Eu não... — Ele jogou o guardanapo no prato, ficando em pé. — Não aguento achar que você pensa que estou com raiva de você. Não estávamos juntos de verdade. Eu entendo.

Ergui o olhar do chão. Madison parecia tão familiar, aquele cabelo loiro e os olhos castanhos contornados por um tom verde. Apesar de eu nunca ter sentido nada romântico por ele, sempre presumi que aqueles sentimentos viriam depois. Que o conforto se transformaria em felicidade.

— Dallas. — Ele colocou a mão no meu antebraço. — Ah, Dal, por favor. Venha comigo. — Ele segurou minha mão. — Vamos lavar seu rosto.

Eu o deixei me levar para longe do salão. Foi igualmente fofo e insano da parte dele achar que eu deixaria qualquer água tocar meu rosto depois de ter passado três horas seguidas sentada na cadeira do maquiador.

— Não quero lavar o rosto.

Ele parou e se virou para mim, as mãos ainda entrelaçadas nas minhas.

— Tudo bem. Sabe o que vou fazer? Vou pegar um prato de doces para você. Isso sempre melhora seu humor. Me encontre nos fundos.

Eu me senti confortável me esgueirando para fora do meu casamento até o pátio nos fundos, atrás do salão, e me sentando no corrimão. Afinal, eu não me importaria nem um pouco se alguém me pegasse com Madison.

O pátio tinha visão para um lago pequeno. Cisnes e patos deslizavam pela água gelada. Madison apareceu com um prato cheio de macarons nas cores rosa e coral, éclairs de chocolate branco e tortinhas de frutas com laminação dourada. As sobremesas pareciam lindas demais para serem consumidas. Mesmo assim, enfiei um macaron goela abaixo, mal sentindo o gosto.

Madison se sentou ao meu lado.

— Melhor?

Eu assenti, semicerrando os olhos em direção aos morros verdes e aos jardins infinitos que ladeavam a propriedade de Von Bismarck.

— Eu sinto muito mesmo, Mad...

— Por favor, pare com isso. — Ele deu um tapinha no meu joelho. — Nós dois sabemos que você não me traiu. Sempre tivemos um acordo. Não deixe que a culpa indevida a consuma. Fiquei decepcionado? Sim. Eu gostava de você. *Ainda* gosto, Dal. Mas você escolheu quem você escolheu, e eu aceito isso.

Querendo muito agradá-lo, mas também me livrar do peso da verdade, confessei:

— Mas eu não o escolhi. Era para ser só um beijo antes de me casar com você. Mas tudo virou uma bola de neve, e agora estou presa com... com aquele... aquele *monstro*.

Foi ótimo agir de maneira infantil e genuína. Com Madison, meu amigo de infância, eu me sentia livre para ser uma versão de mim mesma que seria expulsa de uma sociedade educada e madura.

Madison me encarou como se o céu tivesse desabado sobre a cabeça dele.

— Está me dizendo que não queria se casar com Costa?

— Não. — Joguei as mãos para o alto. — Papai me forçou depois que nos pegou no flagra. Romeo planejou a coisa toda. Ele armou para cima de mim.

Enquanto eu explicava a ordem dos acontecimentos para Madison, eu soube, no meu coração, que não estava brincando com fogo, mas com uma caixa de dinamite. Porém, a tentação era grande demais. Se houvesse uma chancezinha mínima de que Madison pudesse me livrar daquele acordo, eu aproveitaria o momento.

Precisei de três minutos para explicar tudo. Depois, ele juntou minhas mãos na dele e me encarou.

— E você tem certeza de que não quer continuar casada com ele?

Eu nem precisei pensar no assunto.

— Absoluta — respondi, convicta. — Se tiver uma forma de sair dessa e de minha reputação sobreviver, farei o que for preciso.

Madison mordeu o lábio.

— Não prometo nada, mas acho que existe uma forma de tirá-lo de campo.

*Tirá-lo* de campo? Parecia que aquilo tudo havia saído de um episódio de *Riverdale*. Mas situações desesperadoras exigiam medidas desesperadas. Eu teria que me certificar de cair fora do plano de Madison se ele resolvesse formar um culto.

— Quando você pode me dar certeza? Todo minuto que passo na casa dele é uma tortura. — Principalmente depois que ele confiscou os carboidratos.

Madison suspirou, passando os dedos pelo cabelo.

— Sinto muito por você ter acabado envolvida nessa situação, Dal. Confie em mim, nunca achei que alguém seria vingativo o suficiente para ir atrás de você assim.

— Você poderia me ligar quando...

— Vamos com calma. Primeiro, fique de olho nele para mim, certo? — Ele foi direto ao assunto: — Tenho certeza de que ele deve estar monitorando seus aparelhos, então não me mande nada importante por mensagem. Ligue, e nos encontraremos. Pode ser qualquer coisa que você encontrar e que pareça esquisita, seja relacionado aos negócios ou à vida pessoal dele.

Ele estava... me recrutando para derrubar Romeo?

Eu me esforcei para imaginar meu marido sendo pego no flagra fazendo algo ruim. Ele era mais sofisticado que aquilo. Na verdade, estava sempre no controle. Mesmo quando apresentou o rosto de Scott, o copiloto, ao chão do avião, ele pareceu calmo e controlado.

Tirando as mãos das de Madison, peguei uma tortinha de fruta e dei uma beliscada.

— E se eu não encontrar nada? Ele não é exatamente um livro aberto.

Madison fingiu estar atormentado. Ele não era bom ator. Eu já tinha visto atuações melhores em conteúdos adultos nas festas do pijama de Sav.

— Bom... quer dizer, dependendo do quanto você quiser pegar o desgraçado, você pode sempre... *fabricar* um problema. — Ele mordiscou a unha do polegar, um hábito antigo que sempre achei irritante. — Você sabe do que estou falando, de mostrar a forma horrível como ele a trata. Qualquer coisa que puder estragar a reputação dele. É importante, Dal. Se quiser Romeo Costa fora da sua vida, fora da *nossa* vida...

— Minha nossa, vocês não são adoráveis juntos? — Palmas lentas e sarcásticas acompanharam a voz afiada. — A Bela e a Esfera.

Madison era *mesmo* bochechudo.

Meu novo marido apareceu, rodopiando o uísque no copo de bebida longo, passos largos e confiantes. Ele havia se livrado do paletó do smoking em algum momento. As mangas da camisa estavam enroladas até os cotovelos, expondo os antebraços bronzeados e musculosos.

O cabelo parecia um pouco bagunçado. Talvez Morgan o tivesse despenteado enquanto os dois desapareciam em um dos vinte e três quartos de visita para uma rapidinha.

Meu coração começou a bater descontrolado quando lembrei que, antes de escapar da festa, eu havia mostrado a ele o anel de noivado de Madison, que, naquele instante, estava sentado ao meu lado.

Pior ainda, ele cobriu meu joelho com a mão, encarando Romeo de forma impassível.

— Estou de olho em você, Costa.

— Não estou preocupado com seus olhos. Seu braço, no entanto, é outra questão. Se você quiser que ele continue preso ao seu corpo, sugiro que o retire do colo da minha esposa.

— Sua *esposa*. — Madison bufou. Ainda assim, ele obedeceu, transferindo as mãos até entre as próprias pernas. — Para você, ela não passa de uma forma de se vingar por eu ter me aproximado do Departamento de Defesa e apresentado uma proposta impecável e irrecusável além de vinte por cento mais barata do que a da Costa Industries.

— Primeiro, sugiro que aprenda a falar direito. A frase ficou gigantesca. — Romeo piscou, como se Madison tivesse falado em outra língua. — Segundo, eu não tinha terminado.

— É mesmo?

Romeo cuspiu o chiclete. Foi a primeira vez que o vi disposto a se desfazer daquela coisa.

— Considere isso meu primeiro e último aviso. Cada vez que se aproximar da minha esposa, vou quebrar um osso diferente do seu corpo. Estou pensando em começar pelo fêmur, mas posso mudar de ideia.

Madison ficou em pé com tudo, uma mancha corada subindo pelo pescoço.

— Quanta audácia. Depois de tudo que fez comigo e com Dallas...

Roubando o assento de Madison, Romeo espanou fiapos da manga da camisa.

— Fala sério, no último ano, não houve um único evento em que comparecemos do qual você não acabou indo embora com uma loira de pernas compridas que cobrava por hora.

Madison tensionou a mandíbula.

— Dallas e eu tínhamos um acordo.

Apesar de nenhum acordo daquele tipo ter existido de fato, não estremeci.

— Interessante. — Romeo passou um braço por cima do meu ombro, os nós dos dedos acariciando a lateral do meu pescoço, deixando minha pele quente e formigando. — Diga-me, sra. Costa, vamos firmar o mesmo acordo? Posso ter amantes e sair pela cidade exibindo-as como cavalos premiados?

Eu preferiria morrer a lhe dar permissão de transar com outra pessoa. Só porque eu não queria que ele se divertisse.

— Não. — Franzi a testa. — Você não merece ter um passe livre.

— Então acho que precisarei me contentar com você, esposinha. — Ele voltou a atenção para Madison. — Preciso admitir uma coisa, Licht. Você não exagerou quando comentou a respeito da aparência dela. Ela é deslumbrante. — Romeo virou o rosto para mim, arrastando os lábios quentes pelo meu rosto. — Quem imaginaria que ela é tão deliciosa quanto fogosa? Minha esposa disse que você tirou proveito.

Estremeci no vestido de noiva, tanto por raiva quanto por excitação. Minhas pálpebras se fecharam, e eu engoli em seco.

— Não. — A resposta de Madison estava impregnada de ressentimento. — Não tirei.

— Ah, lembrei. — Romeo estalou os dedos, uma risada maldosa e abafada escapando-lhe da garganta. — Ela se resguardou para você, não foi? Que sorte a minha.

Madison continuou observando enquanto Romeo passava os dentes pelo meu pescoço, fazendo os meus mamilos se espremerem contra o corpete.

— Pode ir embora, Licht. — Romeo usou a mão livre para dispensá-lo. — Já dei meu recado. — Ele segurou meu queixo, inspirando meu pescoço enquanto enterrava o rosto na curva do meu ombro. Se ao menos eu tivesse força para impedi-lo, mas era bom demais. — Me conte, Biscoitinho, vou precisar destruir o que restou da vida do pobrezinho do Madison Licht para garantir que ele fique longe da minha noiva?

— Eu gosto dele.

Ele segurou minha nuca, levando meu corpo para baixo, para que eu ficasse entre o corrimão e os arbustos de rosa cheios de espinho abaixo. A única coisa que me impediu de cair direto em um mar de espinhos impiedosos foi a bondade dele, e sabíamos que ele mal conhecia o significado daquela palavra, muito menos sabia como colocá-la em prática.

Respirando fundo, abri os olhos. O rosto de Romeo estava a poucos centímetros do meu. Madison tinha voltado para o salão de baile depois da ameaça de Romeo de colocá-lo em uma cadeira de rodas.

— Deixe-me ser muito claro com relação a uma coisa, Dallas *Costa*. Você pertence a mim agora. O contrato foi assinado, a contingência se foi e o acordo foi pago. Se eu pegar Madison colocando um dedo sequer em você de novo, o dedo será quebrado. Se ele te beijar, vou cortar os lábios dele. Se ele te foder... — Ele nem precisou terminar a frase. O gosto ácido da bile bateu no fundo da minha garganta. Romeo mostrou os dentes. — Mas confio que você vai se comportar. Até sua estupidez tem limite.

— E você? Imagino que você possa correr por aí, me traindo com Morgan a torto e a direito.

— Desde que você cumpra seu papel de esposa... — Ele afrouxou o aperto. Eu me senti quase caindo. Quis muito me agarrar na camisa dele, mas me recusei a demonstrar qualquer vulnerabilidade. — Você não vai precisar ficar preocupada com mais ninguém.

Forçando meus músculos a relaxarem, respirei fundo. Eu estava quase caindo. Ele me inclinou mais contra o corrimão, para que grande parte do meu corpo ficasse pendurada no ar.

Sorrindo apesar da dor, praticamente cuspi na cara dele quando falei:

— Ficar preocupada? Se eu tivesse a chance, eu deixaria você, embalado e tudo, como presente de Natal na porta dela.

— Como você pode ser tão tola? — O rosto dele estava perto do meu, a pergunta tendo sido entregue com curiosidade genuína. — Qualquer garota com metade de um cérebro estaria de joelhos tentando me agradar.

— Eu tenho um cérebro inteiro, e cada neurônio se lembra do quanto eu odeio você.

— Madison não te ama. — Ele acariciou a ponta do meu queixo. — Ele só prestou atenção em você hoje porque quer que você conspire contra mim.

— Eu sei. — Sorri, com uma dose letal de veneno. — E estou *interessada* na possibilidade.

Pude sentir. O momento em que os dedos dele coçaram para me deixar cair. Foi só por milagre que ele afastou do corrimão, endireitando nossa postura. Ofeguei com força. Suor frio porejava da minha testa e braços. Cambaleando para o mais longe dele que consegui, me certifiquei de que meu marido nunca saísse de vista. Eu não confiava nele. O rosto de Romeo voltou a irradiar indiferença, como sempre.

— A boa notícia é que teremos tempo suficiente no avião para discutir seus planos de me arruinar.

Contraí os lábios.

— Que avião?

— Biscoitinho, você achou mesmo que eu não a levaria em uma lua de mel? — Ele fingiu surpresa. — Como é que nossa união pareceria crível?

Meu rosto desabou. Dei um passo para trás.

— Não há a menor necessidade disso.

Ele deu um passo para a frente, diminuindo a distância entre nós mais uma vez.

— Como sempre, discordamos. As pessoas devem celebrar quando mudam de status. Especialmente quando toda a realeza de D.C. está de olho.

Dei outro leve passo para trás.

— Podemos fazer algo por aqui. Ir para Nova York no final de semana e ficarmos em hotéis diferentes.

Ele avançou, um predador se concentrando na próxima refeição.

— Se eu achasse que conseguiríamos nos safar fazendo isso, eu teria, com alegria, descartado você em casa e seguido meu caminho. No entanto, minha querida esposa, você passou todos os momentos desde o dia em que nos conhecemos tentando se livrar de mim, de forma pública e barulhenta. Por isso, pegaremos meu avião para Paris daqui a duas horas, então volte para dentro e se despeça.

Fiquei boquiaberta. Ele não podia estar falando sério. Eu não tinha conseguido passar tempo com Frankie, mamãe ou Sav. Mas o problema maior era que tinha um bolo de cinco quilos com meu nome escrito nele, *literalmente*, que eu ainda não tinha provado.

Por fim, fiquei sem espaço para recuar. Minhas costas bateram na porta de vidro do pátio.

— Mas... eu não arrumei a mala. E... e... eu não tenho roupas.

— Cara cuidou de tudo. — Ele me encurralou contra o vidro, os braços envolvendo as laterais do meu rosto, os dedos manchando o vidro. — Mas não vamos levar chantili.

— Ela não me conhece.

— Odeio falar isso para você, mas existe mais mistério com relação aos ingredientes de um cachorro-quente do que nessa sua cabecinha.

— E meu passaporte?

— Sua mãe me entregou antes da cerimônia.

*Droga.* Ela deve ter achado que estava me fazendo um favor.

— Eu preciso descansar. As últimas semanas foram tão estressan...

— Nossas mães fizeram todo o trabalho. Você descansou sua vida toda. Essa viagem vai acontecer, quer você queira ou não. Agora, vá se despedir.

— Eu te odeio. — Tentei pisar no pé dele, mas ele foi mais rápido, afastando-se.

— Que pena. — Ele se inclinou para a frente, os lábios roçando os meus. — Eu não te odeio nem um pouco. Na verdade, você é uma ótima fonte de entretenimento para mim. Como uma dezena de palhaços saindo de um fusca. Você é uma apresentação de acrobacias, Dallas. Quando obtém sucesso, fico impressionado. Quando fracassa, eu me divirto. Mas nunca, nunca me importo o suficiente para te odiar. Para isso, você precisaria estar à minha altura.

Naquele instante, a boca dele encontrou a minha, tocando, mas sem beijar. Meu coração estremeceu minhas costelas, ameaçando romper meu peito, pular entre nós, espatifar-se naquela camiseta branca como a neve e manchar tudo de sangue. Meus olhos se fecharam com tudo por vontade própria.

Meus lábios se prepararam para encontrar aquele calor quase familiar. Mas, em vez de ser envolta outra vez por aquele aperto viciante, uma brisa de ar frio deu um tapa na minha cara. Abri os olhos e vi Romeo a dois passos de distância, sorrindo para mim com desdém.

— Quanta inocência. — Ele fez um muxoxo. — Vai ser muito divertido quebrar você.

# 25

**Ollie vB**: A noiva estava espetacular.

**Romeo Costa**: Jogue água sanitária nos olhos agora. Ela não é sua para você ficar olhando.

**Ollie vB**: A irmã também.

**Romeo Costa**: Você quer ir preso?

**Ollie vB**: Fala sério, Rom. Nós dois sabemos que sou rico demais para ver uma prisão pelo lado de dentro.

**Zach Sun**: Alguém pode tirar o fantasma do David Bowie da conversa?

*Romeo Costa removeu Ollie vB da conversa.*

**Zach Sun**: Por que eu sempre sinto que preciso de um banho longo e quente depois de falar com Ollie?

**Romeo Costa**: Porque ele é a encarnação de assédio sexual usando um terno Tom Ford.

**Zach Sun**: Denver está animada para Paris?

**Romeo Costa**: Já vi gatos mais empolgados para tomarem banho.

**Zach Sun**: Já pensou em tentar se dar bem com ela?

**Romeo Costa**: Nem uma única vez.

**Zach Sun**: Quer dar uma resposta mais elaborada?

**Romeo Costa**: Acho que não tem mais volta, não depois que eu a arrastei pela orelha para morar em um estado desconhecido, em uma casa de que ela não gosta e para se casar com um homem que ela odeia.

*Ollie vB entrou na conversa.*

**Romeo Costa**: Como você fez isso?

**Ollie vB**: Tenho um engenheiro de software a postos. @ZachSun me passou o contato dele há uns meses quando precisei lidar com o escândalo de um *nude* vazado.

**Zach Sun**: Uma crise adequadamente nomeada de Pau Mandado.

**Romeo Costa**: A postos?

**Ollie vB**: @ZachSun, seu talento literário está sendo tão desperdiçado.

**Romeo Costa**: Repito: A POSTOS?

**Ollie vB**: Você ficaria chocado se soubesse a frequência com que me vejo encrencado por causa do conteúdo que compartilho.

**Romeo Costa**: Algo me diz que eu não ficaria nada chocado.

**Ollie vB**: Então, a mini Townsend já tem dono?

**Romeo Costa**: A MINI TOWNSEND AINDA ESTÁ NA PORRA DA FACULDADE.

**Ollie vB**: Odeio dizer isso, Costa, mas você sempre foi puritano. Não é, Zach?

*Zach Sun saiu da conversa.*

*Romeo Costa saiu da conversa.*

**Ollie vB**: Quanto drama. Aposto meu quinto iate que ela já tem 18 anos.

# 26

## *Romeo*

Dallas Townsend me lembrava de uma fênix, ressurgindo das cinzas de suas decisões ruins. Uma inspiração às massas desocupadas.

No episódio daquela noite, Biscoitinho bebeu até cair no sono. Desde que eu tinha dado a ela a trágica notícia de nossa lua de mel luxuosa que estava por vir, ela havia se embriagado de champanhe, agradecendo aos convidados com a fala arrastada enquanto ziguezagueava pelo cômodo.

Fora a bela aparência, eu já tinha conhecido móveis de escritório com os quais era mais agradável compartilhar meu tempo.

Não ajudou ela ter nos envergonhado quando encarnou a tia bêbada da ceia de Natal, falando alto o suficiente para ser ouvida da Antártica.

A família dela não interferiu no espetáculo. Shep conduziu negócios, enquanto Natasha dedicou todos os esforços para encontrar um par adequado para a outra ameaça que ela tinha parido.

E quanto a Franklin... Franklin sabia exatamente quão bêbada Dallas estava. E deixou aquilo acontecer, ciente de que eu era alérgico a escândalos públicos.

O fato de eu ter conseguido guiar Biscoitinho ao jatinho particular sem perder um olho no processo não foi nada menos que um milagre. Estávamos a caminho de Paris, e o nível de empolgação estava em algum lugar entre uma maratona de olimpíada de matemática e um velório.

— Acho que vou vomitar — anunciou Dallas, segurando a barriga, ainda com o vestido de noiva. O rosto dela estava verde demais para alguém que não era o Grinch.

— Chocante. — Virei a página do jornal.

Ela gemeu, jogando a cabeça para trás no encosto.

— Tenho quase certeza de que estou prestes vomitar em cima do vestido.

Parecia que ela estava sofrendo de intoxicação alcoólica. E eu que tinha achado que contratar pilotos na faixa dos 60 anos, nada atraentes, garantiria uma viagem sem eventualidades...

Dobrei o canto da página do jornal e passei para a próxima.

— Não precisa narrar sua existência em voz alta. Não existe uma parte de mim que se importe.

— Você não vai me ajudar?

— Não.

— Bem, então acho que vomitar no seu jatinho, que vai ficar fedendo para sempre.

Com um grunhido, saí do assento e a ergui no colo, levando-a ao banheiro no melhor estilo lua de mel. Ela estava entorpecida em meus braços. Eu me perguntei se seria uma boa ideia dar meia-volta para que eu pudesse levá-la direto ao hospital.

Então, com seu choramingar característico, Biscoitinho começou a fazer exigências.

— Segure meu cabelo para não ficar nada preso nele... e ah, o vestido. Tire meu vestido.

O privilégio. A audácia. A crença cega de que o mundo devia algo a ela. Dallas estava ótima.

— Tente não beber como se o futuro da nação dependesse disso da próxima vez. — Eu a soltei no chão antes de chegarmos ao banheiro, virei-a de barriga para baixo e comecei a desabotoar o vestido. E *como* tinha vestido para desabotoar. Ela parecia estar nadando em tecido. Levei dez minutos para libertá-la de todos os botões, zíperes e babados.

Dallas, que era Dallas, ficou se remexendo e segurando no carpete fino.

— Mais rápido! Não aguento mais segurar.

— Está tudo bem aí? — A comissária de bordo colocou a cabeça para fora da cozinha, onde preparava frutas frescas e mimosas. Daquele ângulo, deve ter parecido que eu estava tentando lutar com um javali selvagem.

— Sim.

— Com licença, senhor, mas não parece...

— Estou pagando você para achar coisas ou para limpar banheiros e preparar comida? Aproveite e jogue as mimosas no lixo. A última coisa de que minha esposa precisa é mais álcool no sangue.

Todos os funcionários, do cargo mais alto ao mais baixo, assinavam contratos de sigilo. Era um acordo conveniente, já que meus modos não eram dos melhores quando não havia um microfone da *Bloomberg Finance* apontado para o meu rosto.

Quando Dallas finalmente escapou do vestido, trajando apenas um sutiã bege sem alças e uma calcinha que combinava, peguei o elástico do pulso dela e tentei prender o cabelo.

— Não dá tempo! — Ela *deu um soco na minha cara*, frenética. — Preciso vomitar.

Eu a arrastei até o banheiro, abri a tampa da privada e segurei o cabelo dela com uma das mãos enquanto a equilibrava com a palma da outra. Ela começou a projetar vômito por toda parte.

Enquanto fiquei por cima dela, segurando sua cabeça para que não quebrasse a coluna vertebral e me apresentasse a um mundo de tormentos judiciais, questionei que tipo de imbecil se casava com uma mulher como ela.

Normalmente, eu era racional. O que me fizera achar que aquilo era uma boa ideia? Nem mesmo a vingança contra Madison Licht parecia um motivo bom o suficiente. Biscoitinho era o equivalente humano a um furacão da maior escala. O que ela tocava, ela destruía.

Depois de alguns minutos colocando tudo para fora, Dallas desmoronou no chão em posição fetal, abraçando a privada. Lágrimas escorriam pelas bochechas. O tom de pele mudou de esverdeado para branco cadavérico. Escapei do banheiro para buscar água e remédio de dor de cabeça, só porque não queria que nossa próxima parada fosse um hospital irlandês. Ela aceitou minhas oferendas sem demonstrar gratidão. Depois de engolir o remédio, ela me fuzilou com o olhar.

— Por que não trouxe minha escova e minha pasta de dente?

— Pela mesma razão que não preparei um banho para você ou cortei suas unhas do pé. Não sou sua empregada.

Joguei a garrafa de água vazia no lixo. Nem mesmo Oliver tinha recebido aquele nível de cuidados de mim quando apareceu na minha porta completamente bêbado depois da iniciação no Porcellian Club, em Harvard.

Ela me olhou feio com os olhos vermelhos ainda no chão.

— Minha boca está fedendo.

— O resto de você também não está muito atraente.

— Escova de dentes.

— Modos — instruí, no mesmo tom áspero.

— Vai se ferrar. — Talvez ela tenha considerado aquilo um avanço, já que não tentou arrancar meus olhos enquanto falava.

— Com pesar, eu recuso. Vou ficar lendo o *Wall Street Journal* aqui fora. — E me afastei.

— É tudo culpa sua — choramingou ela para minhas costas. — Eu não teria me embebedado se não fosse por você. — Eu não desacelerei. — Ah, tudo bem. *Por favor*, você poderia pegar minha escova de dente? Feliz agora?

Eu não estava feliz. Eu *nunca mais* seria feliz depois da minha decisão miserável de me casar com aquela mulher. Mas, pelo que parecia, eu havia encontrado meu limite de sociopatia, porque fui até a mala dela, fisguei a escova e um tubo de Colgate e levei tudo para Dallas.

Eu a deixei tomar banho, escovar os dentes e voltar a si enquanto eu dava uma lida por alto nas notícias financeiras no meu assento, bebericando um café morno. Ela saiu do banheiro trinta minutos depois, cabelo molhado e rosto corado de tanto esfregar, usando um moletom do MIT que devia ter roubado da minha mala.

Parecia mal-humorada e atordoada quando se jogou no sofá ao meu lado, enfiando a mão nas frutas frescas e no sanduíche vietnamita. Pelo canto do olho, eu a observei devorar duas bandejas de sanduíches e uma Coca-Cola.

Depois de terminar, ela olhou em volta e suspirou.

— Eu não estou cansada — declarou. Mantive os olhos no jornal. Talvez, se eu não me mexesse, ela acharia que eu tinha morrido e pararia de falar. — Vamos dar uns amassos.

Porque ela ainda estava bêbada, e porque perfume de vômito não era um aroma que eu achasse encantador, ignorei aquela oferta nada excepcional.

— Vamos. — Biscoitinho ficou em pé, descalça, e veio até mim. Ela pegou o jornal da minha mão e o atirou para longe, então montou em mim. — Eu, na verdade, estou bêbada o bastante para tolerá-lo. É uma oferta que vai acontecer só uma vez na vida. Talvez ter um orgasmo me ajude a dormir.

Ela enrolou os braços ao redor do meu pescoço.

— Me dê um motivo para eu te ajudar.

Ela ofereceu um sorriso.

— Esposa feliz, vida feliz?

Algo me ocorreu naquele instante.

— Alguma vez na vida você já teve um orgasmo?

— Acho que me dei um por acidente faz um ano. — Os olhos grandes e inocentes dela se arregalaram.

Era em momentos como aquele que eu me lembrava do que me levara a roubá-la. Onde mais nos Estados Unidos eu arranjaria uma moça de 21 anos que era uma página em branco em que eu poderia rabiscar, que eu poderia dobrar da forma que eu quisesse?

Atormentei Oliver por ele ter achado a irmã dela atraente, mas, para ser franco, Dallas era tão virginal e estava tão fora de alcance quanto a irmã. Ainda muito bem protegida do mundo exterior.

Aquilo atiçou minha curiosidade.

— Fazendo o quê?

— Andando de mountain bike.

Cerrei os lábios para não rir.

— Não ria. — Ela franziu o cenho, batendo no meu peito. — Minha família inteira estava lá. Soltei um gemido, e minha mãe achou que eu tinha machucado o tornozelo. Aí eu *tive* que fingir que doía, e até manquei de mentira por uma hora. Foi bem estressante.

Eu estava mesmo prestes a rir pela primeira vez desde meus 4 anos por causa daquela dor de cabeça em forma humana?

— Saia do meu colo.

— Ou você pode me excitar *enquanto* estou no seu colo. — Ela agitou as sobrancelhas. E a bunda.

— Você bebeu demais. Sem mencionar que eu bebi de menos.

A intoxicação dela foi a única coisa que me impediu de fazê-la chegar ao clímax com meus dedos. Infelizmente, o fato de eu ter visto aquela boca expelir pedaços de macarons e tortinhas não digeridas não me deteve de querê-la ao redor do meu pau.

Eu não tinha o costume de me rebaixar ao nível de *respirar é opcional* — aquilo fazia mais o tipo de Oliver —, mas eu achava Biscoitinho estranhamente sedutora. Quando Shep me disse que a filha era irresistível, eu quis rir. Naquele avião, no entanto, aquilo me preocupava mais do que me divertia.

— Você não entendeu? Eu estar bêbada é a melhor coisa que pode acontecer a nós dois. — Ela espalmou as mãos no meu peito. — Vamos transar. Eu nem vou me importar que vai ser com você. Faz tempo que quero perder a virgindade.

Não era hora de dizer que a virgindade dela seria desperdiçada com meus dedos — ou língua, se eu estivesse me sentindo caridoso.

— Retire-se do meu colo.

Normalmente, eu sentia prazer por ter um controle total e meticuloso, mas, com Dallas, por alguma razão inexplicável, parecia penoso manter o papel.

Ela arrastou a boceta — coberta apenas com a calcinha de renda — pela minha virilha. Como esperado, eu estava duro. Tudo que ela precisava fazer era existir no mesmo lugar que eu para fazer com que todo o sangue do meu corpo migrasse para o pau.

Ela rebolou os quadris, a fenda se arrastando pelo cumprimento do pênis mais uma vez.

— Por que eu deveria escutá-lo sendo que você nunca me escuta?

Flexionei a mandíbula.

— Porque estou muito perto de conseguir uma anulação do casamento e mandá-la de volta a Chapel Falls para se casar com um fazendeiro.

Ela bateu no meu peito de novo.

— Tire vantagem de mim logo, caramba.

Eu quis agarrá-la pela nuca e beijá-la até perder o fôlego, fodê-la ainda vestida até ela ter um orgasmo forte o suficiente para fazê-la gritar. Até ela perder a voz. Então eu a guiaria por entre minhas pernas e gozaria naquele narizinho empinado, nas sardas juvenis e naqueles olhões de bichinho da Disney.

Só que eu não estava disposto a fazer algo de que ela poderia se arrepender depois. Apesar de eu não poder ser acusado de saber o significado de cavalheirismo, consentimento duvidoso era meu limite. Ainda mais estando óbvio que eu a teria à minha maneira mais cedo ou mais tarde.

Estava prestes a prendê-la no sofá quando ela caiu de cara no meu pescoço.

— Se estiver planejando chupar meu sangue...

Um ronco suave interrompeu minha ameaça. Então, senti a baba. No meu pescoço. *Jesus Cristo*. Ela tinha pegado no sono em cima de mim. Com minha ereção ainda entre as pernas dela. A coisa esperta a se fazer seria colocá-la no sofá e voltar a cuidar da minha vida. Era o que eu faria. Eu me levantaria e me livraria dela.

Só que não fiz.

Talvez porque não pudesse arriscar que ela acordasse e desse início a mais um episódio de diarreia verbal. Ou talvez porque não fosse a pior sensação do mundo ter a boceta dela irradiando calor diretamente ao meu pau.

Seja lá qual fosse a razão, deixei-a dormir em cima de mim. No meio-tempo, li o jornal e agradeci à má sorte que, pelo menos, Zach e Oliver não estavam lá para me atormentar quanto ao fato da minha esposa ser praticamente um animal selvagem.

Eu a domesticaria, eu tinha certeza.

Afinal, já havia conseguido enjaulá-la.

### *Romeo*

Quatro horas depois, a calmaria da sanidade chegou a um fim abrupto. Biscoitinho acordou e estava bem sóbria, a julgar pelo tempo que levou para cair no carpete, em pânico, e chutar minha canela ao perceber que havia dormido em mim.

— Saia de cima de mim! — rugiu ela, do chão.

Virei outra página do jornal. Estava lendo o mesmo artigo fazia quase três meses. Era difícil me concentrar com ela pressionando meu pau. Eu geralmente me orgulhava de ser imune aos charmes das mulheres. Por outro lado, fazia tempo que eu havia passado um período tão longo na companhia de uma mulher tão linda.

— Nunca estive em cima de você. — E nunca ficaria, aliás.

Biscoitinho franziu a testa, cruzando as pernas, então bateu na própria testa. As memórias das últimas doze horas talvez estivessem inundando a mente dela. Torci para que ela se lembrasse de tudo: de que estávamos legalmente casados, que ela havia bebido o equivalente a uma piscina, que tinha vomitado em tudo, a não ser nas asas do avião, que tinha feito a proposta de transar com a finesse de uma vendedora de telemarketing e que, depois, desmaiou em cima de mim.

— Acho que vou vomitar de novo com a lembrança de ter me esfregado em você. — Ela cobriu a boca, estremecendo. — Espero não ter pegado nenhuma IST só por ter ficado perto de você.

— Reze direito hoje à noite, e talvez eu a poupe de ver minhas verrugas genitais. — Bocejei, apesar de por dentro querer falar que, se ela estava tão preocupada daquele jeito com doenças, deveria estar agradecida de não ter acabado com Madison "Uma Dezena de Camisinhas por Noite" Licht. Ele havia molhado o pincel o suficiente para pintar todos os Da Vinci do mundo.

Ela me encarou, incrédula.

— Fala sério, você fez exames recentemente?

— Não. Mas, por outro lado, não tive nenhuma atividade sexual recente.

Ela franziu o cenho.

— Não? — insistiu. Balancei a cabeça, sem saber bem por que eu queria me explicar para aquela bagunça completa de ser humano. — Nem com Morgan?

*Especialmente* com Morgan. Eu não tocaria em Morgan nem se todas as mulheres do mundo tivessem morrido e fossemos forçados a repovoar a Terra. A civilização teve seus bons momentos, mas estragou tudo.

— *Ninguém.*

As engrenagens começaram a rodar naquela cabecinha linda, mas não me importei ao ponto de me perguntar no que ela estava pensando. Seja lá o que fosse, eu com certeza discordaria por completo.

— Não me diga que você está considerando mesmo ser fiel. — Ela fez uma careta como se fosse algo ruim.

Será que ela gostava de babacas traidores? Aquilo explicaria ela gostar tanto de Licht.

— Um buraco é sempre um buraco. Pode até ser o seu.

Ela jogou a cabeça para trás, rindo com desdém.

— Não é à toa que seus pais lhe deram o nome que representa o ápice dos heróis românticos. Devem ter imaginado que você seria um homem encantador.

— Eles me deram o nome de Romeo por causa do meu pai, que recebeu o nome por causa do meu avô.

Mas a prole acabaria em mim. Chega de Romeo Costas. O mundo poderia me agradecer mais tarde.

Ela mordeu o lábio.

— Eu tenho pensado em... coisas de sexo.

Coloquei o jornal no colo, encarando-a.

— Isso é um convite?

— Você vai... confirmar presença? — Ela escondeu um sorriso.

Senti outra risada surgir na garganta. Quando ela não estava sendo um desperdício de espaço, até que era tolerável.

Arqueei a sobrancelha.

— A anfitriã ainda está bêbada?

As bochechas dela coraram.

— Não.

— Você vai tentar me matar? — perguntei devagar, como um pai dando bronca no filho.

— Desta vez, não.

Um segundo de silêncio se passou. Eu sabia que a comissária estava ocupada na cozinha, fingindo não bisbilhotar nossa conversa bizarra. Eu não era voyeur, e não estava a fim de que ela assistisse.

Deixando o jornal de lado, dei uma batidinha no joelho.

— Venha se sentar no meu colo.

— Modos — disse ela, usando o mesmo tom com que havia exigido a escova de dente.

Estava na ponta da minha língua mandar Dallas aprender sobre os prazeres do sexo usando o Tumblr e um vibrador. Então, as palavras de Zach ressurgiram na minha mente. *Tente se esforçar.* Não havia motivo para debater com aquela criatura simples, deliciosa e teimosa diante de mim. Nosso curto tempo juntos seria mais agradável se eu fizesse o que ela queria de vez em quando.

— Por favor. — A palavra pareceu estrangeira. Repuxei os dois cantos dos lábios para cima, experimentando um sorriso.

— Argh, pare de fazer essa cara. Parece que está planejando me comer. — Eu *estava*, apesar de que não da forma como ela imaginava. Ela olhou em volta, desorientada e ignorando a presença da comissária. — Ah, que seja. A vida é curta. E, se alguém perguntar, vou negar ter chegado perto de você. — Ela ficou em pé e caminhou até mim. Biscoitinho se sentou no meu colo, piscando. — E agora?

Havia diversas opções, todas sujas e depravadas, mas senti que a rota mais segura seria deixá-la implorando por mais. Ou seja, adiar meu prazer, preparando-a para o futuro. Ela precisaria se conformar com meus gostos e minhas regras — alguns, eu ainda queria explorar.

Meus olhos desceram ao moletom do MIT.

— Eu lhe dei permissão para usar meu moletom?

— Bom, não, mas...

— Tire-o. Agora.

Ela abriu a boca para discutir. Ergui uma sobrancelha, desafiando-a.

— Tudo bem. Tudo bem. — Ela apertou os lábios, pegando a barra do moletom e tirando-o, ficando apenas de sutiã. — Isso é tipo... uma conversinha sexy, né?

Não consegui decidir se ela era adorável ou lamentável. Decerto, as duas coisas. Porém, aqueles peitos magníficos me encararam de volta, mal contidos pelo sutiã sem alça implorando por atenção. Eu quase me esqueci de a quem pertenciam.

Segurando-a pela bunda, eu a puxei para se esfregar no meu pau. Ela veio para a frente, o rosto a centímetros do meu.

— É isso que você faz comigo. — Eu a ergui pela bunda, então a empurrei de volta contra meu pau. Ela arfou, arregalando os olhos. — Já passei do ponto de simplesmente desgostar de você, Biscoitinho. Na verdade, eu deveria inventar uma nova palavra para descrever o que sinto. Ainda assim, não consigo, por mais que eu tente, resistir à tentação que é você.

Em vez de discutir, Biscoitinho pareceu entender e me calou com um beijo molhado e intenso. Foi todo língua e dentes. Um beijo amador, como um cervo tentando se erguer pela primeira vez. Desajeitado, mas mágico.

Ela nem se afastou para respirar. A língua foi de encontro à minha e deixou de ser tímida e hesitante. As mãos exploravam toda parte. Meu rosto, cabelo, ombros, peitoral, *cicatrizes*. Elas se demoraram na pele irregular e saltada, e eu soube que ela queria entender o que havia acontecido.

Desci meus lábios para o queixo dela, então, para o pescoço e a clavícula, deixando beijos quentes e molhados em todos os lugares. Ela jogou a cabeça para trás e gemeu. Os dedos agarraram meu cabelo, puxando com força demais, desespero demais. Puxei o sutiã dela para a cintura, libertando os seios.

— Não estamos sozinhos. — Ela arfou, rebolando no meu pau.

Eu sabia que me arrependeria daquilo quando o avião pousasse e minhas bolas estivessem cheias, e eu querendo mais, mas, ainda assim, não consegui me impedir.

— Ela não vai falar nada. Ela assinou um contrato. — Gemi contra a pele dela, pegando um mamilo entre os dentes e o puxando com força até ela prender a respiração.

Senti o avião baixar mais, e soube que estávamos nos aproximando de Paris. No entanto, nem a comissária nem os pilotos eram burros o bastante para se aproximar enquanto eu devorava os peitos de Dallas como se fossem minha última refeição.

Lambi e chupei e puxei e arranhei os mamilos rosados, segurando os peitos e dando tapinhas de leve neles de vez em quando. Meu pau pulsava entre as pernas dela.

Consegui sentir o clitóris dela pressionando meu zíper tensionado, porque a fricção a estava enlouquecendo.

A cabeça dela oscilou de um lado para o outro.

— Meu Deus. Isso é tão... tão...

Mas ela não conseguia encontrar a palavra certa, e eu não estava com pressa de encorajá-la a falar.

— Senhor... — Uma voz soou ao fundo. Era masculina, o que significava que a comissária não quis lidar comigo. Ela enviou um dos pilotos. — Estamos quase chegando a Le Bourget. Na verdade, devemos pousar em quinze minutos e já temos autorização da...

— Não — eu disse com convicção, a boca ainda fechada no seio inteiro de Dallas. Cobri quase todas suas partes íntimas com os braços, mas não gostei do fato de ele ter ficado ali perto como um esquisitão. — Saia.

— Senhor, temos que nos preparar para o pou...

— Não, não temos. — Tirei o rosto do peito de Biscoitinho, encarando furioso o piloto. — Meu avião, minhas regras. Temos combustível o bastante para circular por mais uma hora.

— Uma *hora*? Isso é um desperdício de...

— Você é um desperdício. Não vê que estou satisfazendo minha esposa? Ou você volta para a cabine e fica circulando até acabarmos, ou eu mesmo o expulsarei daqui.

Ele voltou correndo para a cabine, onde, presumi, a comissária também se escondeu pelo restante do voo enquanto eu distribuía beijos, lambidas e chupadinhas pelos seios de Dallas.

Ela riu assim que ele foi embora e enfiou os seios de volta no meu rosto, deliciando-se com a atenção.

— Você é tão horrível.

— Eu não lembro de você ter ficado do lado dele quando falei para deixar o avião no ar.

Voltei direto ao que estava dando mais certo para mim e para minha esposa: eu a fazendo chegar à beira de um orgasmo sem levá-la ao ponto de destino, e ela rindo e puxando meu cabelo até eu ficar careca.

Quando o avião pousou uma hora depois, o torso de Dallas estava vermelho, esfolado e cheio de marcas. Também estava coberto por um moletom do MIT e um casaco que eu havia jogado sobre os ombros dela só para garantir.

No geral, não foi o melhor voo da minha vida, nem de longe, mas, diferente daquele que havíamos pegado ao voltar da Geórgia, eu não quase matei alguém.

O que me lembrou que... eu esperava, onde quer que Scott estivesse, que ele se lembrasse do seu novo lema de vida.

Nunca tocar o que pertencia a Romeo Costa Júnior.

# 28

## Dallas

Eu não tinha muitas expectativas para minha lua de mel em Paris. *Ainda assim*, meu marido conseguiu me decepcionar.

Depois de pousarmos na cidade mais romântica do mundo, Romeo e eu seguimos para o Le Bristol Paris, onde ficamos na suíte extravagante de lua de mel.

O que eu deveria ter feito era arrancar o moletom dele e lavar todos os indícios das nossas atividades no avião.

Em vez disso, girei minha mala pela alça, admirando Montmartre pelas portas abertas da varanda.

— Quer tomar um brunch e depois visitar alguns pontos turísticos?

Romeo já havia tirado o paletó do smoking, colocando outro terno bem passado sobre nossa cama.

— Tenho reuniões, uma depois da outra, com clientes e um velho amigo da faculdade.

Ele estava me largando para que eu me virasse sozinha na nossa *lua de mel*?

Já que tentar apelar para a consciência inexistente dele era inútil, decidi tentar outra estratégia. A tática do chantili.

— Parece um bom plano. — Dei de ombros, abrindo minha mala que estava no pé da cama. Cara havia empacotado lingeries o bastante para seduzir toda a França. — Acho que vejo você por aí, então.

Ele se demorou na frente do banheiro, as cicatrizes espreitando sob a camisa desabotoada, e pegou o celular, jogando-o nas minhas mãos.

— Adicione seu número. A última coisa de que preciso é que você se perca.

Com sorte, eu seria raptada e pediriam resgate igual a como foi em *Busca implacável*. Com certeza, os sequestradores seriam uma companhia melhor. Digitei meu número, lançando o aparelho de volta para ele.

Ele pressionou o botão para ligar e desligou assim que meu toque ressoou no ar do cômodo. *Haja problemas de confiança.*

— Boa garota.

— *Marido mau.*

— Pare de fingir que quer passar tempo comigo mais do que quero passar tempo com você.

De um jeito patético, eu queria *mesmo* passar tempo com ele. Estava sentindo falta de interação humana. Eu não o definiria como humano, mas ele chegava... quase perto.

Depois que ele entrou no banho, sacudi os quadris para entrar em uma saia lápis, vesti uma camisa de seda e uma meia-calça preta transparente com uma linha vermelha na frente. Então, fui até a mesa de cabeceira, abrindo a carteira dele.

Ele nunca ofereceu um substituto para o cartão que havia cancelado, então interpretei que a carteira jogada ali era um convite para que eu aproveitasse. E aproveitei. Quando ele terminou o banho, eu já tinha ido embora havia tempo, o celular desligado e o cartão sem limites na mão.

Primeiro, pedi um almoço com quatro pratos diferentes na Champs-Élysées. Quando não consegui comer mais, dividi minhas riquezas, metafórica e literalmente, pagando a conta de todos os clientes no local.

Depois disso, um táxi me levou para a Rue Saint-Honoré, onde comprei alguns presentes de casamento modestos para mim na forma de três bolsas Hermès. Já que envergonhar meu querido marido ao comprar uma das Birkins mais em conta (leia-se: as que eram caras de uma forma menos absurda) não era uma possibilidade, não tive escolha a não ser me arriscar com as edições limitadas, mais respeitáveis. Cento e vinte mil euros por peça... vezes três.

Uma barganha.

Não foi à toa que voltei para comprar uma para mamãe e duas para Frankie.

Da Hermès, fui à Dior e depois à Chanel antes de, por fim, parar na Balmain. Mas seria desonesto ir embora sem apoiar os designers locais, então também acabei gastando um bom dinheiro em butiques únicas. Aquela provação exaustiva durou dez horas, nas quais o celular permaneceu desligado e o cartão sem limites funcionou que foi uma beleza.

Eu tinha chegado perto de gastar setecentos mil dólares antes de finalmente pedir um táxi, por volta das nove da noite. Paris ainda zunia com atividades. Luzes deslumbrantes brilhavam como vaga-lumes no escuro. Casais apaixonados enxameavam as calçadas. Davam as mãos. Riam. Apaixonavam-se ainda mais. Faziam coisas que eu jamais faria. Coisas tão inalcançáveis quanto beijar o sol. A inveja empalou meu coração. Nem todo o dinheiro do mundo poderia me comprar o que eles tinham. Um amor genuíno, alegre.

O táxi parou na entrada do hotel. Dei uma gorjeta de quinhentos euros e saí, em uma contenda com dezenas de sacolas. Um funcionário do hotel se apressou ao meu resgate. Ele aliviou meus braços e transferiu as compras para um carrinho dourado de malas, seguindo meu rastro.

As batidas contentes e comedidas do meu salto ao acertarem o mármore do saguão não me enganaram. Eu sabia o que me esperava na suíte: um marido furioso. Imaginei Romeo estralando os dedos e lambendo os lábios, esperando para me punir.

Assim que me apressei para entrar no elevador, liguei o celular. Como eu suspeitava, três ligações perdidas apareceram na tela, além de várias mensagens.

**Romeo Costa:** Minhas reuniões acabaram. Onde você está?

**Romeo Costa:** Típico da sua parte me ignorar na única vez que eu não gostaria de que você se calasse.

**Romeo Costa:** Atenda o celular.

**Romeo Costa:** Duzentos mil? Em compras? Você não tem noção do significado do dinheiro?

**Romeo Costa:** SETECENTOS MIL DÁ PARA COMPRAR A PORRA DE UMA CASA INTEIRA.

*Ah, caramba.*

Ele tinha falado um palavrão.

Ele *nunca* falava palavrão.

Alguém não estava enxergando o copo meio cheio. Aquele cartão tinha recompensa de 1,5% de *cashback*. Eu tinha acabado de ganhar dez mil e quinhentos dólares para ele — e meu pai uma vez ainda reclamou que eu tinha reprovado em álgebra.

O elevador apitou e abriu. Cambaleei pelo corredor com as pernas bambas. Naquele instante, na hora de encarar as consequências dos meus atos, fui lembrada do quão ruim foi ter gastado dinheiro o bastante para comprar uma mansão impressionante na maioria dos estados, apenas para irritar meu marido grosseiro.

O funcionário empurrava as sacolas de compras atrás de mim, sem a menor ideia da tempestade que se formava. Precisei de quatro tentativas para passar o cartão na porta do quarto. Como esperado, quando escancarei a porta, Romeo estava sentado na sala, os pés cruzados em uma mesinha de centro, mascando chiclete e tomando uísque com a camisa desabotoada pela metade.

A expressão glacial não mudou quando me viu entrando com metade da loja da Chanel atrás de mim. Deixando o uísque Macallan em cima de uma edição recente da revista *Bloomberg*, ele pescou um trocado do bolso e ficou em pé, colocando um punhado de notas na mão do empregado.

Com um agradecimento de despedida, o garoto seguiu seu caminho, fechando a porta com um estalido mortal. Ficamos apenas eu e Romeo. Parados, um diante do outro como inimigos antes de um duelo.

A linguagem corporal tranquila de Romeo me fez ficar alerta. Ele abriu um daqueles sorrisos raros, mas cruéis.

— Aproveitou seu dia, querida?

Será que algum dia eu o olharia nos olhos sem sentir que estava sentada em uma montanha-russa prestes a descer?

— Um pouco. — Andei depressa até o frigobar, pegando uma água mineral. — E você?

— Tive um dia bom. Foi a algum lugar interessante?

Dei de ombros, ainda de costas para ele. As sacolas de compras não eram uma pista reveladora? Depois de tomar metade da garrafa, deixei a água do lado do uísque de Romeo quando a palma da mão dele se curvou ao redor do meu pescoço. Ele aplicou uma pressão suave, inclinando meu rosto para que nossos olhares se encontrassem.

Aqueles olhos cinzentos penetraram meu crânio.

— Vou perguntar de novo, e desta vez você vai me dar uma resposta completa e satisfatória. Onde você esteve, Dallas Costa?

— Fazendo compras. Aonde mais eu teria ido?

— A um lugar discreto, onde você poderia abrir essas suas belas pernas para outra pessoa. — Os lábios dele pairavam a poucos centímetros dos meus. — Outra pessoa como Madison.

Senti uma inquietação.

— Madison? — perguntei. Romeo estava com a mandíbula cerrada. Ele se afastou de mim, caminhando na direção do quarto. Odiei o fato de que o segui, de que minha curiosidade foi mais forte. — Do que você está falando?

— Espero que, pelo bem dele, você finja orgasmos melhor do que finge inocência. Não diga que não sabe que Madison está hospedado na suíte a duas portas da nossa.

Ele me encarou. Pela primeira vez, alguma coisa parecida com agonia atravessou os olhos dele. Ainda era o mesmo Romeo distante. Mas algo se escondia sob a superfície. Um lampejo de infantilidade. Uma incerteza que se encontrava nos olhos de uma criança quando era deixada em uma escola nova pela primeira vez.

— Eu não sabia que Madison estava em Paris. — Era a verdade. — Como você sabe que ele está aqui? — Ele me encarou, lançando um olhar de "como você acha?". Fechei os olhos, enterrando a parte inferior das palmas nas pálpebras. — Você mandou seguirem ele.

Meu Deus. O que tinha acontecido entre aqueles dois?

— Seu talento natural de dedução é incomparável. Tem certeza de que quer continuar estudando literatura quando poderia contribuir muito mais com o mundo da matemática?

— Eu já disse: não sabia que ele estava aqui.

— Isso seria convincente se não tivesse me dito há menos de vinte e quatro horas que estavam conspirando contra mim. *E* me mostrado o anel de noivado dele.

*Ah, que ele fosse à merda.*

Passei por ele, apressando-me em direção ao banheiro. Ele me seguiu, os passos calmos, e os ombros largos relaxados.

— Ele roubou sua ex-namorada ou algo assim? — Peguei bruscamente uma escova da penteadeira e comecei a passá-la no cabelo. — Sei que você não está com ciúme porque não está nem aí para mim, então deve ser outra coisa.

— Madison não tem a habilidade de roubar um grão de areia do meu quintal, muito menos uma pessoa. — O olhar intenso capturou o meu pelo reflexo do espelho. — O que ele está fazendo aqui?

*Não faço ideia*, mas ele não aceitaria aquela resposta.

— Meu palpite? Ele está fazendo terror psicológico com você.

Suspirei, odiando jogar Madison aos lobos, mas eu não queria que os lobos me fizessem em pedacinhos e me largassem na floresta.

De qualquer maneira, Madison era um babaca. Ter aparecido ali foi uma provocação inapropriada. Ele tinha colocado nós dois em perigo. Era hora de eu cuidar de mim — e *só* de mim.

— Talvez eu devesse me antecipar a ele e tirar sua virgindade. O que você acha?

Ele avançou na minha direção. Eu me virei, percebendo que tinha me encurralado ao sentar na penteadeira. Minhas costas pressionando o mármore. Romeo brotou na minha frente em segundos, a mão entre minhas pernas ainda envoltas com a saia. Era incrível a velocidade na qual meu corpo se submetia a ele, em contraste total a como meu cérebro lutava contra Romeo a cada passo. Segurei a bancada atrás de mim.

— O que você acha? — Com um sorriso selvagem, Romeo me tomou com os lábios, beijando-me com força. Ele enfiou o chiclete na minha boca, e, apesar de eu achar aquele gesto de mau gosto, se não categoricamente nojento, deixei o chiclete repousar entre meus dentes. — Eu deveria danificar a mercadoria?

Mordi o chiclete, recusando-me a me degradar, mas também pouco disposta a impedi-lo. Ele ficou de joelhos, puxou minha saia para cima e a prendeu no elástico da calcinha. Arfei quando ele rasgou a meia-calça de marca, bem no meio, e arrastou a calcinha para o lado. Ele passou a língua quente pela minha fenda.

— Ahh.

Os dentes de Romeo roçaram minha boceta.

— Melhor ser rápido, a julgar pela sua vontade de perder a virgindade. Ou ele já te manchou?

Ele enfiou a língua entre as dobras, acertando meus nervos. Parecia que estava me dando um beijo de língua *lá embaixo*. Polindo em um ritmo sensual. Meus joelhos se liquefizeram, uma onda de calor espiralou no meu âmago, e os mamilos endureceram. *Meu Deus*. Era melhor do que qualquer coisa que eu já tinha experimentado. *Definitivamente* melhor do que na mountain bike.

Romeo tirou a língua de dentro de mim e chupou meu clitóris.

— Responda — exigiu ele. Tudo que pude fazer foi gemer enquanto meu primeiro orgasmo parecia subir como uma hera pelas minhas pernas em direção ao resto do corpo. Ele enfiou a língua de novo dentro de mim, massageando o clitóris com o dedão. — Ele roubou sua inocência?

Eu sabia o que ele estava fazendo. Me despedaçando. Certificando-se de que meu hímen fosse destruído. Ainda assim, todo pensamento racional me fugiu.

Encontrei as palavras com dificuldade.

— Não, não, eu juro. Eu nem vi ele hoje.

— Melhor prevenir do que remediar, suponho. — A língua dele afundou dentro de mim. Arqueei as costas, jogando a cabeça para trás, e gemi tão alto que quase comecei a gritar.

— Aaah.

— Eu comprei a vaca, é justo que eu aproveite o leite.

Ele explorou o território — *eu*. Senti a ponta da língua dele encontrar uma resistência. Dor acompanhou a pressão, mas prazer também. Era tanto prazer que achei que morreria se ele parasse. Eu estava tão molhada, tão encharcada por ele que meu prazer escorria pelas coxas, para além dos joelhos.

— Por favor. — Os nós dos meus dedos ficaram brancos na bancada. — Por favor, estou perto.

— É como tirar doce de criança.

Outra estocada da língua. Então, mais uma. Então, outra.

O clímax tomou cada músculo do meu corpo. Como se a hera tivesse tomado conta. Dos pés à cabeça. Uma sensação estranha — de estar boiando em água quente — subjugou-me. Eu rebolava de um lado para o outro contra o rosto dele, desfazendo-me centímetro a delicioso centímetro.

Um toque agudo rompeu a névoa. Simples assim, Romeo se afastou, ficando em pé de imediato. Ele pressionou o telefone na orelha e limpou a boca com as costas da mão. Um tom rosado manchava a língua e os lábios dele. Outra recordação da minha inocência manchava a bochecha esquerda. *Meu sangue*. Ele estava com o sangue do meu hímen na boca.

Uma satisfação predatória tocou os lábios dele.

— Ele teve sorte de que você ainda estava imaculada. — Ele curvou os dedos ao redor do meu pescoço, colocando os lábios contra meu ouvido. — Ou eu o teria matado e feito você assistir.

O prazer pegajoso ainda fazia minhas coxas brilharem. Provavelmente o sangue também, mas não ousei baixar os olhos para confirmar. Com a língua de Romeo a uma distância segura das minhas partes íntimas, a calcinha tinha voltado ao lugar. Estava manchada. Outro troféu para meu marido. Eu não era mais virgem. Ele tinha conseguido. Ele me possuíra.

Romeo franziu o cenho, pressionando o celular na orelha.

— Você verificou pelo menos três vezes?

Senti minha pulsação percorrer o corpo. Achei que o coração explodiria e viraria confete vermelho no meu peito. Por que eu estava tão ansiosa? Não tinha nada a esconder. Eu havia passado a tarde com um exército de vendedores. Romeo deslizou o celular para dentro do bolso, observando-me com um descontentamento desinteressado. Como se nada tivesse acontecido entre nós havia alguns segundos. Como se não tivesse acabado de tirar algo precioso de mim.

— Tome um banho e vista uma roupa. Vamos sair.

— Você mandou me seguirem também? — A raiva me tirou o fôlego. Nunca na minha vida eu tinha sido sujeitada a um comportamento tão misógino. Nem mesmo na cidade pequena e religiosa em que cresci.

Romeo se virou, pegando a carteira e a chave-cartão do quarto.

Peguei a escova de cabelo e o segui, os ombros tremendo com o restinho do orgasmo e uma nova onda de raiva incontida.

— Responda!

Só que ele não respondeu. Simplesmente... *não respondeu*. E, naquele momento deplorável, eu estava com tanta raiva e tão chateada, tão perdida no universo distorcido para o qual ele tinha me trazido, que joguei a escova na direção de Romeo. Ela atingiu as costas dele com um baque e caiu ao chão. Ele parou de se mexer. Eu parei de respirar. O que eu tinha feito? *Agredido meu marido*. Eu nunca tinha batido em ninguém. Nunca.

Pareceu que uma eternidade tinha se passado antes de ele se virar para me encarar. Os olhos ganharam cor de cinzas, escuros e mortos.

— Eu... eu não queria... — O resto da frase ficou preso na garganta.

Cambaleei para trás enquanto ele avançava na minha direção. Não havia raiva na postura dele. Apenas passos calculados, sensatos e eficientes. Em resposta a cada um deles, dei um passo para trás. Quando minha coluna deu de encontro com a parede, os braços de Romeo me envolveram. Ele segurou meu queixo com os dedos, erguendo meu rosto. A respiração quente alcançou minha pele. Ele tinha meu cheiro. Ou, melhor, o cheiro do que tinha acabado de fazer comigo. Uma inspiração trêmula ondulou na minha garganta, e engoli o chiclete que ele tinha largado na minha boca.

— Vamos deixar uma coisa clara, minha linda e insana esposa. Considerando que seu ex-noivo adoraria ter minha cabeça empalada no portão de ferro dele, nada no mundo vai me impedir de garantir que Madison e você não estejam planejando me destruir. Não confunda meu desejo de comer sua boceta com afeição. Uma coisa não tem nada a ver com a outra. Vou te destruir em um piscar de olhos se você se mostrar desleal a mim.

— Eu não...

O polegar dele roçou minha clavícula, interrompendo meu protesto.

— E quanto às compras... sinta-se à vontade para queimar todo o dinheiro que quiser, mas, se recusar minhas ligações ou desligar o celular de propósito, você será punida. E, por último, mas não menos importante, não tocaremos um no outro sem consentimento. A regra do consentimento também se aplica a objetos, bichos de estimação e bebês. Não. Atire. Nada. Em. Mim. Fui claro?

Eu não conseguia acreditar que eu tinha me safado só com um aviso depois de por muito pouco não rachar o crânio dele com uma escova. Quer dizer, eu a arremessei com força o bastante. O mundo do arremesso de peso tinha deixado passar um talento natural.

Apesar de ele ter sido mais que claro, não significava que eu aceitava os termos que havia estabelecido para mim, mas não era hora de discutir. Não quando ele poderia chamar a polícia pelo que eu tinha feito. Com o rosto virado de lado, respondi me desvencilhando do aperto dele.

— Eu juro por Deus, Dallas...

— Você não crê em Deus nenhum.

Tentei afastá-lo. Ele segurou meus pulsos e me esmagou contra a parede com o peso dele. Os olhos lançavam chamas. As linhas do queixo estavam tão rígidas que parecia que o músculo ia saltar da pele.

— Gostando ou não, estamos casados. Isso não vai mudar. E a consequência desagradável do meu emprego inclui um risco real às nossas vidas. Seu celular deve ficar ligado, carregado e pronto para ser usado a todas as horas. Quanto às suas escolhas de vida questionáveis...

— A minha pior escolha de vida foi me casar com você. Na verdade... — Tentei e fracassei em me libertar. — Não foi uma escolha.

— É assim tão horrível estar casada comigo? — Ele parecia confuso, como se a ideia de não ser desejado fosse uma coisa estranha para ele. Provavelmente era mesmo.

— Sim. *Sim!* — Um desespero carregado me deixou com um nó na garganta.

— Você está brincando? Toda a sua existência me deixa traumatizada. Você me forçou a me casar, me arrastou para sua casa, me abandonou lá e me ameaçou. Você me come em um minuto e me xinga no outro. Você... Você...

— Trégua. — Ele se afastou de repente, dando-me espaço.

Quase colapsei no chão sem ele me segurar. Inclinando a cabeça para cima, franzi a testa.

— O quê?

— Estou lhe oferecendo um cessar-fogo. Uma bandeira branca. Uma oportunidade de recomeçarmos. Estou disposto a ouvir o que tem a dizer e a tornar o acordo mais tolerável para você. Nós dois sabemos que não há saída desse casamento. Então, ao menos, podemos tornar a situação manejável.

Era difícil recusar uma oferta tão charmosa e romântica.

Eu o encarei, incerta.

— Qual é a pegadinha?

— Não tem pegadinha.

— Sempre tem uma pegadinha com você.

— Aceite minha oferta ou recuse, Biscoitinho. Mas, se recusar, não espere que ela vá continuar válida daqui a cinco minutos. — Ele flexionou a mandíbula. — É um mau negócio ter inimizade com alguém que tem acesso fácil às suas posses e que é amiga de um homem que quer te derrubar. — Um momento de silêncio. — Além disso, saborear você não seria a pior coisa que eu poderia fazer no meu tempo livre.

— Pare, assim vai me fazer me encantar por você.

— Infelizmente, ainda não cheguei ao auge da paixão como Madison Licht, que passou o noivado inteiro enfiando a genitália em todos os buracos que encontrou pelo caminho.

— Ele está mesmo aqui? — Franzi o cenho, lembrando-me de como a briga havia começado.

Romeo assentiu.

— Comprou algo interessante?

Balancei a cabeça, aliviada por ele ter trocado de assunto.

— Só umas coisas de marca. Ah, e toda a série do Henry Plotkin em francês. Eu coleciono esses livros em todas as línguas. Foi o ponto alto da minha ostentação.

— Interessante.

— Não é, não. Pelo menos, não para você. — Brinquei com o cartão de crédito no meu bolso. — Sabe, se gastei demais mesmo, você poderia ter cancelado o cartão. Estou surpresa por não ter feito isso.

— Era a única prova de vida sua que eu tinha.

— Quer dizer que você não mandou me seguirem?

— Você escapou dos seguranças depois que a multidão no almoço se reuniu ao redor da sua mesa para lhe agradecer pelos trinta mil euros de comida parisiense superfaturada.

— Se tivesse experimentado o fricassê de *coquillages* deles, não acharia tão caro assim.

Pela primeira vez, e apesar de eu não ter feito nada de diferente, Romeo não pareceu apavorado com a minha existência. Ele me encarou com aceitação relutante. Como se eu fosse um item em sua lista de afazeres. Deu para ver que o que estava acontecendo era um território novo e inexplorado para ele.

— Vamos recomeçar, que tal? Tenho uma reserva no The Eye of Paris. É em um terraço com vista para a cidade. Você vem comigo.

Cocei as orelhas.

— Que esquisito. Minha audição deve estar com algum problema, porque acho que não ouvi a expressão que começa com P.

— Chamá-la de parasita não parece adequado no momento.

— Eu quis dizer *por favor*.

Notei que eu estava dando corda para ele me enforcar, mas eu precisava ganhar alguns pontos depois de ele ter roubado minha virgindade com a língua, só para garantir que Madison não faria aquilo antes dele.

Parecia que Romeo preferia esfregar a genitália em um ralador enferrujado a falar aquelas duas palavrinhas, mas por fim, ele murmurou:

— Por favor.

— Vou tomar um banho rápido e vestir alguma coisa.

Trinta minutos depois, um vestido de seda de um ombro só, cor de oliva, abraçava minhas curvas.

— Você parece adequada — resmungou Romeo enquanto cruzávamos o saguão até o serviço de motorista que nos esperava.

— Pare, senão vou me emocionar.

Ele abriu a porta para mim. Entrei, sem ter certeza de como me comportar naquela tal de trégua.

— Algum pedido especial para hoje à noite? — Cada palavra era cuspida da boca dele como se estivesse pregada na língua.

— Será que você poderia morrer logo? — respondi, sem conseguir me controlar.

— Estava pensando em algo mais parecido com uma viagem de helicóptero, ou joias.

Se meu corpo inteiro fosse capaz de revirar os olhos, teria feito isso.

Funcionários uniformizados nos receberam na entrada do restaurante e nos levaram a uma mesa exclusiva no andar de cima. Depois que fizemos o pedido, peguei uma taça de champanhe, observando os carros atravessarem o rio Sena, esperando Romeo interromper o silêncio. Uma variedade de ofensas pesava na minha língua. Eu tinha pouco a dizer sem a companhia familiar delas. A alternativa seria pressioná-lo a respeito das cicatrizes. Uma questão que ocupava minha mente com frequência. Mas eu sabia que ele não responderia. A atmosfera amarga que se seguiria apenas estragaria meu escargot à manteiga e salsa.

Quando nosso silêncio começou a me incomodar, finalmente me dei por vencida.

— Quando tivermos filhos, gostaria de criar eles em Chap...

— Não teremos filhos. — Romeo arrumou o guardanapo no colo com um movimento do punho.

— Não quis dizer logo.

Eu o encarei com um olhar homicida. Não era como se eu amasse a ideia de ele ser o pai dos meus filhos. Eu poderia encontrar mais inteligência emocional em uma torta de limão do que nele. Mais conforto, também.

— Não teremos filhos. Não agora, não depois. *Nunca*.

— Por que não?

Com certeza, eu não tinha ouvido direito.

Dei por esquecidas a grosseria, a ausência de uma consciência e a babaquice generalizada. *Aquilo* era decisivo para mim. Na verdade, eu só queria uma coisa na vida. Filhos. Quatro. Eu amava crianças. Amava tudo nelas. As bochechas rechonchudas, as risadas e a adoração pura. Até mesmo naquele domingo que Romeo me arrancou de casa, eu tinha passado tempo na igreja brincando com as crianças do lado de fora. Minha avó sempre dizia que uma casa sem crianças era como um corpo sem alma. Eu não discordava.

Romeo colocou mais *foie gras* na colher dele.

— Porque eu não quero.

— Mas *eu* quero.

— Boa sorte para engravidar chupando meu pau ou comigo lambendo sua boceta, porque esses são os únicos tipos de encontro sexual que você vai ter.

Uma mulher atrás dele se engasgou com a cavalinha em conserva.

Minhas bochechas queimaram.

— Quer dizer que você não quer transar comigo?

— Eu quero transar com você. Tem poucas coisas de que eu gostaria mais que isso, Biscoitinho. Não ter filhos é uma delas, então a resposta é não. Não transaremos com penetração.

Fiquei tão sem reação que pouco me importou que metade das pessoas ao nosso redor tinha parado de comer e nos observava como se fosse a estreia de um filme.

— Nunca diga nunca.

— Essa deve ser a coisa mais idiota que já ouvi na vida. Pessoas dizem nunca a muitas coisas. Bungee jumping sem corda, drogas pesadas, abacaxi na pizza...

— Eu gosto de abacaxi na pizza.

Ele entornou metade da taça.

— Meu Deus. Só fica pior.

Eu me recostei na cadeira, tentando descobrir o que achava mais desagradável: a personalidade do meu marido ou a lesma no meu prato, que tinha gosto de algo feito em uma impressora 3D.

— Por que você é tão contra crianças?

— Fora o fato de detestá-las? Interrompem o sono, diminuem a qualidade de vida, exigem cada segundo do seu tempo e, em geral, são uma decepção esmagadora quando chegam à idade adulta.

Meu olhar bastou para dizer que aquilo era a maior besteira. Mas, já que ele se recusava a me encarar, eu disse:

— Tanto você quanto eu sabemos que filhos são uma questão de vaidade, não um investimento. É uma reação inconsciente da civilização para se autopreservar. Tem algo maior o impedindo de ter filhos, e não é desconforto. Você tem dinheiro o bastante para ter filhos sem nunca precisar olhar na cara deles.

Um vislumbre de interesse animou os olhos dele.

— Você não é uma completa idiota, é? — perguntou ele, e cruzei os braços, erguendo a sobrancelha. — Bom, você tem razão. Tem um motivo maior. Não quero ter filhos porque quero acabar com a dinastia dos Costa.

— Achei que você e Bruce estivessem brigando pela Costa Industries.

— Estamos.

— Por que você quer herdar a empresa se não vai passá-la para seu filho hipotético?

— Ligue os pontos, Biscoitinho.

Levei menos de um segundo para entender. *Para que ele pudesse arruinar tudo. Acabar com a empresa. Destruir como ele faz com tudo que toca com suas mãos frias.* Era uma coisa tão típica dele desejar a destruição.

De um único jantar em família, entendi que o pai de Romeo se importava apenas com uma única coisa: a Costa Industries. Matar o único amor dele seria um golpe cruel antes de o pai perecer. Um ato de vingança pura. O motivo por trás do ódio de Romeo me deixava extremamente curiosa, mas eu não era ingênua ao ponto de acreditar que ele confiava em mim. Mesmo assim, uma ideia surgiu na minha cabeça.

Romeo não queria filhos. Eu não queria ele por perto. O que ele faria se eu ficasse grávida? Pediria o divórcio ou me mandaria de volta para Chapel Falls com a dignidade e a aliança de casamento intactas? O plano não era ideal. Primeiro, doía pensar que meu filho não teria uma figura paterna. Mas eu me recusava a abandonar meu sonho de me tornar mãe e aquele meu filho hipotético teria toda a família Townsend à disposição. Menos meu pai, que seria excluído de todos os deveres de avô por ser um covarde.

Era inútil contar meus planos a Romeo. Então, tomei um gole de champanhe.

— Tudo bem.

Ele semicerrou os olhos.

— Você acha que eu sou idiota? Você jamais desistiria tão fácil assim.

— Desculpa, *maridinho*, mas seu DNA não é exatamente o melhor no mercado.

— Você se reproduziria com uma cesta de orgânicos do mercadinho da esquina se quisesse mesmo um filho.

— Você quer que eu me ajoelhe e implore?

— Sim, mas não por um bebê.

Com uma risada falsa, porque não havia nada de engraçado na nossa situação, salientei:

— Você não está errado. Crianças tiram tempo demais e são exaustivas para uma mulher preguiçosa e bagunceira como eu. Podemos transar sem engravidar, sabia?

— Obrigado pela tremenda novidade. — Os olhos dele fumegavam enquanto ele cortava a comida com a precisão de um neurocirurgião. — Mas é melhor prevenir do que remediar.

Bom, nos prevenir era exatamente o que não faríamos. Eu acabaria com os planos dele ao engravidar — dando a Romeo o herdeiro que ele nunca quis — e me livraria das suas garras. O garfo dele parou um instante diante dos lábios.

— Gostou do prato?

— Quase tanto quanto da sua companhia — respondi em tom doce.

Pelo resto do jantar, fingimos ser um casal normal.

# 29

**Dallas**

— Nunca conheci um homem tão ávido por perder todos os dentes.

Ao ouvir o murmúrio de Romeo, tirei os olhos da mensagem que Frankie tinha mandado. Meu coração foi parar nos pés. Madison estava sentado no carpete do corredor, as costas pressionadas na nossa porta. A luz azulada do celular dele refletia na testa. Assim que nos viu, ele ficou em pé, demonstrando remorso no rosto desgrenhado.

Entendi o motivo de imediato. Madison e Romeo tinham entrado em um jogo calculado. Eu era o objetivo — a *bola* — que chutavam de um lado para outro. E, de repente, o plano que eu criara com Madison pareceu uma idiotice monumental. Uma a que eu não daria prosseguimento, considerando que meu colega de conspiração tinha os instintos de sobrevivência de uma mariposa bêbada.

— Dallas. — Ele nunca tinha parecido tão ansioso para me ver em todo o tempo que nos conhecemos. — Precisamos conversar. Não consigo parar de pensar em você.

Desacelerei. Pela primeira vez, Romeo estava certo. Madison estava implorando para ser morto.

— Deixei de acreditar quando você disse "pensar". Sua inteligência ínfima mal o ajuda a funcionar. — Romeo atravessou o corredor, pegou Madison pelo colarinho e o jogou contra a nossa porta. A voz, como sempre, transpirava calma. — O que acha que está fazendo, Licht?

Madison se debateu como uma minhoca fora da terra.

— Pegando de volta o que é meu.

Eu quase ri. *Que clichê.*

— Por que não disse antes? — Romeo o soltou, arrancou um cheque em branco da carteira e o bateu contra o peito de Madison. — Aqui.

O cheque rodopiou até cair nos sapatos de Madison.

— O que é isso?

— A compensação que vou pagar depois de você me processar por ter quebrado seu nariz.

— Você não quebrou meu...

Romeo cravou o punho bem no meio do rosto de Madison. O sangue esguichou do nariz do meu ex-noivo. Escorreu pelo terno, colorindo o carpete em um tom escarlate. Ele cambaleou, acertando a parede.

Todo o ar foi arrancado dos meus pulmões.

— Que porra é essa? — Madison gemeu, segurando as narinas entre os dedos. — Vou chamar a polícia.

Romeo fingiu interesse genuíno, passando a chave-cartão pelo leitor com facilidade.

— E falar o quê? Que você veio dos Estados Unidos para seduzir a esposa de outro homem?

Madison se colocou entre Romeo e a porta.

— Quero falar com Dallas. Mereço ter algum tipo de desfecho.

Eu me perguntei que tipo de crime hediondo eu tinha cometido contra a humanidade em alguma vida passada para merecer aqueles dois desmiolados. Pior ainda, se eu quisesse um bebê, e eu queria, eu precisaria tê-lo com Romeo.

Suspirei, cutucando Madison para o lado com a ponta do meu salto agulha, tomando cuidado para evitar a mancha de sangue.

— Não dava para esperar até voltarmos para casa? Desculpa, Mad, mas isso foi meio... inesperado. Além disso, eu deveria levá-lo a um hospit...

— Ele vai sozinho. — Romeo abriu a porta e me levou para dentro, bloqueando grande parte da vista de Madison com os ombros largos. — Não é a primeira vez que um marido quebra algum osso de Madison e, a julgar por suas atitudes, não vai ser a última.

Madison se impeliu para a frente.

— Eu nem toquei na Charity.

Como eu estava dizendo... crime hediondo.

Romeo ergueu um dedo até a testa dele e o empurrou, jogando um Madison atordoado contra a parede.

— Da próxima vez que eu vir você perto da minha esposa, nem mesmo Deus vai conseguir ajudá-lo. Agora, limpe-se. Está fazendo os americanos parecerem tão horríveis quanto os franceses já pensam que somos.

Ele fechou a porta com tudo. A ideia de ajudar Madison me ocorreu por dois segundos, mas me lembrei de que ele tinha aparecido por algum motivo, e o motivo com certeza era sabotar minha lua de mel ou armar algo contra meu marido. Não importava o custo. Mesmo que o custo fosse eu.

Parecia que ninguém mais se importava com o que eu queria a não ser eu mesma. Quanto mais eu pensava no assunto, melhor me parecia a ideia de engravidar. Seria o jeito mais rápido de fazer Romeo me mandar de volta a Chapel Falls. Sem dúvida, ele me enfiaria em algum lugar onde a família dele não pudesse me ver. Talvez até me concedesse o divórcio para garantir que nosso filho não recebesse nenhum benefício dos Costa.

Então me aprumei. *Esqueça o que aconteceu. Executar Operação Fazedores de Filho.* Sim, havia desvantagens claras na minha estratégia, mas até a menor chance de ter um bebê e voltar para a casa ganhava prioridade.

*Hora do espetáculo.*

— Antes de você reclamar por causa do nariz de Madison... — Romeo falou enquanto tirava o blazer, pendurando-o em um cabide. — Não permito nenhum outro homem. Sob circunstância nenhuma, enquanto usar minha aliança, você vai conspirar ou foder com eles. Não é pedir muito.

Eu não disse nada. Não tive a menor vontade de tranquilizá-lo. Além disso, brigar estragaria meus planos naquela noite. Eu o encurralei contra a porta, apoiando a mão no peito dele, sentindo a batida firme e regular de seu coração. Ficamos parados daquela forma pelo que pareceu uma eternidade.

Por fim, ele fechou a cara.

— Está lançando um dos feitiços do Henry Plotkin em mim?

Uma risada espontânea quis escapar, mas eu a engoli. A verdade vergonhosa era que a expectativa de perder minha virgindade com Romeo tinha me deixado eufórica. Um estudo científico completo poderia ser conduzido sobre como um homem tão frio poderia emanar um calor tão penetrante sempre que suas mãos me tocavam.

Tracei o formato de um coração sobre o dele.

— Quero que você me ensine coisas.

— Modos, presumo.

— Estava pensando mais em... hum, coisas na cama.

— Por quê? Você parece ser especialista em dormir.

— *Romeo.* É sério.

Ele lambeu os lábios. Era óbvio que achava a ideia atraente. Nossos torsos estavam pressionados um contra o outro. Acariciei o pomo de adão dele.

Ele me interrompeu, agarrando meu pulso.

— Por que sempre tenho a sensação de que você está fazendo algum joguinho comigo, Biscoitinho?

*Porque estou.*

Olhando para ele, fiz um beicinho.

— Tudo que eu quero é aproveitar nossa lua de mel. Estou cansada de me sentir infeliz.

Então, para mostrar que eu estava falando sério, desci o zíper do vestido, livrando-me do tecido, que cascateou pelo meu corpo até o chão. Já que não estava usando sutiã nem calcinha — porque marcariam no vestido —, fiquei parada nua diante dele. Os olhos dele percorreram todo o meu corpo, acariciando cada centímetro. Para alguém que se esforçava para fazer com que eu me sentisse mal, ele tinha uma habilidade esquisita de fazer com que eu me sentisse valorizada.

Ele engoliu em seco. Eu sabia que, apesar do seu autocontrole impecável, Romeo queria fazer coisas vis e inomináveis comigo. Ele passou um dedo pela minha barriga, pelas costelas, contornou um dos seios, perdido em pensamentos.

— Quero sentir você dentro de mim. — Mantive meu olhar grudado no rosto dele. — Você não vai nem considerar? Nem pela nossa primeira vez juntos?

— Não. — A palavra rasgou os lábios, rouca e áspera. O toque dele esparramava chamas de desejo pela minha pele. — Mas se eu começar a preparar sua bunda agora, poderei tomá-la para mim depois que voltar da minha reunião em Nova York na quarta.

Dezenas de respostas dançaram na minha língua, mas estragaria meu disfarce. E meu disfarce era o de uma esposa disposta, que não queria nada além de sexo com penetração com o marido.

— Certo... — Limpei a garganta. — Eu... eu vou comprar um *daqueles*...

Argh, qual era o nome? Eu não era tão inocente assim. Eu sabia o que eram. Até vi um na Amazon.

— *Plug* anal — completou Romeo.

— Isso, hum... um desses.

— Não precisa. Eu tenho uma escova de dentes elétrica, ideal para começar a brincar com o ânus. Tem o formato e o tamanho perfeitos, e as vibrações vão excitá-la.

Não pude acreditar que estava tendo aquela conversa com meu marido.

Não pude acreditar que ele queria enfiar a escova de dentes dele na minha bunda.

Ele me estudou, esperando uma reação. Quando não houve nenhuma, ele disse:

— Se me der acesso à sua bunda, Biscoitinho, eu farei você gozar por dias.

Uma montanha de xingamentos se acomodou na minha língua, implorando para serem libertos. No que eu havia me metido? Garota idiota com planos idiotas. Ser imprudente sempre tinha um preço que eu não estava disposta a pagar. Ainda assim, eu sabia que ele esperava minha recusa. Não importava minha apreensão, eu não lhe entregaria aquela vitória.

Passei um braço ao redor do pescoço de Romeo.

— Tudo bem.

— Tudo bem?

— Você me ouviu. Vai dar para trás, *maridinho*?

Ele resolveu pagar para ver, indo até o banheiro e voltando com a escova de dentes. Examinei-a com olhos agitados. Não parecia mesmo grande, mas a ideia de enfiar aquilo no meu buraco mais íntimo me induziu à histeria. Eu não queria isso. Não porque eu achava que havia algo de errado, mas porque eu ainda não tinha passado por diversos outros níveis na minha jornada de descoberta da sexualidade. Isso parecia um pulo entre dois penhascos.

Nua e trêmula, esperei as instruções de Romeo.

Ele ligou a escova. Uma sinfonia de zumbidos e ruídos ecoou entre nós antes de ele a desligar.

— Não há vergonha em receber prazer por caminhos menos explorados.

Eu não respondi. Ele brincou com o botão de novo.

— Tem certeza de que é isso que você quer?

Tentei não estremecer.

— Sim.

— Então já para a cama, Biscoitinho.

Fui rápido para lá, observando-o se aproximar. A cada passo, meu coração se apertava mais e mais, caindo, até eu o sentir batendo entre as coxas.

— Vire-se.

Foi o que fiz, ficando de joelhos. Senti o calor dele por trás. Para minha surpresa, ele não a empurrou para dentro, mas passou um braço pelo meu abdômen, puxando-me para trás. Os lábios percorreram minha coluna acima, dando beijos da nuca à garganta. Ele brincou com meus peitos por trás, passando a língua pelo contorno da mandíbula e criando uma poça quente entre minhas pernas.

Apesar de eu ter amado o toque, os beijos e a atenção dele, não consegui me concentrar no momento. Não com as manchas de sangue de Madison nos dedos de Romeo e a consciência do que ele queria fazer comigo. Tudo que consegui fazer foi ficar imóvel e esperar o inevitável.

Os dedos alcançaram o espaço entre minhas coxas, colhendo um pouco da umidade. Ele arrastou a umidade da frente até atrás, circulando as bordas em um ritmo preguiçoso, me provocando. Meu corpo todo enrijeceu, e fechei os olhos.

Ele ficou imóvel.

— Biscoitinho?

— Enfie logo.

Silêncio. Tanto silêncio. Silêncio *demais*. Foi como soube que eu tinha feito algo errado. Ele segurou minha cintura e me virou de costas. Caí em uma nuvem de travesseiros luxuosos, não ousando piscar por medo de começar a chorar. A escova de dentes idiota ainda estava na mão dele.

Mordi a língua até arrancar sangue.

— O que está olhando?

— Você está chorando.

Não exatamente, mas estava bem perto. Na verdade, o mais perto que já havia estado. Pressionei os lábios, sem falar nada. Eu tinha arruinado meu próprio plano. Despedaçado tudo ao ponto de não poder mais salvar as peças. Chapel Falls imbecil, com suas regras imbecis. Teria sido o fim da cidade se ela tivesse me dado alguma experiência na arte da sedução?

Romeo arremessou a escova na mesa de cabeceira.

— Também está tremendo.

Quase arfei quando a escova saiu voando, como se por si só tivesse o poder de entrar em mim.

— Só estou com um pouco de frio.

Em outra reviravolta, ele me segurou nos braços, colando-me ao peito dele. Não saberia dizer o que me surpreendeu mais. Aquela resposta humana, ou o ritmo estável do coração dele batendo contra o meu. Toda a raiva que senti ao estregar o plano se liquefez em alívio. Para meu horror, comecei a tremer. Eu sabia que ele detestava fraqueza. Também sabia que eu nunca havia me sentido tão fraca na vida. Deitada ali, exposta e nua, nos braços de um homem que eu odiava, sorvendo conforto dele.

Ele segurou minha cabeça como se eu fosse uma coisa linda e preciosa, acariciou meu cabelo, roçando os lábios na minha têmpora. Imaginei que as palavras seguintes dele seriam uma ordem para que eu não chorasse, mas Romeo se recusava a se encaixar nas expectativas.

— Você nunca pediu por nada disso, Dallas. Sei bem. Todos os homens na sua vida fracassaram com você, incluindo eu.

Uma epifania me invadiu. Minha mente viajou ao quarto de infância dele, navegando pelas fotos. Os ingressos. *O amor*. Romeo Costa não havia nascido uma fera sem coração. Um dia, ele tinha amado. *Morgan*.

Por fim, Romeo se afastou do nosso abraço. Olhei para a escuridão além das janelas do chão ao teto. Devia ser mais de meia-noite. Ele segurou meu rosto.

— Esqueça o anal. Ainda tem muitas outras coisas que podemos fazer.

Assenti.

— Eu sei disso. Mesmo. Só fiquei chateada, porque... — Eu me lembrei do meu objetivo enquanto Romeo ainda estava no muro entre aquele homem preocupado e a fera que conhecia muito bem. — Estou triste porque sei que nunca vou conhecer a sensação de fazer sexo do jeito mais tradicional — disse, vestindo minha expressão mais inocente. — Você já fez isso antes, não fez? Foi... até o fim? — Naquele instante, era eu que estava tirando vantagem dele.

— Você sabe a resposta para essa pergunta.

Funguei.

— É, sei.

Ele fez uma pausa.

— Mesmo se eu quisesse mostrar a você, não tenho camisinha aqui.

— Entendo.

— Não, não entende.

— Verdade, não entendo. Nunca vou experimentar o sexo por completo, já que você não vai me ajudar. É claro, estou triste. Tenho direito de ficar assim.

Ele se afastou com tudo da cama e andou pelo quarto. A culpa — tão real e tangível — irradiava dele. Então quer dizer que ele *tinha* consciência.

Meus olhos foram de um lado ao outro, acompanhando os movimentos de Romeo quando, por fim, ele parou na frente do colchão.

— Vista-se.

Não argumentei, mergulhando mais fundo naquelas águas de querer-transar--com-Romeo. Minha mala me concedeu calcinhas de algodão branco e uma blusa lilás de seda. Estava prestes a vestir uma calça que combinava quando Romeo interrompeu:

— Basta. Volte para cama.

— Você não acabou de me dizer que...

— Puta que pariu. Antes que eu mude de ideia, Biscoitinho.

*Caramba.*

— Só porque você está pedindo com gentileza. — Caminhei até a cama, caindo nela.

Ele me encarou.

— Hora de dormir.

— *O quê?*

— Hora. De. Dormir — disse ele, mais devagar e mais alto.

— Eu ouvi da primeira vez, mas...

— Volto logo. — Ele pegou a carteira e saiu.

Simplesmente *saiu*. Sem nenhuma explicação. O que foi que aconteceu com "antes que eu mude de ideia"? Talvez ele tivesse mudado, afinal de contas.

Decidindo que eu tinha passado por coisa demais naquele dia, de fato me deixei levar pelo no abraço doce do sono. Nos meus sonhos, eu me afoguei em livros. Exemplares de capa dura com cheiro de tinta. Com palavras, e universos, e criaturas distantes e estranhas.

Nos meus sonhos, não havia uma fera disfarçada de marido.

E, mais importante: nenhum coração partido disfarçado de casamento.

# 30

**Ollie vB**: Ela já deixou você louco?

**Romeo Costa**: Me considere incapaz de enlouquecer.

**Zach Sun**: Me considere abismado por, nos últimos tempos, você soar mais como uma música da Sia.

**Romeo Costa**: @ZachSun, desde quando você faz referência a qualquer tipo de cultura que não tenha nada a ver com artes plásticas?

**Ollie vB**: Os pais dele armaram um encontro com uma influenciadora na semana passada.

**Romeo Costa**: Quantos dos seus neurônios sobreviveram?

**Zach Sun**: Praticamente todos. Usei um fone escondido para cancelar os ruídos. Sorri e acenei a cada dois minutos.

**Romeo Costa**: Parece promissor. Quando vão anunciar o casamento?

**Ollie vB**: @RomeoCosta, quer dizer que você ainda não experimentou aquela boceta doce e apertadinha mesmo?

**Romeo Costa**: Vou cortar sua língua com uma faca de manteiga da próxima vez que nos virmos.

**Ollie vB**: Por que de manteiga? Isso só deixaria as coisas mais demoradas e faria uma bagunça.

**Romeo Costa**: Exatamente.

**Ollie vB**: @ZachSun, note que ele não disse sim nem não quanto a ter experimentado a noiva dele. O que você acha?

**Zach Sun**: Está cambaleando no precipício.

**Zach Sun**: Bêbado.

**Zach Sun**: E sem pernas.

**Ollie vB**: A queda vai ser espetacular.

**Romeo Costa**: Acreditem ou não, é possível resistir à tentação.

**Ollie vB**: Isso talvez se aplique a um bolo. Não a uma mulher igual à sua esposa.

**Ollie vB**: A irmã dela ainda está no ensino médio mesmo?

**Romeo Costa**: Faz dez horas desde que você perguntou da última vez, então sim.

**Ollie vB**: O tempo se arrasta quando se está à espera de alguma coisa.

**Zach Sun**: Diga isso ao carcereiro quando você for preso.

# 31

## Romeo

Desci e vaguei pela Rue du Faubourg Saint-Honoré, mascando sete chicletes e quase arrancando os cabelos. Por que *diabo* eu tinha decidido provocar Biscoitinho com aquela escova de dentes? Mas a ninfa teimosa quase aceitou. Foi um desafio. Um desafio que explodiu direto na minha cara de forma espetacular. Ela tinha me feito xingar. *E* lhe dar carinho.

Sim, eu poderia entrar em uma farmácia e exigir um pacote de camisinhas. Proteção dupla. Então, acabar com um pacote e mais outro. E outro. E depois de uma centena de vezes, mais ou menos — o que seria inevitável quando Dallas sacudisse a bunda no ar, convidando-me a estacionar em sua boceta —, e a camisinha estourasse, o canal de variedades na TV poderia nos acrescentar ao elenco do programa *19 Kids and Counting*. Eu estava fora.

A pílula e o DIU tinham suas desvantagens. Primeiro, eu não poderia dizer a ela o que fazer com o próprio corpo. Segundo, eu nunca confiaria nela para tomar as pílulas direito ou manter o DIU no lugar. Ela queria filhos. E, por fim, o corte fatal. Vasectomias só tinham uma chance de sucesso de 99,9%. Conhecendo minha sorte, eu estaria naquele 0,1% restante. Afinal, eu estava naquela porcentagem em todos os outros aspectos da minha vida: inteligência, aparência, faixa de impostos e por aí vai.

Uma ideia se formou na minha cabeça. Eu a considerei enquanto andava de um lado para outro da calçada. Biscoitinho implorou para me sentir apenas *uma* vez. Apenas uma vez meu pau na boceta dela. Não era pedir muito. Podia fazer isso e seguir com a vida.

Antes de ter a chance de repensar, voltei para o hotel. Não esperava que Dallas tivesse dormido. Não depois do dia que tivemos. No entanto, subestimei a preguiça da minha esposa. Ela não apenas estava dormindo como roncava com um bolinho mordido em cima do peito.

Eu me sentei na beirada do colchão, coloquei o bolinho na mesa de cabeceira e ajeitei as mechas do cabelo desarrumado atrás das orelhas. Oliver tinha razão. Ela era irresistível. De alguma forma, inocente, linda e espirituosa, tudo ao mesmo tempo. Tão deslumbrante e cheia de espinhos quanto uma rosa selvagem. Eu nem sequer hesitei antes de tirar os sapatos e as calças. Só de cueca, eu me ajoelhei entre as pernas dela, cutucando a fenda dela com o nariz através da calcinha.

Ela murmurou enquanto dormia, remexendo um pouco a bunda. Um sorrisinho se formou nos lábios dela. Pressionei a língua quente no seu centro. Ela ofegou. O algodão ficou molhado, tanto pela minha boca quanto pelo corpo dela compreendendo minhas intenções. Através do tecido fino, chupei o clitóris e a massageei com os dedos, provocando-a.

Os mamilos endureceram sob a blusa de seda, e os olhos tremularam ao abrir. Para meu enorme prazer, ela ainda estava meio sonolenta, só um pouco consciente. Talvez ela calasse a boca, para variar. Com um gemido baixinho, ela empurrou mais a boceta contra o meu rosto.

— Mais.

Chupei o clitóris com força, aliviando a pressão. Usando tanto o dedo indicador quanto o do meio, eu a penetrei e os curvei dentro da vagina, esticando o tecido frágil e fodendo-a com os dedos ao mesmo tempo.

— Humm. Bom.

*Bom?* Fazia quase meia década que eu não tocava uma mulher. *Bom* não bastaria. As coxas de Biscoitinho tremiam, envolvendo minhas orelhas. Os dedos dela encontraram meu cabelo, puxando-o com ferocidade. Aumentei a força, fui mais bruto, agarrando um dos peitos dela através da blusa e beliscando o mamilo. Os olhos finalmente se abriram. Ela piscou para mim por trás de uma cortina de luxúria inocente.

Por um segundo, pensei que poderia me acostumar com aquilo. Então, lembrei-me das palavras de Oliver a respeito dela. Uma flecha de um instinto possessivo me atravessou, levando-me a acrescentar um terceiro dedo. Provoquei o clitóris com a ponta da língua, circulando-o.

Ela se impeliu para cima, esfregando seu ponto mais sensível pelo meu nariz.

— *Porra!* — gritou minha linda esposa sulista de boa educação. — Não é à toa que papai não deixava a gente namorar. Se eu soubesse que era bom assim, teria transado com todos os caras da escola. — Quase engasguei na calcinha dela. Se por vontade de rir ou indignação, não tive certeza. — Sim. Sim. Tipo isso, mas talvez... talvez ainda mais rápido.

A alegria infantil na voz dela acelerou meu batimento cardíaco. Meu coração martelou as costelas. Não conseguia me lembrar da última vez que o havia sentido trabalhando de verdade. Em geral, fazia o mínimo para me manter vivo e nada mais.

Ela se contorcia e gemia sob mim, imobilizando minha cabeça entre as pernas com força excessiva, garantindo que eu não fosse a lugar algum. Seria preciso três guindastes e o apocalipse para me tirar dali. Dallas Costa era uma obra de arte. Eu quis emoldurá-la naquele instante e observar o retrato sempre que o terrível ímpeto de devorá-la voltasse a aparecer. Ela era tão receptiva. Estava excitada de verdade. Nada ali era premeditado ou calculado. Brutalmente honesta. Honesta quando me disse o quanto me odiava com todo o seu ser. E honesta quando eu a fazia se derreter com minha língua e meus dedos.

E, melhor do que todo o resto, ela era muito diferente de Morgan Lacoste, que só se entregava e aproveitava minha língua quando estava bêbada, o que acontecia com uma frequência maior do que deveria. Morgan, calculista e impiedosa, importava-se mais com parecer bonita durante o sexo do que com aproveitar o ato.

— Isso, isso! Vou gozar! — Minha pequena estrela pornô nada domesticada me espremeu com tanta força entre as pernas que meu nível de oxigenação despencou.

Ela apertou meus dedos com a vagina enquanto um orgasmo fluía por ela em ondas. O jorro de calor ensopou o algodão. Beijei-a através do tecido, de novo e de novo, sabendo que no dia seguinte tudo voltaria ao seu devido lugar — minhas regras, meus limites, minhas preocupações, meus demônios.

— Posso retribuir o favor? — Dallas se ergueu nos cotovelos. — Mas não com a cueca. Cueca de homem sempre tem cheiro de queijo velho que foi largado na panela por dias. Sei disso porque sempre que a empregada tirava férias, a gente se revezava para lavar a roupa. E, bom, eu não deveria falar nada, mas a do meu pai...

Por não querer que o momento fosse arruinado com uma conversa a respeito da cueca do pai dela, eu me impeli para a frente, calando aquela boca sabichona com um beijo que tinha o gosto da sua boceta doce. Em um primeiro momento, ela apertou os lábios e franziu a testa, sem saber o que pensar sobre o gosto. Só que, quando arrastei a cabeça do pau duro pela fenda dela por cima das roupas, ela enlouqueceu e me beijou de volta, enfiando a língua com tanta força na minha garganta que achei que ela estava tentando pescar o que eu havia comido no jantar.

— Sim. — Ela se esfregou em mim. — Por favor, senhor, mais?

Ela estava citando *Oliver Twist* enquanto transava. De fato, aquela mulher era única.

Sabendo que era uma idiotice, uma loucura e um perigo, pressionei a cabeça pela fenda. Ela estava apertada — ainda mais apertada pelo algodão esticado da calcinha arruinada —, mas úmida e escorregadia, preparada para o que estava por vir.

A sensação, como ela estava quente e tensa, me desfez por completo. Golpeei com mais força e fui mais fundo, entrando nela pelo tecido das nossas roupas, fodendo-a sem pressa com apenas sua calcinha fina e a minha cueca entre nós. Afastei minha boca da dela, olhos grudados no meu pau cada vez que se afundava nela. Eu mal coube, de tão apertada que ela era. Aquele era, sem dúvida, o melhor sexo que eu já havia tido.

Ela arfou.

— É isso que o pessoal chama de sexo a seco?

*Não*. Nada estava seco. Eu a estava fodendo com o tecido das roupas íntimas. Só que explicar que aquilo era sexo de verdade, com uma dose extra dos meus problemas pessoais, não fazia parte dos meus planos para aquela noite. Nem nunca.

— Isso.

Cada estocada me levava até mais perto do clímax. De movimentos lentos, controlados e provocativos para deixá-la louca de desejo, rapidamente me deixei levar a estocadas maníacas, impulsivas, que diziam que eu precisava estar dentro daquela mulher, como um homem faminto por conexão humana, por afeição, por desejos carnais que precisavam ser satisfeitos.

Comecei a ficar tonto. Eu tinha considerado a possibilidade de Dallas não chegar a um orgasmo com penetração. Aquilo apenas a colocava entre a grande maioria das mulheres no planeta Terra. Mas ela tremia, arranhava e tentava me agarrar, parecendo pronta para gozar. Os peitos pulavam e balançavam cada vez que eu a acertava. Sua boca abriu, estupefata, provavelmente porque a sensação daquele orgasmo foi diferente da dos outros dois. Mais profunda e violenta.

Ela segurou as lapelas da minha camisa, pressionando o rosto contra o meu.

— Tire a cueca. — Ela foi de encontro à estocada, gemendo quando a ponta espreitou pelo buraco da cueca boxer. — Quero que você goze dentro de mim. Quero sentir você.

Eu estava a dois segundos de satisfazer aquela exigência. Por sorte, a lógica assumiu o controle naquela noite, depois de meu pau ter me guiado pela maior parte do dia, e impediu a situação de se transformar em uma calamidade completa.

Consegui esperar — por pouco — até ela gozar, antes de sair e virá-la de costas para mim. Então, terminei o serviço com a mão. Mirei na bunda nua, mas, de alguma forma, acertei no cabelo. Não importava. Ela teria bastante tempo para lavar. A agenda dela não estava exatamente cheia.

Dallas caiu nos travesseiros, um sorriso enviesado no rosto.

— É oficial. — Ela me puxou até a cama com ela, então cobriu meu rosto com beijos molhados e desajeitados, lembrando-me mais uma vez que a diferença entre ela e um filhotinho de cachorro era insignificante. — Sexo é meu novo esporte favorito.

— Sexo não é esporte.

— Deveria ser. Eu faria isso o dia todo se houvesse essa opção.

— E há. O nome é prostituição.

Caí em cima dela sem nenhuma consideração pelo quanto ela era leve, tateei a mesa de cabeceira e enfiei dois chicletes de menta na boca.

— Não vai acontecer de novo.

Rolei de cima dela, meu corpo molhado de suor, meus músculos relaxados pela primeira vez em anos.

— É claro, querido. — Ela grudou os peitos no meu braço. Sob nós, os lençóis estavam encharcados com tudo que tínhamos acabado de fazer. — Só dessa vez.

Porém, a tentação se provou demais. Acabei me concedendo um passe livre pela duração de nossa lua de mel. Por uma semana inteira, fodi Dallas através das roupas em todas as oportunidades. E, todas as noites, eu a fodi através de um lençol, tomando cuidado para sempre gozar na cara, na língua, nos peitos dela. Quase a fodi sem proteção no Louvre. Então, experimentei mais da boceta doce dela em La Madeleine — uma igreja, de todos os lugares, porque minha esposa encrenqueira não conseguiu esperar até voltarmos para o hotel. Ela até me implorou para que eu a penetrasse com dedos no Dodo Manège. Ou seja, também precisei chupar seus peitos, escondido por um casaco, no táxi de volta ao hotel.

Aquele padrão ficou claro de uma forma deprimente. Eu tinha me casado com uma mulher com tendências ninfomaníacas, e eu tinha zero vontade de privá-la do que ela desejava. Eu havia tomado um chá de boceta. Um chá tão bom que me esqueci de pedir, esperar ou treiná-la para me retribuir os favores. Eu estava tão deslumbrado que esqueci que era uma planta carnívora, faminta pelo meu esperma.

Uma coisa estava certa. Quando voltássemos a pisar nos Estados Unidos, eu precisaria ficar o mais longe possível da minha esposa. Ficar muito próximo dela claramente me colocava em desvantagem na nossa guerra psicológica. Talvez ela levasse um mês. Dois. Talvez até mesmo um ano. No entanto, eu tinha um pressentimento de que ela me convenceria a transar sem proteção. Uma transa obscena. Até ela transbordar com a minha porra.

O que Dallas Costa queria, Dallas Costa conseguia.

E o que ela queria agora era meu herdeiro.

# Dallas

O pênis de Romeo curava depressão. Infelizmente, não curava ódio. Eu ainda tinha aquilo aos montes. Joguei a calcinha manchada de sangue de menstruação no lixo, pegando um OB. A decepção que tomou conta de mim não foi porque eu esperava ter engravidado assim tão rápido. Eu só não queria fazer uma pausa na minha missão de quebrar algum tipo de recorde de orgasmos no *Guinness*.

O avião me sacudia como um globo de neve. Eu me apoiei na pia, esperando a turbulência passar. Minha vagina estava dolorida, esticada ao máximo e pronta para se aposentar depois de apenas uma semana de trabalho. Cada vez que meus mamilos roçavam o sutiã, o entorpecimento virava dor. Quando o avião se restabeleceu, voltei para a cabine principal a tempo de ver Romeo virar a página do jornal. Minha bunda ainda formigava toda vez que eu via aquelas mãos fortes. Tínhamos passado nosso tempo na França ou brigando, ou tendo orgasmos. Havia uma boa chance de eu ter comprometido não apenas minha virgindade, mas a dos meus futuros filhos.

Eu me joguei no sofá luxuoso, esperando que Romeo me ignorasse. E ele me ignorou. Na verdade, no segundo que entramos no avião, ele tinha demonstrado mais interesse nos e-mails do que em mim. *Tudo bem*. Tanto faz. Fiz uma chamada de vídeo com Frankie, minha mãe e Sav, comendo bolachas de arroz e alga marinha enquanto ignorava aquele babaca autoritário e cruel.

Quando voltamos para casa, percebi que tinha esquecido de pedir a Hettie ou a Vernon que trocasse a água da rosa branca na minha cabeceira. *Opa*. Saí correndo escadaria acima quando lembrei, deixando Romeo no saguão com as malas, confuso e —como sempre — infeliz.

— De nada pela lua de mel de um milhão e meio de dólares, Biscoitinho. — Eu o ignorei, subindo as escadas dois degraus por vez. — Sempre que precisar — resmungou ele, baixinho.

Entrei toda estabanada no quarto, ofegando. Apesar de eu não levar jeito para jardinagem, odiava quando flores morriam. Elas simbolizavam força e esperança. Porque, depois de cada inverno, vinha a primavera, fazendo tudo florescer. Uma flor bem cuidada alcançava seu potencial máximo. Eu gostava de pensar nas pessoas da mesma forma. Será que eu também poderia florescer naquelas minhas circunstâncias?

Para minha surpresa, a rosa branca parecia em perfeitas condições na jarra improvisada. Nem uma pétala estava fora de lugar. *Ufa*. Será que Vernon tinha trocado a água? Caí de joelhos diante dela, notando o tom esverdeado da água na qual ela nadava. Não. Parecia que a rosa tinha sobrevivido sozinha. *Nossa, era verdade mesmo*. Talvez Vernon estivesse certo, e ele havia criado uma subespécie de rosa que poderia sobreviver pelo tempo que alguém levava para se apaixonar.

— Ao menos uma de nós é barata de cuidar. — Passei os dedos pelo caule cheio de espinhos. — Obrigada por sobreviver. Você é incrível, Rosinha.

Eu tinha acabado de dar o nome de Rosinha para minha rosa de estimação? *Sim. Eu tinha.*

— Já vi que conversar com plantas é outra peculiaridade que devo acrescentar à sua lista infinita de esquisitices. — Romeo estava apoiado no batente, parecendo uma estátua de gelo.

Olhei feio para ele. Agora que a aura romântica de Paris tinha se esvaído, e eu não poderia mais enfiar a cara dele entre minhas pernas, eu me lembrei de como não gostava dele. A quantidade mais específica: *muito.*

— A visitante do mês chegou, caso você tenha vindo aqui para... seu *lanchinho.*

— Não me lembre de que você pode receber visitas nem de que tem parentes. Estou sofrendo de transtorno de estresse pós-traumático por causa de todos os Townsend que conheci até agora. — Ele se afastou do batente, entrando no quarto sem esperar convite. — Mas não estou aqui para lhe dar prazer, Biscoitinho. Acredite ou não, tenho interesses além da sua cama.

— Não se preocupe. Já entendi que seu arco narrativo é acabar com o império do seu pai. Você é tipo um vilão mal escrito da Marvel, só que com um corte de cabelo melhor.

Ele me encarou, impassível, mais alto do que eu naquele momento.

— Eu vou me mudar.

Meus joelhos permaneceram grudados no chão de madeira. Aquela cena era angustiante, degradante, então fiquei logo de pé, espanando o pó do vestido.

Ele pegou a caixinha de metal, colocando dois chicletes na boca.

— O trabalho está um caos, e um acordo importante com o departamento de Defesa está em jogo.

Eu tinha lido tudo sobre aquilo no jornal. Também havia guardado aquela informação na pasta "Não estou nem aí" do meu cérebro. Não passava de mais uma medição de pintos entre os Costa e os Licht, ao som de uma musiquinha de, mais ou menos, uns seiscentos milhões de dólares.

Revirei os olhos.

— O trabalho sempre o ocupa. Ao menos seja sincero e diga que quer ficar longe de mim.

Ele me observou com menos interesse do que observaria uma multa de trânsito.

— Você é uma distração, e não costumo perder tempo com elas.

— Eu sou sua *esposa*.

— Você só está repetindo o que eu disse. — Então, com um suspiro, ele desviou o olhar de mim. — Provavelmente vou visitar nos finais de semana para checar a casa. Você pode ficar à vontade para convidar parentes e amigos, com limite de dois por vez, desde que nenhum homem atravesse os portões. Entre esses homens, incluo Madison, apesar de ele não se enquadrar na categoria.

— Espere, você não pode ir embora de verdade. — Pulei para ficar na frente dele, bloqueando o caminho da porta. Não sei por que achei aquela ideia tão difícil de digerir.

Ele deu um passo para o lado, passando por mim.

— Posso, e você está no caminho.

Disparei para me colocar na frente dele, posicionando um braço em cada lado do batente.

— Acho que o único jeito vai ser passando por cima de mim.

— Muito bem. — Ele estalou o pescoço. — Passarei por cima de você, sra. Costa.

Romeo avançou na minha direção, então me jogou pelo ombro dele, andando pelo corredor como se não estivesse carregando uma pessoa.

Bati nas costas dele, rugindo.

— Me solte, seu engomado... desgraçado... asnático...

— Não sou asnático. — Ele me trocou de ombro, e suspeitei que teve menos a ver com meu peso e mais com o desconforto que a posição me causava. — Mas os outros adjetivos são adequados.

Minha cabeça balançava, acertando as costas dele a cada passo. Ele me carregou com a respiração leve e passos mais leves ainda. Pelo lado positivo, ficou óbvio que eu poderia comer mais, considerando que eu parecia não pesar nada.

Romeo desceu as escadas. Vi minha mala sozinha no saguão e notei que ele nem tinha trazido a dele para dentro. Ele não estava mentindo. Ele nunca sequer tinha planejado ficar.

Romeo deu a volta nas escadas, me descartando na cozinha diante de uma Hettie confusa.

— A partir de agora, a sra. Costa faz parte das suas responsabilidades, srta. Holmberg. Você deve supervisionar o comportamento dela, incluindo indiscrições em potencial e acidentes. Você vai garantir que ela não arranje problemas, já que ela parece ser um ímã deles.

Hettie franziu o cenho.

— E o que eu ganho com isso?

— Um aumento de cento e cinquenta mil no seu salário anual, e o prazer de manter seu emprego.

— Maravilha. — Ela assobiou, fazendo continência com dois dedos na testa. — Negócio fechado, chefe.

Grunhi.

— Sua traidora.

— Proletária — corrigiu ela.

Segundos depois, Romeo saiu da casa — e da minha vida — como se Paris nunca tivesse acontecido.

Eu me virei para Hettie, furiosa.

— Nossa. Só foi preciso cento e cinquenta mil para você se virar contra mim.

Hettie não parecia afetada pela minha ira.

— Cento e cinquenta mil é uma caralhada de dinheiro para as pessoas normais, Dal. — Eu sabia que ela estava certa, mas, com Romeo longe dali, eu precisava descontar minha raiva em alguém. — Além do mais... — Hettie deu de ombros. — Eu não disse que seria uma *boa* governanta. Meu trabalho é preparar a aveia dele. Se eu for horrível no meu bico, ninguém pode me culpar.

Ela deu uma piscadinha.

Eu sorri.

— Obrigada.

— Imagina. Só não tire vantagens fazendo orgias e incendiando a casa, tudo bem?

— Vou dar o meu melhor — respondi, concluindo que eu faria tudo a não ser as coisas que ela tinha acabado de citar.

Eu me arrastei escada acima e de volta ao quarto, onde passei o resto do dia lendo e me lamuriando. Minha mente tinha viajado mil quilômetros, para o reino distante no qual meu livro se passava. Antes de eu me deitar, notei que uma pétala tinha caído da rosa. Só uma.

*Viu, Vernon? A rosa está se despedaçando, e meu ódio pelo meu marido não.*

Balançando a cabeça, subi na cama.

Eu vou me vingar de Romeo Costa. Nem que seja a última coisa que eu faça.

# 33

**Ollie vB**: @RomeoCosta, sua mãe acabou de sair de uma loja da Bougie Baby com sua esposa e umas quinhentas sacolas. Tem algo a declarar?

**Romeo Costa**: Sim. Cuide da sua vida.

**Zach Sun**: O que você estava fazendo na loja, @OllievB? VOCÊ tem algo a declarar?

**Ollie vB**: A Bougie Baby fica do lado do meu clube de tiro.

**Romeo Costa**: Falando em tiro...

**Zach Sun**: Não comece. É homicídio duplo. Cinquenta anos de cadeia. Esses são os fatos.

**Romeo Costa**: Ela não está grávida. Ela não tem nada dentro daquele corpo a não ser um cérebro vazio.

**Ollie vB**: Me dá aqui que eu preencho.

**Romeo Costa**: Sua idade mental é de 5 anos.

**Zach Sun**: Se aproximando da sogra... Boa jogada.

**Romeo Costa**: Infelizmente ela não é tão tapada quanto achei que fosse.

**Ollie vB**: Admita. Costa. Você errou nas contas. Você queria uma esposa burra e acabou com a melhor e mais inteligente delas

**Ollie vB**: Alexa. toque "American Idiot"

**Zach Sun**: Ollie tem razão. Você achou que ela seria um brinquedinho. Na verdade. você tem mais controle se faz sol ou chuva

**Romeo Costa**: A persona. dade dela é baseada em ser uma burra. uma hora vai se cansar disso

**Zach Sun**: Será que vai? A essa altura. estamos vivendo em uma simulação. e Detroit Townsend tem acesso de administrador. Você não vai conseguir me convencer do contrário

**Romeo Costa**: Detroit COSTA

# 34

*Romeo*

A forma como o cérebro de Dallas funcionava era um crime incondicional contra a humanidade. Quando voltamos a Potomac, a primeira coisa que fiz foi mandar uma mensagem para Hettie esconder qualquer coisa que pudesse fazer minha esposa com tesão tentar uma inseminação artificial improvisada em casa. Enquanto eu me recusava a gozar dentro dela, não duvidava que Biscoitinho fosse capaz de ir ao banco de esperma mais próximo e pedir uma inseminação.

No fim, a abstinência *foi* a melhor opção, pois consegui passar quatro dias sem ter contato com minha Esposa do Caos. O que eu fiz, no entanto, foi ficar observando-a em quarenta e nove câmeras de segurança espalhadas por toda a minha propriedade.

Biscoitinho estava entediada. E descobri que entediada ela era uma mulher destrutiva. Aplaudi seu talento para fazer nada e, ainda assim, conquistar tanta coisa. Ela passava os dias comendo, lendo sem parar (às vezes terminando uma série de livros inteira em vinte e quatro horas) e gastando uma quantidade espantosa de dinheiro.

Minha inclinação natural foi suspeitar que ela aumentava minha fatura do cartão só para me irritar, não por desejar os objetos que estava comprando. Então, olhei o extrato do cartão, notando que ela havia doado um orfanato inteiro a Chattanooga, laptops de última geração para todo um distrito escolar e um milhão de dólares para a pesquisa de síndrome de morte súbita infantil. Aquilo pareceu coerente com a incapacidade de manter o controle toda vez que alguém de fraldas se aproximava dela. Minha esposa acumulava centenas de milhares de dólares em contas todos os dias, desafiando-me a colocar um fim naquela farra. Mas eu nunca seria o primeiro a ceder.

Do meu escritório climatizado, de vez em quando eu verificava como estava minha bela esposa dia sim, dia não, observando-a receber a mãe, a irmã, as amigas e uma massagista particular recém-contratada além da cabeleira da manicure e de uma mulher cujo trabalho parecia ser apenas escovar sobrancelhas.

Imaginei que ela soubesse que estava sendo observada. Não era como se fosse difícil notar. Às vezes ela parava na frente de uma câmera e me mostrava o dedo do meio ou mostrava os peitos, parecendo se importar pouco com a possibilidade de que minha equipe de segurança tivesse acesso às imagens da casa. Que eu havia me casado com uma mulher tão grosseira era em si uma infelicidade, mas me convenci de que logo superaria a fase rebelde.

A verdade que eu me recusava a considerar era a de que aquilo não era uma fase. Era sua configuração-padrão. Uma característica, não uma falha no sistema.

Ela era quem ela era, e nada nem ninguém no mundo poderia mudá-la.

Nos quatro dias que havíamos passado separados, entrei e saí de reuniões com meu pai, Bruce e a diretoria da Costa Industries, tentando convencer a todos que estivessem dispostos a ouvir que eu asseguraria nosso contrato com o Departamento de Defesa antes de a Licht Holdings nos roubar.

Não era exatamente uma mentira. Mas também não era verdade.

Havia um motivo válido para preocupação. Romeo Sênior tinha arruinado a Costa Industries a ponto de não estarmos mais no topo das empresas no ramo de defesa. E Bruce, sendo um pau-mandado de carteirinha, deixou que meu pai fizesse aquilo.

Eu poderia ter passado a semana toda sem contato com Dallas se não fosse pelo fato de que, no quinto dia, algo chamou minha atenção em um monitor. Empurrei o relatório do mercado para o canto da escrivaninha.

Uma comoção tinha se formado nos portões da minha mansão. Jamais houve comoção nenhuma no meu portão. Ou, na verdade, em toda a propriedade, exceto no espaço que a figura de Biscoitinho ocupava.

Tinha planejado minha vida inteira para se adaptar às minhas tendências solitárias, o que poderia explicar o fato de que senti a pele coçar no instante que vi sete carros de luxo em fila na minha rua.

Os portões se abriram. Devagar, o exército de veículos entrou em minha propriedade. Semicerrei os olhos, tentando ver quem estava dentro deles.

Cara entrou distraída na minha sala carregando uma pilha de arquivos.

— Senhor Costa, está na hora da sua reunião da duas da tarde com o sr. Reynolds, do departamento de Defesa...

— Agora não, Cara.

Reconheci a primeira pessoa a entrar, protegido dentro do Rolls Royce. Barry Lusito. Um antigo colega da faculdade e um homem que eu tinha excomungado do mercado havia quase sete anos por ele ter dado em cima de Morgan enquanto ainda estávamos juntos.

Bem atrás dele, um Bentley cruzou o pátio de trezentos metros quadrados até a entrada, conduzido por um dos engenheiros da Costa Industries — ou, eu deveria dizer, antigo engenheiro. Um homem que eu havia despedido por assédio sexual pouco antes do meu casamento. O que Dallas estava tramando?

Depois de Barry, alguns carros modestos apareceram com mulheres, algumas que reconheci como as novas funcionárias da minha esposa. (O motivo de alguém sem emprego, sem trabalho voluntário ou sem qualquer tipo de enfermidade precisar de funcionários não fazia sentido para mim.) E, depois das mulheres, estava ninguém menos do que Oliver von Bismarck, que chegou no chamativo Aston Martin DBX — e que teve a audácia de dar um tchauzinho para a câmera. Depois, Zach apareceu no Lexus LC (ele detestava carros caros e instáveis demais).

Então, por fim, Madison Licht. Repito: a porra do Madison Licht. Eu não consegui determinar com certeza, já que ele havia posicionado metade do corpo fora da câmera, mas o nariz parecia coberto por algum tipo de atadura discreta.

— Senhor... — Cara ajustou os documentos que tinha em mãos. — Faz três semanas que você está tentando conversar com o sr. Reynolds. Não sei se ele lidará bem com a espera...

— A reunião está cancelada. — Me levantei de súbito, tirando o paletó do encosto de cabeça na cadeira e o colocando por cima do ombro enquanto saía. — Assim como todos os meus compromissos do dia.

Eu não teria como entreter Thomas Reynolds no nosso escritório em Arlington enquanto Madison Licht perambulava nos corredores da minha mansão, bisbilhotando tudo.

Cara se apressou atrás de mim.

— Senhor Costa...

— A resposta é não.

— O que devo dizer ao sr. Reynolds?

— Que precisei cuidar de algo urgente. Algo relacionado à família. — Aquilo não era mentira. Algo *tinha* requerido minha atenção: minha pressão arterial.

Entrei no elevador, encarando uma Cara exasperada e esgotada.

— Senhor, nunca, nesses onze anos que o conheço, você deixou de ir a uma reunião.

— Nunca, nesses onze anos que você me conhece, eu acorrentei meu destino ao de uma linda sociopata.

Aquilo foi a última coisa que disse antes de as portas do elevador se fecharem na cara dela.

# 35

*Romeo*

Atravessei o pátio, forçando-me a manter os olhos fixos em frente. Caso contrário eu explodiria, o que me faria aparecer em todos os jornais da região. Sem mencionar as redes sociais, sob a hashtag que apenas crescia, juntando meu nome ao de Dallas.

Não consegui aceitar o fato de que minha propriedade do século XIX, a qual já tinha sido a casa de um general da União, acabou reduzida ao campo de feitiçaria de uma herdeira mimada da Geórgia.

A entrada estava lotada. Alguém esbarrou no meu Bentley, derrubando cerveja no para-brisa. Não reconheci ninguém.

Meu sangue, que era tão gelado quanto meu coração adormecido, borbulhou de raiva e de necessidade urgente de causar dor a alguém.

Uma certa pessoa adorável.

Nunca tinha me sentido tão vivo. Ou tão *psicótico*.

Dezoito carros ocupavam minha garagem para dezesseis carros. Precisei de oito minutos para encontrar uma vaga na minha propriedade. Entrei pela casa, passando por um Vernon em pânico, que tentou correr para fora.

Uma Hettie corada me encontrou na porta, as duas mãos erguidas.

— Ela disse uma pequena reunião de amigos. Eu juro, Rom.

A ideia de Biscoitinho de uma pequena reunião consistia em todos os membros de um clube de campo. Quem eram aquelas pessoas, afinal? Fazia menos de dois meses que ela morava em Potomac.

Reconheci meus amigos, a *personal shopper* da Hermès, dois chefs de restaurantes que Dallas frequentava, com três estrelas Michelin cada, e o que pareceu ser a grande maioria das pessoas que eu havia salvado na planilha proibida no meu escritório em casa.

Todos aqueles com que eu não queria me relacionar.

Pessoas que eu sempre evitava a todo custo.

De alguma forma, ela os havia encontrado e convidado, todos eles, sem exceção, para minha casa. Inacreditável.

Se eu não estivesse tão furioso, teria ficado impressionado.

— Saia do meu caminho.

Hettie baixou a cabeça, dando um passo para o lado.

Passei pelo volume de corpos, empurrando-os. A maioria não tinha se dado ao trabalho de se vestir para a ocasião, aproveitando quase todo o álcool de qualidade da minha adega pessoal — as garrafas que eu estava guardando para ocasiões especiais — em sandálias Ferragamo de couro e agasalhos da Bally.

Havia petiscos em todas as superfícies, cortesia da Nibbles, um serviço exclusivo local que cobrava mil e oitocentos dólares por cabeça em festas.

As pessoas riam, comiam e interagiam. Também aproveitaram para dar passeios pela minha casa. Que, aliás, estava barulhenta.

De uma forma insuportável.

Minha alma, se é que eu tinha uma, se coçava para irromper pela minha pele como uma bala, correndo para se salvar.

Esbarrei em um ombro na minha missão de chegar nas escadas. A pessoa se virou.

*Oliver.*

A primeira coisa que fiz foi dar um soco em cheio na cara dele. Não forte o bastante para quebrar seu nariz, mas com ferocidade suficiente para mostrar o que eu pensava do seu comportamento.

Por razões que diziam respeito à minha infância de merda, eu tinha um instinto de luta forte demais. Na verdade, era meu primeiro instinto em qualquer situação. Por décadas, eu o contive. Só que, em pouco tempo, Biscoitinho me fez impulsioná-lo na direção de vítimas desavisadas.

— Ai! — Oliver esfregou o rosto. — Por que você fez isso?

— Porque você disse coisas machistas sobre minha esposa, ofereceu favores sexuais a ela na minha frente e porque seu rosto é irritante.

Ele suspirou.

— Justo. E, só pra avisar, não estou mais interessado em fazer piadas sobre transar com sua esposa. Acho que isso vai piorar minhas chances futuras de ficar com a irmã dela.

*Será que alguém na minha vida tem uma idade mental acima de 13 anos?*

— O que você tem a dizer em sua defesa?

Ele tomou um gole de cerveja belga que nem sequer era vendida nos Estados Unidos. Jesus Cristo. Quanto dinheiro aquela minha maldição tinha gastado durante nosso breve período casados?

Oliver franziu a testa.

— Com relação a quê?

Perdi a paciência.

— O que diabo você tinha na cabeça para confirmar presença na festa dela?

— *Ah*. Não precisava de confirmação. — Ele girou o dedo. — Essa balbúrdia foi algo improvisado. Ela organizou tudo de última hora. Incrível, né? Ela poderia trabalhar com isso.

A ideia de Biscoitinho ter um emprego — ou se reportar a qualquer um que não fosse a seu eu irresponsável — era tanto risível quanto inconcebível. Aquela conversa gastou o resto da minha paciência. Oliver levou a garrafa de cerveja aos lábios.

Segurei a base da garrafa, forçando-o a virar até a última gota ou arriscar levar um banho de cerveja.

— Oliver, por que você está aqui?

Quando soltei o vidro, ele se recuperou com um sorriso, limpando a boca com as costas da mão.

— Bom, porque ela sabe dar um festão. Ela disse que teria comida especial, álcool importado e uma apresentação de acrobacias com fogo. Até agora, Derbyshire não decepcionou.

*Acrobacias com fogo? Na minha casa?*

Segurei a camisa dele, perdendo qualquer traço do controle que me era tão caro.

— Cadê ela?

Oliver deu de ombros, ou tentou, considerando que eu o segurava.

— Da última vez que a vi, estava experimentando o vestido de uma garota, e a garota estava experimentando o dela.

— Ela tirou a roupa na frente de outras pessoas?

Eu ia ter um ataque cardíaco. Aos 31 anos.

— Entendo o motivo de você estar aguentando firme. Ela é gostosa pra cacete. Como ela tem aquela bunda? Ela faz quinhentos agachamentos por dia?

*Dois pacotes de Oreo e um McFlurry.*

Abri caminho com os cotovelos por dezenas de pessoas até chegar ao quarto de Dallas. Estava trancado. Claro.

Escancarei a porta com um chute. Eu não gostava de danificar minhas portas rústicas de cinco mil dólares, mas situações drásticas exigiam medidas drásticas.

E falando em medidas drásticas, minha esposa estava empoleirada na beira da cama, usando um vestido coquetel verde-limão gritante que não lhe pertencia. Madison estava ajoelhado diante dela, chorando no colo dela.

Ele estava com os dois olhos roxos por conta da rinoplastia improvisada que eu tinha feito nele em Paris. Ainda assim, o homem foi idiota a ponto de entrar no meu território sem estar acompanhado de um exército.

Dallas parecia entediada, como se interpretando um papel. Era óbvio que tinha passado um tempo considerável esperando que eu fizesse aquela entrada triunfal. Ela queria minha atenção — e, naquele momento, ela teria o azar de recebê-la.

Madison se apressou a ficar em pé enquanto Dallas se demorava, uma pitada de satisfação naqueles deliciosos lábios fartos. Ela havia ganhado a rodada, e sabia disso.

Eu tinha encerrado o dia mais cedo e voltado para casa.

Circulei Madison, como um predador. Meus olhos nunca se afastaram dele.

— Me conte, Licht. Você estava ausente no dia que Deus distribuiu neurônios?

— Você não pode encostar em mim em público. — Madison revelou as próprias cartas naquele nosso joguinho. — E estamos em um local público. Há quase cem pessoas aqui.

Ele tinha razão. Algumas estavam paradas do lado de fora do quarto enquanto conversávamos, imaginando o motivo de a porta estar destruída no chão e nós três parecermos tensos. Era evidente que ao menos um de nós sairia dali em um saco mortuário.

— Você está me dando crédito demais. — Estalei os dedos, sentindo-me perigosamente perto de deixar a fachada calma e comedida de lado. — Posso matá-lo aqui e agora se não explicar para mim o que acabei de ver.

Biscoitinho fez um beicinho.

— Estávamos só conversando para terminar o que deixamos em aberto.

Eu li as entrelinhas. Ela havia escolhido ser uma jogadora naquela confusão. E funcionou, porque foi naquele instante que ela deixou de ser um dano colateral.

— Ou para voltarmos — rebateu Madison. — Depende do ponto de vista, na verdade.

A tentativa de me provocar para que eu cometesse um erro ficou tão óbvia que teria sido mais fácil ele anunciar aquilo em um outdoor na Times Square. Ainda assim, pela primeira vez na vida, caí na armadilha. Parei de andar ao redor dele. Mirei o punho no pescoço dele. Quase interrompi seu fluxo de oxigênio, mas alguém agarrou meu cotovelo.

— Jesus, Rom. O que você está fazendo? — sibilou Zach no meu ouvido, por trás, puxando-me para longe de Madison.

Se tivesse sido apenas Zach, eu com certeza teria conseguido me desvencilhar. Éramos de tamanho semelhante, mas eu tinha experiência nessa área e mais uns cinquenta quilos de raiva dentro de mim naquele instante.

Infelizmente, Oliver segurou meu outro braço.

— Eu sabia que ele estragaria toda a diversão. Da próxima vez não o convide, Daly City.

Dallas o ignorou.

Madison riu.

— Parece uma briga de escola, Costa. Não consegue controlar suas emoções?

— Minhas emoções estão ótimas. Na verdade, eu me senti *muito bem* fodendo sua ex-noiva com a língua cinco minutos depois de ter quebrado seu nariz em Paris.

Um coro de arquejos ressoou atrás de mim. A maioria das pessoas me via como antipático, mas ainda como um homem de negócios eficiente que não saía do lugar designado nem era fonte de fofoca, positiva ou negativa. Aquela imagem se desintegrou por causa de Dallas. Ela tinha oficialmente causado meu segundo escândalo.

Madison estreitou os olhos, me fazendo lembrar do motivo de as embalagens de xampu virem com instruções.

— Eu deveria processá-lo pelo que fez comigo — disse ele.

— Deveria mesmo. Assim, eu poderia processar *você* pelo que fez comigo — retruquei.

Tanto ele quanto eu sabíamos do que estávamos falando. O sorriso de Madison desapareceu. Ele se afastou mais de Dallas, que havia parado de prestar atenção na conversa minutos antes e estava, naquele instante, examinando as cutículas. Os lábios retorcidos estavam impregnados de insatisfação. Que bom que ela também tinha convidado a manicure.

— Certo. Hora de sair daqui antes que eu mesmo estrague ainda mais sua cara. — Com um sorriso alegre, Oliver agarrou Madison pela orelha como se fosse um diretor de escola do século passado, arrastando-o pela porta para que todo mundo visse. — E odeio dizer isso, mas, do fundo do coração, você não pode se dar ao luxo de receber mais danos nesse rosto que já é bem mediano.

As pessoas soltaram risadas nervosas. Notei que não havia nenhum celular apontado para nós. Biscoitinho provavelmente tinha confiscado os aparelhos na entrada. *Garota esperta*... que estaria morta dali a pouco, mas, ainda assim, esperta.

Com Madison esperneando, gritando e ameaçando entrar na justiça enquanto Oliver o arrastava para longe, eu me direcionei à verdadeira culpada pela ruína da minha vida.

— O que você tem a dizer em sua defesa?

— Não muito. — Ela fez um beicinho. — Parece que você sempre diz tudo por nós dois. É sério, Rom? Você contou para o mundo o que aconteceu no quarto do hotel?

Não foi meu melhor momento, quanto àquilo ela tinha razão. Mas eu não estava com um bom humor para admitir.

— Era nossa lua de mel. Nenhuma alma aqui presente acha que estávamos jogando baralho ou discutindo poemas de Dante na suíte. Agora, está pronta para ficar de castigo?

— Ah, vamos fazer um teatrinho? É agora que você me bate, papai?

Para meu horror, senti o pau despertar. Naquele meio-tempo, Zach permaneceu ali perto, decerto temendo que eu fizesse algo de que me arrependeria. Como expulsar Dallas da minha casa e jogar todos os livros do Henry Plotkin no rio Potomac.

— Você sabe que Hettie é responsável por cada passo seu fora da linha?

Aquilo mexeu com ela. Biscoitinho se empertigou, indo ao meu encontro com passos rápidos.

— Isso não é culpa dela. Eu prometi que seria só uma festinha. Não esperava que fosse aparecer tanta gente. Achei que todo mundo evitaria você como uma doença.

— E devo acreditar que convidar cada indivíduo que considero *persona non grata* dentro de um perímetro de cem quilômetros não passou de um errinho inocente?

O beicinho dela ficou maior.

— Achei que era sua lista de amigos. *Surpresa!* — Diante do meu rosto impassível, ela levou o peso do corpo de uma perna a outra. — Como eu saberia o que era a lista? Não é como se você me contasse alguma coisa. Não sei nada a seu respeito. Em que cidade você nasceu. O nome do seu primeiro bichinho de estimação. O nome de solteira da sua mãe. Sua comida favorita quando criança.

— Descobrimos coisas perguntando, Dallas, não dando uma festa que pode ser ouvida da Estação Espacial Internacional.

— Mas eu *pergunto*. Você nunca me responde.

— Potomac. Nunca tive bichos de estimação. Serra. Qualquer coisa com calorias. Está vendo como foi fácil?

— Rom. — Aquilo veio de Zach, que se aproximou.

Eu o ignorei.

— Mais alguma coisa que queira saber?

— Qual era o modelo do seu primeiro carro?

— Porsche Cayenne.

— *Rom.*

Eu me virei para Zach.

— O que foi?

— Essas perguntas não lhe são familiares? Não parecem perguntas de, ah, não sei... de segurança para uma conta bancária, talvez?

Dallas lançou um olhar feroz para ele.

— Então quer dizer que você vem aproveitar a festa, mas não pode ajudar a financiar nada? Você vai pagar a conta se ele cancelar meu cartão de crédito? No mínimo, não se meta enquanto eu estou me esforçando.

Do corredor, Oliver gargalhou.

— Eu amo ela, Rom. De verdade.

Eu nem sequer tinha percebido que ele tinha voltado.

— Fora. — Apontei para a porta e, depois, para meus amigos. — Vocês dois. Para fora. E quanto a *você*... — Eu me virei para Dallas. — Você vem comigo.

— Por que eu deveria? — Ela jogou o cabelo para trás.

Precisei de toda a força que havia em mim para não a agarrar pela cintura e fodê-la na frente de toda aquela plateia até acabar com a petulância dela. A única coisa que me impediu foi o fato de que, infelizmente, aquilo deveria fazer parte do plano dela.

— Porque eu mandei.

Ela arfou, toda teatral.

— Ah, e por que não disse antes? Neste caso, pode ir na frente. Eu *com certeza* vou logo atrás.

Eu sorri.

— Porque a série inteira do Henry Plotkin vai ficar maravilhosa nas chamas quando as acrobacias de fogo começarem.

Aquilo tirou o biquinho satisfeito do rosto dela.

— Mostre o caminho.

A jornada até meu quarto ocorreu em completo silêncio. Entre nós, pelo menos. A casa em si jorrava mais barulho do que um show do BTS.

Eu fechei a porta, trancando-a por garantia. Assim que ficamos sozinhos, a incerteza marcou aquelas feições delicadas. Cheguei perto do seu rosto, perdendo o resto da minha compostura.

As costas dela se achataram contra a janela.

— Você está enfartando? — Mas o sarcasmo havia sumido de sua voz, substituído pela timidez. — Já que você é viciado em limpeza e tem um trilhão de pessoas aqui.

— De quem é este vestido? — Agarrei o tecido do vestido entre nós, torcendo-o até se esticar sobre a pele lisa dela.

— Da Morgan. — Ela me encarou com o queixo empinado. — Ela veio.

Eu nem hesitei.

— Até parece.

— Como você sabe?

— Porque, depois que terminei com ela, eu a exilei na Noruega. Ela não pisa nos Estados Unidos há seis anos. Ela ia preferir cometer suicídio antes de me procurar por vontade própria.

Palavras insensíveis. Ditas sem um pingo de empatia. E, ainda assim, era mais do que Morgan merecia.

Biscoitinho pareceu horrorizada.

— Meu Deus, o que você fez com aquela coitada?

— Só o que ela mereceu. Agora responda à pergunta: de quem é o vestido?

— Abby Calgman.

Abby Calgman. Uma das pretendentes mais proeminentes de Madison. Ele a exibia com frequência em nossos círculos sociais. Na verdade, eu suspeitava de que ele gostava mesmo dela. Apostaria as ruínas da minha propriedade e minha esposa selvagem — que a tinha arruinado — que os dois ainda estavam saindo.

— Acho que deveria devolver para ela... — Dallas engoliu em seco. A vergonha pintou as bochechas de rosa, decerto por causa da lembrança de ter mostrado a bunda e os seios para todos na festa. — Eu tenho que ir.

Ela tentou escapar por baixo do meu braço, mas a encurralei, um sorriso cruel brincando no meu rosto.

— Mas, sra. Costa, temo não poder deixá-la ir embora sem uma despedida adequada.

— Como assim....

Em um único movimento, rasguei o vestido do decote até a barra, deixando os dois pedaços em uma bagunça no assoalho de madeira. Dallas usava apenas um sutiã preto sem alças e uma calcinha fio dental de renda combinando.

Ela ficou boquiaberta.

— Você é doido.

Comecei a desafivelar meu cinto. Se tive que desperdiçar metade de um dia de trabalho, algo bom teria que vir daquilo. Assim que libertei meu pau, duro e inchado, qualquer protesto e sarcasmo abandonou Dallas. Ela umedeceu os lábios.

— Onde você o quer? — exigi.

O olhar dela subiu, encontrando o meu.

— Dentro de mim.

— *Onde?* Especifique. Você tem muitos buracos, e todos estão implorando para serem fodidos.

Em um raro momento de lucidez, ocorreu-me que Biscoitinho veria aquilo como recompensa em vez de punição, o que poderia gerar o efeito colateral de incentivar aquele comportamento nocivo. Entretanto, *também* me ocorreu que, se minha esposa teimosa não tocasse meu pau nos próximos minutos, aquele mesmo pau poderia acabar entrando em combustão.

Dallas cerrou os lábios, recusando-se a entrar no jogo. Aquela mulher tinha orgulho demais para seu próprio bem.

— Aqui? — Fechei a mão ao redor do pau, esfregando-o pela fenda por cima da calcinha.

Ela estremeceu toda. Em seguida me lembrei que a bunda estava contra a janela. E que alguns dos nossos convidados, no jardim abaixo, poderiam estar secretamente assistindo ao que acontecia entre nós. Mas eu não poderia me importar menos. Tinha chegado à conclusão deprimente de que minha jovem esposa descontrolada trazia à tona alguns traços meus que eu nunca havia notado.

Ela ergueu o queixo, mas não respondeu.

— Ou talvez... aqui? — Agarrei-a pela cintura e a virei de costas, empurrando-a contra o vidro.

Deslizei o dedo por sob o elástico da calcinha e a puxei de lado, fazendo o tecido estalar contra a pele. Então, passei a cabeça do pau pela bunda. Um gemido lhe escapou. Ela arqueou as costas para acomodar um centímetro entre as nádegas.

Ainda, silêncio.

Minha boca foi até o contorno da orelha dela. Passei a mão ao redor do corpo, agarrando um mamilo.

— Talvez esteja pronta para retribuir o favor por todas as vezes que te chupei.

Biscoitinho agarrou o parapeito da janela, inclinando metade do corpo e se empinando contra mim. Meu pau deslizou pela boceta molhada, fazendo-me sibilar com um prazer desmedido antes de eu o afastar. Eu queria meter nela como se minha vida dependesse daquilo, e ela sabia.

— Golpe baixo. — Belisquei seu mamilo.

Ela arfou, a parte interna das coxas ficando ainda mais molhada de desejo.

— Você quem começou.

— Já se perguntou qual é o meu gosto, Biscoitinho?

— Não.

— Bem, você está prestes a descobrir.

Eu a virei mais uma vez, serpenteando a mão entre as coxas. Ela estava encharcando a calcinha, esfregando-se em mim com excitação. A respiração ofegante fez os seios saltarem contra meu peito. Considerei que ela estava fazendo tudo aquilo de propósito, tendo aquela minha reação exata em mente. Ainda assim, não consegui parar.

— De joelhos, Biscoitinho.

— Só nos seus sonhos, babaca.

Não havia motivo para lhe dizer que ela era a protagonista dos meus pesadelos. Para meu espanto, meu pau não compreendeu o sentimento e pulsou entre nós.

Ela olhou para baixo, lambendo os lábios.

— Tudo bem. Mas vou fazer isso por ele, não por você.

Dallas ficou de joelhos, os olhos cor de mel evitando os meus. Ela fechou a mão ao redor do meu pau, e juro que quase gozei na cara dela bem naquele instante. A confiança que ela exibiu, apesar da inexperiência, acabou comigo. Outra mulher — basicamente qualquer outra que tivesse crescido em um ambiente religioso e com pouca experiência com sexo — pediria instruções ou desculpas pelo que poderia ser uma performance medíocre. Minha esposa, não. Ela existia em um pequeno universo só dela. Um universo ao redor do qual eu e todos os outros homens que ela fascinava orbitavam.

Biscoitinho examinou meu pau centímetro a centímetro, sem se preocupar que havia um homem bravo e impaciente grudado a ele, antes de girar a língua quente e úmida pela cabeça. Tive que suprimir um grunhido.

— Um pouco salgado — comentou ela e, então, para meu espanto, começou a mordiscar meu pau. Os lábios se moveram por todo o comprimento, meio beijando e meio lambendo, enquanto me segurava pela base.

Foi tão erótico, tão autêntico, que tudo que pude fazer foi encará-la incrédulo.

— Você tem um cheiro bom — disse ela, conversando com meu membro e não comigo, afastando-se para observá-lo de novo.

Então, logo que eu estava prestes a ficar de joelhos e implorar para que ela me chupasse, Dallas abriu aquela boquinha e me deu uma chupada longa e gananciosa, cobrindo o pau inteiro. *Porra. Porra, caralho, puta merda, porra.*

Todos os meus modos voaram para longe enquanto Dallas se banqueteava em frente à janela. Espalmei uma das mãos no vidro e segurei o sedoso cabelo castanho com a outra enquanto minha esposa tentava engolir mais e mais de mim. Ela emitia ruídos de felicidade o tempo todo, levando-me à loucura, até o ponto em que eu soube, de forma desconcertante, que meus joelhos cederiam e eu chegaria ao clímax como um pré-adolescente depois de dez segundos se ela não parasse.

Eu a puxei para trás pelo cabelo, recusando-me a perder.

— Na minha cama.

*Na minha cama?* O que diabo eu estava pedindo para ela? Nenhuma mulher tinha estado na minha cama desde Morgan, e isso não era coincidência. Pressentindo aquele como um convite que só ocorreria uma vez na vida, Biscoitinho se levantou com dificuldade e foi correndo até meu colchão. Aquele trem já tinha partido, e sem freios, por assim dizer.

Eu a empurrei para que se deitasse de costas no edredom, a cabeça apoiada em dois travesseiros. Subindo na cama, eu a coloquei entre minhas coxas, agarrei a cabeceira e posicionei meu pau na frente da boca dela. Ela me encarou com deleite puro. Eu estava tentando puni-la, e ela estava pedindo por uma segunda rodada. Inacreditável.

— Vou foder essa boca sarcástica até você parar de falar, Biscoitinho.

Qualquer outra mulher ao menos pararia para pensar naquilo. Vinte centímetros de comprimento e quinze de circunferência não era brincadeira.

Porém, Biscoitinho abriu totalmente a boca.

— Tudo bem!

Eu entrei com tudo nela, atingindo o fundo da garganta. Ela fez um barulho engasgado. Os olhos lacrimejaram. Eu a examinei por um segundo, sem me mexer, esperando que ela me afastasse. Em um movimento característico, Biscoitinho agarrou minha bunda, puxando-me para mais perto. Assim que se acostumou com o tamanho na boca, ela me encarou sob uma cortina de cílios escuros. O tesão estava evidente nos olhos. Meu coração batia tão rápido que senti que se soltaria das artérias e desapareceria.

Eu o tirei e, logo, meti na boca dela de novo.

Então, de novo.

E de novo.

E de novo.

Não muito tempo depois, eu fodia a boca dela sem piedade. Sem qualquer preocupação com os arredores. Sem qualquer preocupação com o fato de que, ao fazer aquilo, eu estava dando a Dallas tudo que ela queria. As molas do colchão rangiam. Dallas gemeu, acompanhada dos meus grunhidos. Os ruídos cobriam todas as superfícies. Ainda assim, eu não estava com tanta raiva quanto normalmente estaria. Cada vez que meu pau ia de encontro ao fundo da garganta dela, minhas bolas tensionavam e eu tinha certeza de que jorraria gozo.

Dallas chupava e lambia, cada movimento voraz, tomando cada centímetro como se fosse sua refeição favorita. Se era daquele jeito que eu reagia à sua boca, o que aconteceria se eu fodesse a boceta?

— Vou gozar na sua boca, e você não vai cuspir. Abra bem a boca, gargareje, experimente, então, e só então, engula. Entendido?

Por mais que fosse desobediente, Dallas era muito boa em seguir instruções quando estava no quarto. Ela assentiu, entusiasmada. Dei estocadas mais rápidas, fortes e profundas na boca dela. Lágrimas escorreram pelo seu rosto.

Fiquei sem reação ao notar que não gostava de vê-la chorar, mesmo sabendo que não era por tristeza.

Meu orgasmo foi algo admirável. Fazia tempo demais desde que eu havia chegado ao auge na boca de uma mulher — ou dentro de qualquer parte do corpo de uma mulher. A quantidade de porra que expeli foi surpreendente. Seria o suficiente para encher um copo Venti da Starbucks. Gozo escorria dos cantos da boca dela até aquele pescoço adorável e seios fartos.

Eu me afastei, admirando seu olhar cheio de expectativa.

— Abra a boca.

Ela abriu. Mais porra vazou. Branca e espessa. Passei o dedo indicador pelo canto dos lábios dela, pegando algumas gotas e esfregando-as no mamilo teso. O resto, delicadamente enfiei de volta na boca dela.

— Gargareje, docinho.

Ela gargarejou.

— Gostou?

Ela assentiu, as bochechas manchadas de lágrimas, a pele corada.

— Vamos ver se você está falando a verdade.

Levei a mão até entre as pernas dela e a deslizei para além da calcinha, afundando o dedo naquela boceta apertada. Ela estava tão molhada que eu poderia enfiar um martelo lá dentro e ela nem sentiria. Meu pau já tinha endurecido de novo, e não havia passado nem um minuto.

Abri um sorriso irônico.

— Você deixaria eu fazer qualquer coisa que eu quisesse com você, não é, Biscoitinho?

Ela deu de ombros, a boca ainda cheia de porra.

— Posso foder sua bunda? — Um aceno de cabeça. — Posso foder sua boceta e penetrá-la com os dedos ao mesmo tempo? — Um aceno *ávido* de cabeça. Eu não faria aquilo, mas era bom saber. Ergui a sobrancelha. — Meus amigos podem participar?

Aquela foi uma pergunta traiçoeira, porque havia apenas uma resposta: nem ferrando. Porém, Dallas ainda assim assentiu, um sorriso nos lábios, fazendo mais da minha porra pingar pelo queixo. Passei os dedos na curva de sua mandíbula, fechando a boca dela.

— Resposta errada. Agora, engula tudo e abra a boca quando estiver vazia.

Ela engoliu algumas vezes. Abriu a boca. A língua estava rosa. Limpíssima. Enquanto eu admirava a vista, tudo em que consegui pensar foi que ela tinha dito sim para transar com Oliver e Zach.

Eu me afastei dela, guardando o pau de volta na cueca e fechando o cinto.

— Parabéns. Se queria minha atenção, você a tem. Vou me mudar de volta para casa, nem que seja para garantir que ela continue em pé e sobreviva à sua presença.

— Tudo que ouvi é que você sentiu saudade — disse ela, esparramando-se na minha cama.

— Você precisa limpar o ouvido.

— E você precisa curar seu coração.

— Eu gosto dele do jeitinho que é. — Abri a porta do quarto, indicando o fim da conversa. — Coberto de gelo, batendo com um único propósito: minha vingança.

Passei pelo batente. E, para minha surpresa, Abby esperava do lado de fora. Na verdade, ela havia escutado tudo, caindo aos meus pés em uma pilha de carne e osso. Ela se endireitou em pânico, envergonhada, ainda usando o vestido rosa-choque de chiffon de Dallas.

— Hum, oi, Rom. Faz um tempinho.

— É porque faço questão de evitar me encontrar com você.

Abby fez um beicinho, me encarando com aqueles cílios falsos.

— Vim buscar meu vestido.

— Você achou que o pegaria de volta pelo seu ouvido colado na fechadura?

Ela corou, bufou e pôs a mão na cintura.

— Vou ter o vestido de volta ou não?

— Não antes de você devolver o vestido da minha esposa.

A tal esposa permanecia atrás de mim, encolhida na minha cama embaixo dos cobertores, franzindo a testa como resposta à forma com que eu estava lidando com a situação. Bem feito para ela. Eu me recusava a pensar no fato de que eu tinha uma mulher na minha cama pela primeira vez desde Morgan. Era coisa demais para digerir.

Com um grunhido, Abby começou a se despir da peça rosa-choque. Ela não estava de sutiã, então, os seios balançaram bem perto do meu peito. Resisti ao ímpeto de vomitar neles.

— Pronto. — Ela abriu os braços. O vestido se empoçou ao redor dos tornozelos bem cuidados. — Feliz agora?

— Nem um pouco. Espere aqui. — Eu me virei, peguei os dois pedaços do vestido rasgado perto da janela, então os atirei na direção dela. — Mande lembranças ao Licht.

Ela deu um grito agudo.

— Espere, o vestido está rasgado.

— Tão sagaz.

Abby bateu o pé.

— Seu desgraçado.

Fechei a porta na cara dela.

# 36

## Dallas

Romeo trouxe as coisas de volta para casa no mesmo dia da minha festa. Logo depois de ter expulsado todo mundo e chamado o serviço de limpeza, que vinha duas vezes por semana, para "alvejar a casa inteira, incluindo as paredes e o teto".

Espiei pela janela do quarto enquanto um exército de pessoas, que estavam na folha de pagamento dele, trazia as malas de volta para dentro. Apertei os braços ao redor do corpo, pensando no que tinha acontecido entre nós apenas horas antes.

Quando Romeo gozou na minha boca, eu guardei um pouco do sêmen embaixo da língua. Eu tinha lido em algum lugar que o esperma conseguia sobreviver na boca, contanto que permanecesse com a textura de gel.

E permaneceu.

Quando corri para o quarto para cuspir em um copinho de gargarejo, achei que poderia tentar engravidar. Porém, apoiada na pia, observando aquele líquido branco boiando no copinho, algo me impediu de ir em frente.

Meus princípios morais, talvez.

Eu ainda os tinha, apesar de meu marido ter perdido os dele pelo caminho. Era roubo de esperma. Era errado. E, infelizmente, eu ainda tinha limites que me recusava a ultrapassar.

Claro, eu não tinha obrigação alguma de tomar uma decisão ética. Não depois do que Romeo me fizera passar. Ele havia me enganado de tantas formas que seria justo se eu também o enganasse.

Ainda assim, meu orgulho não me deixaria conceber uma criança daquela forma.

Com sêmen cuspido.

Em um banheiro.

Como uma ladra.

Não. A queda de Romeo seria responsabilidade dele. Minha intenção era quebrá-lo. As rachaduras já estavam aparentes, marcadas no seu comportamento.

Ele me queria.

Eu sabia que queria.

Mesmo que fosse a última coisa da qual ele precisasse.

Enquanto eu observava meu lindo e terrível marido no jardim, com o rosto impassível e o celular pressionado na orelha, sem dúvida discutindo algo relacionado ao trabalho, imaginei como seria a sensação de ver Romeo se submetendo a mim por completo.

Eu certamente ia descobrir.

# 37

## Romeo

**Romeo Costa**: Cara enviou um vestido para casa. Esteja pronta às oito em ponto.

**Dallas Costa**: Desculpa, tenho planos.

**Romeo Costa**: Tomar sopa enquanto assiste a *Disque amiga para matar* não são planos.

**Dallas Costa**: Tudo bem, nesse caso... desculpa, eu não quero ir.

**Romeo Costa**: É um baile de caridade.

**Dallas Costa**: A coisa mais caridosa que você pode fazer é mandar um cheque em vez de aparecer e arruinar a noite de todo mundo.

**Romeo Costa**: Esteja pronta às oito.

Biscoitinho ignorou minha mensagem. Ela ter me respondido depois do incidente três dias antes já tinha sido um milagre. A confirmação de leitura me encarava, dez minutos depois de uma reunião com um contato no Pentágono. Por infelicidade, Bruce ocupava o assento ao meu lado. Também, infeliz era o fato de ele ser incomparável e irritantemente bom no seu trabalho. Na verdade, o único defeito de Bruce era seu posto como bichinho de estimação do meu pai. Quando se tratava de negócios, ele merecia a reputação imponente. Walkman, que trabalhava com o secretário adjunto de Defesa, absorvia cada palavra que ele dizia, prometendo que faria o chefe mudar de ideia a nosso favor.

Uma hora e meia depois, verifiquei as mensagens no elevador do estacionamento. Ainda nada. Estava óbvio que Biscoitinho não tinha intenção de comparecer ao baile. Só que ela não tinha escolha. Meu pai estaria presente, ou seja, toda a diretoria da Costa Industries também estaria lá. Aparecer sem minha nova esposa confirmaria todos os boatos que Dallas e eu havíamos evocado nos últimos meses. Não ajudou em nada a festa de Biscoitinho ter sido noticiada na primeira página da coluna social da cidade.

Bruce pegou um maço de cigarros Treasurer Luxury Black, então ficou girando um entre os dedos.

— Problemas no paraíso, Júnior?

Um perfume enjoativo de pêssego invadiu o espaço apertado. Veio direto de Bruce. Fui lembrado mais uma vez do quanto ele e Romeo Sênior tinham em comum, como o fato de os dois considerarem o adultério seu exercício físico diário.

Guardei o celular, desejando que minha preferência pela morte se estendesse à indústria de tabaco. Que o cigarro na mão de Bruce o despachasse o quanto antes.

— Shelley sabe que você inseminou metade da área metropolitana de Washington?

— Não apenas sabe, como é obediente o bastante para aparecer no baile de hoje. Ela aguenta firme. — Ele colocou o cigarro entre os dentes. — E sua gata selvagem? Vai comparecer?

*Mesmo que eu tenha que arrastá-la pelo cabelo, ao estilo homem das cavernas.*

Quando cheguei em casa, encontrei tudo vazio. Verifiquei a cozinha, depois o cinema e, por fim, o quarto. Nenhum sinal de Biscoitinho. No entanto, encontrei a caixa-padrão verde-oliva de Yumi Katsura adornada com floreios de rosas douradas em cima da cama. Estava fechada. Um bilhete escrito à mão: "Obrigado por comprar conosco" ainda embaixo da fita.

A razão de ter voltado a morar ali era monitorar melhor minha esposa demoníaca, mas, ainda assim, ela voltava para casa todos os dias depois da meia-noite e acordava às três da tarde, só para sair de novo. Aquilo acabaria naquele instante. Tirei o celular do bolso.

**Romeo Costa**: Estou em casa, e você não.

**Dallas Costa**: Eu comi *ota'ika* e *lu sipi* no almoço. Você comeu frango
  e couve-de-bruxelas.

Não era novidade ela saber daquilo. Afinal, eu comia a mesma coisa todos os dias. Em todas as refeições. Trezentos e sessenta e cinco dias por ano. Até mesmo no nosso casamento.

**Romeo Costa**: ?

**Dallas Costa**: Não estamos só declarando coisas que fizemos hoje?

Infelizmente, a capacidade de raciocínio lógico dela deixava muito a desejar. Fechando o aplicativo de mensagens, liguei sem perder tempo para o time de segurança dela. Encontrei Biscoitinho em uma livraria pequena e independente na outra ponta do bairro. De acordo com o time, ela tinha passado a tarde experimentando doces de todas as padarias da quadra antes de se sentar para comer em um restaurante caseiro de origem tonganesa na esquina. Então, ela deu uma passada no hospital infantil e fez uma doação tão alta que considerei abrir um hospital para mim. E, nas últimas duas horas, ela havia pegado e descartado cada um dos livros nas seções de romance e fantasia naquela loja.

Eu me aproximei de Dallas, a caixa do vestido em mãos. Ela precisaria se trocar no carro e agradecer aos céus por não precisar de maquiagem nem de um penteado chique para ser a mulher mais linda onde quer que entrasse.

Eu dei um tapinha no ombro da minha esposa; ela se assustou e curvou a postura quando me viu.

— Ah. É você.

Os olhos dela passaram por outro livro, tirando-o da estante. *Seu toque indecente*, o título.

— Vai ter um baile de caridade hoje à noite. Presença obrigatória.

Ela colocou o livro de volta no lugar e foi em direção a outro corredor.

— Eu sei. Eu li as mensagens. Mas vou passar.

Aquela língua que mais parecia um chicote acendeu um pavio dentro de mim. *Impaciência.*

— Não foi uma pergunta.

— Confie em mim. Se eu for de má vontade, você não vai me querer como companhia.

Ela tinha razão, então falei na única língua que eu sabia que ela compreenderia: comida.

— Os anfitriões mandaram contratar um *itamae* de Hokkaido.

Ela então me concedeu atenção completa.

— Sushi?

Não passou despercebido para mim que ela tinha comido havia menos de duas horas.

— Sim. Um cardápio de onze pratos.

— Hum... *prix fixe*. — Ela considerou a informação por um instante, parando entre as seções de terror e fantasia antes de seguir para a de eróticos. — Eu como tudo menos ovas.

— Então existe algo no mundo que você não coma?

— É mais uma aversão de criança. Emilie e Sav uma vez me contaram que ovas de peixes chocam na barriga, então ficam nadando até saírem... *por trás*, onde pegam os canos de volta para o oceano.

— E, uma vez por ano, um homem barrigudo de barba branca desce por bilhões de chaminés estreitas em uma única noite.

Uma onda de divertimento passou pelo rosto dela.

— Eu era nova.

— Juventude não é desculpa para estupidez. — Entreguei a caixa do vestido, depositando-a em cima de um livro de capa dura que ela segurava com ambas as mãos: *Estocada de um amante*. — Sugiro que você mantenha a boca fechada quando chegarmos ao local do evento.

— Está com medo de que eu te envergonhe?

— Com medo de que você se envergonhe. Assim que abrir a boca, ficará evidente para todos os presentes que não me casei por causa da sua astúcia. O que todos presumirem depois não será minha responsabilidade nem minha culpa.

— Eu nunca concordei em ir.

— Nunca foi uma opção recusar.

Ela deu uma olhada na caixa.

— Aaah... o vestido Yumi Katsura desta temporada. Tinham vendido todos na Tyson's Galleria. Eu liguei, mas disseram que não tinha nem como encomendar.

— É claro que você ligou.

— Eu quero esse vestido em todas as cores disponíveis.

— Isso já foi providenciado.

Aquilo não tinha nada a ver com afeição. O vestido era magnífico. Dallas também. As duas coisas combinavam.

— Tudo bem. — Ela fechou a caixa e a empurrou de volta aos meus braços, ocupando o espaço com outro livro de capa dura. Daquela vez, *Vendada por meu professor*. — Vou considerar ir.

— Vai considerar ir no ritmo que você processa sua vida? O evento é daqui a uma hora.

— Qual caridade você disse que era?

— Eu não disse.

— Romeo.

Para poupar tempo, cedi.

— Friedreich's Army.

Os lábios de Biscoitinho ficaram entreabertos. Eu não tinha dúvidas de que ela havia pesquisado sobre a caridade depois do casamento. Ela sabia da ataxia de Friedreich e havia conectado os pontos entre a doença e Romeo Sênior.

Como esperado, ela logo compreendeu e disse:

— Tudo bem, eu vou.

Escolhi não a informar de que eu não compareceria por causa do meu pai doente, mas sim por causa da presença da diretoria que o acompanhava a todos os lugares aonde ele ia. Ela podia continuar achando que — em algum lugar lá no fundo, *bem* no fundo — eu me importava com meu doador de esperma, desde que eu não aparecesse em um evento público sem minha esposa.

Ela navegou por uma fileira toda de livros de autoajuda sobre vício em sexo, e seguiu direto à placa com cinco emojis de pimenta sob a hashtag "Papai--dominador-menininha".

— Só preciso escolher alguma coisa para ler se ficar chato. — Ela escolheu um livro em capa dura com dois homens azuis sem camisa, mas com chifres e rabos, ajoelhados diante de uma mulher seminua.

— De jeito nenhum. — Arranquei o livro das mãos dela, erguendo-o para ficar longe do alcance.

— Não seja chato. Vou cobrir a capa com uma sobrecapa. Podemos escolher uma na seção de clássicos.

— Não temos tempo para isso.

Ela foi até uma prateleira de livros com sobrecapas e tirou um de lá, acariciando a capa dura de formas diferentes. Observei enquanto ela o levava ao nariz e cheirava. Então, abriu as páginas e folheou cada uma. Os dedos traçaram a laminação da sobrecapa, procurando algum relevo. Como se ela não fosse cobrir tudo com uma sobrecapa de *Crime e castigo* depois. E, por fim, ergueu o livro até a altura dos meus olhos, estudando-o de ângulos diferentes à procura de... eu não fazia ideia. Poeira? Amassados? A sanidade dela? Todas as opções acima?

— Rápido. — Ergui o relógio, notando como o ponteiro mais longo estava perto do doze. — Eu compro qualquer livro que você quiser. Você pode voltar depois do baile e escolher o que bem quiser. A loja inteira, se assim preferir.

— Já entendi que você é rico. — Ela bocejou. — Os únicos bilionários de que gosto são ficcionais.

— No entanto, as únicas pessoas que podem arcar com o custo da sua existência são bilionários da vida real. Mesmo assim, com dificuldade. — Fiz contato visual com o gerente de cabelo desarrumado, direcionando-o até nós com um olhar fulminante. — Seu chefe está?

— Sim. — O cabelo dele acompanhou o movimento da cabeça. — Acho que sim.

— Encontre-o e traga-o aqui.

Ele falou no rádio de funcionário, trocando o peso de perna.

— Ele está no estoque. Ele virá aqui daqui a pouco, senhor.

Tirei o cartão de crédito da carteira quando minha esposa teimosa passou por mim em direção à saída. Não pela primeira vez, eu me peguei indo atrás dela.

— Não vai comprar nada?

Ela se acomodou no meu assento de passageiro, retorcendo os lábios volumosos.

— Agora que sua intenção é comprar o lugar, não posso mais fazer compras aqui. Não quero te dar lucro nenhum.

*Inacreditável.*

# 38

*Romeo*

— A coisa do gelo é que... uma hora vai derreter. — Zach girou o copo de uísque puro, examinando uma pintura de Elmer Nelson Bischoff na garagem subterrânea, que um time de arquitetos havia convertido em uma galeria de quatro mil e quinhentos metros quadrados.

Zach era sensato quando se tratava de carros, roupas, mulheres e carreira — mas era fanático por arte. Desde que emprestara um quarto da sua coleção particular para a Sotheby's havia dois meses, ele aproveitou a oportunidade para preencher o espaço com novas descobertas.

O gelo sendo discutido era meu coração. Uma referência específica a meu embate com Madison havia treze dias na festa improvisada de Dallas. Eu estava feliz por relatar que, tirando o baile de caridade que ela passou depenando o chef de cozinha japonês em busca de suas receitas mais secretas, eu tinha passado meu pouco tempo em casa ignorando a existência dela, enfurnado no escritório, trabalhando sem parar para provar a Romeo Sênior que eu era digno da posição de CEO.

— Meu coração não está envolto em gelo. Está envolto por falta de preocupação com todo mundo. — Minha voz reverberou pelas paredes com um eco. Atravessei com pressa aquele espaço imenso, parando diante de uma pintura abstrata de Gerhard Richter.

— Verdade. — Oliver estava apoiado em um trecho vazio da parede, entornando algo forte. — Quando penso em alguém que não está nem aí, penso no idiota que quase matou seu arqui-inimigo na frente de uma dezena de testemunhas na droga da própria casa, que tem mais câmeras que a porra do Pentágono. Tudo porque o sujeito resolveu interagir com a esposa dele.

— Não posso acreditar que vou falar isto, mas concordo com Ollie. — Zach passou a mão pelo cabelo escuro. — Ela está virando você do avesso.

— Ela é uma bagunça que precisa ser arrumada e endireitada — rebati, andando até o próximo quadro.

— Podemos pelo menos concordar que você é um faxineiro bem ruim? — Oliver se afastou da parede, avançando na direção de um Picasso genuíno. Ele esticou a mão para tocar o quadro.

Zach se materializou na velocidade da luz, dando um tapa para afastar a mão de Oliver.

— O que acha que está fazendo? Não estamos em um zoológico para você passar a mão em filhotinhos.

Oliver bocejou, vasculhando o lugar em busca da seção de nudez.

— Eu nunca vou entender o que você vê nisso.

— Em *Les femmes d'Alger*, de Picasso? — Zach o fuzilou com o olhar, como se Oliver tivesse sugerido que substituísse a peça por uma foto das próprias fezes.

Oliver andou até o carrinho de bebidas vintage, selecionando um decantador de uísque. Ele o circundou no ar pelo gargalo.

— Vamos mesmo fingir que essa "obra de arte" não parece algo que uma dona de casa entediada pintou no curso de artes manuais para expressar o coração partido pelo casamento em ruínas com um agente de seguros que a largou pela secretária?

Zach piscou.

— Que coisa estúpida de se dizer.

Ergui a cerveja em um brinde a Zach.

— Não se esqueça de condescendente e estereotipada.

— Eu? Condescendente? — Oliver se engasgou com a bebida. — Apenas espalho a verdade das pessoas comuns. Isso aqui... — Ele apontou para *Sem título* de Cy Twombly — mais parece a última página do meu caderno de cálculo da sétima série. E isso aqui... — Ele se virou para *17A*, de Jackson Pollock — claramente é o que acontece quando um suéter de Natal de baixa qualidade e uma bola de pelos têm um filho.

Zach franziu o nariz, foi até o botão de emergência vermelho em uma das paredes e o pressionou.

— Segurança, tem um homem aqui que precisa ser escoltado para fora da minha propriedade.

Erguendo uma sobrancelha, olhei para o homem em questão.

— Eu não chamaria Oliver de homem.

Oliver assentiu.

— Estou mais para lenda.

Zach se virou para mim.

— Ela já sabe da Morgan?

— Não exatamente.

Biscoitinho sabia de pedaços da história, mas não das partes que haviam moldado a fera sem coração que eu era.

— Qual é o plano dela? — Oliver depositou o copo na palma de uma deusa grega. A única estátua que ele, entre aspas, *entendia*. — É óbvio que ela tem um.

Nós três nos separamos, todos se movendo em direções diferentes, orbitando obras de arte que nos chamaram a atenção.

Fiquei enrolando na frente do cachorro de balões de Jeff Koons.

— Ela quer engravidar.

Oliver riu.

— Boa sorte pra ela.

Não confessei que Dallas estava se aproximando da linha de chegada, perambulando pela casa com camisolas curtas e tentando me seduzir o tempo todo.

— De qualquer forma, a sra. Costa não é minha preocupação agora. — Terminei a cerveja com um gole, deixando a garrafa no carrinho de bebidas. — Licht Holdings abriu o capital hoje.

— Eu vi. — Zach coçou o queixo. — A previsão é de que o preço das ações deve estourar.

O que significava que estava na hora de dar um passo à frente e começar a interferir na empresa deles.

— Eu dei uma olhada nos relatórios. — Peguei meu casaco Burberry, vestindo-o. — Não são confiáveis. O lucro deles não cresceu nos últimos anos.

— É porque estavam trabalhando na tecnologia, não na produção.

Oliver passou a língua pelos dentes.

— E porque não roubaram oficialmente o acordo dos Costa com o Departamento de Defesa.

Se não fosse pelo fato de que eu mesmo gostaria de ver a Costa Industries queimar e virar cinzas, eu acharia a alegria dos meus amigos de mau gosto. Ainda assim, para herdar a posição de CEO, eu teria que cuidar daquele assunto.

O que não seria fácil, considerando que Romeo Sênior obteve sucesso arruinando a empresa lucrativa dos ancestrais.

Inclinei um chapéu imaginário.

— Se me derem licença, senhores, tenho trabalho de verdade a fazer.

Naquele instante, a equipe de segurança de Zach entrou na garagem. Igor e Dane foram na direção de Oliver. Não foi a primeira vez que Zach o expulsou sob a desculpa de Oliver ser um *troll* de carne e osso.

Oliver me seguiu pela porta.

— Não se preocupem, pessoal. Eu saio sozinho.

Fomos até nossos respectivos carros, apesar de nós três morarmos na mesma rua. Antes de se acomodar no assento do passageiro, Oliver soltou um suspiro que pareceu pedir que lhe perguntassem o que havia acontecido.

Eu sabia que entrar na dele seria um erro, mas não entrar seria romper uma tradição de três décadas.

— O que aconteceu?

— Não sei como dizer isso, Rom.

— Com o menor número de palavras possível, e rápido.

— No dia que sua esposa deu aquela festinha... — Ele hesitou, me avaliando. Fiquei em alerta na mesma hora que ouvi a menção. — Ela deu em cima de mim.

— Deu em cima de você? — repeti. — Você quer dizer que ela deu o fora em você? Isso faria mais sentido. — Também seria mais coerente com a personagem.

— Ela se ofereceu para mim. — Ele descansou o cotovelo na porta aberta do Alfa Romeo dele. — Ela falou que ficaria comigo só para te irritar.

*Nisso* eu podia acreditar.

Também lembrei que Dallas tinha concordado em ser dividida entre meus amigos — um desafio que eu usara para provocá-la, mas que se voltou contra mim. Tudo começou a fazer mais sentido.

Minha nuca esquentou. Os dedos coçaram para estrangulá-lo. Sentimentos dormentes havia anos quiseram voltar, sombrios, sufocantes e cheios de ressentimento.

— E como você reagiu? — finalmente perguntei, nervoso.

Oliver mostrou os dentes.

— Falei para ela me ligar depois do divórcio, é claro.

Aquilo bastou para eu ir para cima dele. Em segundos, eu o joguei no asfalto, punhos fechados nas lapelas do colarinho da camisa.

Eu o esmaguei no chão até nosso rosto estar a um centímetro um do outro, tremendo de raiva.

— Se você ousar olhar para ela de novo...

Antes que eu pudesse terminar a frase, ouvi aplausos atrás de mim. Zach emergiu da garagem dele.

— Tudo bem, Von Bismarck. Você ganhou seus cinquenta mil. Tente não gastar tudo com prostitutas.

Oliver me empurrou para longe dele, espanando as roupas.

— Mas prostitutas são a minha paixão.

Eu me endireitei, olhando para todos, nada impressionado.

— Qual era a aposta?

Zach indicou Oliver com o queixo.

— Von Bismarck disse que você reagiria mais drasticamente com isso do que depois do incidente com Morgan. — Ele parou, inclinando a cabeça — Jesus

Cristo, Costa, já vi adolescentes mais contidas em um show do One Direction. Você virou uma bola de emoções quando o assunto é ela.

— Na verdade, ela não deu em cima de mim, cara. — Oliver segurou meu ombro, buscando meu olhar. — Mas talvez você devesse saber que... se ela fizer isso um dia, vou tão rápido para cima dela que deixarei marcas do formato do meu pinto por todo o seu corpo.

Às vezes, eu queria que Oliver ainda tivesse uma mãe, só para que eu pudesse transar com ela e atormentá-lo por toda a eternidade. Eu me desvencilhei dele, decidindo, apesar de tudo, terminar a noite sem ir parar na cadeira. Se bem que eu tinha um encontro com Romeo Sênior em seguida, então talvez eu ainda não tivesse me safado.

— É diferente. — Cerrei a mandíbula. — Não estou com ciúme. Só estou tentando protegê-la. Dallas não fez nada de errado, a não ser existir.

— Denver fez várias coisas erradas. — Um sorriso triste se abriu no rosto de Zach. — É que você a perdoa por tudo que ela faz.

# 39

**Dallas**

—... *custa milhares de dólares para consertar...*

—... *precisamos de mais câmeras na ala leste...*

— *Alguém sabe aonde foi parar a porcaria do pênis da estátua romana que fica no meio da fonte?*

As palavras todas se misturaram, zunindo dentro do meu crânio. Vinham de todas as direções. De vozes que eu não conhecia. Em tons agudos que sugeriam incredulidade com o tormento.

Abri um único olho, piscando para afastar os pontinhos brancos. Um exército de especialistas em restauração estava espalhado por toda a sala de estar, onde eu havia caído no sono ontem à noite maratonando a série *Friday Night Tykes*.

Eles tinham entrado e saído da mansão nas últimas semanas, dando seu melhor para reabilitar a propriedade de volta à condição original. Parece que a festinha que dei causou danos *imensos*. Olhando pelo lado positivo, Romeo acabou conhecendo pessoas que realmente sabiam se divertir.

Hettie se materializou na minha frente, um cálice de suco verde na mão estendida. Aceitei e o entornei em dois goles. Meu cérebro pulsava depois de horas tentando dormir apesar da sinfonia de rangidos, britadeiras e parafusadeiras.

— Romeo deixou uma caixa na sua cama.

Eu me afundei de novo na almofada do sofá, sem interesse nenhum em qualquer coisa que meu marido tinha para me dar, a não ser que requeresse trocas de fralda frequentes e que a primeira palavra dita fosse "mamãe".

— Ele mencionou algo sobre você não ter tido a chance de escolher os livros que queria antes do baile de caridade.

Joguei o cobertor para longe, correndo até o quarto.

Como esperado, uma caixa gigante repousava no colchão.

Pulei na direção deles, empilhando os livros de capa dura no edredom Somerset. Deveria ter pelo menos uma dúzia.

Retorci a boca.

*História radical das finanças.*

*A psicologia do dinheiro.*

*O investidor impiedoso.*

Um título pior que o outro. Sabíamos que os únicos livros que eu consumia ostentavam sem pudor nenhum as palavras pau, boceta e porra. O que o havia possuído e o levado a pensar que eu leria aquelas coisas?

Outra forma de punição, sem dúvida.

Na verdade, eu tinha feito um favor a Romeo, considerando que aquele lugar não era reformado desde 1800 e precisava urgentemente ser modernizado. Enquanto o time de restauração trabalhava, poderiam aproveitar e trocar aquela monstruosidade de cristal da era Lincoln pendurado na sala por um brilhante candelabro Sputnik de LED.

Coloquei todos os livros de volta na caixa. Além de estar cheia de livros que eu preferiria arrancar os globos oculares a ler, eu não tinha como saber se Romeo havia feito algo com eles. Como ter coberto as páginas com veneno de rato.

Encarei a caixa, debatendo sobre o que fazer. Se eu os doaria, ou se ele tinha, de alguma forma, violado o conteúdo da caixa. Seria um azar imenso acabar presa depois de mandar, sem querer, livros envenenados para o Exército da Salvação.

Decidi não arriscar, e liguei para Vernon pelo interfone.

A voz dele rangeu no alto-falante instantes depois.

— Vernon falando.

— Vi uma pira para fogueira umas semanas atrás. Ela está disponível para eu usar?

— A que está no lado leste da propriedade? Com vista para o rio Potomac?

— Acho que sim. Você pode acender uma fogueira para mim?

— Pode deixar, querida.

# 40

**Romeo**

Passei pelo saguão da Costa Industries, carregando uma pilha de documentos. Era quase meia-noite, mas eu não estava com pressa para voltar e me encontrar com minha agente pessoal do caos. O lugar estava morto, exceto pelo meu pai, que, ironicamente, eu *gostaria* que estivesse morto.

Entrei na sala dele.

— É costume bater antes de entrar na sala de alguém.

Eu me convidei a me sentar na frente dele.

— É costume não foder a noiva do filho. A noiva que morava com ele.

A boca dele se estreitou em uma linha fina, descontente. Eu nunca deixaria de lembrá-lo de que ele não estava em posição de me dar um sermão sobre conduta. Não depois de eu ter entrado na minha cobertura e tê-lo encontrado se refastelando com minha noiva.

Eu a encontrei esparramada na mesa de jantar, ainda usando os Louboutin que eu tinha dado a ela de presente no Natal. Quanto a Romeo Sênior, ele continuou lambendo a porra dele que escorria de dentro de Morgan.

Chutei minha noiva ainda como tinha vindo ao mundo para fora, apesar do fato de que estávamos no meio de dezembro e que fazia mais frio do que em alguns cômodos do meu coração. Saboreei um uísque na varanda enquanto a observei se afastar, vestindo nada, exceto os saltos altos, antes de uma viatura policial aparecer e a recolher.

Depois daquilo, meu pai e eu chegamos a um acordo. Concordei em não contar para Monica que ele a havia traído — de novo . Em troca, ele me faria ser o mais jovem CFO na história da Costa Industries.

Aos 24 anos, eu lidava com bilhões em contratos. Eu fazia um bom trabalho, mas o plano principal sempre tinha sido reduzir tudo que o velho amava a nada além de cinzas.

Ele queria herdeiros. Então não lhe dei nenhum.

Meu pai amava aquela empresa mais do que o oxigênio que ele consumia. Então, jurei destruir a empresa, liquidá-la e queimar todo o dinheiro, se preciso, apenas para ver a dor no rosto dele antes que batesse as botas.

Morgan representou minha única tentativa de levar uma vida normal.

E meu pai reduziu meu esforço a nada.

Ele se recostou na cadeira.

— Vai jogar isso na minha cara por toda a eternidade? — As mãos tremeram. Nos últimos tempos, sempre tremiam.

Bocejei.

— Você não amassou meu carro. Você fodeu minha noiva.

A testa dele se franziu como um guardanapo amassado.

— Você não fala palavrão há anos. Você está mudando.

Eu estava cansado das pessoas me dizendo o quanto eu tinha mudado depois que Biscoitinho entrou na minha vida. Mesmo em meio àquela conversa, meus pensamentos se desviaram até Dallas. Aonde mais? Eu vinha demonstrando pouco interesse em questões mundiais desde que meu pau tinha descoberto que seu lugar favorito era a boceta da minha esposa.

Joguei os documentos na escrivaninha dele.

— Vamos direto ao ponto.

— Licht Holdings abriu o capital hoje cedo.

— Obrigado pelas notícias obsoletas. — Vasculhei os papéis, caçando um em específico. — Ainda não consegui me reunir com Thomas Reynolds. — Principalmente porque tinha estado ocupado acabando com uma festa e focando na importante tarefa de foder a linda boca de Dallas. — Mas falei com ele ao telefone ontem. Ele confirmou que o Departamento de Defesa está inclinado a não renovar o contrato conosco.

Meu pai esfregou a bochecha como se minhas palavras o tivessem estapeado.

— Ele disse o motivo?

— Nossa tecnologia está defasada se comparada à de Licht.

Encontrei o que estava procurando — uma lista de armamentos e artilharia que a Licht Holdings manufaturava por uma fração do nosso preço de varejo —, e a deslizei na direção dele.

— Sem mencionar o fato de que o custo deles é menor. Produzem tudo no sul, e você ficou na Nova Inglaterra, onde o salário-mínimo é bem maior. Eles também fecharam alguns contratos lucrativos com empresas de aço e chips.

Romeo Sênior empurrou os documentos de volta para mim, como uma criança recusando comida.

— Não quero ver isso. Quero que você proponha soluções.

— Coloque-me como CEO, e farei isso.

— Proponha soluções primeiro, então, indicarei você à posição de CEO.

Uma vez, Romeo Sênior teve um rosto jovem, belo. Quando a Licht Holdings entrou em cena, eu deliberadamente não os impedi de progredir. Desde então, meu pai tinha desenvolvido fios grisalhos, rugas e olheiras.

A verdade era que ele amava a Costa Industries o suficiente para baixar a cabeça e observar enquanto eu a salvava. Era o legado dele. A única coisa que o pai dele, um imprestável (o padrão ficou claro?), havia deixado para o filho.

— Olhe. — Ele ergueu os braços. — Não é nenhum segredo que não sirvo mais para isso. Faz um ano que quero me aposentar. O único motivo para Bruce ainda estar na disputa pelo meu cargo é porque não confio em você para não fazer algo insano em uma tentativa de retaliação a mim.

Ele tinha acertado em cheio. Mas eu não admitiria aquilo.

— Você tem uma autoestima exagerada. Eu quero o cargo de CEO porque mereço, e porque ninguém tomaria conta da empresa tão bem quanto eu. Eu sou o herdeiro legítimo.

— E *aparentemente* um babaca vingativo. — Ele passou a mão pelo cabelo grisalho. — Eu vi o que você fez com o pobre do Madison Licht por muito menos do que fiz com você.

— Madison Licht não é pobre, e você nunca vai saber a dimensão do que ele fez comigo.

— Mesmo assim, livre-nos do problema de Licht, e darei a você a o cargo de CEO. Uma última tarefa. Prometo.

Fiquei em silêncio. Por tanto tempo, na verdade, que ele balançou a perna embaixo da mesa.

— Vou precisar disso por escrito.

Ele assentiu.

— Ficarei feliz em fazê-lo.

— Meus advogados entrarão em contato com os seus. — Recolhi os meus documentos, contente em me afastar o máximo possível dele.

— Você deveria me agradecer, sabia?

Porque, claramente, ser um desperdício de recursos naturais não bastava, ele teve que delirar.

— Pelo quê? — Fingi interesse. — Pela infância horrível ou por você ter arruinado meu único relacionamento quase normal?

No entanto, eu tinha de admitir que Morgan também teve responsabilidade. Ninguém a forçou a abrir as pernas para meu pai.

— Morgan não era a mulher com quem você estava destinado a se casar, assim como avisei. Nos poucos meses desde que você conheceu sua esposa, você saiu de sua zona de conforto, viveu um pouco e voltou até a falar palavrão.

— Sim, Dallas merece um Pulitzer por me levar ao sacrilégio.

— A questão é que você encontrou alguém melhor.

— Você gostou dela, não gostou?

— É claro.

— Da última vez que isso aconteceu, você decidiu agir com relação ao que sentia. — Eu fiquei de pé. — Não vai acontecer de novo, pai. Se chegar perto de Dallas, vou matá-lo com minhas próprias mãos. E farei uma bagunça e tanto.

O sorriso dele vacilou.

— Por que você acha que eu cometeria o mesmo erro duas vezes?

Eu o encarei.

— Porque você não consegue se segurar. Do momento em que eu nasci, você sempre quis tudo que era meu. E quanto a mim? Eu só quis uma coisa sua: seu cargo.

# 41

**Ollie vB**: @ZachSun, quer saber o que eu fiz com os 50 mil que você me deu?

**Zach Sun**: Doou tudo aos pobres, aos exaustos, às enormes massas que anseiam por respirar livremente?

**Ollie vB**: Uau. Estou muito chocado por você nunca ter sido convidado para as raves ilegais em Harvard.

**Romeo Costa**: Prossiga e nos ilumine, @OllievB.

**Ollie vB**: Comprei uma obra de arte.

**Zach Sun**: Você não fez isso.

**Romeo Costa**: @ZachSun, imagino que ele esteja se referindo a edições vintage da *Playboy*.

**Ollie vB**: Ha ha, homens de pouca fé!

**Zach Sun**: Alguma edição limitada da *Penthouse*?

*Ollie vB mandou uma imagem para o grupo.*

**Romeo Costa**: Primeiro, garanta para mim que abrir esse arquivo não vai me colocar na lista de observação do FBI.

**Ollie vB**: Um dia, o tanto de bullying que fazem comigo neste grupo vai me fazer parar no divã de um terapeuta.

**Zach Sun**: Você já deveria estar indo três vezes por semana. Você tem mais questões do que uma prova de vestibular.

**Ollie vB**: Só abram a imagem.

**Zach Sun**: É um... tuíte?

**Romeo Costa**: De uma universitária de biquíni tomando sorvete?

**Ollie vB**: NFT, caras.

**Zach Sun**: Ollie.

**Zach Sun**: OLLIE.

**Zach Sun**: NFTs são a maior *fake news* desde a Terra plana.

**Ollie vB**: Só porque todos os outros objetos celestiais são esféricos não quer dizer que o nosso também seja, @ZachSun. Não seja maria vai com as outras. Pense fora da caixinha.

**Zach Sun**: Uma caixinha de formato oval, presumo?

**Romeo Costa**: Cara, você acabou de jogar 50 mil fora.

**Ollie vB**: Um cara no Reddit me disse que isso valeria milhões algum dia.

**Zach Sun**: Ele não fez isso.

**Ollie vB**: É claro que não. Só queria ver se vocês me achavam assim TÃO burro.

**Romeo Costa**: Acho que agora você tem a resposta.

**Ollie vB**: Sim. Apesar de que ainda não entendi como foi Rom que acabou casado com uma modelo da Victoria's Secret e se recusa a engravidá-la, mas sou EU que tenho um IQ baixo.

**Zach Sun**: QI, você quer dizer.

**Ollie vB**: Foda-se, Sun.

### *Romeo*

Eu tinha adquirido um hábito nada galante. O hábito de observar Dallas durante meu período de trabalho através das câmeras de circuito interno e deixar uma força de segurança a postos para segui-la sempre que saísse de casa.

Como meu ramo de trabalho polêmico me transformava em um alvo ambulante, eu poderia ter dado alguma desculpa quanto a me preocupar com a segurança dela. Mas, no fundo, eu sabia que a mandava seguirem para me certificar de que Dallas não faria nada que eu a tivesse proibido de fazer.

No caso, em minha defesa, era apenas uma coisa: ter contato com outros homens.

Nas semanas desde que eu tinha me mudado de volta, minha esposa, uma florzinha delicada, conseguiu fazer diversas coisas, não limitadas a: oficialmente largar a faculdade de Emory, organizar um baile sozinha para o mês de conscientização da síndrome de morte súbita infantil, pagar todas as dívidas existentes de três hospitais infantis regionais e experimentar todos os restaurantes do Guia Michelin que estavam a um passeio de carro de casa.

Ela passava os dias lendo livros, fazendo bullying com grandes corporações para que doassem para a pesquisa de SMSI e jogando jogos de tabuleiro com Hettie e Vernon. Durante a noite, ela assistia a alguma porcaria na Netflix ou observava bebês de outras pessoas nas redes sociais.

Eu não via nenhum apelo em crianças. Ela querer tanto uma — no caso, várias — sugeria que Dallas precisava de um hobby.

E, não, comer não contava como uma atividade recreativa, porque ela havia tentado me convencer daquilo diversas vezes.

Minha esposa também decidiu que cabia a ela redecorar toda a minha casa, empurrando móveis até locais em que não deveriam ficar. Não para me irritar, pensei, mas porque ela não conseguia conter o desejo de tornar todos os ambientes tão caóticos quanto ela.

Certa manhã, eu a encontrei no meu escritório, empoleirada na cadeira giratória. Hettie estava sentada em um dos apoios para os braços, separando o recheio branco de Oreos.

Caminhei até a escrivaninha e peguei o laptop.

— O que você está fazendo?

Biscoitinho lambeu a parte de dentro de um Oreo.

— Pendurando uma foto do nosso casamento.

— No meu escritório?

— Onde mais eu a penduraria? — Ela acenou com a cabeça para que Vernon erguesse a ponta esquerda, então, gesticulou com um biscoito para que ele parasse. — Perfeito.

Estudei a imagem, notando um fato importante.

— Eu não estou nela.

Ela abriu um sorriso radiante.

— Eu sei. Não é perfeita?

Deixei o retrato no lugar, não sei bem o motivo. Porém, a imagem me assombrou cada vez que voltei a entrar no escritório. Meu portfólio de ações, bem como meu patrimônio líquido, havia entrado em declínio desde o casamento, e meus amigos adoravam falar daquilo em toda oportunidade.

**Ollie vB**: Parece que você está a caminho de ser um milionário. Parabéns.

**Zach Sun**: Nesse ritmo, você vai queimar seu patrimônio líquido mais rápido do que Bankman-Fried.

**Ollie vB**: Quem foi que pensou que seria uma boa ideia dar dinheiro para um cara cujo sobrenome significa "bancário frito"?

**Romeo Costa**: Diz o homem que investiu no Chicago Bulls porque, de ponta-cabeça, o logo parece um robô transando com um caranguejo…

**Ollie vB**: Na verdade, é um alienígena coroinha lendo a Bíblia. E vocês ainda me chamam de herege.

**Zach Sun**: Herege é uma palavra simples demais para o que você é. Que tal pagão? Infiel? O símbolo principal do fim da civilização refinada como a conhecemos?

Em geral, Dallas e eu coexistíamos em paz ao não reconhecer a presença um do outro. Biscoitinho arruinou a maré boa quando irrompeu no meu escritório dias depois, encharcada de suor, interrompendo minha reunião virtual. Eu desloguei, menos irritado do que deveria estar.

Em vez de me cumprimentar, o que seria educado demais para minha esposa demoníaca, ela apoiou os nós dos dedos na escrivaninha, derrubando o mouse no meu colo.

— Preciso da sua ajuda.

Avaliei Dallas, observando o controle remoto que ela segurava na mão fechada e o tom corado raivoso que decorava as bochechas. Só ela poderia ter se deixado afetar tanto com um episódio de *Cheaters*.

Eu me recostei na cadeira e entrelacei os dedos, decidindo o que eu ganharia em troca.

— Se for aquilo de vender tanques para seu colega de escola para que ele possa decorar a despedida de solteiro dele, já falei que estou de mãos atadas.

— Preciso da sua ajuda para formar um grupo político e tentar melhorar a segurança de produtos infantis. — Ela tirou o suor da testa. — Eu sei que você tem contatos na capital.

Naquela altura, a obsessão de Dallas com crianças me deixava preocupado que um dia ela sequestraria uma para chamar de sua.

Voltei o mouse para seu devido lugar, abrindo um e-mail de Cara.

— Por mais que eu apoie a causa, a Costa Industries não se envolve com nenhuma política que não influencie o orçamento da Defesa. É assim que a empresa garante apoio dos dois partidos.

— A Costa Industries não vai fazer porcaria nenhuma. — Ela cravou o dedão no peito. — *Eu* vou trabalhar nisso.

— *Você* é minha esposa e, portanto, uma extensão da Costa Industries. Vou lhe dar um conselho: fazer lobby já é um trabalho impossível, que dirá adequado para um primeiro emprego. Tente andar antes de correr. — Encarei o suor na testa dela. — Só o esforço de ter saído do sofá e vindo até aqui parece ter deixado você exaurida.

— Eu já tive trabalhos.

— Operar a câmera do beijo para seu time de basquete da faculdade não conta. Até porque você foi demitida.

— Foi uma demissão *injusta*.

— Você transformou a câmera de beijos em uma câmera de bebês.

— E? — Ela deixou o controle remoto de lado e contornou a escrivaninha até ficar ao meu lado, parada diante de mim. — Vi no jornal que tem um projeto de lei para acabar com a proibição de vendas de acolchoados de berço, que aumentam o risco de SMSI.

Qual era o problema dela com SMSI? Eu tinha encontrado dezenas de cobranças no cartão de crédito dela a mais caridades dedicadas àquela síndrome do que eu imaginava existirem.

— Não posso arriscar demonstrar nenhuma fraqueza para que Bruce ou meu pai tirem proveito. — Encaminhei um documento para ser revisado, então, abri um e-mail do analista financeiro. — Se eu a ajudasse, eu teria que quebrar uma política antiga da empresa.

— *Rom.*

— Não vou mudar de ideia.

Ela hesitou por um instante, indo para trás antes de se aproximar de novo. Dallas fechou os olhos. Devagar — muito devagar — ela ficou de joelhos na minha frente. Por um instante, não respirou. Nem eu.

Por fim, os olhos se abriram. Ela repousou as mãos fechadas, os nós dos dedos brancos sobre os joelhos, encarando-me com tanta intensidade que me perguntei se ela enxergou uma alma.

— Estou implorando, Romeo.

— E estou respondendo ao seu pedido da forma mais pragmática e lógi...

— Foda-se seu pragmatismo! — A respiração lhe escapou em lufadas pesadas, erráticas, os olhos lançando chamas pelo cômodo, aumentando a temperatura. — Alguma vez você já se perguntou por que me importo tanto?

Sim.

O tempo todo.

Porém, não disse nada, esperando que ela continuasse.

— Quando eu tinha 6 anos, o desejo que Frankie e eu tínhamos se tornou realidade. Mais uma irmã. Uma bebezinha linda. Mamãe nos deixou escolher o nome. Victoria.

Dallas engoliu em seco. Ela me encarava, mas não estava presente de verdade.

Enrijeci no assento. Pela primeira vez em séculos, o pânico se alastrou ao meu redor, entrelaçando-se nos ossos com uma familiaridade espantosa.

*Puta merda.*

— Ela era adorável. Tão fofa com bochechas gordinhas, e tão feliz. E saudável. Ela era saudável, Rom. — Ainda de joelhos, Dallas franziu as sobrancelhas enquanto relembrava tudo, os dedos trêmulos enquanto parecia tecer seu passado. — Eu me lembro do dia em que a encontrei. Era um domingo. Acordei mais cedo para escolher vestidos que combinassem para irmos à igreja. Victoria... Tory... ela só tinha 4 meses.

Ela parou, deslizando uma das mãos pela camiseta, como se pudesse afastar a dor daquela forma.

— Eu a encontrei azul, dura. Ainda parecia estar dormindo. Angelical e tranquila. Só que... azul.

A irmã dela tinha morrido por causa da síndrome de mortalidade súbita infantil.

Tudo fez sentido.

O fascínio dela pelo assunto. O foco nas crianças. A primeira morte que ela havia testemunhado — uma tragédia de proporções atordoantes — e que a fez se transformar em uma pessoa diferente.

Dallas, naquele momento, implorava para que eu a ajudasse a lutar contra aquele demônio.

Mas eu tinha fantasmas próprios para exterminar.

— Romeo. — Ela colocou as mãos no meu colo, encarando-me como se me desafiasse, com dor, com sinceridade, mas, notei, sem lágrimas. — Por favor. Ajude-me a fazer isso por Victoria. Ela faleceu, mas o legado dela ainda pode continuar.

Fazer aquilo com ela me matou por dentro. Negar algo tão crucial e importante.

Tão intrínseco a Biscoitinho.

Toquei no rosto dela, inclinando o queixo para cima, tentando superar o nó na minha garganta.

— Você pode doar quantas alas de hospital infantil quiser. Dinheiro não é problema. Mas fazer lobby está fora de questão.

Dallas se levantou devagar. Prendi a respiração.

— Você é um covarde — falou ela, a voz sem emoção nenhuma, a expressão vazia. — Por sorte, é o *meu* covarde. Eu conheço suas fraquezas agora, Romeo, e tenho toda a intenção de usá-las contra você.

# 43

*Romeo*

Dias depois de detonar uma verdadeira bomba no meu escritório, Dallas rebolou, entrando em um dos seus diversos vestidos Chanel, escolheu joias caras e passou o batom vermelho favorito naqueles lábios que só sabiam fazer beicinho.

Biscoitinho me mostrou o dedo do meio enquanto passava por uma câmera de segurança a caminho do Maybach de Jared, saindo para aproveitar o dia.

Do meu escritório na Costa Industries, liguei para Alan, o lutador treinado em artes marciais que eu tinha contratado para segui-la.

— Minha esposa acabou de sair de casa. Cuide da segurança dela. — Eu me perguntei se aquela mentira soou mais convincente para ele do que para mim. — Não se esqueça de me contar por mensagem aonde ela foi e com quem está se encontrando o tempo todo.

— Sim, senhor.

— Para onde Jared a está levando agora?

— Parece que estão indo na direção do seu escritório, senhor.

Meu coração traidor e imprestável bateu descompassado em sua prisão de ossos. Peguei a foto de Biscoitinho que eu mantinha na mesa por aparência.

*Será que, de alguma forma, você descobriu que eu manipulei secretamente o apoio repentino do Congresso com relação a sua proibição de acolchoados de berço? Você está a caminho para me agradecer com algo sexy embaixo do vestido?*

Largando a caneta com meu nome gravado em cima dos documentos, reclinei-me no encosto da cadeira, entrelaçando os dedos, e os colei contra os lábios. Suponho que tempo o bastante tenha passado desde meu último deslize para que eu pudesse sentir o gosto dela de novo.

A facilidade com que peguei o controle remoto para baixar as cortinas das janelas de vidro do escritório com antecedência deveria ter dado indícios do meu péssimo julgamento de caráter com relação a Dallas.

Infelizmente, meu cérebro não entendeu o recado.

Em vez de usar os neurônios para fazer algo produtivo como trabalho, masquei freneticamente o chiclete e arrumei o escritório, que já estava impecável. Como se limpeza fosse algo que ela apreciasse.

Quando dez minutos se tornaram vinte, voltei a pensar na questão sem resposta — *mas que porra...?* Ainda assim, ligar para Alan e perturbá-lo para me contar o paradeiro da minha esposa era indigno de mim.

Talvez estivessem enfrentando um pouco de trânsito. Acidentes de carro não eram tão incomuns naquela região. Havia muitos embaixadores estrangeiros protegidos por imunidade diplomática, cujas atividades extracurriculares incluíam atropelar pessoas como se fosse uma missão de GTA.

Quando vinte minutos se tornaram trinta, meus dedos coçavam para ligar para Alan. Por coincidência, o telefone tocou na minha mesa, e o nome dele apareceu na tela. Atendi.

— Alô?

— Ela chegou ao destino, senhor.

Impossível. Se ela tivesse realmente chegado, Dallas estaria de joelhos embaixo da minha mesa, chupando meu pau.

— É mesmo? — Esmaguei o chiclete entre os molares, cauteloso, considerando a independência com que Biscoitinho agia. — Onde ela está?

— Acabou de entrar no Le Bleu. Escolheu uma mesa na varanda com vista para a rua e pediu uma garrafa de champanhe. Parece que está esperando alguém.

Ela, sem dúvida alguma, não estava esperando por mim. Le Bleu era um restaurante com duas estrelas Michelin bem em frente ao meu prédio. Na verdade, o escritório de Bruce oferecia vista direta para o restaurante.

No mesmo instante, percebi duas coisas: 1) aquilo era outra jogada de mestre por parte de Dallas, para me irritar; 2) aquela seria a última vez que ela atrapalharia minha vida.

Não haveria mais segundas chances.

Nenhum espaço para negociação.

— Verifique se há paparazzi por perto. — Minha mandíbula travou com o chiclete. Eu apostaria toda a minha riqueza e meu testículo direito que havia.

Alan pigarreou, demorando um segundo, fazendo uma busca.

— Sim, senhor. Do outro lado da rua. — O escritório de outra empresa era quase colado ao prédio da Costa Industries. Licht Holdings. — Senhor, alguém está se aproximando dela. Vou desligar e iniciar uma chamada de vídeo, assim você vai po...

— Não tem necessidade. — Fiquei de pé, vestindo o blazer. — Deixe-me adivinhar: um homem meio alto, cabelo loiro e nariz quebrado, com um terno sob medida e zero carisma?

— Como... Como sabe?

— Estou chegando aí.

Desliguei, segui até a sala de conferências no outro lado do corredor. De alguma forma, Biscoitinho tinha visto quem a seguia, não gostou, e decidiu retaliar se encontrando com Madison em um lugar público.

*Entendi o recado.*

Então, estava na hora de eu dar meu próprio recado.

O objetivo de Madison naquele acordo estava claro mesmo para alguém com uma venda no topo do obelisco em Washington. Ele ser visto com minha esposa — um encontro documentado pelos tabloides, nada menos — seria uma humilhação para mim.

Entretanto, eu jogava a longo prazo. E, cada minuto que passava e eu não entrava no restaurante para causar uma cena, aumentava o desconforto dele.

Meu dedo indicador afundou no botão do interfone.

— Cara.

Minha assistente se materializou, apressando-se atrás de mim com saltos altos, um iPad entre os dedos com unhas feitas.

— Pois não, sr. Costa?

— Vou encaminhar uma lista de pessoas com quem preciso falar em ligação urgente.

— Urgente quando?

— Urgente agora.

Por cinquenta e cinco minutos, Dallas e Madison nadaram no próprio desconforto enquanto eu finalizava uma ligação de conferência, seguida de um prato cheio de couve-de-bruxelas e peito de frango preparados pelo chef da empresa. As mensagens de Alan chegavam em intervalos de tempo não regulares.

**Alan Reece**: Muito estranho, senhor. Estão só se encarando sem conversar.

**Alan Reece**: Parece que estão esperando alguma coisa.

A coisa era eu.

**Alan Reece**: Os dois estão comendo o atum-rabilho. O homem verifica o relógio a cada dois segundos.

Se Madison esperava que eu fosse acabar no soco com ele em público, estaria prestes a se decepcionar como nunca.

Mas eu poderia conceder uma vitória à minha esposa: para um homem que se orgulhava em não ter emoções variadas, de alguma forma, ela me fazia sentir tudo. Raiva, frustração, aborrecimento e nojo — ainda assim, sentimentos.

Por fim, depois de uma hora na qual Dallas e seu ex-noivo se exibiram no Le Bleu, resolvi ir até lá. Encontrei Bruce no elevador que descia.

— Parece que tem mais drama envolvendo sua beleza do Sul. — Ele pressionou o botão do saguão, observando os números no topo das portas decrescerem. Ele deveria ter visto Madison e Dallas do escritório dele. Era difícil não reparar no mar de paparazzi do lado de fora. — Não tem como isso ser bom para sua reputação.

Alisei o terno com a mão.

— Nem um artigo no *Page Six* sobre um candidato a CEO tendo um caso com uma funcionária do campo de golfe.

O sorriso dele desapareceu mais rápido do que os pães de alho em uma cesta, na frente de Dallas, no Olive Garden.

— É um boato bem malicioso.

— Fale isso para a pequena Ginny, que me prometeu escrever tudo sobre você se eu pagasse os empréstimos estudantis dela.

Assim que passei pela porta de entrada giratória da Costa Industries, os paparazzi me rodearam como piranhas famintas, tirando milhares de fotos.

Os sessenta minutos de antecipação presunçosa se fundiram enquanto eu atravessava a rua. Biscoitinho estava arqueada na beirada de uma cadeira Wassily no topo da varanda do Le Bleu. Ao me ver, as costas ficaram eretas. Ela examinou cada centímetro meu, os olhos de gavião desesperados para compreenderem meu rosto impassível.

Seguindo a linha de visão dela, Madison me fuzilou com o olhar. Com um raro sorriso animado — e usando cada gota de serenidade na minha corrente sanguínea —, subi despreocupado os três degraus de escada para chegar ao restaurante.

Diante das portas duplas, a *hostess* e dois garçons ofereceram reverências profundas quando abriram os dois lados.

Então... a notícia já tinha se espalhado entre os funcionários.

Eu já estava colhendo os frutos do meu trabalho.

Andei até Biscoitinho, peguei, sem permissão, uma cadeira de uma mesa desocupada e me convidei para me sentar com minha esposa e seu ex-noivo.

— Como está o atum, querida?

Roubei o garfo dela e peguei um pedaço bom e suculento para mim, enfiando-o na boca. Dallas coçou a têmpora, as sobrancelhas contraídas. Os flashes das câmeras pareciam brilhar na minha visão periférica.

— Querida, por favor, feche a boca. — Usei a ponta do dedo para fechá-la por ela, então, peguei mais uma garfada do peixe, segurando o talher e a comida entre nós. — É muito inconveniente se parecer com o que come.

Madison pigarreou.

— Estávamos no meio de uma conversa. — O suor escorria dos poros dele, enquanto aguardava um surto que nunca viria. — Ninguém o convidou.

Eu me virei para ele.

— Você tem razão. Mas vim até aqui com uma proposta.

Ele ergueu uma única sobrancelha.

— Seja lá qual for, não vai me convencer.

— Não discuta, apenas ouça.

— Romeo... — Biscoitinho pegou a taça dela. A água transbordou, cortesia da mão trêmula. O que tinha acontecido com a fonte de atitude desafiadora na qual ela me afogava em todos os instantes do dia?

De forma surpreendente, não achei aquela versão tímida tão interessante quanto à fogosa com a qual eu tinha me acostumado. O fato de que pensava nela o bastante para ter uma preferência deveria ter me incomodado.

A mandíbula de Madison se flexionou. Sua tentativa fracassada de me encarar provocou uma rara risada genuína em mim.

Afanei o guardanapo de pano do colo de Dallas e sequei o canto da boca.

— Já que vocês dois acham difícil ficar longe um do outro, cheguei à conclusão inevitável de que não posso mais ficar no caminho do que claramente é uma história de amor que só acontece uma vez na vida.

O silêncio na mesa ficou tão pesado e ruidoso que parecia pertencer a um necrotério. Madison foi o primeiro a falar.

— Você se casou com ela.

— De fato. Olha, tem uma invenção chamada divórcio. É efetiva e rápida, especialmente para pessoas com acordos pré-nupciais tão bons quanto os nossos. — Apertei a mão direita de Dallas. — Não é verdade, docinho?

Ela estava pálida como neve recém-caída, e imóvel. Como sempre, os sentimentos estavam estampados no rosto.

*Sim, seu plano saiu pela culatra.*

*Sim, eu sei que deseja Madison Licht menos do que você quer que um tubarão ampute seus membros.*

*E, sim, nós dois sabemos que Madison é, de fato, muito pior do que seu marido.*

Madison jogou o próprio guardanapo no prato.

— Você tirou a virgindade dela.

— Não seja tão careta, Licht. Sua virgindade se perdeu há tanto tempo e com tanto escrúpulo que eu ficaria surpreso se ainda estivesse no mesmo universo que nós. Além disso... — Eu me virei de volta a Dallas. — Não é isso que você sempre quis? Uma forma de sair desse casamento?

— Sim. — A palavra saiu com força dos lábios dela. — Mas não para que eu pudesse entrar em outro relacionamento tóxico.

*Tsc, tsc.* Passei o dedo pela linha do maxilar.

— Você deveria ter sido mais específica.

Os olhos de Madison focaram em Biscoitinho.

— Eu não vou me casar com ela.

Ela empurrou a própria cadeira para trás, nada afetada pela rejeição.

— Nem eu.

— Que desolador. — Bocejei. — E eu aqui, pensando que um anjo ganharia asas ao presenciar minhas habilidades de unir casais. — Quando fiquei em pé, eles imitaram meus movimentos, olhos colados em mim com uma mistura inebriante de pavor e apreensão. — Senhor Licht... — Virei o corpo todo na direção dele. — De bom grado, saia deste recinto.

Madison endireitou os ombros, deixando as costas retas, pronto para a cena que ele havia antecipado.

— Você não pode me dizer o que fazer. O restaurante não é seu.

— Na verdade, é. — Peguei o celular e inclinei a tela na direção dele. — A escritura foi lavrada há uma hora. É claro, foi um desafio acordar Jean-Pierre de seu sono na França para convencê-lo a me deixar comprar o belo estabelecimento, mas, como você bem sabe, eu nunca cedo diante de um desafio.

Madison encarou o contrato, boquiaberto.

— Você *comprou* o restaurante só para poder me expulsar dele?

— E todos os outros restaurantes e carrinhos de comida dessa rua — confirmei, sabendo que ainda havia câmeras nos rodeando, mas longe demais para captarem a conversa. — O que significa que seus horários de almoço vão virar um desafio e tanto para você.

— Você não pode fazer isso.

— Qual é a razão de me dizer que não posso fazer algo quando acabei de fazê-lo?

— Você perdeu o juízo de vez. Eu tinha ouvido boatos, mas agora vejo que eram verdade.

— Duvido que eu sequer tenha chegado a *ter* juízo. — Suspirei. — Tem mais algo a dizer antes que eu chame a segurança?

Infelizmente, se tinha, perdi a oportunidade de ouvir, porque Madison saiu batendo os pés sem nem dizer adeus para a mulher com quem tinha acabado de compartilhar uma refeição.

Eu me virei para Biscoitinho. Aquele era o segundo dia de trabalho em um mês que ela tinha arruinado. Embora ninguém pudesse me culpar por não ser um grande fã da empresa de Romeo Sênior, eu precisava, ao menos, fingir que me importava.

— Sinta-se livre para saborear qualquer uma das nossas incríveis sobremesas. Peço perdão pela falta de companhia.

Com aquilo, eu me virei para ir embora.

Ela me seguiu, como eu sabia que faria. Eu me acomodei no assento traseiro do meu Maybach, sem nem olhar para ela quando entrou pelo outro lado e se sentou perto de mim sem ter sido convidada.

— Você tem duas opções. — Eu relaxei no assento de couro marrom enquanto Jared encontrava o caminho para sair do estacionamento do Le Bleu. Dallas se curvou para a frente, absorvendo cada palavra, sabendo que sua vida dependia disso. — Como eu sei que você quer tanto ter filhos quanto voltar para sua família, não vou lhe conceder nenhuma das duas coisas. Em vez disso, vou enfiar você na minha mansão nos Hamptons, onde vai ficar longe de tudo e todos que ama ao mesmo tempo que vai perder a habilidade de causar sérios estragos na minha vida. *Ou...*

Acariciei o queixo, pensando mais naquilo.

Por via de regra, eu não recompensava mau comportamento. Mas, no caso de Biscoitinho, eu geralmente me pegava abrindo exceções, incluindo — mas não só — a caixa de livros que eu a tinha presenteado por comparecer ao baile de caridade comigo, apesar do comportamento indisciplinado durante o terceiro prato do jantar.

(Ela havia tentado beber um copo de *shot* equilibrado nos peitos de uma estrela pop. Quando eu a levei embora e lhe dei um sermão sobre se comportar em público, ela se desvencilhou de mim e me informou que, com grandes poderes, vinham grandes responsabilidades.)

E, dessa vez, aquela mesma parte minha inclinada ao perdão, que eu nunca havia exposto antes de Dallas ter aparecido na minha vida, quis dar a ela uma segunda chance.

Ou melhor, sua trilionésima chance.

Culpei essa tendência ao fato de eu ter arruinado a vida dela. Deveria ser aquele o motivo de eu ainda ter um pouco de paciência pela criatura na minha frente.

As sobrancelhas de Biscoitinho se ergueram, quase tocando o couro cabeludo.

— Ou?

— Você vai receber o que quer. Você vai se divorciar. Você vai voltar para Chapel Falls e se tornar um escândalo vivo. Arruinada, em todos os sentidos. Provavelmente, vai se casar com um viúvo ou um homem divorciado com filhos. Mas você vai ter a liberdade que tanto deseja.

Fiquei irritado quando minha respiração se acuou nos pulmões enquanto nos encarávamos, esperando ver qual das opções Dallas escolheria. De propósito, deixei de lado qualquer coisa que pudesse vir a ser convidativo para ela. Aquela mulher precisava compreender a gravidade da situação.

Finalmente — *finalmente* — ela rompeu o silêncio.

— Posso pensar nisso no caminho de casa?

De alguma forma, aquilo foi a pior coisa que ela poderia ter dito. A espera seria pura tortura.

Dei de ombros, desviando a atenção para minhas mensagens. Jared chegou com o carro em casa, e Hettie e Vernon nos esperavam perto de onde acabamos estacionando.

— E aí? — Hettie perguntou antes de a porta de Biscoitinho terminar de abrir. — Você o deixou puto?

Vernon foi até ela.

— Vamos finalmente ter uma fofurinha em casa?

Entrei em casa primeiro, ou seja, meus funcionários desleais — voltados contra mim pela minha esposa — ficaram para trás, bochechas coradas, olhos focados no chão.

— Os dois, deem o fora.

Vernon, o gigante gentil, piscou.

— Mas para onde deveríamos ir?

— Para qualquer lugar longe da minha vista se quiserem manter seus empregos — aconselhei, livrando-me do blazer e avançando até as escadas. Nem olhei para Biscoitinho. — Você tem mais trinta minutos para considerar sua resposta enquanto faço algumas ligações. Irei ao seu quarto quando tiver terminado.

Através das grandes janelas de vidro que corriam pela escadaria, testemunhei Biscoitinho colapsar no último degrau em seu lindo vestido, a cabeça aninhada nos braços, o cabelo cascateando por suas costas.

Ela não ganharia um bebê.

Ela também não ganharia um divórcio.

Ela só ganharia um choque de realidade.

E eu?

Eu sempre, *sempre* conseguia o que queria.

# 44

**Romeo**

Quarenta e cinco minutos depois que eu a deixara soluçando nas escadas, fui até o quarto de Biscoitinho. Não me surpreendeu encontrá-lo vazio. Aquela rosa ridícula que ela mantinha no potinho de cotonete havia perdido mais pétalas. A equipe de limpeza não ter feito seu serviço ali na mesa de cabeceira deveria ser culpa da minha esposa desleixada. Não pude deixar de notar que ela tinha se moldado tanto ao meu lar que ele se tornaria um lugar diferente caso ela escolhesse ir embora.

Rondei os corredores à procura de Dallas. A chuva atingia o telhado, batendo nas janelas. A temperatura havia despencado desde nossa volta de Paris. O frio nunca tinha me incomodado — eu estava acostumado com ele, dentro e fora de mim. No entanto, me ocorreu que minha esposa talvez não estivesse encantada com a geada árdua que começou a cair depois que o outono se foi, abrindo espaço para o inverno.

Sem vontade de brincar de esconde-esconde, peguei o celular e verifiquei o paradeiro dela pelas câmeras de segurança. Voltando o vídeo, encontrei uma gravação de Dallas arrastando uma mala Louis Vuitton enorme até a garagem subterrânea, os punhos fechados com força em volta da alça como se estivesse carregando um cadáver.

*Uma mala.* Saí correndo na direção da garagem. Uma raiva potente e a sensação de alarme borbulharam no meu âmago. O que ela achava que estava fazendo?

*Escolhendo uma das duas opções que você lhe deu. Ir embora, seu imbecil.*

Não me surpreendia mais eu ter uma reação a Dallas — era apenas um fato àquela altura. Mas revirava minhas entranhas e todos os meus órgãos internos, tornando tudo uma bola de apreensão, admitir quanto ela parecia me virar do avesso. Era algo profundo, que se infiltrava através de pele, sangue e ossos; de células-tronco, cicatrizes emocionais e camadas densas de gelo. Ela atingia um lugar vulnerável e sensível. Onde a dor era inescapável. Não porque eu gostava dela — pois eu não gostava de Dallas Costa.

Mas porque eu a *queria*. Desejava. Porque tocá-la era a única droga de coisa em que eu conseguia pensar.

Quando irrompi pelas portas da garagem subterrânea, a intensidade da minha raiva poderia iluminar toda Las Vegas. Ainda assim, minha compostura permaneceu impecável. Dallas estava sentada no topo de uma montanha de malas ao lado do Maybach, beliscando uma caixa pequena de palitinhos Pocky com cobertura sabor morango. As pernas pendiam no ar, como as de uma criança. Fiquei enojado ao ver que alguém com tão pouca sofisticação exercia tanto poder sobre mim.

Com as mãos entrelaçadas nas costas, eu a contornei.

— Vai para algum lugar interessante?

— Qualquer lugar longe de você é maravilhoso.

Dentro de mim, algo — *alguém* — gritou para que eu a forçasse a ficar. Não porque eu a poderia tolerar, mas porque perdê-la significava perder para Madison.

Em vez disso, fingi indiferença.

— Chapel Falls ou os Hamptons?

— Chapel Falls. — Ela lambeu toda a cobertura de morango antes de colocar o palitinho descoberto de volta na caixa. — Não me importo de me casar com alguém que tenha filhos. São mais crianças perto de mim.

Por que ela era tão obcecada por humaninhos?

— Vou ligar para Jared. — Levei o celular ao ouvido, incrédulo que, pela primeira vez em meus 31 anos, alguém tinha pagado para ver. E que esse alguém gostava de *Cheaters* e dos livros de Henry Plotkin.

— Não precisa. — Ela emitiu um ruído satisfeito ao sentir o gosto de mais um palitinho Pocky. — Já liguei para ele. Está a caminho.

*Você deu a ela um ultimato. Ela escolheu. Agora, vá embora com sua dignidade intacta e encontre outra forma de provocar Licht.*

Guardei o celular no bolso.

— Meus advogados enviarão alguns papéis para finalizar o divórcio. Não deve demorar muito, por causa do acordo pré-nupcial.

Um sorriso doce e largo se abriu ao redor do palitinho.

— Ótimo!

— Se bem que... — Avancei um passo. — Com o tempo que ficamos casados, talvez uma anulação seja uma opção melhor.

Uma anulação faria dela uma pecadora aos olhos de Chapel Falls. A cidade nunca a perdoaria.

Dallas jogou todo o cabelo por cima de um dos ombros, indiferente.

— Escute aqui, Costa. Não estou nem aí se você quiser me mandar de volta com um monte de camisinhas usadas. Qualquer coisa é melhor do que viver em uma prisão onde sou o tempo todo monitorada e ignorada, e na qual você se recusa a dar a única coisa que quero de você: um bebê.

— Esse é mesmo o auge da sua ambição? — Fiz uma careta. — Tornar-se um receptáculo para carregar outra pessoa e, então, virar a serva dela pelos próximos dezoito anos?

— Sim. E antes que você me diga que preciso bater de frente com o patriarcado... Querer me sentir realizada como mãe e reconhecer que isso é minha paixão é uma escolha tão nobre quanto me tornar uma neurocirurgiã.

Eu estava em completo desacordo com ela, como sempre, mas era inútil debater o assunto. Alguns segundos se passaram em silêncio.

— Por que você ainda está aqui? — Ela bocejou. — Vá embora. Jared chegará a qualquer momento, e serei só uma memória infeliz para você.

Eu deveria ir. Dar-lhe as costas e ir. Para meu alívio, comecei a fazer exatamente aquilo. O eco dos meus passos rebateu nas paredes vazias. Não olhei para trás. Eu sabia que, se a vislumbrasse de novo, eu cometeria um erro. Aquilo era por um bom motivo. Estava na hora de amenizar os danos, de admitir que eu havia cometido um único erro nos meus 31 anos, e seguir em frente. Minha vida voltaria ao normal. Tranquila. Organizada. Sem ruídos. Sem *gastos*.

Minha mão se fechou ao redor da maçaneta, prestes a abrir a porta.

— Ei, babaca.

Parei, mas não me virei. Eu me recusava a responder.

— O que você me diz... que tal uma última vez antes de eu pegar a estrada?

Olhei por cima do ombro, sabendo que não deveria, e encontrei minha futura ex-esposa encostada no capô do meu Maybach, o vestido erguido na altura da cintura, revelando que ela não usava calcinha. A boceta exposta brilhava, pronta para mim. Um desafio. Eu nunca me esquivava deles.

Jogando toda a precaução (e meus neurônios restantes que Dallas não tinha fritado com aquela conversa fútil) pela janela, fui até ela.

Quando cheguei ao carro, ela ergueu a mão para me parar, espalmando-a no meu peito.

— Vamos com calma.

*Nada de calma, considerando que estou prestes a gozar só de vê-la assim.*

Arqueei a sobrancelha.

— Vai dar para trás?

— Não, essa fixação pela parte traseira é coisa sua. Não quero lhe roubar isso. Ou vamos em frente, até o fim, ou não vamos a lugar nenhum. Tudo ou nada.

Era de deixar qualquer um enfurecido que, cada vez que eu dava a ela uma escolha, Dallas vinha com outra. Se eu lhe dava uma opção, ela a trocava por algo que inventava na mesma hora. E, agora, seguido do meu ultimato, ela tinha feito um ultimato próprio.

E, como um tolo condenado, escolhi *tudo*.

Escolhi minha queda.

Explodimos juntos em um beijo frustrado, quente, cheio de línguas e dentes. Ela se agarrou ao meu pescoço, meio me abraçando, meio me enforcando. Eu me atrapalhei com o zíper da calça do terno, libertando meu pau, que, naquela hora, já escorria com pré-gozo, tão inchado e tão duro que para mim era desconfortável ficar de pé. Meus dentes roçaram pelo queixo dela, traçando o pescoço antes de eu fazer algo que não fazia havia cinco malditos anos, e estoquei dentro dela de uma vez. *Sem nada.* Meu pau desapareceu em Dallas, atingindo um lugar quente, irremediavelmente espremido por todos os músculos.

*Ah, puta merda.*

Minha testa se recostou na dela. Uma camada fina de suor nos colou um ao outro. Nunca na minha vida senti algo tão bom. Eu quis evaporar e me transformar em névoa, entrar em Dallas e nunca mais sair. Eu quis viver, respirar e existir dentro da linda, enlouquecedora, astuciosa e enervante maldição que era minha esposa. Ela era a única coisa que eu nunca quis, e a única coisa que eu desejava mais que tudo. Pior ainda era o fato de que eu sabia que não poderia negar a ela nada do que ela quisesse, fosse um vestido ou uma joia. Ou, infelizmente, meu coração de bandeja, atravessado com um espeto para que ela o devorasse. Ainda batendo, e de um vermelho tão vívido quanto o de uma maçã do amor.

Eu recuei, então estoquei com mais força. Tirei e voltei para dentro com tudo. Meus dedos a seguravam pela cintura, prendendo-a no lugar, com ferocidade, lascívia e desejo. Eu a penetrava com os movimentos bruscos e frenéticos de um homem faminto por sexo, fodendo até não conseguir mais.

Como eu já tinha oficialmente entrado com uma medida cautelar contra minha lógica, eu a agarrei pelo pescoço, afundando meus dentes no lábio inferior. Meu hálito de menta soprou no rosto dela. Quando notei que as coxas de Dallas estavam quentes de desejo, a temperatura entre nós subiu ainda mais. Gemidos baixos e desesperados escaparam-lhe da boca.

Os únicos sons naquele espaço cavernoso eram meus grunhidos, nossa pele se encontrando, e os pequenos gemidos de prazer de Dallas. O carro balançava no ritmo das minhas estocadas. Ela agarrou meu antebraço enquanto eu a segurava pelo pescoço e se reclinou para trás no capô enquanto eu continuava fodendo com força.

A porta atrás de nós se abriu, e Jared entrou.

— Ah, desculpa. Eu não queria...

— Saia daqui, porra! — rugi.

Minha exigência sacudiu as paredes com tanta força que fiquei surpreso por não terem rachado. A porta se fechou de imediato.

Talvez porque aquela foi, de longe, a experiência mais prazerosa que já tive, o orgasmo não foi instantâneo. Ele chegou sorrateiro, agarrando cada um dos meus membros com suas garras, tomando conta de mim como uma droga. Eu sabia que me arrependeria do que estava prestes a acontecer. Ainda assim, não consegui considerar a ideia de parar.

Dallas tremia sob mim. Os músculos das coxas retesados. Deslizando para dentro daquele lugar apertado e quente mais algumas vezes, finalmente explodi dentro dela. Foi glorioso. E, ao mesmo tempo, senti como se alguém tivesse me roubado todo o ar do peito. Eu gozei, e gozei, e gozei dentro da boceta de Dallas.

Quando finalmente me afastei, tudo entre nós estava pegajoso. Dei uma olhada entre as pernas dela. A porra, branca e espessa, pingava da fenda vermelha e inchada até o capô do meu carro. Havia traços rosados de sangue espalhados naquele líquido leitoso e opaco. Ofegando e sem fôlego, percebi que aquela tinha sido a primeira vez que eu me perdi em um momento. Em que me esqueci de tudo. Incluindo o fato de que *ela* estava presente.

Meu olhar subiu da boceta machucada até o torso dela. Em algum ponto durante o sexo, eu havia rasgado a parte de cima do vestido sem notar. Marcas vermelhas cobriam os seios expostos. Havia arranhões e mordidas. O pescoço ainda continha a marca dos meus dedos — com quanta força eu a tinha agarrado? E, apesar de temer o efeito no rosto dela, não consegui me impedir de prosseguir.

Ergui os olhos e me senti nauseado com o que vi. O rosto dela tinha um tom corado de rosa. Uma única lágrima silenciosa rolava bochecha abaixo. Um brilho vítreo cintilava dos olhos cor de mel, quase dourados, e tão vazios quanto meu peito. Do canto dos lábios, escorria uma linha fina de sangue. Feito dela, não meu. Ela tinha mordido a boca para conter os gritos de dor. Biscoitinho queria tanto que eu a fodesse sem proteção que sofreu durante toda a transa. Uma culpa incomparável me atingiu, me deixando com um gosto amargo na boca. Eu a havia tomado sem considerar seu prazer. Mesmo que isso fosse contra meus princípios. E, no processo, eu havia arruinado a primeira experiência genuína de sexo dela.

— Desculpe. — Eu me esquivei para longe de Dallas, enfiei o meu pau ainda meio duro e pingando, de volta na calça, e fechei o zíper. — Jesus. Caralho. Eu...

O resto da frase desapareceu. Balancei a cabeça, ainda incrédulo que eu a tinha fodido a ponto de provocar sangue e lágrimas. Sem nem sequer ceder a ela um olhar.

Ela se sentou. A lágrima solitária ainda brilhava na bochecha, o que era, de alguma forma, pior do que um soluçar alto.

— Você tem chiclete? — A compostura perfeita e tranquila que envolvia sua voz mexeu comigo. Na verdade, tudo em Dallas mexia comigo.

No piloto automático, tirei dois tabletes de chiclete da latinha, entregando-os a ela. Ela colocou os dois naquela linda boca rosada que eu nunca beijaria ou foderia de novo.

— Biscoitinho... — Parei. Um pedido de desculpas estaria longe de compensar o que havia acontecido.

— Não. É minha vez de falar. — Ela não fez menção de fugir. De me estapear. De chamar a polícia, os pais, a irmã. O gozo ainda escorria em gotas brancas e grossas da boceta exposta. Um filete de sangue manchava o capô do carro.

Fiquei longe o bastante dela para não ser uma ameaça.

— Quero que pare de mandar pessoas me seguirem. — As palavras saíram como se ditas dentro das paredes de uma sala de reuniões, fria e impessoal. Diante de acionistas, não do marido. — Chega de carros seguindo Jared. Chega de equipe de segurança. E chega de me monitorar pelas câmeras. Sinto que estou participando do *Big Brother*, mas nunca poderei ganhar. — Ela jogou as mãos para o alto. — Quero que aqui seja minha casa, não uma prisão.

A surpresa de ouvi-la falar que queria ficar quase me fez cair de joelhos. No entanto, continuei de pé, o rosto impassível. Se havia alguma coisa que eu tinha aprendido com meu pai, era manter a cabeça erguida e me manter orgulhoso, mesmo se não houvesse motivo nenhum para orgulho.

Ela afundou os dentes no chiclete, a expressão vazia, fazendo-me lembrar de mim mesmo por um instante espantoso.

— Me diga que você entendeu e que vai fazer isso, ou vou embora e darei o divórcio que você tanto quer.

Estava na ponta da língua, e eu quase disse a ela que chamaria um Uber para levá-la de volta para o Vilarejo Bíblico. Porém, minha racionalidade não permitiu que o orgulho sobrepujasse meu bom senso.

— Os termos são aceitáveis.

Ela inspirou com dificuldade.

— Eu quero ter um bebê.

E o que *eu* queria era que ela tomasse uma pílula do dia seguinte. Mas um pedido daqueles seria covardia. Não era culpa dela eu ter perdido o controle. Nós dois jogávamos para ganhar. O time da casa — eu — tinha sofrido uma derrota inesperada naquele dia. Não era necessário estragar sua vitória. Independentemente da importância de tal vitória. Ela poderia engravidar. Aqueles últimos vinte minutos poderiam determinar o resto da minha vida.

Peguei a lata de chicletes, colocando um na boca.

— Bem, eu não.

— Por que você é tão contra?

— Trauma.

— Algum dia vai me contar o que aconteceu?

— Não.

Ela não pareceu surpresa com a resposta. Nem chateada. Na verdade, enquanto eu avançava na direção dela, notei as pequenas bolhas que salpicavam a lágrima, que *ainda* não tinha evaporado. Não. Não era uma lágrima. Aquilo era... *saliva?* Percebi, pela primeira vez, que eu nunca tinha visto Dallas chorar. Nunca.

Algo mudou em mim naquele instante. Eu não mais enxergava Dallas Costa como um incômodo. Afinal, ela tinha virado o jogo quase todas as vezes. E, daquela vez, ela me levara ao limite, até me empurrar da beira do penhasco. Me fez transar com ela sem proteção, sentir culpa por tudo *e* barganhar com ela. Dallas Costa não era um brinquedinho. Ela era minha igual, e seria sábio tratá-la como tal.

Biscoitinho franziu o cenho, provavelmente considerando o que mais pediria na nossa negociação. Se eu desse a ela a oportunidade de falar primeiro, a próxima demanda talvez fosse por cada centímetro da minha alma.

— Eu lhe darei liberdade se você me der tempo. — As palavras saíram da minha boca por vontade própria.

— Tempo para fazer o quê?

*Tempo para me livrar de você nos meus termos depois de finalizar minha tarefa de arruinar Madison Licht.*

— Para pensar em bebês — menti. Ela considerou aquilo. Antes que Dallas pudesse responder, acrescentei: — Mas tenho uma condição.

Ela umedeceu os lábios, assentindo.

— Nunca mais vou me encontrar com Madison.

— Prometa.

— Eu prometo.

Ela desceu do capô do Maybach, o vestido ainda torto e enrolado na altura da cintura. Minha porra escorria pela coxa dela, indo até joelho, então, ao calcanhar. Sangue seco, fosco, no formato de nuvens estampavam a parte interna das coxas. Nós o encaramos em silêncio.

— Quer que eu lamba você até sarar? — disparei.

— Sim, por favor.

# 45

## Dallas

Poderiam dizer, com alguma justificativa, que eu muitas vezes superestimava minhas habilidades de atuação. Mas não naquele dia. Eu tinha feito uma coisinha questionável. Tudo bem, *muito* questionável. Falsifiquei uma lágrima. O que eu poderia dizer? Depois de Romeo ter escolhido a empresa que ele odiava em vez da luta para prevenção do SMSI, foi uma experiência catártica observá-lo se atrapalhar porque achou que eu estava sofrendo.

Eu não estava sofrendo. Nem um pouco. Na verdade, amei quando ele me agarrou pelo pescoço, adorei quando ele mordeu meus mamilos e me excitei quando ele meteu em mim com tanta força que o senti chegar no ventre. E quando ele ficou de joelhos, lambeu o próprio sêmen das minhas pernas e subiu com a língua até que ela desapareceu dentro de mim — lambendo, chupando, beijando meu clitóris e raspando os dentes até eu gozar na cara dele. Eu estava prestes a doar meus rins *e* meu fígado por mais uma rodada.

Será que provocar Romeo com Madison pela milionésima vez podia ser considerado imoral? É claro que sim. Fazer meu marido se sentir tão culpado a ponto de considerar ter filhos foi o golpe mais baixo que eu dera até então? Talvez. Mas eu estava me sentindo mal por isso? Nem um pouquinho.

Horas depois, saltitei pela casa com o pijama da Disney que eu tinha comprado pela internet. De jeito nenhum Romeo aprovaria que eu os usasse — um bônus, que me fez comprar o mesmo conjunto em todas as cores disponíveis.

Depois do jantar, que ele tinha comido na sala de jantar enquanto eu preferi saquear o meu direto do forno, Romeo se enfiou no escritório, com certeza fazendo coisas chatas de adulto. Fofoquei com Frankie pelo celular, mastigando palitinhos de cana-de-açúcar. Cada vez que eu me lembrava do acordo com ele, sentia um sorriso expandir no rosto.

Certo, minha primeira experiência completa de sexo foi... *esquisita*. Não tive nenhum orgasmo. Bom, não até ele me lamber depois. E o encaixe apertado demais doeu. Porém, houve algo eletrizante em ver meu marido perder todo o controle pela primeira vez desde que tínhamos nos casado.

— Sua vida continua difícil? — perguntou Frankie, do outro lado da linha. — Vivendo com aquele desgraçado gostoso e irritante.

Eu não poderia dizer a ela que não era minha vida que andava difícil... Ela não entenderia. Na verdade, nem *eu* entendia o que estava acontecendo entre nós. Tinha consciência de que existia uma linha grossa e vermelha entre o amor e a luxúria, mas o que acontecia quando se colocava um pé de cada lado dela? Eu não queria descobrir.

— Ele é horrível! — disse, alegre, mordiscando a cana. — O pior de todos. Estou sempre fazendo coisas para irritá-lo. Hoje mesmo, almocei com Madison. E convidei os paparazzi.

— Argh. Madison. — Frankie fez um barulho de vômito. — Ele esteve aqui em Chapel Falls semana passada. Ele contou? Ficou se lamentando do quanto sentia saudade de você. Mentiroso desgraçado. Levou tanto Deidre Sweeting quanto Jean Caldwell para a cama dele com as lágrimas de crocodilo. Todo mundo está comentando.

— Frankie, somos melhores do que fofocas maldosas.

— Ah, Dal. — Eu pude imaginá-la franzindo a testa. — Mas fofocas boas são tão chatas.

Nós duas rimos.

— Como está a escola? — Mudei de assunto, com medo de que, se falássemos de Romeo por tempo demais, eu acabaria confessando quanto, por mais que o odiasse fora da cama, nela eu era a fã número um dele. — Aconteceu alguma coisa interessante?

— Mandei mal na maioria das provas do meio do semestre, o que aparentemente é meio fascinante. Pelo menos para mamãe, papai e nossos vizinhos fuxiqueiros.

Suspirei.

— Você precisa se esforçar, Frankie.

— Ah, mas estou me esforçando. Estou me esforçando para não perder a virgindade antes do casamento. E isso é difícil pra caramba.

— Frankie. Você sabe o que acontece se der o leite antes de o cara comprar a vaca.

— Talvez eu não queira ser comprada. Talvez eu queira fazer parte da porcaria do século XXI.

Se ao menos as coisas fossem simples daquele jeito. Nós duas sabíamos que éramos um produto da nossa criação, e que seguíamos as regras do nosso lugar de origem. A natureza humana, apesar de todo o progresso que tinha feito, ainda era tribal por natureza. Mudar para Potomac tinha me libertado, mas eu havia trocado uma jaula por outra.

— Tem alguém em particular de quem você gosta? — Escorreguei pelo corrimão do segundo ao primeiro andar, só para ver se Romeo brigaria comigo por fazer isso. Para testar se ele tinha parado de me observar pelas câmeras de segurança. A casa permaneceu sinistramente silenciosa. Até então, ele estava cumprindo sua parte do acordo.

Eu conseguia ouvir o sorriso da minha irmã do outro lado.

— Muitas pessoas. — A voz dela ficou séria. — Você está triste, Dal? Porque talvez nunca transe, já que casou com um cara que você odeia?

Eu não podia fazer isso.

Não poderia contar a ela que tinha selado meu destino.

Que tinha sido feroz, eletrizante e divino.

Que tudo que eu queria era transar com meu marido — e todas as coisas que vinham com isso.

Em especial, não queria contar a ela como sexo era divertido, sendo que minha irmã estava brincando com a tentação de testá-lo por si própria — e fora do casamento. Eu não era nenhuma puritana, mas sabia os problemas que ela encontraria se Chapel Falls a julgasse arruinada.

Infelizmente, eu tinha vivido aquela experiência.

Parei na entrada da cozinha, descalça.

— Tenho certeza de que vai acontecer comigo algum dia.

— Sim. Você vai cansá-lo em alguma hora, e ele dará o divórcio. Tenho certeza.

Só que o divórcio significaria não fazer mais sexo daquela forma, que mudou minha vida por completo, com meu marido gostoso. Não ter mais nenhum orgasmo sob aquela língua talentosa. Nenhum bebê com seus olhos cinzentos. Não, eu não queria o divórcio. De jeito nenhum.

Depois que desliguei e terminei meu terceiro jantar do dia (*tagalog* de bisteca e rolinhos primavera, tudo preparado por Hettie), eu me retirei ao quarto para reler os livros de Henry Plotkin, os quais Romeo tinha libertado do exílio. Estava na hora de reler todos eles pela décima quarta vez, em preparação para o lançamento do último livro da série.

— Biscoitinho. — A voz arrogante de Romeo rosnou dos fundos do escritório. — Entre.

*No caso... como ele tinha entrado em mim mais cedo?* Rindo sozinha, segui a instrução dele. Romeo estava sentado atrás da escrivaninha de mogno, trabalhando no laptop, com praticamente uma livraria toda de livros ilegíveis atrás dele.

— Pois não? — Eu me abaixei para subir as meias engraçadas por cima da calça do pijama da Minnie Mouse.

— É Halloween?

— Não.

— Então por que está vestida como uma criança?

Avancei ainda mais para dentro do escritório, rebolando, e abri um sorriso brilhante a Romeo, sabendo que aquilo deixava o humor dele mais azedo.

— Conforto antes de tudo, certo?

— Errado. — Os dedos dele escorregaram pelo teclado. — Conforto é o que pessoas medíocres querem obter assim que percebem que o preço do sucesso é trabalho duro.

Comecei a examinar a biblioteca dele, e notei uma prateleira que continha mais ou menos quinze livros. Capas duras de tecido, nenhuma sobrecapa ou qualquer indicação do conteúdo. Passei o dedo por um, puxando-o de leve no lugar antes de empurrá-lo de volta.

— São só decoração?

Ele nem precisou se virar para ver a que eu tinha me referido.

— Não.

— Como você sabe qual livro é qual?

— Abrindo.

— Seria isso alguma coisa esquisita e por estética que os ricos fazem para impedir os plebeus de adivinharem o que estão lendo?

— *Você* é rica.

— Sim, mas sou uma rica anormal.

— Você é uma pessoa anormal, e ponto. E não, isso não é *alguma coisa esquisita e por estética que os ricos fazem para impedir os plebeus de adivinharem o que estão lendo.*

— Então... a livraria os vendeu assim? Isso deveria ser considerado crime.

— Vieram com sobrecapas.

Fiquei boquiaberta, aterrorizada com a ideia de ele as ter jogado no lixo.

— O que aconteceu com elas?

— Estão nos livros que dei a você.

— Que livros?

Com certeza, ele não poderia estar falando *daqueles* livros.

— *Seu toque indecente. Estocada de um amante. Vendada por meu professor. Dominada por dois alienígenas alfas.* Devo continuar? Perco um neurônio a cada segundo que passamos falando disso.

Tentei me lembrar se eu tinha dado ao trabalho de olhar por baixo das sobrecapas e confirmar quais eram os livros. Não tinha. *Opa.*

— Ah. Aqueles livros.

Os olhos de Romeo se estreitaram.

— Sim. Aqueles livros. Já acabou de lê-los?

*Ah, eu acabei com eles, realmente...*

— Pode-se dizer que sim...

— O que aconteceu?

Bocejei, cobrindo a boca com uma das mãos para obscurecer as palavras seguintes.

— Talvez eu os tenha queimado.

— Você *queimou* os livros. — A mandíbula dele se cerrou. Um movimento discreto. Se eu não prestasse atenção a cada detalhe excruciante do meu marido, eu não teria notado.

Brinquei com a barra da minha camiseta, encarando a Minnie Mouse. Imaginei que fosse tarde demais para me desculpar. Águas passadas e tal.

— Sim. — Acenei com a mão no ar. — Faz séculos. Não precisamos revisitar o passado.

— Já que pensa assim, é melhor proibir aulas de história. E toda a educação superior.

— Uhum, é melhor mesmo. — Assenti depressa, abrindo um sorriso largo para Romeo. — Deu supercerto para as mulheres no passado.

E não, ainda não consegui me desculpar. Por que eu era daquele jeito? Uma pergunta melhor seria: por que *ele* era daquele jeito?

Fervilhei naquele silêncio potente, abanando as bochechas com um livro de capa dura de tecido não identificado. Romeo continuou a digitar no laptop. Pausou por um instante, desembainhou a velha lata de metal, pegou um tabletinho branco de dentro e o jogou na boca. O chiclete.

Eu quis me aproximar. Mergulhar no passado dele. Ter um vislumbre daquela embalagem, que, notei pela primeira vez, *tinha* uma pequena falha. Um entalhe diminuto no canto que contrastava com o restante da superfície lisa e fosca.

Em vez disso, fiz um teatrinho ao continuar meu exame minucioso das estantes. Meus dedos roçaram cada uma das lombadas expostas. Para os livros, eu não via problemas em me desculpar. Na verdade, eu até poderia ter feito uma vigília à luz de velas, se eu não considerasse aquilo de muito mau gosto, levando em conta como as sobrecapas tinham encontrado seu fim precoce.

Pressionei uma palma da mão contra a outra, e ofereci uma prece silenciosa para cada um dos que eu havia torrado na fogueira.

*Por favor, Deus, perdoe-me pelos meus pecados e encontre um lar melhor para esses livros no pós-vida. De preferência, com alguém de bom gosto.* A vasta história dos demonstrativos financeiros? *Sério mesmo?*

Pelo lado positivo, eu finalmente tinha descoberto o vício de Romeo, tirando o chiclete e minha infelicidade: dinheiro. A estante inteira consistia em fileiras e mais fileiras de livros de finanças.

Aquilo me pareceu estranho. Eu poderia ter jurado, com base nas minhas habilidades excepcionais de bisbilhoteira, que ele tinha estudado engenharia na faculdade e, então, focado em gestão e empreendedorismo no MBA.

Inclinei a cabeça, percebendo algo.

— Você memorizou os livros que peguei na lojinha naquele dia?

Ele finalmente rompeu seu silêncio e me encarou, respondendo entre pausas para abrir um buraco na minha cabeça com aqueles olhos gélidos que me fuzilavam.

— Não passa de um resultado da minha memória superior. *Não precisamos revisitar o passado.* — Ele arrancou o livro das minhas mãos e o enfiou na minha boca, entre meus dentes. — Já acabou?

Ele não me esperou responder, voltando ao laptop.

Cuspindo o livro na mão, avancei na direção dele.

— Você deveria ir para a área de finanças. Aposto que, se fizesse algo de que gostasse, largaria seu plano *Missão impossível: vingança contra o papai por ser malvado.*

— Que plano ótimo. Desconsiderar toda a minha carreira na Costa Indus...

— Não é uma carreira. É uma missão de vingança. E é infantil. Destrói sua alegria e sua alma. — Acenei o livro de capa dura, mas sem sobrecapa, aninhado na minha mão, cujo título devia ser algo como *Fortuna geracional: a história imperial de filhos medíocres de nepotismo* ou outra coisa que também me daria sono. — Você *ama* trabalhar com dinheiro. A vida é curta demais para você não fazer o que ama.

— A vida é longa o bastante para que eu talvez faça as duas coisas.

O ímpeto repentino de abraçá-lo me dominou.

— Ah, Romeo. Nunca se sabe se o nosso próximo suspiro será o último. É tolice não querer aproveitar o momento.

Na televisão presa à parede ao lado dele, um segmento de notícias piscou ao atravessar a tela:

**Hacker ataca Licht Holdings, LLC.**

A manchete relatava que um hacker anônimo tinha roubado e vazado os esquemas-chave de uma nova arma tecnológica na internet, inutilizando toda a produção. Aquilo era a cara do meu marido. O homem não descansaria antes de ter Madison aniquilado.

Observei a notícia com olhos semicerrados.

— Uau. Eu não sabia que Zach era hacker.

Onde ele estava naquela vez em que Sav me filmou enchendo o sutiã de tortinhas de chocolate na festa do pijama de Emilie, e negociou um Jimmy Choo de edição limitada para deletar a filmagem?

Romeo não tirou os olhos do computador, ainda digitando.

— Ele não é.

Na verdade, eu não esperava que ele fosse confessar a verdade para mim.

— Então, por que estou aqui?

— Tenho uma surpresa para você.

Meu coração teve um sobressalto, expandindo e contraindo em tempo recorde. Senti a pressão crescendo entre as pernas.

— Podemos fazer em cima da sua escrivaninha? Ah! Posso dar uma corrida no quarto e me vestir igual a uma secretária gostosa?

*Finalmente.* Uma oportunidade para usar todas aquelas saias lápis que Cara tinha comprado para mim. E pensar que eu quase as tinha visto como uma mensagem subliminar de Romeo para que eu arrumasse um emprego.

Aqueles olhos cinza e árticos se deslocaram da tela, surpresos e... seria aquilo um toque de alegria?

— Eu não estava falando de sexo.

— Ah.

— Mas bom saber que não a traumatizei pelo resto da vida depois do que aconteceu hoje à tarde.

O olhar que me lançou me disse que ele sabia que eu tinha falsificado as lágrimas, que não achou aquilo nada divertido e que eu seria punida mais tarde. Com sorte, no quarto. Deitada no colo dele. Vestida com o uniforme escolar que eu tinha comprado com esse cenário exato em mente.

Ignorei o julgamento dele. Devolvendo o livro de capa dura, estacionei minha bunda na beira da escrivaninha dele.

— Tudo bem. Qual é a surpresa?

Ele se reclinou na cadeira, agarrou a parte exterior da minha coxa através do tecido do pijama, e escorregou a palma áspera pelo quadril até segurar minha cintura.

— Já que fui tolo o bastante para acreditar nas suas lágrimas de hoje, doei dois prédios em nome da nossa família. Um para Georgetown e outro para John Hopkins.

Pisquei, ainda não entendendo.

— Você vai transformá-los em bibliotecas para mim? Parece meio extremo roubar os alunos de seus diplomas... — falei.

— Agora, você pode escolher uma das duas universidades para completar seus estudos. — O queixo erguido dele demonstrou que ele achava ter feito um favor para mim.

Eu, por outro lado, quis lhe dar umas palmadas. Que coisa mais horrível de se fazer. Ele realmente não me conhecia? Talvez eu tivesse enchido demais o saco dele por ter me arrancado da faculdade no meio do curso.

Interpretando a surpresa no meu rosto como espanto e gratidão, um sorriso lupino repuxou aquela sua boca deliciosa.

— Aceito agradecimentos na forma de você chupando meu pau, apesar de também poder aceitar chupá-la no balcão da cozinha.

Joguei as mãos no ar, resmungando.

— Como você pôde fazer isso comigo?

Aquilo apagou o sorriso do rosto dele.

— Você largou Emory — comentou ele, como se eu não soubesse daquele detalhe.

— Sim. — Espetei o peito dele com um dedo acusatório. — E essa foi literalmente a única coisa de que gostei quando você resolveu se casar comigo.

— Você não quer um diploma? — A máscara de indiferença voltou aos olhos dele.

— É claro que não. — Balancei a cabeça. — Você conhece alguém que valha alguma coisa e que tenha um diploma? — Ele me encarou de um jeito que sugeriu que eu tinha falado em um idioma diferente. Suspirei, listando as grandes mentes da nossa geração que não tinham diplomas. — Steve Jobs, Mark Zuckerberg, Bill Gates, Jack Dorsey...

— Biscoitinho. — Ele franziu o cenho. — Não acho que você esteja correndo o risco de privar o mundo de um novo gênio da tecnologia. Na verdade, quando seu celular trava, você o joga contra uma superfície dura em vez de reiniciá-lo. Já vi você fazendo isso diversas vezes. Você não sabe nada de tecnologia ou mídias sociais. Além disso, todos os que você citou largaram faculdades de primeira linha, paras as quais não precisaram doar um prédio inteiro para serem aceitos.

— Você está dizendo que sou burra? — Adicionei uma cadência ofendida à minha voz, em grande parte para fazê-lo desviar do tópico dos meus estudos inacabados.

— Não. Você se provou muito inteligente.

— Então qual é o problema?

— Não vou ficar casado com uma mulher inculta.

— Deveria ter pensado nisso antes de sequestrar uma.

Comecei a mover as coisas dele — canetas, grampeador, peso de papel — só para deixar minha marca naquele cômodo intocado. Pensando melhor, o lugar precisava de mais obras de arte. Um pouco de cor, talvez?

— Você vai terminar a graduação. — Ele segurou meu pulso, tentando me impedir de bagunçar mais seu espaço de trabalho. — Fim de discussão.

— Senão, o quê? — Deslizei pela escrivaninha, montando nele na cadeira. Enrolei os braços ao redor dos ombros dele, observando seu rosto. — Vai me mandar embora para os Hamptons? Para Chapel Falls?

Sabíamos muito bem que eu não iria a lugar nenhum. Eu não sabia o motivo nem os detalhes de como aquilo havia se tornado um acordo silencioso entre nós, mas, de alguma forma confusa e nada saudável, seja lá o que estivesse sendo criado dentro daquela mansão era melhor do que a realidade que havíamos tido antes.

Ele agarrou minha bunda, me esfregando contra a sua ereção. Os músculos da mandíbula dele saltaram, as pálpebras se fechando.

— Foda-se. Vou comprar um diploma para você.

— Vou queimar o papel — rebati. — Quero que as pessoas saibam que sou autodidata.

— Com relação a quê? Sentar-se no sofá e lamber recheio de Oreo? — O comprimento duro abriu minha fenda através das roupas, colidindo com o clitóris. — Pelo menos, torne-se presidente de uma organização sem fins lucrativos.

Balancei a cabeça.

— Vou continuar doando para caridades nos bastidores.

Ele me examinou, perplexo.

— Por quê?

— Porque não preciso impressionar ninguém, nem você precisa. — Eu me inclinei para beijá-lo. Ele capturou meus lábios nos dele, puxando-me para um beijo profundo e cheio de língua. — Agora devo tirar a roupa?

— Com certeza. — Ele me empurrou de cima dele, voltando a atenção ao trabalho. — Mas só porque o que você está vestindo é monstruoso. Estou ocupado.

Apesar de ter me expulsado do escritório, na verdade fiquei bem satisfeita quando saí de lá. Aquela foi a nossa primeira interação não tóxica. Como era patético aquilo ter me deixado feliz. Mas, infelizmente, deixou.

Voltei à cozinha para pegar uma garrafa de água — eu sempre ficava sedenta depois dos nossos encontros —, passando outra vez na frente do escritório dele a caminho do andar de cima.

Parei, notando que ele não estava mais com os olhos na tela. Os cotovelos descansavam na mesa, e ele apoiava a cabeça, olhando para baixo.

Parecia exasperado. Insatisfeito.

E não parecia mais ter ódio de mim.

# 46

## Dallas

Romeo e eu entramos em uma rotina. Uma rotina na qual eu fazia o que eu queria e ele parou de me incomodar. Na maior parte do tempo, a rotina consistia em almoçar com Hettie, visitar bibliotecas e maratonar os livros de Henry Plotkin em preparação ao lançamento do décimo quarto e último volume. Eu não estava exatamente levando uma vida perigosa.

E aquela noite começou como todas as outras.

Enquanto eu pairava perto do fogão, comendo *pancetta* temperada com adobo antes mesmo que Hettie pudesse empratá-la, Romeo comia seu frango entediante no escritório entediante. Ele jamais demonstraria o mínimo de civilidade com a esposa na frente dos funcionários.

— Você não é um esfregão, Dal. — Hettie arrancou a panela de mim. — Não precisa limpar as coisas com a língua.

— O nome disso é eficiência. Estou economizando água por causa da seca.

— A seca do outro lado do país?

— O nome disso é patriotismo, Hettie.

— Nós duas sabemos que você acaba de jantar em dois segundos todas as noites, então, sou mandada embora mais cedo, e você e Lúcifer começam a aprontar.

Já que ela tinha falado a verdade, fiz exatamente aquilo, conduzindo Hettie e Vernon porta afora. Quando Romeo entrou no meu quarto, eu o esperava em cima do edredom, nua, um livro de Henry Plotkin em uma das mãos e um marca-texto na outra.

Na verdade, eu estava contando os dias, as horas e os minutos até minha menstruação. O que eu mais queria era acordar de manhã (tudo bem, de tarde) e descobrir que estava atrasada.

Nada me deixaria mais feliz do que estar grávida. Tinha certeza disso. Mesmo se a minha bênção fosse a maldição de Romeo.

Meu marido veio até mim e tentou tirar os meus dedos do livro.

— Espere. — Fiz um beicinho, puxando o livro de volta. — Madison está prestes a...

Ele ficou imóvel.

— Madison?

— A *personagem*. Irmã do Henry.

Madison, o Babaca, por outro lado... Eu não tinha notícias dele desde a cena no Le Bleu.

Estaria mentindo se eu dissesse que me sentia bem com o jeito que tínhamos deixado as coisas. Mas não me sentia culpada. Madison me usou como ferramenta contra meu marido, que em seguida me usou como ferramenta contra Madison.

Se eu fosse juíza, os *dois* seriam condenados. Era horrível saber que nós três estávamos presos naquele limbo de poder, ego e dinheiro.

Soltei o livro, permitindo que Romeo o colocasse na mesinha de cabeceira. Então, ele me mostrou o paraíso em um lugar que deveria ser meu inferno pessoal.

Fizemos tudo, exceto sexo com penetração. Passamos horas explorando o corpo um do outro. Cada músculo. Cada curva. Tudo foi lambido, beijado, arranhado e chupado.

Ele conhecia meu corpo em detalhes. A pintinha embaixo do meu osso do quadril direito. Cada sarda no meu ombro.

E eu o estudei com intensidade, aprendendo onde ele sentia cócegas (entre o tanquinho e o quadril), o que o fazia prender a respiração (quando eu tomava a cabeça do pau dele com a boca, então, soprava ar na ponta) e o que ele só tolerava porque sabia que eu gostava (quando eu lambia a orelha dele. Aquilo lhe dava calafrios).

Dois minutos depois da meia-noite, ele vestiu a calça. Fiquei deitada na cama, os lábios inchados, o cabelo bagunçado e o corpo deliciosamente dolorido. Romeo olhou para a pobre flor e murmurou algo que pareceu com:

— ... incapacidade de cuidar de uma planta, quanto mais de uma criança.

A rosa de Vernon havia sobrevivido ao impossível. A mim.

Meu quarto privado de sol, a água suja em que marinava e minha falta de cuidado usual.

De vez em quando, Romeo cuidava dela, trocando a água. Uma vez, ele até pegou uma tesourinha que eu usava para aparar as sobrancelhas, cortando um pedaço da haste.

Talvez fosse aquele o motivo de apenas uma pétala ter caído desde que tínhamos começado a nos pegar com regularidade.

Não sei o que me impressionava mais: a habilidade de Vernon ao criar uma subespécie de rosa, ou o traço de personalidade escondido do meu marido que cuidava das coisas com a gentileza de um pai carinhoso.

Na manhã seguinte, dancei ao redor do balcão central da cozinha com Hettie, imersa em um desafio de chocolate. Todas as marcas existentes estavam espalhadas na nossa frente: Godiva, Cadbury, Dove, Ghirardelli, Lindt e La Maison du Chocolate.

Vernon, nosso juiz, estava sentado em um banquinho, com quatro livros de finanças que eu havia surrupiado do escritório de Romeo para deixá-lo mais alto. Não que Hettie e eu conseguíssemos vê-lo através das vendas.

Mastiguei ruidosamente uma trufa de ganache de framboesa.

— Godiva.

Vernon pigarreou, interrompendo minha vantagem de 4-3 contra Hettie.

— Senhora Costa, você tem uma visita.

Como sempre, ele insistiu em me chamar de sra. Costa. Como sempre, estremeci.

Arranquei a venda dos olhos, arquejando.

— Frankie!

Só que não era ela.

Também não era minha mãe.

Meus pulmões perderam todo o ar, que sibilou ao escapar pelos lábios.

Shepherd Townsend estava diante de mim.

Ele continuou perto do batente, chapéu em mãos, trocando o peso entre os pés. Usava o terno de que eu mais gostava. Preto com faixas amarelas. Uma combinação hilária que o tinha feito ganhar o apelido de Abelhinha.

Aqueles dias pareciam ter acontecido fazia eras.

Eu não consegui rir.

— Dallas, você não tem atendido minhas ligações.

Empurrei o chocolate de lado.

— Sim, eu sei.

— Estava esperando que pudéssemos conversar. — Ele ergueu um ombro, parecendo incerto de si pela primeira vez. Aquilo mexeu com meu coração, formando um nó gigante no peito. Apesar de suas ações, eu nunca o odiaria.

Gesticulei para a mesa repleta de sobremesas na minha frente.

— Estou ocupada, como pode ver.

Uma raiva espinhosa subiu pela minha garganta. Ia além do fato de que ele havia me prometido a Romeo sem meu consentimento. Papai tinha feito a mesma coisa antes, com Madison. O que me corroeu por dentro foi o momento em que meu marido me arrastou para fora do meu lar, descalça e de camisola. Naquele instante, com a mesma clareza de um espelho recém-polido, eu soube que meu pai não me salvaria. Pais deveriam proteger seus filhos. Não a reputação da família.

Shepherd Townsend trabalhava em um mundo de homens, onde mulheres eram novidade. Criaturas simples e tolas que deveriam ser caladas com a entrega de um cartão de crédito.

Ele acreditou que eu seria feliz com Madison, assim como apostou que eu me acostumaria com Romeo. Afinal, os dois eram bonitos e ricos. O que mais uma mulher podia querer?

*Exatamente, o quê?*

Talvez uma voz. Poder de escolha. Respeito.

Meu pai era um chauvinista. Igual a toda Chapel Falls. Já que eu não mais vivia sob o teto dele, eu podia mostrar o que pensava de verdade sobre aquela visão de mundo.

Uma onda de surpresa estampou o rosto do meu pai.

— Com certeza, você poderia me conceder alguns minutos.

Enquanto Hettie e Vernon saíam apressados, oferecendo uma privacidade indesejada, divaguei ao contornar o balcão central, coletando os ingredientes para um chantili caseiro.

— Por que você tem tanta certeza disso? Porque não tenho filhos para criar? Chão para varrer? Almoços para organizar? Porque sou mulher, papai?

Naquele ritmo, ele precisaria de um guincho para colocar o queixo de volta no lugar. Pelo lado bom, talvez ele pudesse pedir desculpas à sociedade pelo seu chauvinismo doando os olhos para a ciência. Eu não fazia ideia de que podiam se arregalar tanto. Ou ser tão vazios. Como dois planetas desertos.

— De onde você tirou isso? Você costumava ser tão doce. — O chapéu do meu pai escorregou dos dedos, indo ao chão como uma pena. — O que aconteceu com você?

— O que acontece com todas as garotas que escapam de Chapel Falls. — Um sorriso triste estampou meu rosto. — Cresci e percebi que existe vida além das muralhas de trepadeiras daquele lugar. Que é possível mulheres cometerem erros, serem humanas e experimentarem uma vida tão completa e plena quanto os homens, sem pagar um preço horrível por isso.

— Você sabia o que aconteceria se fosse pega com um homem antes do casamento. Eu não fiz as regras. A sociedade fez.

— Há dois mil anos. A maioria da sociedade americana não vive mais como nós.

— Você está brava comigo desde que se mudou para Maryland. — De alguma forma, ele parecia menor. Mais velho. Muito menos poderoso do que eu me lembrava. O tempo que eu tinha passado longe extinguiu aquele brilho supremo que um dia irradiou dele. Aquele brilho que toda menina via no pai antes de a realidade acabar com ele.

— Sim. — Lavei as mãos, enxugando-as em um pano de prato, que descartei como todas as minhas ilusões de que meu pai se preocupava comigo. — Percebi, depois que você me deu para Romeo, que eu também não havia escolhido Madison. Naquela época, concordei para evitar chatear você. Você nunca me deixou opinar. Irônico que, de alguma forma, eu encontrei minha voz, dentre todos os lugares, na gaiola de ouro em que você me colocou.

Papai observou nossos arredores. A beleza. O luxo. A riqueza.

— Achei que ele seria bom com você. A reputação dos Costa é impecável. É mesmo tão ruim aqui?

*Não. De jeito nenhum.*

Mas a escolha não foi *minha*.

Enquanto eu me preparava para dizer o que estava pensando, passos velozes ecoaram no corredor. O ritmo. A confiança silenciosa. Só poderia ser meu marido.

Duas coisas aconteceram ao mesmo tempo. Primeiro, senti um sobressalto no coração, ávida por vê-lo de novo, apesar de só três horas terem se passado desde que ele havia decidido se banquetear de mim no café da manhã. Segundo, meus nervos — tão tensos que achei que romperiam minha pele como elásticos — fizeram-me ficar ainda mais atenta.

Romeo entrou com passos largos, sua presença maior e mais proibitiva do que a do meu pai. Maior do que a cozinha. Do que a *mansão*.

Como eu não havia notado aquilo antes? Que meu marido, bem-vestido, mandíbula angulosa e olhos cinzentos, era, por si mesmo, uma máquina de guerra.

Ele passou perto do meu pai, notou minha expressão, então, voltou o olhar penetrante para Shep Townsend. Um calafrio ziguezagueou entre nós.

— Você foi convidado para estar aqui?

O ego inflou o peito de papai. Mais cedo, rugas marcavam a testa, revelando sua frustração comigo. Ao ouvir as palavras de Romeo, elas se aplanaram. Shepherd Townsend se recusava a levar reprimenda de um homem com metade da sua idade.

— Não preciso ser convidado. Minha filha...

— É minha esposa, minha responsabilidade e, portanto, relevante para mim. No momento, ela não quer falar com você. A não ser que eu tenha entendido errado. — Romeo se virou para mim, erguendo uma sobrancelha. Não precisei balançar a cabeça. Ele leu meus olhos. Ele *me* leu. Então, virou-se de volta para meu pai. — Vá embora.

— Dallas... — Meu pai, não mais "papai" para mim, percebi naquele instante, torceu o terno nas mãos, tentando fazer contato visual. — Você vai mesmo tratar seu pai dessa forma? — Senti a culpa abrindo caminho pelo meu peito, passando pelas costelas, e se enterrando no coração. Eu a ignorei, cruzando os braços. Ele jogou as mãos para cima quando Vernon se materializou atrás dele, guiando-o para longe pelo cotovelo. — Você disse para sua mãe que estava feliz.

— Eu disse muitas coisas para que mamãe não ficasse de coração partido. — Engoli em seco. — Seu coração, no entanto, merece estilhaçar e virar pó.

— Permita-me facilitar as coisas para você, Shep. — Romeo apoiou a mão no ombro de meu pai. Fiquei surpresa que o homem mais velho não se afundou no chão e desapareceu no rejunte. — Se eu vir você aqui mais uma vez, sem ter sido convidado e sem ser bem-vindo, vou cortar suas pernas para garantir que esses erros não virem hábito. Não subestime minha maldade. Afinal, fui *eu* que arruinei a reputação, o noivado e a vida da sua primogênita, tudo em apenas uma noite. Sou muito eficiente no que se refere a crueldade. É um talento herdado. Fazer de mim um inimigo não é para os fracos.

A calma de aço que se acomodou nos meus ombros ao ver a retirada forçada do meu pai da casa deveria ter me atordoado. Eu não me reconheci. Ainda assim, soube que nunca mais voltaria a ser quem eu era, independentemente do que acontecesse.

Geórgia sempre teria um pedaço da minha alma, mas eu suspeitava que meu coração vivia ali. Em Potomac.

Uma esperança perigosa borbulhou dentro de mim. Talvez minha gravidez não desonrasse a existência imaculada de Romeo. E se eu pudesse convencê-lo de que dar vida a outro ser valia mais do que arruinar a reputação do pai dele?

Meus olhos grudaram em Romeo, que se apoiava no encosto de um banco estofado, encarando-me com uma mistura de carinho e aversão. Nos raros momentos em que me mostrava gentileza, ele se odiava por aquilo.

Meu marido franziu a testa, interpretando meu olhar como de acusação.

— Achei que você queria se livrar dele.

— Queria mesmo.

— Então por que está me encarando?

— Eu não tenho costume de encará-lo?

— Só quando quer que eu chupe você ou quando perde o cartão de crédito e precisa de um novo.

Nossa, aquilo era verdade? Eu andava tão ocupada comparando-o a um personagem apaixonado de Shakespeare que falhei em perceber que eu também não havia ganhado o troféu de Esposa do Ano.

— Bom, estou encarando-o agora -- rebati. — E gosto do que estou vendo.

Ele me olhou desconfiado.

— Você bebeu?

— Não posso fazer um elogio? É gratuito.

— Porque sou eu que pago por tudo neste relacionamento. Seja lá o que esteja fazendo, pare com isso agora mesmo. — De alguma forma, nossos olhares tinham se entrelaçado tanto um no outro que eu não soube como me desvencilhar. Ele se afastou primeiro com um balançar de cabeça. — Vou para a academia.

Eu o teria seguido. De verdade. Porém, equipamentos de exercícios pareciam primos da guilhotina. Não era culpa minha eu ter chegado nesse mundo com instintos de preservação aguçados.

Fiz um beicinho.

— Você sempre vai para a academia.

— Verdade. — Romeo abriu a geladeira, pegou uma garrafa de água e virou tudo de uma vez. — Quero viver além dos 33 anos, e sua única missão de vida parece ser me exaurir.

Ele amassou o plástico nas mãos, jogando-o no lixo reciclável.

— Você vai dar uma passada no meu quarto depois? — Imediatamente me arrependi da pergunta. Pareci pegajosa demais.

Eu nunca esperava Romeo aparecer. Ele apenas aparecia. E, na rara ocasião que aquilo não acontecia, eu fingia não notar.

Romeo virou o corpo todo para mim, me observando.

— *Por quê?*

Tudo bem. Eu poderia ter vivido sem aquela incredulidade.

— Talvez eu esteja com saudade — murmurei.

— Espero que não. Podemos não ser mais inimigos, Biscoitinho, mas nunca seremos amantes. — Ele roçou o ombro no meu ao sair da cozinha. — Certifique-se de que Hettie limpe todo o chocolate derretido do balcão. Cabeças vão rolar se eu encontrar alguma formiga na minha mansão.

# 47

## Dallas

Depois que Romeo me golpeou com a verdade, preparei a banheira para tomar um banho e esfregar aquelas palavras para fora de mim. Eu queria que fôssemos um casal. Um casal *de verdade*. Não sabia quando tinha mudado de ideia, mas tomar conhecimento de que *havia* mudado fez qualquer outro resultado parecer uma devastação.

O segundo golpe do dia veio na forma de uma gota rosa espalhada na minha calcinha. Grande, ousada e inconfundível. *E* um dia adiantada. Ergui o fundilho de algodão contra a luz, como se ainda existisse alguma dúvida. A visão me dilacerou. Senti uma dor me invadir pela ferida aberta. Aquela mancha passava a sensação de traição. De luto e de ódio de mim mesma. Apresentei o tecido à minha tesoura mais afiada, enfiei os restos esfarrapados no lixo e puxei o tampão da banheira, recusando-me a apodrecer no meu próprio sangue. Se eu não estivesse com o cheiro igual ao de um bordel por causa daquela manhã, eu nem teria tomado banho. Em vez disso, tomei uma ducha rápida, vesti meu pijama mais infantil e confortável e me escondi debaixo do edredom.

O terceiro golpe foi quando tentei chorar, fracassando em conjurar as lágrimas que me escaparam a vida toda. Eu precisava de alívio. De qualquer forma que viesse. Ainda assim, mais uma vez, meu corpo falhou comigo. Nas lágrimas. Na fertilidade.

*Tudo bem*. Não era culpa dos meus óvulos terem sofrido com uma seca de esperma. Eu só preferi não reconhecer a simples verdade. Romeo se recusava a transar comigo. Não importava o quanto eu tentasse. Não importava todas as outras atividades sexuais deliciosas e cheias de orgasmo que fazíamos.

O início de uma tempestade parecia se formar, prestes a desabar sobre mim. A visita surpresa do meu pai. A rejeição do meu marido. Minha menstruação. Minha existência sem sexo. Tudo se misturou, ganhando força, transformando-se em algo sinistro e perigoso.

Então, horas depois, quando a porta se abriu com um rangido, eu soube que a visita não acabaria bem. Romeo nunca batia na porta, e eu nunca me importava.

Só que, daquela vez, eu me importei.

A sombra dele avançou pela escuridão. Ele parou logo acima de mim, o cheiro dele — de menta, colônia e homem poderoso — velejou até minhas narinas. *Ele veio.*

Foi porque eu tinha pedido? Porque sentiu saudade? Ou porque suas necessidades precisavam ser satisfeitas? Eu nunca sabia dizer.

Romeo trilhou os nós dos dedos pela sua constelação favorita de sardas na minha bochecha.

— O que temos no menu hoje à noite, sra. Costa? — A voz rouca e baixa infiltrou-se direto no meu cerne. — Mais um meia-nove, ou finalmente posso foder seu cuzinho apertado?

Ao ouvir isso, a tempestade se transformou em um furacão, acumulando-se em algum lugar profundo, então, subindo à superfície. E, diferentemente do fenômeno natural, a força e a ira não diminuíram ao tocar o chão. Aumentaram. Dez vezes mais.

Dei-lhe um tapa na mão para afastá-lo.

— Saia do meu quarto e não volte nunca mais.

*Eu te odeio. Eu te odeio com todas as minhas forças, e mais.*

Deus, sempre doeu tanto assim respirar? Era verdade o que diziam: não havia uma lei de conservação no amor. Não se recebia o que se dava.

— É por causa da nossa conversa de mais cedo? — O tom calmo e despreocupado poderia muito bem ter sido uma adaga. — A dicotomia é a melhor amiga de alguém ingênuo. Você deveria mirar mais alto do que isso, Biscoitinho. O amor não está no nosso destino, mas não quer dizer que não podemos aproveitar a companhia um do outro. Se eu realmente não conseguisse superar o sofrimento dos nossos breves encontros, eu teria lhe concedido o divórcio que você tanto deseja.

*Eu não quero divórcio, seu tolo, idiota e egoísta.*

Eu queria jantares à luz de velas, encontros no cinema e piadas internas que mais ninguém entendia. Eu queria beijos, palavras reconfortantes e ser um farol para ele quando a sombra o dominasse.

Joguei o edredom por cima da cabeça.

— Só... saia daqui.

— O que aconteceu com você? — A temperatura no quarto despencou, indicando a mudança de humor dele. — Você está agindo estranho o dia todo.

— Sabe... — murmurei no travesseiro — não acho que foi *Romeu e Julieta* que deu a fama ao Leonardo DiCaprio. Acho que foi *Titanic* que o tornou conhecido.

E acho que todo mundo ficou com pena dele. Naquela porcaria de pedaço de madeira havia espaço tanto para ele quanto para Rose.

O silêncio que se seguiu enviou uma onda de pânico dentro de mim. Ele não tinha ido embora, tinha?

Infelizmente, não.

— Tenho certeza de que existe lógica por trás das suas palavras, mas, por mais que eu tente, não consigo encontrá-la.

— Quero transar com alguém que me daria um lugar no pedaço de madeira! — Atirei o edredom para longe, fuzilando-o com os olhos no escuro.

Ele me encarou como se estivéssemos nos encontrando pela primeira vez. Me avaliando, tomando nota, decidindo como abordar o problema.

— Não precisamos ir a cruzeiro nenhum. Para falar a verdade, detesto iates e...

— Ahhh, Romeo. — Saí da cama, empurrando o peito dele. Eu estava desesperada. Por qual razão, eu não fazia ideia. — Não estou falando de iates agora.

Ele acendeu a luz. Nenhum dos dois se pronunciou. Ele esperou que eu falasse algo com sentido. Decidi dar um fim ao seu tormento.

— Parabéns. — Fui até a porta e a abri, esperando que ele fosse embora. — Fiquei menstruada.

Romeo apenas ficou parado ali. Em silêncio. Não tive a sensação de que ele estava feliz. Também não tive a sensação de que ele estava triste.

— Sinto muito. — As palavras soaram como uma obrigação.

— Não sente, não. — Escancarei a porta ainda mais. — Agora, vá embora.

— Vou ser convidado a voltar no futuro?

— Só se você quiser transar como um casal casado.

— Rápido, entediante e a cada quinze dias? — Notei que ele não queria discutir, não queria que voltássemos a ser adversários, mas também não queria chegar a um acordo, não importava que acordo.

— Sem camisinha.

Antes, eu considerava que o vazio dentro de mim não tinha fim. Mas, quando ele foi embora, tão impassível quanto havia chegado, o vazio cresceu e cresceu, até eu ter certeza de que, se alguém gritasse na minha boca, um eco terrível viria em seguida.

Eu sabia que ele não voltaria. Não no dia seguinte. Não na semana seguinte. Nem no mês seguinte. Ele tinha se esquivado de uma bala, e não ousaria brincar com uma arma carregada de novo.

Eu tive uma chance.

E meu corpo a desperdiçou.

# 48

*Dallas*

Encontrei a vontade para seduzir meu marido a fazer sexo sem proteção no quinto dia da nossa guerra fria. Com o fim da menstruação, acordei me sentindo reenergizada, muito antes do alarme das duas da tarde tocar, e passei um tempo absurdo me embelezando, até raspando tudo abaixo do queixo.

Desde a briga, Romeo tinha me evitado a todo custo. Aquilo acabaria naquele instante.

Cheguei à sala de jantar com um floreio às seis da manhã em ponto, sabendo que Romeo estaria ali depois da corrida matinal de oito quilômetros e da ducha gelada. De fato, deveria ser *eu* com receio de ter filhos com ele. Genes de psicopatia não eram hereditários?

Quando entrei como um tornado, Romeo virou a folha do jornal, uma xícara de café fervendo na altura dos lábios. Eu me servi de um croissant, manteiga de Vermont e dois pães de Viena da travessa que Hettie assava todas as manhãs. Então, me acomodei no assento em frente ao dele.

Romeo não tirou os olhos do jornal.

— Bom dia, Biscoitinho. Estou alucinando ou você saiu da cama antes das três da tarde?

— Está alucinando.

— Vendo que você passou quatro dedos de manteiga em um único croissant, não acho que seja verdade. É um gesto típico demais seu para ser miragem. — Ele fechou o jornal e o dobrou em quadrados, deixando-o de lado. — Está se sentindo melhor?

— Sim, mas não graças a você.

Ele colocou a xícara de café na mesa.

— Acredite ou não, minha intenção era ver como você estava no final de semana se ainda não tivesse dado as caras.

Apoiei a mão no coração.

— E dizem que o romance morreu.

— O romance *morreu*. Os aplicativos de namoro o mataram há anos. Você é a única que ainda acredita nele. Fico meio preocupado que todo o tempo absurdo que você passou assistindo a *Os caça-fantasmas* talvez seja para saber o que fazer caso encontre um fantasma.

Devorei o croissant em duas mordidas.

— Quero que você me entretenha hoje.

Por algum motivo que eu desconhecia, eu soube que ele faria minha vontade. Ele sempre me dava uma versão do que eu queria.

Ele terminou o café.

— Posso visitar seu quarto ao fim do expediente, caso minha agenda permita. E se você suavizar as suas regras quanto ao coito.

— Eu quis dizer durante o dia.

— E quanto à coisa irritante que eu chamo de trabalho?

— Então me leve para trabalhar com você.

— Não, obrigado.

— Não foi um pedido.

— Não foi uma proposta. — Houve uma pausa. Ele a usou para expirar e não me estrangular. — Hoje, não. Vamos ter uma demonstração de armamento, e preciso comparecer. É perigoso.

— Eu gosto do perigo.

— E eu gosto de você inteira. — E, como uma reflexão tardia, ele adicionou: — Por ser uma das minhas posses mais caras, é claro. Você custa centenas de milhares de dólares para manter. Por mês.

— Vou para o trabalho com você hoje.

— Não vai.

Fiz um beicinho, torcendo uma mecha de cabelo ao redor do dedo.

— Você sabe o que acontece quando fico entediada.

Eu estava, é claro, sendo petulante de propósito, sabendo que isso ia irritá-lo.

Meu reflexo brilhava naqueles olhos mortos de tubarão. Neles, os últimos meses passaram como um filme. O tanto de porcaria que fizemos o outro aguentar. Mas, no fim das contas, Romeo nunca temeu meu mau comportamento. E, daquela vez, suas intenções transpareceram no rosto.

*Uma concessão por outra.*

Que pensamento idiota.

Eu esperava que ele continuasse pensando daquele jeito.

Ficamos estagnados em um impasse.

Por fim, ele ficou em pé, verificando o Rolex.

— Vou mandar Jared buscá-la ao meio-dia. A demonstração vai acontecer ao ar livre, no pátio do estacionamento. Espere vento, frio, lama e uma grande dose de desconforto. Não vista nada que chame atenção, incluindo saltos altos. Enquanto estiver lá, não saia do meu lado, não perambule pelo lugar e não faça nada que não esteja no manual de instruções que vou te encaminhar por e-mail assim que eu sair daqui.

— Tudo bem, papai — ronronei.

— Se você se comportar, o que eu duvido muito, podemos almoçar depois. Não me faça me arrepender disso, Biscoitinho.

Fiquei em pé com tudo, dando um soquinho no ar.

— Você não vai!

Ele balançou a cabeça, pendurou o blazer no antebraço e saiu.

Eu poderia jurar que o ouvi murmurando: "Já estou arrependido."

Talvez Romeo precisasse ter definido melhor o "não vista nada que chame atenção". Porque, quando saí do Maybach no pátio infinito, ele não pareceu contente. E, por "não pareceu contente", quis dizer que ele parecia prestes a me jogar de um penhasco caso algum aparecesse em sua linha de visão.

Aquela ocasião marcou a primeira vez que vi fogo em seus olhos, e aquele fogo quis me fazer arder até a morte. Se me perguntassem, eu diria que não havia nada de errado com meu vestido preto curto de alcinhas.

Os pequenos retalhos de náilon transparente que cobriam meu corpo apenas poderiam ser descritos como alta costura. Calcei botas de doze centímetros Louboutin para completar o look — e para que Romeo não ficasse tão maior que eu. O couro das botas terminava no meio das coxas.

Nas imediações de Alexandria, dezenas de homens uniformizados perambulavam pelo asfalto, onde um Humvee do tamanho de uma casa havia estacionado. Todos olhavam para mim, boquiabertos, os olhos enevoados.

Balancei os quadris ao desfilar até meu marido, seu pai e sua nêmesis. Estavam ao lado de um helicóptero com protetores de ouvido, os olhos pregados em mim.

Supus ter cumprido meu objetivo de lembrar a Romeo do quanto a esposa dele era desejável, considerando que todos os homens por quem passei tinham me despido com os olhos. O sorriso alegre no meu rosto apenas endureceu o olhar de Romeo.

Ele arrancou os protetores de ouvido, enfiando-os nas mãos de Cara.

O pai de Romeo examinou meu decote como se tivesse perdido as chaves do carro ali dentro. Ao lado dele, Bruce parecia prestes a se voluntariar para procurar por elas.

As hélices do helicóptero varriam o ar ao nosso redor. Mesmo com aqueles rugidos, ouvi Romeo Sênior com total clareza.

— O que ela está fazendo?

— Certificando-se de que eu a tranque em uma cela até chegar na menopausa. — Romeo vinha na minha direção, mais rápido até do que o vento que dançava entre nós.

Nós nos encontramos no meio da pista. Minha pele ganhou vida com a atenção, sabendo que éramos o alvo de todos os olhares no raio de um quilômetro.

— Oi, maridinho. — Passei os braços ao redor do pescoço dele, erguendo-me na ponta dos pés para lhe dar um beijo. A boca de Romeo estava fria, e não reagiu quando meus lábios a tocaram. Passei a língua pela abertura, então, chupei seu lábio inferior.

Ele se recusou a ceder.

— Você está vestida igual a uma puta.

Aquela palavra interrompeu meu fluxo de ar, e fiquei tonta. Perdi o equilíbrio, quase tropeçando se não fosse pela mão dele nas minhas costas.

Ele nunca tinha me chamado daquilo. Nem quando eu enfiava minhas genitais na cara dele, exigindo ser satisfeita, algo que acontecia todos os dias.

O Romeo que eu conhecia não via mulheres sexualmente liberais como pecadoras. Alguma coisa o provocara a responder daquele jeito.

*Ou talvez você esteja tentando encontrar uma desculpa para a masculinidade tóxica dele.*

A expressão do meu marido continuou tão dura e inflexível quanto os ombros.

— Era essa sua intenção, não era?

Odiei que meu argumento tenha morrido antes de nascer, criar braços e, então, estrangulá-lo até a morte. Para ser justa, eu tinha visto estrelas pornô sendo fodidas em lingeries com mais tecido do que meu vestido. Se o vento soprasse do lado errado, todos os homens ali aproveitariam uma vista completa dos meus seios.

E havia *muitos* homens ali.

Muito vento também.

— Certo. Se quer que eu a trate como uma, parabéns. Vou deixar você ser minha putinha.

Eu me desvencilhei dele, magoada e febril. Mesmo no auge do nosso ódio, ele nunca tinha ousado falar daquela forma comigo. Sempre houve, ao menos, o mínimo de respeito.

Naquele instante, não houve nada.

Ele avançou, selando a mão na minha cintura até eu achar que meus ossos chamuscariam e virariam poeira. Seus lábios se arrastaram pela minha bochecha, acomodando-se na concha do ouvido.

— Fique de joelhos, coloque meu pau para fora e bata punheta para mim até eu gozar em toda essa sua "roupa". Vá em frente. Faça isso.

Meu joelho esquerdo quase acatou a ordem, por instinto, mas me forcei a permanecer em pé. Um vento brutal nos chicoteava. Os cachos que eu tinha preparado com tanto cuidado esvoaçavam como lâminas de um liquidificador. Eu tinha clara ciência de que a única coisa mantendo meus mamilos longe dos olhos de todos os homens ali era o suor do nervosismo grudando o pedacinho de tecido que os cobria à minha pele.

Se ao menos eu tivesse coragem, eu pagaria para ver. Ficaria de joelhos. Colocaria Romeo na minha boca na frente de todos os seus funcionários. Mas não fiz isso. Pelo contrário, criei raízes no chão, com medo de tropeçar se eu me mexesse, mesmo sabendo que ele nunca me deixaria cair.

— Foi o que pensei, Biscoitinho. — Os dedos escorregaram logo abaixo do vestido, afundando minha coxa. — Vou queimar esse vestido até não sobrar porcaria alguma, junto de todas as outras coisas que eu achar inadequadas, assim que eu chegar em casa hoje à noite. Acho que, no fim, você vai acabar se livrando de mim.

— Eu me livrar de você? — Minha boca secou. Eu não queria. Muito pelo contrário. — Para onde você vai?

— Para a cadeia.

— O quê?

— Onde mais eu pararia depois de arrancar os olhos de todos os homens que estão aqui?

Procurando sarcasmo no rosto dele, tudo que encontrei foi um vazio palpável e um aviso do que viria. Do outro lado do pátio, o carro me chamava, me convidando para fugir. Mas eu me recusei a ser humilhada na frente do pai dele e dos seus colegas. Eu nunca daria aquela satisfação a Romeo.

— Ah. — Espanei a poeira invisível do terno dele. — Está com medo de que eu fuja com um homem de verdade? Talvez com um que não tenha traumas do tamanho do Vietnã causados pelo papai? — Ignorei o olhar mortal dele. — Eu falei Vietnã? Pequeno demais. Quis dizer China.

— Cuidado com o que fala. — Ele passou os dedos pelo meu cabelo no que poderia ter parecido, a distância, um carinho, mas o aviso quando o puxão chegou foi inconfundível. — Ou hoje à noite vou foder sua boca com tanta força que você não vai conseguir comer por uma semana.

As palavras dele não deveriam ter molhado minha calcinha.

Mas foi o que aconteceu.

Mais do que tudo, fiquei aliviada por ele ainda não ter se cansado de mim.

Colei um sorriso no rosto.

— Tente colocar o pau na minha boca, amor. Vou arrancá-lo com uma mordida e realizar seu desejo de nunca ter filhos na vida.

— Dallas, querida. — Romeo Sênior acenou para que eu me juntasse a ele. — Venha. Vamos começar a demonstração. Você não vai querer perder uma beleza dessas.

Eu me apressei na direção dele, até para poder escapar de Romeo antes que eu perdesse a coragem. Quando cheguei perto, ele beijou minha bochecha, e me entregou um par de óculos de plástico.

— Espero que meu filho não esteja te dando muito trabalho.

Bruce me entregou protetores de ouvido.

— Júnior pode ser um pouco imaturo.

Eu me virei, tentando focar no Humvee. Era bege, com rodas grandes o bastante para amassar um minicentro de compras, e com certeza pago com meus impostos. Bom, impostos do Romeo. Há certos benefícios no desemprego.

Romeo Sênior gesticulou para o veículo.

— Somos os únicos fornecedores dos oito protótipos de Humvee que o Exército dos Estados Unidos tem. Essa é nossa criação mais recente. — Ele apoiou uma das mãos no braço de Bruce. — Produzimos mais de vinte mil Humvees por ano, mas nenhum chega perto de ser tão sofisticado quanto essa belezinha aqui. O HHMWWV3.

Eu poderia pensar em um nome bem melhor, mas não era da minha alçada sugerir uma nova iniciativa de marketing. Além do mais, armas conseguiam se vender sozinhas, sem ajuda de anúncios de rádio e jingles. Assenti e encarei o veículo armado com metralhadora, canalizando todo o meu esforço para ignorar a cena de antes com Romeo. Eu nunca tinha sido tão humilhada quanto naquele dia. E bem quando achei que havíamos chegado a um cessar-fogo.

Eu me obriguei a focar, recusando-me a procurar Romeo.

— Por que ele é tão especial?

— Fico feliz por você ter perguntado. — Romeo Sênior entrelaçou o braço no meu e se aproximou da porta de Kevlar, os passos desequilibrados e fracos. — O vidro para o campo de batalha é resistente o bastante para sobreviver a um ataque direto. Também é leve. É nosso veículo mais rápido até hoje. Consegue carregar o triplo de equipamento militar comparado aos de nossos concorrentes, e inclui amortecedores de choque capazes de resistir à maioria dos mísseis balísticos.

— Ah.

*Contribuição incrível, Dal. O que vem em seguida? Uma dissertação?*

O que eu queria mesmo saber era aonde Romeo tinha ido. Me parecia bizarro que ele perderia a oportunidade de oprimir Bruce na frente do pai.

Paramos diante de uma fileira de homens, adornados com uniformes de camuflagem pretos, óculos de proteção e capacetes. Todos os quatro me olharam atônitos, como se eu tivesse acabado de chegar em uma nave espacial. Talvez eu tivesse mesmo exagerado na roupa.

Ainda assim, o surto de Romeo tinha sido desnecessário.

Romeo Sênior gesticulou para o homem mais perto do Humvee.

— Este é Matthew Krasinski, um dos nossos melhores engenheiros. Matt, esta é minha nora, Dallas.

Matt esticou a mão para mim.

— Muito prazer.

Eu a apertei, meus olhos se movendo rápido em busca de Romeo mais uma vez. Não consegui encontrá-lo em lugar nenhum.

O pânico tomou conta de mim. Será que aquela tinha sido a gota d'água? Depois de tudo que passamos? Um minivestido La Perla nos mandaria para o escritório do advogado para assinarmos o divórcio?

Então entendi. Havia uma coisa martelando na minha cabeça havia semanas, mas que eu me recusava a articular — eu não queria o divórcio. Eu queria o oposto de um divórcio. E os velhos truques que eu tinha na manga — atormentá-lo com meu comportamento caótico, preguiçoso, convencido e chocante — não funcionariam.

Eu não estava trazendo Romeo para perto.

Eu o estava afastando.

Matt gesticulou para o tanque monstruoso.

— Prontos para verem essa belezura em ação?

*Nem um pouco.*

— É claro.

Porém, o Humvee não se mexeu.

Nem os homens ao redor dele.

Por fim, Romeo Sênior balançou a cabeça, rindo.

— Tudo bem, estou vendo que todos estão um pouco distraídos. Vamos dar um pouco de espaço a eles, Dallas, que tal?

Ele apoiou a mão nas minhas costas, levando-me de volta ao helicóptero enquanto Bruce vinha no nosso encalço.

Corri os olhos pelo pátio.

— Onde está Romeo?

Bruce se posicionou do meu outro lado.

— Provavelmente, foi ficar emburrado. Júnior faz isso com frequência. Ele não aguenta quando as pessoas são legais com o pai dele. Um comportamento muito desagradável para alguém que acredita estar prestes a herdar uma posição de liderança.

Romeo Sênior assentiu.

— Ele não está deixando você triste, está?

— Não, nem um pouco — rebati. Uma sensação estranha de posse tomou conta de mim. Só *eu* poderia atacar Romeo.

— Você pode sempre contar comigo para tudo. Eu deveria ter falado isso antes. Estou aqui se você precisar.

— Hum... obrigada.

Continuei a busca, não muito ciente de que algo estava errado — e não só a ausência do meu marido. Alguma coisa não fazia sentido. A mão de Romeo Sênior escorregou, acertando a curva da minha bunda. Eu me sobressaltei, os ombros relaxando quando ele subiu a mão outra vez até minhas costas.

Ele pareceu constrangido, as bochechas queimavam, vermelhas.

— Sinto muito. Minhas mãos não são o que costumavam ser, infelizmente. Não tão firmes.

Decidi dar a ele o benefício da dúvida, porque a alternativa me pareceu grotesca demais.

Bruce se apressou para ficar ao lado de Romeo Sênior, oferecendo-lhe um braço.

— Onde está Júnior quando o pai precisa dele? Ele é muito irresponsável.

Assim que a demonstração começou, entendi por que Romeo não me queria ali. O experimento consistia em um Humvee, dirigido por um profissional treinado, deslizando pelo asfalto enquanto tudo ao redor, desde catástrofes naturais até artificiais, tentava extinguir sua existência da Terra.

O veículo disparou por uma série de obstáculos perigosos: lama, gelo, água e árvores caídas. Enquanto isso, dezenas de homens armados atiravam balas na parte de trás.

Logo que o barulho diminuiu, uma explosão estremeceu o chão embaixo dos meus saltos. Fiquei desnorteada, a segundos de cair de cara no cimento. Romeo Sênior parecia pior, mal conseguindo se equilibrar, o que ele tinha dificuldade de fazer normalmente. Bruce foi ao resgate, oferecendo o antebraço mais uma vez.

O tanque foi parando devagar, e o motor desligou. Um homem segurando um bastão laranja direcionou o veículo para que passasse por nós até a segunda sequência de obstáculos. Meu vestido curto subiu, expondo a borda da minha bunda. Forcei a mim mesma a assistir, tremendo naquela roupa idiota, amaldiçoando a mim mesma por ter ignorado a previsão do tempo de Romeo.

Romeo Sênior afastou Bruce, pegou o celular e o apontou para um atirador de foguetes, gravando tudo.

— É a minha parte favorita. Você vai ver como o veículo sairá ileso.

Mas, aparentemente, o poderoso Humvee não aguentou mais nem três metros, porque, assim que rugiu à vida outra vez, caiu dentro de uma fossa.

— Mas que diabo...? — Romeo Sênior cambaleou na direção do tanque, que se projetava perpendicularmente na estrada, parado com o capô para baixo em uma trincheira de quase dois metros. — O que houve?

O motorista se arrastou para fora, arrancando o capacete.

Matt correu para ajudá-lo, me encarando enfezado.

— Sua nora aconteceu, senhor. Steven não conseguia parar de olhar para ela e se distraiu.

Steven ficou em pé, o rosto inteiro corado.

— Sinto muito senhor. Isso não... Quer dizer... olhe, senhor, dá para ver tudo, hum, *sabe*, através da roupa.

— Cuidado com o que fala, garoto. — Romeo Sênior estremeceu com a força do próprio grito. — Você não deveria fazer comentários a respeito das roupas da minha nora, muito menos do que está por baixo da roupa. Onde está meu filho?

Ele escaneou a multidão crescente enquanto Matt arrastava Steven para longe.

— Deve chegar a qualquer momento. — Cara apareceu, coberta por um casaco sensato. Um casaco funcional e adorável. Meus dentes batiam, os dedos se aproximando do que seria uma ulceração por frio. — Ele foi buscar algo no helicóptero.

— Por quinze minutos?

Cara ergueu o queixo.

— Ele precisou atender a uma ligação importante.

Não havia ligação nenhuma. Eu sabia muito bem, assim como sabia que Romeo tinha desaparecido para não me matar na frente de todos.

— Ele perdeu a demonstração? — Romeo Sênior ficou boquiaberto. — O que deu nele?

— Que mau exemplo para nossos funcionários — acrescentou Bruce.

Por que aquele cretino estava lá?

Tudo bem, certo, eu também não tinha motivo para estar presente. Na verdade, eu me arrependia de ter aparecido.

Cara franziu os lábios.

— Não quero passar dos limites, sr. Costa, mas Romeo avisou ao senhor que Steven era inexperiente demais para o trabalho.

Romeo Sênior se virou para mim.

— Deixe-me levá-la para almoçar, Dallas, já que meu filho grosseiro é incompetente demais para manter a própria esposa entretida.

— Não estou com fome.

Aquilo não era apenas a (surpreendente) verdade, mas Romeo Sênior não havia descolado a mão da parte de baixo das minhas costas, nem mesmo quando chegamos ao helicóptero. Desconfio que ele a manteve lá para ser visto fazendo aquilo, algo que realmente não apreciei.

— Senhor. — Matt correu até nós, parando a alguns metros a mais do que o necessário quando notou o braço do pai de Romeo ao redor da minha cintura. O único motivo por eu não lhe ter dado um tapa era porque não tive certeza se havia enxergado algo onde não tinha nada. — Vamos precisar de umas quarenta pessoas para tirar o Humvee da fossa. Não temos homens o suficiente. Chamei ajuda.

Romeo Sênior apontou um dedo para a fossa.

— O Humvee não conseguir sair sozinho de um buraco é um absurdo. Um 4x4 qualquer tem uma performance melhor do que essa lata de lixo. — Ele me mostrou os dentes. — Você é mesmo uma pequena encrenqueira, não é?

Antes que eu pudesse falar para ele tirar as mãos de mim — realmente fazia alguma diferença se eu estava vendo coisas demais? Eu não me sentia segura, e isso bastava —, ele beliscou meu quadril.

— Nossa, como você tem carne aqui. Bem mais do que Morgan. Entendo o motivo de ele ser tão territorialista.

Uma constatação terrível me emboscou. Que "homem" nojento, lascivo e horrível. Não era de se surpreender que Romeo odiasse tanto o pai. Todas as peças do quebra-cabeça se encaixaram.

Romeo Sênior e Morgan.

Morgan e Romeo Sênior.

Não foi à toa que meu marido estourou minha cabeça quando cheguei parecendo um prato de picanha. Ele não queria que o pai dele me visse daquela forma.

O amor era constituído por dor, desejo e verdade. Duas dessas três coisas existiam para Romeo, e eu queria a terceira. Naquele instante, quando a tinha ao alcance, temi as consequências.

— Tire suas mãos da minha esposa antes que eu as quebre na frente de todos os seus funcionários. — A voz gélida de Romeo deixou o ar ainda mais frio.

— Júnior — ronronou Bruce. — E a gente achando que você tinha ido embora para Cara trocar sua fralda, e que, por isso, não nos agraciaria com sua presença.

Virei a cabeça, observando Romeo contornar o helicóptero. Ele tirou o casaco Burberry de caxemira. Romeo Sênior se afastou de mim enquanto o filho colocava a peça nos meus ombros. Bruce também foi esperto o bastante para não se colocar no caminho dele.

Não soube se ele me cobriu para que eu não mostrasse meu corpo para os funcionários ou porque estava frio, mas, de qualquer maneira, a gratidão criou ondas dentro de mim. Não só gratidão, mas felicidade.

Deus, eu estava ferrada.

A visão do rosto dele tinha aquecido meu coração, e a ideia de não o ver de novo...

Ele abotoou o casaco ao meu redor como se eu fosse uma criança, certificando-se de que eu estava confortável dentro dele. Poderia jurar que ele cheirava a álcool e sangue. A raiva talhou uma linha funda entre as sobrancelhas, e a mandíbula cerrada com força o fazia parecer inacessível. Ainda assim, precisei tentar.

— Romeo, eu sinto mui...

— Não estou interessado no seu pedido de desculpas padrão para seus comportamentos desprezíveis, pelos quais você nunca sofre as consequências. — Ele se virou para Cara. — Leve minha esposa de volta para casa, e não a deixe sair até eu chegar.

Cara apertou as chaves do carro nas mãos até os nós dos dedos ficarem brancos.

— É claro.

Pareceu óbvio, depois que entendi tudo. Cara sabia o que tinha acontecido entre Morgan e Romeo Sênior. Afinal, ela tinha feito referência àquilo no dia que trouxera meu novo guarda-roupa.

E outra coisa também ficou óbvia: Cara realmente me odiou pela minha travessura naquele dia. Eu nem poderia culpá-la. Eu mesma tinha começado a me detestar por todo o sofrimento que havia infligido ao chefe dela.

Cara me levou ao carro de Jared. Estiquei o pescoço, desesperada para encontrar o olhar de Romeo, mas ele recusou minha atenção.

Ele manteve os olhos firmes no pai. O pai que ele não poderia socar e apagar naquela hora, mesmo que a atitude pudesse ser vista como algo justificável, uma vez que estava na disputa pelo cargo de CEO.

Ao fundo, homens fortes começaram a descer de jipes, correndo na direção da fossa.

Que desastre.

E era tudo culpa minha.

Eu quis gritar o nome de Romeo, mas minha voz não saiu.

A escuridão tomou conta de mim, atravessando carne e ossos, indo direto até a alma. A noção de que algo terrível havia acontecido com meu marido — e que tinha sido infligida por alguém da família dele — se apossou de mim como um demônio com garras enferrujadas.

Como pude ser tão cega?

Eu deveria ter lembrado do que aprendi nos livros.

Monstros nunca nascem sendo monstros. Eles são criados.

# 49

**Ollie vB**: Puta merda. Não acredito que Romeo FEZ ISSO.

**Zach Sun**: Talvez não tenha sido ele o responsável? Talvez a mídia tenha acertado pela primeira vez?

**Romeo Costa**: Não acertou.

**Zach Sun**: É por isso que o otimismo deveria ser banido. É falsa propaganda gratuita.

**Ollie vB**: A história é real?

**Romeo Costa**: É.

**Ollie vB**: Isso é ótimo.

**Zach Sun**: Para quem? Não para a natureza e com certeza não para a humanidade.

**Ollie vB**: PARA O ROM. Obrigado, Zach, por ser o estraga-prazeres do seu melhor amigo. Você sabe que a palavra consciência se escreve com CIÊNCIA, né?

**Zach Sun**: Execução se escreve com 'cu'. Não significada nada.

**Romeo Costa**: @ZachSun, pare. Você vai fazer a cabeça dele explodir.

**Zach Sun**: Falando em explosão, estão dizendo que os testes hoje não foram fantásticos.

**Romeo Costa**: A culpa do desastre é da minha esposa. Aquilo nos custou 800 mil, sem contar a mão de obra extra.

**Ollie vB**: O talento dela em queimar dinheiro é incomparável. Já considerou inscrevê-la em um reality show?

**Zach Sun**: Como está a Des Moines, aliás?

**Romeo Costa**: Não está falando comigo.

**Ollie vB**: Casamento é uma coisa linda.

**Ollie vB**: @ZachSun, em breve em uma realidade perto de você.

**Zach Sun**: Eu nunca vou me casar com uma completa (e claramente desequilibrada) estranha.

**Romeo Costa**: Nunca diga nunca.

## *Romeo*

Resisti ao impulso de verificar Biscoitinho pelas câmeras. Ao contrário de Romeo Sênior, eu honrava as promessas e os compromissos que fazia. Continuei abrindo as gavetas da escrivaninha. Cada vez que fazia aquilo, eu me acalmava mais.

Havia uma Glock 19 guardada lá dentro, sem balas.

Era algo reconfortante.

Toda vez que meu pai me levava à beira da loucura, eu encarava a arma e me lembrava de que logo ele estaria morto. Ele não passaria de uma memória distante e de ossos apodrecidos.

A morte iminente dele sempre melhorava meu humor, mas, a certa altura, minha mente voltou à visão dele tocando Dallas. Se eu tivesse estado lá, aquilo jamais teria acontecido.

Dadas as circunstâncias, eu tinha me trancado no helicóptero como medida preventiva. O que, exatamente, eu estava prevenindo? Bem, cumprir minha promessa de arrancar os globos oculares de todos que a tinham encarado.

No helicóptero, virei um copo de uísque e o esmaguei com minha própria mão. O vidro cortou minha pele. Cara precisou me suturar assim que voltou após deixar Dallas em casa.

Quanto ao meu pai, eu deveria saber que não conseguiria se segurar. Eu não deveria ter desconsiderado um provável interesse nela, uma vez que ele tinha tirado Morgan de mim para me ensinar uma lição.

Porém, Dallas não era Morgan. Ela era indisputável, *irrevogavelmente* minha. Uma constante não negociável da minha vida. Uma que eu tinha feito de tudo para anunciar.

Incluindo chamá-la de puta.

Poucas palavras me enojavam.

Aquela enojava.

Não havia criatura mais covarde do que um chauvinista, comportamento esse que eu tinha exibido de maneira espetacular. Aquele dia marcava a primeira vez que eu usava aquela palavra. E a última.

Brandir a palavra para instigá-la tinha sido um ato de rebeldia infantil. Eu lhe devia um pedido de desculpas. E como eu nunca tinha me desculpado com ninguém na vida, tive noventa e nove por cento de certeza de que eu estragaria tudo.

E... aquele parecia ser o tema geral do nosso casamento.

Cara entrou calmamente no escritório com os documentos que eu tinha pedido.

— Esqueci de te contar uma coisa. Achei muito fofo. — Ela sempre achava uma coisa ou outra charmosa em Dallas, mesmo que, sempre que estavam juntas em um cômodo, Cara nunca dava atenção para ela.

Fechei a gaveta com força.

— Duvido que compartilharei do sentimento, mas continue.

— Ela vestiu o pijama assim que entrou em casa.

— Tem certeza de que a palavra que você queria usar era "fofo", não "preguiçoso"?

— Mas o que ela fez em seguida, quando achou que eu não estava por perto, foi muito doce. Ela arrastou seu casaco pela casa como se fosse um bichinho de pelúcia, cheirando-o quando achou que ninguém estava olhando.

Biscoitinho tinha começado a mostrar sinais de domesticação. Era de se pensar que eu ficaria satisfeito com aquilo. Afinal, eu queria ficar com ela.

Infelizmente, eu não sentia prazer algum em ver minha esposa inocente confundindo desejo com algo mais profundo. Eu não era uma criatura amável. E não fingiria ser uma.

Passei os olhos pelo documento, crispando os lábios, fazendo mudanças rápidas antes da entrevista coletiva urgente que eu havia marcado para dali a uma hora.

— Obrigado, Cara.

— E se fizer alguma diferença... — Cara enrolou, suspirando. — Ela pareceu bem abalada com relação ao que aconteceu. Acho que ela se arrependeu. Acho mesmo, Rom.

Odiava me lembrar que Cara sabia da traição de Morgan com meu pai. Odiava ter sido ela quem me deu a notícia, requerendo minha presença urgente na cobertura porque sabia que eu teria que vê-los para acreditar.

— Não estou nem um pouco interessado no estado mental da minha esposa. — Fiquei em pé, entregado a ela as mudanças no discurso enquanto estalava o chiclete, surpreso pela minha mandíbula continuar intacta depois da mastigação excessiva daquele dia. — Peça para editarem, corrigirem a ortografia e me devolverem em vinte minutos. E busque minha gravata dourada. A que fica boa nas câmeras.

Ela fez uma careta, aceitando a papelada.

— Você está projetando, Rom. Dallas não é Morgan. Ela é só uma menina. Uma menina louca, mas boa. Ela não deveria pagar pelos pecados de Morgan.

Biscoitinho não era mesmo Morgan. Ela nunca estaria na posição de me machucar.

Minhas muralhas eram altas demais, grossas demais, frias demais para ela conseguir atravessar.

# 50

## Romeo

Se ao menos eu pudesse ver o rosto de Madison enquanto fazia o discurso, eu penduraria a reação dele na galeria de Zach. Então contratei Alan para capturar o momento, e foi por isso que adicionei uma hora extra antes daquela entrevista coletiva.

O homem precisava de tempo para encontrar o ângulo perfeito.

Eu me acomodei atrás do pódio na sala de imprensa na sede da Costa Industries. Tinha praticado aquela expressão no espelho minutos antes, não era uma que eu estava habituado a fazer. Cheio de remorso, dedicado e sério. Não foi difícil, já que eu passara a maior parte da tarde convencendo a mim mesmo a não assassinar meu pai. Um bando de repórteres e fotógrafos de veículos nacionais e internacionais estava sentado diante de mim. De propósito, fiz tudo no meu tempo, tomando cuidado para não demonstrar a satisfação no rosto. Bem, a pouca satisfação que me restava. Biscoitinho tinha se certificado da ruína total do meu dia. *E* da minha vida.

— Senhoras e senhores, hoje, por volta das dez e meia da manhã do nosso fuso horário, foi anunciado que a Licht Holdings Corporation, que considerávamos colegas e copilotos no esforço de reforçar o Exército americano, desfez-se de diversos compostos químicos na corrente de água em Newsham, Geórgia, uma pequena cidade operária na qual a Licht Holdings fabrica armas.

Fiz uma pausa, franzi o cenho e fingi que eu me importava. O suficiente para convencer as pessoas disso — e para que, assim, não suspeitassem de que tinha sido eu quem vazou a história aos repórteres.

— Depois de uma investigação minuciosa, confirmamos que isso causou altas taxas de câncer, depressão, suicídio, dificuldade de aprendizagem e asma nessa comunidade que já se encontrava em dificuldades. — Outra pausa. — Ainda estamos em processo de descoberta de todo o sofrimento e a dor que esse feito impensável e imprudente da Licht Holdings infligiu. No entanto, gostaria de garantir a vocês, aqui e agora, que a Costa Industries condena essas ações. Nós estamos, e sempre estaremos, dedicados a servir às comunidades das quais fazemos parte, não o contrário.

Alguns jornalistas ergueram a mão. Fotógrafos fizeram uma sequência interminável de cliques. Não dava para contar uma história como aquela sem fotos, então eu pagara uma quantia considerável às famílias das vítimas para compartilharem fotos de parentes mortos, pulmões arruinados, membros infectados e sessões de quimioterapia.

Não me senti nem um pouco culpado. Não quanto a ter pagado àquelas pessoas que sofriam para compartilharem suas histórias trágicas, e não quanto a ter trazido a verdade à tona, impedindo que outras corporações exibissem o mesmo comportamento no futuro.

— Enquanto compartilho muito pouco da minha vida pessoal ao público, eu seria negligente ao deixar de fora a menção de que minha esposa nasceu e cresceu na Geórgia. Portanto, tenho um carinho especial pelo estado.

Uma onda de risadinhas ecoou pela multidão. Ao menos, estranhos completos me consideravam um galã. Era uma pena as últimas palavras de Biscoitinho terem sido uma promessa de arrancar meu pau com os dentes se eu chegasse perto dela outra vez.

— Eu me encontrei com Madison Licht, filho do CEO da Licht Holdings, Theodore Licht, muitas vezes, e o considerava um parceiro na indústria. Os Licht também têm uma ligação profunda com a Geórgia, então estou desconcertado, se não completamente chocado, por descobrir que fariam isso com seu povo, seu estado e seus amados recursos naturais — disse tudo de maneira tão sentimental que fiquei surpreso pelos meus olhos não terem revirado para fora da órbita. Estava na hora de terminar antes que eu acabasse exagerando. — Ao encaramos uma nova era de incertezas, traumas e perdas dramáticas de vidas preciosas da nossa grande nação, eu gostaria de fazer uma promessa, em nome da Costa Industries: nunca fracassar com o povo desse país. Dos estados que manufaturamos nossos empreendimentos.

Mais mãos se levantaram. *Jornalistas*. Tão impacientes.

— Além disso, eu gostaria de anunciar que, diante das descobertas recentes dos danos causados pelos compostos químicos, a Costa Industries doou cinquenta e cinco milhões de dólares para os trabalhadores e residentes de Newsham, que atualmente sofrem as consequências de uma política catastrófica, uma gestão irresponsável e um exemplo terrível de empresa de defesa.

Aplausos irromperam pela sala. Algumas pessoas ficaram de pé, aquelas que eu havia plantado na multidão para demonstrarem apoio.

— Obrigado por confiarem na Costa Industries. Prometemos não trair a fé de vocês.

Absorvi os aplausos, permitindo que os fotógrafos capturassem todos os ângulos antes de sair caminhando do palco.

Nossa representante de relações públicas subiu ao palco, com um grande sorriso em seu terno novinho em folha.

— O sr. Costa não responderá perguntas. Hoje ele gostaria de ficar com seus entes queridos e de se certificar de demonstrar apoio à família da esposa.

Os Townsend nem moravam perto de Newsham. E Shep Townsend era um operário tanto quanto eu era uma garçonete de lanchonete, mas não caberia bem na narrativa da mídia me desmascarar.

Enquanto eu marchava pelos bastidores, Cara e Dylan, meu analista financeiro, acompanharam-me quase correndo para alcançar meus passos largos.

— Me deem boas notícias. — Afrouxei a gravata, seguindo para o elevador.

Eu tinha trabalhado duro para garantir que a história acabasse nas mãos de todos os maiores veículos de mídia nos Estados Unidos.

— As ações deles estão despencando. — Os olhos de Dylan permaneceram grudados no iPad. Ele empurrou os óculos nariz acima. — É catastrófico para eles. Estamos falando de uma queda de cinquenta por cento no valor. Pelo menos. Sinceramente, é algo nunca visto antes. Nem mesmo depois de Parkersburg. E as ações de Licht entraram desequilibradas no mercado para começo de conversa, considerando que acabaram de abrir o capital.

Ele não me contou nada que eu não soubesse.

Deveria ter sido meu momento para me deliciar com os danos e o tormento que tinha causado aos Licht, mas tudo que pude sentir foi uma pontada de culpa insistente, cutucando-me como um beija-flor.

*Dallas*. Ela sempre encontrava um jeito de se insinuar nos meus pensamentos.

— Senhor? Ouviu o que eu disse? — Dylan acenou com o iPad. — As ações deles estão despencando. Por que não está feliz?

Uma excelente pergunta. Eu queria a resposta tanto quanto ele.

Cara atendeu o celular.

— Sim. Vou avisá-lo. Obrigada. — Ela não precisou me dizer quem era nem o que queria, mas foi o que fez. — Seu pai requer sua presença no escritório dele. Ele pareceu bem contente.

Quase contente o bastante para me dar o cargo de CEO. Eu podia sentir. Eu o tinha conquistado. Ele tinha me feito pular por aros de fogo, mas, até aquele momento, nenhuma chama tinha me queimado.

— Vou vê-lo agora.

A vitória estava ao alcance, tão potente e doce que quase senti seu gosto.

# 51

**Dallas**

— E o que ele está fazendo agora? — Virei de costas, deixando o livro no colchão, os pés balançando no ar.

Eu não sabia em que momento eu tinha convencido Hettie a participar dos meus planos, mas não precisava mais me preocupar com o lado em que ela estava. Às vezes, parecia que éramos colegas de quarto em um dormitório. Ou talvez adolescentes presas em um acampamento de férias. Compartilhávamos a experiência de duas jovens mulheres forçadas a lidar com um homem difícil, mas que, de alguma forma, conseguiam defender suas posições.

Ela espiou pela fresta da porta.

— Ele ainda está andando de um lado para o outro, murmurando sozinho que sabe que você está aqui.

Reabri o livro bufando. Depois de algumas páginas, perguntei:

— E agora?

Ela se inclinou para a frente, estreitando os olhos, a sobrancelha franzida e as mãos pressionando o painel de madeira.

— Acho que ele está tentando ligar para você de novo.

Não me dei ao trabalho de verificar o celular, que vibrava na mesa de cabeceira. Na última vez que tinha olhado, havia dezesseis chamadas perdidas de Romeo. Duas horas atrás. Romeo ainda não tinha mostrado sinal algum de ter sido dissuadido de me ver pela minha relutância em encontrá-lo.

— Eu estou vendo você, Hettie. — As palavras dele permearam a porta. — Se não abrir a porta, vou demiti-la.

Hettie cobriu a boca, contendo uma risadinha.

— Você não vai fazer nada disso — gritei, virando a página. — E, se tentar, vou contratá-la de novo e pagá-la para ser minha amiga em tempo integral.

— Com o dinheiro de quem, posso saber?

— Com o meu. Ah, esqueci de falar. Vendi alguns dos seus relógios de marca para garantir que eu não fique com pouco dinheiro. Você não liga, né?

O silêncio do outro lado da porta me disse que ele estava usando todas as gotas disponíveis de paciência para tentar compensar as palavras horríveis que tinha dito a mim mais cedo.

— Abra a porta, Biscoitinho.

— Me dê um bom motivo — desafiei, gostando do embate.

— Para que você possa me explicar como conseguiu desafiar as leis da gravidade na minha casa de onze milhões de dólares. O teto do meu banheiro está manchado de verde.

Era com *aquilo* que ele se importava?

Meu pequeno acidente durante a rotina de *skincare*?

Eu com certeza esperava que clorofila líquida fosse tão efetivo para meu rosto quanto as revistas diziam, porque foi efetiva na sanca de gesso de Romeo.

— Você deveria me agradecer. Sua casa precisava de um pouco de cor. Tudo aqui é bege e creme.

— Abra a porta. — Caramba, ele soava como um disco arranhado.

— Primeiro, peça desculpa — avisei.

— Pelo quê? Por manchar minha casa com um tom de verde malévolo ou por arruinar uma demonstração de protótipo que custou mais de oitocentos mil dólares?

— Jesus Cristo, que caro, e aquilo nem tem teto solar.

Apesar de a minha vontade ter sido de arrastar aquela briga até o próximo século (e talvez o seguinte), eu sabia que as coisas não eram "preto no branco". O pai dele *de fato* tinha dado em cima de mim naquele dia. De modo descarado e na frente das pessoas, desrespeitando o filho honesto e leal, que trabalhava duro. Se minhas suspeitas estivessem certas, Romeo tinha sofrido uma traição terrível de Morgan com o pai dele.

Eu estava bem curiosa.

— Tudo bem se eu for embora? — Hettie me encarou. — Ele vai dormir na frente da sua porta se você não a abrir.

Assenti, fechando o livro e me levantando.

— Só não o deixe entrar quando você escapar.

— Pode deixar.

Abracei Hettie em despedida. Assim que ela passou pela porta, eu a fechei e a tranquei por precaução. Romeo bateu com força na madeira do outro lado.

A paciência de um certo *alguém* estava perto de acabar.

— Você tem cinco segundos para abrir essa porta antes que eu a arrombe. E estou avisando: não vou reinstalá-la depois que isso acontecer, sua privacidade vai virar fumaça, junto com suas roupas sensuais.

Não me surpreenderia nada se ele cumprisse a ameaça de queimar minhas roupas mais reveladoras. Só porque ele tinha dito algo que não deveria não significava que pensava que estava errado.

Apoiando a cabeça na madeira, fechei os olhos, respirando fundo.

— Eu tenho condições.

— A única condição que você demonstra ter é de ser insuportável. — Porém, a aspereza tinha sumido da voz dele, substituída por algo diferente, quase persuasivo.

Ignorei as palavras de Romeo.

— Você precisa pedir desculpas por ter me chamado de puta hoje. E me prometer que nunca, nunca mais vai falar aquilo de novo. Nem sobre mim, nem sobre mais ninguém. É uma palavra humilhante, usada com o intuito de deixar as mulheres com vergonha de terem as mesmas necessidades e desejos que os homens.

Um silêncio profundo se instalou entre nós. Por alguns segundos, pensei que ele tivesse ido embora.

Talvez para encontrar uma esposa mais adequada.

— Tudo bem. Eu não deveria ter dito aquilo. Peço desculpas por ter falado. Não acho que você seja uma puta, e compartilho da ideia de que mulheres não deveriam ser humilhadas por seu desejo sexual.

Apesar de nunca ter me ocorrido considerar aquilo antes, as palavras dele incitaram uma onda de alívio. Afinal, nós acabamos ficando *juntos* depois de uma escapada, quando ainda era noiva de Madison.

— Não vai acontecer de novo — prometeu ele, o tom sério. — Mesmo se você decidir andar nua por aí. O que, conhecendo você, infelizmente não posso descartar como uma possibilidade a essa altura.

Um sorriso tocou meus lábios. Eu me virei, meus olhos repousando na rosa branca. A rosa que ainda sobrevivia. Um pouco como nosso relacionamento improvável.

— Qual é a outra condição? — Um baque suave me disse que ele tinha se apoiado do outro lado.

Pressionei a palma da mão na madeira, onde imaginei que ele deveria estar.

— Você precisa me contar o que aconteceu com Morgan e seu pai. — Engoli em seco. — Tudo.

As palavras flutuaram da minha boca antes que eu pudesse me acovardar. Parte de mim quis pegá-las de volta. Voltar no tempo e poupar Romeo do coração partido.

Mas e a *minha* angústia? Enquanto ele me punisse pelos pecados de outra pessoa, eu nunca encontraria a felicidade verdadeira.

O silêncio escorreu pelo vão da porta, amarrando-se ao redor dos meus tornozelos e enraizando-me ali. Daquela vez, eu sabia que ele ainda estava lá. Ouvi sua respiração difícil. Quase pude sentir as batidas do seu coração através da madeira.

Por fim, ele quebrou o silêncio.

— Por quê?

— Para que eu possa ajudá-lo a se curar. Porque você quer destruir o pouco que resta da vida do seu pai mais do que quer aproveitar a sua. E já que meu destino estará sempre acorrentado ao seu, mereço saber onde foi que tudo deu errado. Quando foi que você decidiu que o ódio era mais valioso do que o amor.

— O ódio *é* um impulso mais poderoso do que o amor.

— Bobagem. — Meus dedos percorreram a madeira como se fosse o rosto dele, como se eu pudesse acariciá-lo. Tocá-lo. Arrancar dele toda aquela dor. — O amor sempre vence. Depois de toda guerra, tem um surto de nascimentos. Depois de cada tempestade, a primavera chega e tudo floresce. É sempre mais escuro antes do amanhecer. O amor é um combustível potente que não requer esforço. Mais fácil de manter do que o ódio. Ele não consome, mas *incentiva*. Você está sendo movido pela energia errada, querido marido.

Outra pausa.

Outra respiração.

Então, os passos o levaram para longe do meu quarto. Meu coração afundou no peito. Ele foi embora. Fechei os olhos com força, batendo a testa contra a porta.

*Idiota. Idiota. Idiota. Por que eu fiz aquilo? Por que forcei ele a se abrir quando obviamente ainda não estava pronto?*

O baque firme dos passos dele voltaram alguns minutos depois, aproximan-do-se do meu quarto.

— Abra a porta.

Girei a chave bem devagar, sabendo que o que me esperava do outro lado não seria bonito.

Ele surgiu diante de mim, olhos vermelhos, cabelo bagunçado de uma maneira descuidada e sensual. A gravata caía para além da lapela do terno, e metade dos botões da camisa estava aberta. O contorno marcado dos músculos peitorais espreitavam ali. Ele segurava dois copos de uísque.

Trocamos olhares, e eu soube que nada mais seria o mesmo entre nós depois daquela conversa.

Ele me ofereceu um dos copos.

— O que eu contar a você não pode sair deste quarto.

Dei um passo para o lado.

— Eu não sou a Morgan, Romeo. Nunca vou te decepcionar.

# 52

**Dallas**

— Conheci Morgan na festa de veraneio de Monica na nossa casa nos Hamptons.

Romeo se recostou do outro lado do meu tapete, girando a aliança simples de casamento no dedo. Ele nunca a tirou. Nem uma vez desde que havíamos trocado os votos. Sempre presumi que ele tinha interesse nas vantagens de sua reputação de bom garoto, e não na verdade que sempre esteve na minha cara: Romeo Costa era leal até demais.

— Ela era a *au pair* de um casal do outro lado da rua. Uma bailarina charmosa do Meio-Oeste. Loira, linda e encantadora. Estudava na Julliard, tinha uma bolsa lá, e tinha também um sorriso com covinhas e uma educação impecável. Era ótima com crianças. Muito cativante.

Ele pegou o copo, girando o líquido âmbar. Pontos dourados brilharam lá dentro. Romeo examinou o copo com a testa franzida.

— Eu tinha 21 anos, e ela, 19. Eu era rico. Ela... não. Isso não importou para mim na época. Não importa agora. Só que, assim que meu pai me pegou de olho nela, ele me informou que sangue azul não se misturava bem com o de outros mortais. "Trate-a como o oceano, filho. Alguns mergulhos não farão mal, mas não vá muito fundo." Eu o ignorei. E o que começou com caronas depois do trabalho dela logo escalou para transas no banco de trás do meu carro, mergulhos sem roupa no mar e conversas que duravam a noite inteira até nossas bocas ficarem secas.

O ciúme agarrou minhas entranhas com seu punho forte, revirando-as com força. Aquela criatura impossível, inatingível, que entrara no salão de baile meses atrás, e poderia ter escolhido qualquer uma das mulheres disponíveis no evento, tinha, de maneira pueril, cortejado uma garota comum. Uma garota cujo papai não era dono de uma indústria americana importante e cujo sobrenome não abria portas.

Ele bebericou o uísque, ainda encarando a parede.

— Quando o verão acabou, estava claro que não era só um romance passageiro. Ela trancou o curso na Julliard e se mudou para minha casa enquanto eu terminava a faculdade. Uma jogada que Romeo Sênior previu. Ele alegava que mulheres do calibre dela nunca poderiam se igualar a homens como nós. Que Morgan estava cega demais pela minha riqueza para ser minha igual. Eu me recusava a aceitar dicas de relacionamento vindas de um homem que traiu minha mãe durante toda a minha vida. — O aperto na mandíbula dele me disse que havia se arrependido de não ter dado ouvido ao pai. — De qualquer forma, Morgan se mudou, e ele ficou furioso.

Eu sabia em qual direção aquela conversa estava indo. Eu me sentei sobre minhas pernas, engolindo o uísque para acalmar os nervos.

— Morgan se adequou sem dificuldade a uma vida de luxo. Enquanto eu frequentava as aulas, ela fazia compras, ia ao cabeleireiro, treinava e assumiu o papel de esposa troféu. Só que ainda não estávamos casados. Nem mesmo noivos. E isso era um problema para ela. — Um sorriso irônico surgiu nos lábios dele como se tivesse se lembrado de algo desagradável. — Ela esperou até eu me formar para me dizer que esperava que eu a pedisse em casamento.

— Você era muito jovem.

Ele me encarou.

— Mais velho do que você é hoje.

Eu soube, naquele momento, que ele se arrependia de ter me levado contra minha vontade. O que, infelizmente, serviu apenas para revirar ainda mais minhas entranhas. Eu não conseguia imaginar perdê-lo, mesmo que ele nunca tenha sido meu de verdade.

— Eu nasci para ser esposa e mãe. — Engatinhei até ele, tocando de leve os nós dos dedos dele. Apesar de Romeo não ter se afastado, não entrelaçou os dedos nos meus como eu queria. — Sei que parece antiquado e careta. Mas não podemos evitar aquilo que desejamos. Por favor, continue.

Ele moveu a mandíbula, envolvendo-a com a mão livre.

— Eu estava pronto para pedir a mão dela. Eu sabia que a amava, e os defeitos dela que se danassem. Deus sabe que também tenho vários. Quando avisei meu pai das minhas intenções, ele explodiu de raiva. Disse que queria que eu me casasse, mas nas condições dele. Alguém que ele pudesse exibir. Uma mulher que tivesse um sobrenome influente que trouxesse mais fortuna consigo, deixando-nos ainda mais ricos.

*Uma mulher como eu.* Eu sabia que nunca fui escolha do meu marido. Que eu era conveniente porque, um dia, pertenci a Madison e porque detinha uma linhagem aceitável, mas o lembrete me cortou como uma lâmina tão afiada que pude sentir a queimação na pele.

— Meu pai me disse que estava na hora de encarar a realidade. Até sugeriu que eu voltasse a me encontrar com Morgan depois de ter me casado com uma mulher adequada. Acredito que as palavras dele foram: "Todo mundo faz isso, filho. Monogamia é uma criação da classe alta para oprimir a classe média. Não precisamos aderir a isso". A própria Monica veio de uma família muito rica. Os pais dela sempre custeavam as contas quando a Costa Industries precisou de capital externo. Para Romeo Sênior, um casamento que não incluísse um contrato de negócios era algo inútil.

Eu me afastei da mão dele.

— Mas você não deu ouvidos a ele.

— Comprei um anel para Morgan. Eu tinha 22 anos, ela tinha 20. Não quis comprar o anel com o cartão de crédito dos meus pais. Parecia errado, considerando que os dois eram contra a união. Monica de forma menos incisiva. Ela sempre soube que Morgan estava atrás do meu dinheiro, mas me deixou viver minha vida. Então comprei o anel com o dinheiro que eu tinha guardado do meu salário de assistente de professor. — Aquilo não deveria ser muito. Um Romeo de ombros encolhidos confirmou o que pensei ao virar o copo e secar o resto da bebida. — Presenteei Morgan com um anel de dez mil dólares. Ela ficou lívida.

Prendi a respiração.

— Ela falou não?

Romeo riu.

— Ah, não. Ela aceitou. Mas também disse outras coisas: que eu não a amava de verdade porque o anel era uma vergonha se comparado aos das novas amigas ricas, que ela não poderia ser vista com aquele anel no clube. Ela reclamou que eu não estava levando o relacionamento a sério o bastante, e que ela tinha largado Julliard por mim. Deixado a vida inteira de lado.

— Você pediu para que ela fizesse isso?

— Nunca. Mas, por outro lado, eu era jovem e imprudente. Aceitei os sacrifícios que ela fez sem considerar que ela poderia querer ser recompensada por cada um deles.

Enterrei as unhas nas palmas, assentindo para que ele continuasse.

— Naquela época, a Licht Holdings entrou no mercado como um concorrente de peso. Morgan e eu consertamos as coisas entre nós. Eu a levei para passar férias nas Bahamas. Quando voltamos, comecei a trabalhar na Costa Industries enquanto me candidatava a programas de mestrado. Meu primeiro ano na Costa Industries foi como um bálsamo para a tensão do nosso relacionamento. Eu estava ganhando dinheiro de verdade e tinha completado a idade necessária para acessar minha poupança, ou seja, ela gastou ainda mais dinheiro. Eu a levava a jantares semanais com meus pais, torcendo para que ela conquistasse o coração deles. Monica cedeu, mas Romeo Sênior se manteve firme — ao mesmo tempo que flertava com ela à mesa de jantar. Eu nunca dei muita importância a isso. Eles tinham quase três décadas de diferença. Sem mencionar que ela era minha noiva.

Estremeci, preparando-me para o pior.

— As coisas se complicaram quando comecei o mestrado ainda trabalhando em tempo integral na Costa Industries. Eu passava pouco tempo com Morgan, algo de que ela se ressentia. Então, ela começou a andar com o pessoal de Madison. Os ricos da Geórgia que pareciam ter inundado a região de Potomac da noite para o dia. Ela gostava deles. Eles achavam o lugar entediante, e faziam viagens frequentes a Nova York. Ela quase sempre ia com eles. Eu não me importava, porque eu não conseguia dar a Morgan toda a atenção que ela queria. Na época, Madison e eu tínhamos uma relação amigável.

Será que Morgan o traiu com o pai *e* com Madison? Romeo roubou meu uísque, levando-o à boca.

— Quando terminei o mestrado, Morgan e eu éramos pouco mais do que colegas de apartamento que transavam de vez em quando. Meu amor por ela se transformou em obrigação. Eu sabia que ela guardava rancor por eu ser tão focado, tão obcecado pela minha carreira. Mas eu tinha um objetivo.

— Destruir a Costa Industries?

Se não tinha sido o caso de Morgan com o pai, o que teria motivado o desejo de vingança de Romeo?

— Sim. — Ele não elaborou. — Não posso negar o fato de ter sido um noivo desatencioso, mas eu era confiável, fiel e dei cada centavo meu para ela. Então, quando nos afastamos, tive dúvidas se o casamento iria funcionar. Ainda assim, Morgan sempre me puxava de volta para sua teia. Eu me sentia culpado por tê-la arrancado de sua vida antiga para acabar com tudo. No dia da minha primeira promoção, meu pai me chamou no escritório dele e me informou de que havia selecionado noivas em potencial para mim. Que, se eu não terminasse com Morgan, ele faria aquilo por mim. Tivemos uma discussão feia, mas não fiquei preocupado. Dias passaram, então semanas. Até que, um dia, Cara, que tinha o costume de fazer compras para nós, ligou. Eu estava a caminho da casa do Zach. Eu vinha saindo mais com ele e Oliver, já que minha casa não parecia um lar. Cara exigiu que eu fosse à cobertura. Ela disse que tinha algo lá que eu deveria ver. E tinha mesmo.

A tempestade que se formava naqueles olhos cinza me levou a um caos emocional.

— Encontrei meu pai chupando minha noiva, que vestia nada, exceto saltos altos para ele. Meu pai nem parou quando entrei. Só me encarou bem nos olhos e me disse que era aquilo que acontecia quando se escolhia uma garota da classe trabalhadora em vez de uma da classe alta. Ela sempre escolheria o dinheiro acima de tudo. — Romeo fez uma pausa. E resisti ao impulso de vomitar. — E ele estava certo. Tudo que foi preciso para ela abrir as pernas para ele e fazer aquilo comigo, com minha *mãe*, que a alimentava todos os domingos na própria casa, foi um cartão de crédito e uma promessa vazia de que ele se divorciaria da minha mãe por ela.

— Ah, Romeo. — Cobri a boca.

Naquela hora, entendi o motivo de ele desprezar tanto a ideia de casamento. Ele quase nunca tinha se deparado com um bom exemplo. Os pais eram infelizes juntos, e a única namorada o traiu do jeito mais desprezível possível.

Ele devolveu minha bebida.

— Poupe as lágrimas para alguém que as mereça. O poder é um ótimo substituto para o amor. E isso eu tenho de sobra. A vida é muito mais fácil quando se aceita o fato de que todo mundo vai nos machucar.

Segurei o uísque contra o peito, meu coração martelando contra o vidro. Ele tinha razão, mas não tinha entendido a parte importante. Todo mundo vai nos machucar, mas a chave para a felicidade era encontrar alguém que fizesse a dor valer a pena.

— Depois que joguei Morgan na rua, nua e sem qualquer destino, observei meu pai colocar a barra da camisa dentro da calça e percebi que ele havia estado certo o tempo todo. A noiva da classe trabalhadora. A habilidade de conseguir se safar de qualquer coisa quando se tinha influência. Eu podia ter arrebentado ele. Tenho experiência nisso, afinal de contas. — Ele se recostou na base da cama. — Mas vingança é um prato que se come frio. E eu tinha preparado alguns planos para arruinar a coisa que ele mais amava: sua empresa. Seria meu momento de acertar as contas. Isso, e acabar com a dinastia Costa com meu último suspiro. Afinal, Romeo Sênior sempre planejou ter mais filhos para garantir uma linhagem de sucessão. Não deu muito certo.

Um sorriso amargo encontrou seu caminho até os lábios de Romeo.

— Então, entrei no jogo a longo prazo. Adquiri mais controle e poder para usar contra meu pai. Concordei que Morgan tinha sido um erro. Sentei-me para um drinque com ele. E jurei que lhe daria o que queria no tempo certo: uma esposa rica e distinta.

Dar um herdeiro a Romeo significaria atender aos desejos do pai dele.

Apertei o copo com tanta força que a borda dele deixou uma marca na minha pele.

— Você bebeu com seu pai logo depois de ter descoberto que sua noiva estava traindo você com ele?

— Sim, isso mesmo.

— Isso é doentio.

Romeo deu de ombros.

— O amor não existe. O casamento é só um meio para um fim. Meu único arrependimento foi ter arrastado outra pessoa comigo nesse caminho sombrio. Antes de conhecê-la, foi fácil subestimá-la como se fosse uma versão de classe alta de Morgan. Uma mulher avoada que não se importava com quem se casaria, desde que a qualidade de vida permanecesse imaculada. Não achei que você se importaria se eu a roubasse de Madison. Nesse ponto, não sou melhor do que seu pai.

Eu o encarei com uma infelicidade renovada.

Ele se virou, não querendo enxergar o que estava estampado em meu rosto.

— Por que você odeia tanto Madison? Qual foi o papel dele nisso?

Romeo cerrou a mandíbula outra vez. Notei que ele não mascava chiclete, e percebi que deveria estar se sentindo desconfortável sem um.

— Depois que Morgan percebeu que meu pai a tinha enganado, ela tentou rastejar de volta e reconquistar minha boa vontade. Não conseguiu, claro. Ela me deixava recados de voz de hora em hora. Recados longos. Implorou para que eu a aceitasse de volta. Ela sabia que minha mania de organização não me deixaria ignorar a notificação vermelha no celular. Em uma de suas divagações, mencionou "nem ter contado nada a Madison que ele poderia usar para *me* machucar". A idiota se entregou. Descobri que Madison a tinha pagado nos últimos seis meses do nosso relacionamento para que Morgan me usasse para coletar informações que seriam usadas contra a Costa Industries. Foi por isso que, no fim, acabei exilando Morgan em um lugar em onde ela não poderia me machucar.

Aquele parecia o Madison que eu conhecia e desgostava, o Madison de Potomac. Parecia também que meu ex-noivo tinha sido o responsável por começar aquela guerra entre eles. O ódio queimou como uma chama eterna.

— O que ele descobriu? — Engoli em seco, temendo a resposta.

Os olhos de Romeo encontraram os meus, gélidos e inexpressivos.

— Não muito que desse para causar estrago, mas o bastante para me envergonhar. Morgan nunca se importou com meus negócios. Nunca quis saber muito do assunto. Então, para conseguir um bom pagamento, ela começou a contar meus segredos. Meus medos. Contou a ele a respeito da minha infância... *complicada*. — As narinas dele se inflaram, um olhar distante cobriu seu rosto. — Ela fez algo muito pior do que entregar a ele segredos da empresa. Ela contou a ele todas as minhas fraquezas e como usá-las.

— Onde ela está agora? — Parte de mim não queria saber. Era provável que eu mesma quisesse pegar um avião e ir estrangulá-la pessoalmente.

— Na Noruega. — Seu tom de voz baixo e lento era uma deixa para eu não fazer mais perguntas a respeito do como ou do porquê. — Trabalhando em uma loja e mantendo o nariz longe da minha vida. Ela não está se saindo muito bem. Continua solteira. Gastou todo o dinheiro que Madison lhe deu pouco depois do nosso término, então nenhum investimento bom também foi feito.

— Você acha que algum dia vai vê-la de novo?

Ele balançou a cabeça.

— Ela morreu para mim, e ela sabe disso.

— Então não tem motivo para ela continuar lá. Você precisa deixá-la voltar para os Estados Unidos.

— Não.

— *Sim*. Você pode odiar alguém por todos os motivos certos e, ainda assim, ter-lhe feito mal. A vingança é o ato de se rebaixar ao mesmo nível da pessoa que o machucou.

Ele me encarou, infeliz.

— Odiar você era muito mais fácil quando eu a achava uma tonta.

O silêncio cobriu o quarto. Eu não tinha muitas perguntas a fazer. Só uma, na verdade. Todo o resto tinha ficado bem claro. As motivações dele. Os desejos.

— Tudo isso aconteceu anos atrás — pontuei. — Por que você me tornou sua esposa só agora?

— Por alguns motivos. — Ele prendeu uma mecha do meu cabelo atrás da minha orelha, distraído. — Primeiro, agora sou o CFO da Costa Industries, e o cargo de CEO está ao meu alcance. Romeo Sênior está muito doente e vai se afastar da empresa a qualquer momento. E faz pouco tempo que você e Madison tornaram o noivado oficial e público. Eu não sabia da sua existência até a semana em que nos conhecemos. Além do mais, por muito tempo, eu não conseguia tolerar a ideia de ter uma mulher ao meu lado, mesmo como decoração. O tempo amenizou a raiva, mas não ofuscou a memória.

Eu me afastei dele.

— A de que todas as mulheres são iguais?

Ele balançou a cabeça.

— Não, meu Biscoitinho precioso. Mas, uma vez quebrado, o coração jamais pode ser remendado. Funcionar, sim. Mas não podemos consertar algo que está despedaçado.

Eu não concordava com ele. Só que, por outro lado, meu coração nunca tinha sido partido. Apesar de que, naquele momento, parecia estar bem perto disso.

— Então, agora você sabe. — Ele recolheu nossos copos, ficando de pé. — O motivo de eu ter odiado vê-la se exibir na frente do meu pai. O motivo de ele ter tocado em você para deixar uma coisa clara para mim: você também é um alvo. O motivo pelo qual eu nunca vou ter filhos.

Ele não deixou nenhum espaço para negociações. Ou para discussões. Eu o avaliei do meu lugar no tapete, percebendo que ele tinha me dado exatamente o que eu queria — a verdade —, e que aquilo não me ajudou em nada a descongelar o coração dele. Aliás, aquela missão parecia mais impossível do que nunca.

— Eu nunca vou te amar, Dallas Costa. Por isso, eu sinto muito. Porque você com certeza é digna de ser amada.

# 53

**Zach Sun**: Sou só eu, ou não vemos o Rom há semanas?

**Ollie vB**: Não é só você. Ele está ocupado com a queridinha dele.

**Zach Sun**: Detroit?

**Romeo Costa**: @ZachSun, você sabe que essa piada não teve graça na primeira vez, muito menos na quinquagésima, certo?

**Ollie vB**: Pronto, o assunto chegou. Desapareceu para onde?

**Romeo Costa**: A vida está caótica.

**Ollie vB**: Caótica demais para nossa viagem anual de snowboard antes do Natal?

**Romeo Costa**: Temo que sim.

**Ollie vB**: Você não teme nada. A não ser sentir qualquer emoção.

**Zach Sun**: @OllievB, você está ouvindo isso?

**Ollie vB**: Que @RomeoCosta tomou outro chá de boceta? Sim

**Zach Sun**: @OllievB, lembra quando o Rom tinha colhões?

**Ollie vB**: @ZachSun, sim. Eram lindos. Quando ele corria, eles se chocavam. O som parecia com o de sinos de casamento.

**Romeo Costa**: Falando em casamento, para quando marcaram o seu, @ZachSun?

**Zach Sun**: Nunca.

**Romeo Costa**: Não vai passar dos próximos três meses.

**Ollie vB**: Vou ser generoso e dizer uns seis.

**Romeo Costa**: 100 mil?

**Ollie vB**: Combinado. Quem chegar mais perto de acertar, ganha.

**Zach Sun**: Odeio vocês dois.

**Ollie vB**: Estou ouvindo os sinos de casamento de novo.

**Romeo Costa**: Alarme falso. São só as bolas de Zach tremendo.

# 54

## Romeo

Uma semana depois de Biscoitinho ter saltitado pelo mundo com pouco mais do que pequenas notas adesivas cobrindo suas partes íntimas, bebi e jantei com Tom Reynolds no Le Bleu. Estava mais do que na hora de termos essa reunião. Na última vez, eu cancelei depois que Dallas decidira encarnar o espírito do Grande Gatsby, dando uma festa de arromba.

A ordem daquele dia incluía convencer Tom a reverter a decisão do Departamento de Defesa, que concedera à Licht Holdings a renovação do antigo contrato com a Costa Industries. Um otimismo cauteloso se acomodou nos meus ombros. A Licht Holdings estava em meio a um desastre de relações públicas, e tinha incêndios demais a serem apagados para se ocuparem em cumprir com o contrato monstruoso.

Jared pisou com tudo no freio, evitando por pouco um Tesla que o havia cortado.

— Caramba — Biscoitinho tombou contra minha lateral, derramando sidra de maçã frisante no meu par de Brunello Cucinellis.

Tirei a garrafa da mão dela, jogando-a no lixo.

— Estamos a poucos minutos do restaurante. Você precisa mesmo disso?

— Sim, para me preparar.

— Mas não para *derramar* em tudo.

E aquilo me levou ao único ponto negativo de Tom ter convidado a esposa: Biscoitinho também teve que vir junto. Não havia nada de errado com ela. Era linda, divertida e doce como o pecado, e providenciaria uma boa distração para Casey, que eu duvidava que fosse querer ouvir sobre drones, tanques e armas semiautomáticas. Havia só um problema com Dallas. sempre que ela estava por perto, eu não conseguia pensar em nada além de me enterrar nela.

Biscoitinho fez um beicinho, arrancou lenços de papel do corpete apertado do vestido e limpou meus sapatos, oferecendo uma vista desimpedida do decote generoso.

— *Dallas*.

— Sim?

Mas o que eu poderia ter dito? Guarde as tetas antes que eu coloque para fora um pau duro, do tamanho de um rifle, que vai fazer Tom desejar nunca ter pedido para ver minhas armas?

Estendi um lenço de tecido para ela.

— Limpe-se.

Em vez de usá-lo para tirar a sidra grudenta das mãos, Dallas levou o tecido ao nariz, inspirando meu perfume.

— Olha, só porque concordei em vir hoje à noite, não quer dizer que aprovo seu trabalho. — Tirei o lenço dela, peguei o pé calçado com um salto e sequei o álcool nela eu mesmo, ignorando suas palavras. — Quer dizer, não confio em humanos para cuidar do planeta, e tudo que precisam é não fazer besteira. Por que eu confiaria neles com artilharia pesada?

— Não se deve confiar em ninguém com artilharia pesada. Esse é o propósito. A guerra que termina mais rápido é a que nunca começou.

— Que profundo. — Ela piscou lentamente, batendo os cílios. — O Prêmio Nobel da Paz está a caminho. Não se esqueça de verificar se seu terno está passado.

Eu ficava furioso por aquela ser a mulher a quem eu confiara para contar minha verdade. Sabia que ela manteria meus segredos em segurança. Mas isso não me dava nenhum conforto, já que eu queria apontar, dissecar e exacerbar cada uma das suas falhas. Qualquer coisa que a deixasse menos atraente para mim. E ela tinha muitas falhas. Eu me lembrava da facilidade com que eu as tinha visto quando ela se mudou para minha casa. Mas tudo que eu detestara nela — a risada alta e estridente, a bagunça, a habilidade esquisita de fazer amizade com qualquer coisa e qualquer um, incluindo plantas — não me irritava mais.

É verdade, ela não tinha nenhuma proeza acadêmica, mas lera metade da biblioteca local em menos de quatro meses, e trocava farpas com uma facilidade assustadora. Ela tinha um dom para números, também, ganhando de Vernon no xadrez e em jogos de cartas. A obsessão por comida era quase doentia, mas seu conhecimento culinário me fascinava. Na maior parte do tempo, eu ficava decepcionado que minha esposa não era preguiçosa de verdade. Ela estava só aguardando ser mãe para canalizar toda aquela energia nos filhos.

Mas, naquele momento, descobri um bom motivo para ficar infeliz com ela quando saímos do Maybach e entramos no meu restaurante recém-adquirido.

— Você precisa respirar tão alto? Até os alienígenas dos planetas vizinhos conseguem ouvi-la.

Ela estava ofegante como se tivesse acabado de correr uma maratona.

— Então você também acredita em vida fora da Terra? — Ela se animou antes de me encarar pelo canto do olho, notando minha expressão desinteressada. — Espere, agora você está irritado com a minha *respiração*?

Abri a porta para ela.

— Você é jovem e, por algum motivo inimaginável que, com certeza, não está relacionado ao seu estilo de vida, parece estar em forma. Por que está respirando tão alto?

— Estou respirando normal, Rom. Talvez você esteja tão sincronizado comigo que consegue me ouvir mesmo quando estou em silêncio.

*Rom*. Meu apelido pronunciado por aqueles lábios do tom de um botão de rosa pareceu o som mais lindo da nossa língua. Quando Oliver e Zach me chamavam daquele jeito, eu queria socá-los.

— Continue sonhando, Biscoitinho. — Apoiei a mão nas costas dela, guiando-a até a mesa. — E, enquanto estiver fazendo isso, não se esqueça de ser gentil, amigável e educada. Preciso fechar negócio com os Reynolds.

— Argh. Eu estava planejando comer direto do prato deles, mas agora que você pediu...

Tom e Casey já esperavam por nós na mesa. Não estavam sozinhos. Tinham trazido — sem brincadeira — a filha pequena. Portanto, uma série de beijinhos e arrulhos se seguiu. Casey elogiou o cabelo, o vestido, os olhos e a existência no geral de Dallas. Enquanto isso, minha esposa pegou a criança e a embalou no colo.

— Quem é essa aqui?

— Freida. A babá deu para trás no último minuto. — Casey suspirou. — Você não se importa, né?

— Se eu me importo? — Pelo furor de Dallas, era de se pensar que Casey tinha sugerido uma troca de maridos. — Sou apaixonada por crianças, e essa aqui é mais do que deliciosa, não é, querida?

Apesar daquela última frase ter potencial de colocá-la na lista de procurados do FBI, uma pontada de orgulho trespassou meu peito.

Examinei Dallas, vendo-a pelos olhos de um estranho. A beleza permanecia inigualável. Porém, mais do que isso, eu admirava sua paciência, doçura, honestidade e devoção às crianças. Eu não era arrogante a ponto de pensar que ela estava contente com a vida que tínhamos. Ela queria mais. Sentimentos. Romance. Encontros. *Herdeiros*. Ela merecia todas aquelas coisas, mas a única forma de lhe dar isso seria deixá-la partir. E eu me recusava a fazer isso.

A conversa frívola começou assim que nos acomodamos à mesa. A pequena Freida — de cabelo cacheado e vestido xadrez amarelo — sentou-se no colo de Dallas e comeu tudo que minha esposa lhe oferecia com a mão. Perguntei sobre os pais de Tom, como tinha sido o torneio de golfe, e como andava o passatempo com os drones, e eu me importava com as respostas tanto quanto Kanye West se importava com minorias marginalizadas.

Ouvi alguns trechos da conversa de Dallas e Casey sobre o problema grave da cirurgia para levantar as sobrancelhas. De maneira idiota, e por nenhuma outra razão, senão pela incapacidade de deixar aquele problema de lado, parei de prestar atenção em Tom Reynolds, que eu vinha cortejando havia semanas, e foquei na conversa de Biscoitinho. A respiração estável dela se demorou nos meus ouvidos, acompanhada pelas gargalhadas altas, o som dela mastigando ruidosamente o pão da cestinha, e o som de golinhos que a garganta produzia ao bebericar um martíni rosa. A forma como fazia barulhinhos contra o pescoço de Freida e acariciava o ombro da menina cada vez que ela fazia algum alvoroço. Será que Dallas estava certa? Será que eu estava em sincronia com ela? Aquela ideia bastou para me fazer estremecer.

Demorei um pouco para voltar ao modo negócios, mas, assim que consegui, esqueci a existência de Dallas. Ela parecia entreter as mulheres da família Reynolds. Eu teria que me lembrar de compensá-la com sexo pela cooperação. Eu seria esperto. Agora que eu conhecia seu ciclo menstrual, eu a foderia quando houvesse quase nenhuma chance de ela engravidar.

— Vou ser sincero. As coisas não estão boas para a Licht Holdings. — Tom exalou, balançando a cabeça quando fomos direto ao assunto. — Duvido que conseguirão honrar nosso contrato, mesmo se estivéssemos dispostos a ignorar o público pedindo boicote. O que, preciso dizer, é algo que o secretário de Defesa não está superansioso para fazer. Você deve lembrar que Cameron Lyons é da Geórgia.

Servi mais uma taça de vinho a Tom. As palavras dele eram como silêncio para meus ouvidos alérgicos a música.

— A produção deles reduziu muito?

— Não estou na posição de discutir os negócios deles com você. Você sabe disso tão bem quanto eu, Costa. — Reynolds deu uma olhada nos outros clientes cobertos por joias no restaurante, abaixando a voz. — Mas com o fechamento da base em Newsham e com outra no Alabama sob investigação, não vejo como podem se adequar a todas as cláusulas sem ultrapassar o prazo por meses. Estamos falando de um atraso que custaria bilhões ao Pentágono.

— Nós conseguimos fazer a parte deles e cumprir o prazo. Talvez entreguemos parte do equipamento mais cedo. Como bem sabe, acabamos de recrutar quinhentos operários na fábrica em Smethport. Pode-se dizer que foi uma coisa profética. A ressurreição e a restauração enquanto ocorre o retorno para sua terra prometida: a Costa Industries.

Se as coisas acontecessem da forma que eu queria — e, em geral, aconteciam —, o departamento de Defesa e Reynolds não teriam cumprido parte nenhuma do acordo. A Costa Industries, àquela altura, teria acabado. Esmagada, liquidada e adormecida. Eu não me importava nem um pouco. Como Dallas adorava dizer, eu trabalhava no ramo da morte e da intimidação.

Reynolds assentiu, coçando o queixo. A filha balbuciava ao fundo.

— Vou falar com Lyons. No começo, ele queria tentar com a Licht Holdings por causa dos preços mais atraentes, mas essa é nossa oportunidade, então verei o que posso fazer...

Uma explosão soou alta nos meus ouvidos. As portas duplas de entrada foram ao chão. Pessoas gritaram. Utensílios e taças de champanhe se espatifaram no piso de madeira em uma sinfonia de vidros quebrados. Os garçons se jogaram no chão, procurando segurança embaixo das mesas.

Quatro homens vestindo calças de camuflagem, camisas pretas Henely e balaclavas entraram fazendo grande estardalhaço no restaurante. Eu os reconheci de imediato como o cartel dos ladrões de luxo responsáveis por aterrorizarem Potomac. Ainda não tinham sido presos, mesmo depois de todo aquele tempo. Ao meu lado, Dallas empurrou Freida para trás de si, sem considerar a própria segurança.

Um assaltante apontou um Savage 46F para o chão.

— Celulares na porra do chão, ou todo mundo morre.

Dezenas de iPhones foram arremessados em direção aos pés dele.

*Todo mundo morre?* Nas mãos de um rifle de caça ultrapassado? Eu não apostaria naquilo. Ainda mais por terem optado por interromper minha reunião. Irritado, passei um braço pelas costas de Biscoitinho, que escondeu Freida entre ela e a parede, deslizando nossos celulares no assoalho. Eu estava a par das notícias. Sabia qual era o esquema daqueles idiotas. Eles roubavam restaurantes caros que estavam na moda, tirando o dinheiro dos caixas — que não era muito, estávamos no século XXI e todos usavam cartões — e deixavam as vítimas escandalizadas, mas ilesas. Diferente dos lugares anteriores que tinham roubado, no instante em que comprei o Le Bleu, mandei instalar um sistema de segurança da Costa Industries, tão avançado e sofisticado que os policiais devem ter sido acionados antes mesmo de os ladrões invadirem o local. Uma equipe de segurança externa monitorava nossas câmeras vinte e quatro horas por dia, sete dias por semana.

A pele de Biscoitinho gelou. Posicionei-a de costas contra meu peito, empurrando a cabeça dela para baixo do queixo. Não porque eu me importava, mas porque ficaria ótimo na frente de Tom e Casey. Que, aliás, pareciam nauseados pelo horror. Casey lançou um olhar grato a Biscoitinho por ter escondido Freida. A criança soltou um barulhinho, mas minha esposa se desvencilhou de mim e fez caretas para impedir que a menina caísse no choro.

— Mãos ao alto, todo mundo. — Outro assaltante com uma Glock ergueu o braço, atirando no teto.

O imbecil acertou o candelabro, que caiu nos pés dele, fazendo todo mundo gritar e chorar.

— Agora, vou passar em cada mesa com meus amigos, e vocês vão entregar todos os pertences que valem alguma porcaria. Joias, relógios, dinheiro, até cupons de lojas. E vão esperar com a porra das mãos onde eu possa vê-las até chegar sua vez, ou enfio uma bala na cabeça de vocês.

Eu me virei para Dallas.

— Faça o que ele está falando. Nada de ruim vai acontecer com você.

Ela engoliu em seco, mas não chorou como Casey, que se decompôs em histeria a ponto de rivalizar com a dos outros clientes do restaurante. Fazia tempo que eu suspeitava de que minha esposa era o que a geração Z costumava chamar de "fodona pra caralho". Como sempre, eu estava certo.

Os assaltantes trabalharam rápido, pegando tudo de valor e despejando na mochila. O ladrão com a pistola alcançou nossa mesa, enquanto os outros três perambulavam pelas outras, esvaziando bolsos e bolsas.

Casey arrancou os anéis, assim como os brincos, o colar e a bolsa Chanel, deslizando tudo na direção do criminoso. Tom e eu oferecemos nossas alianças de casamento, relógios e o pouco dinheiro que carregávamos. Dallas entregou o anel de noivado e a aliança do casamento, um bracelete e uma bolsa Birkin. Freida continuava escondida atrás dela, longe de vista. Dallas encarou o homem mascarado como uma professora reprovadora. Tive vontade de rir. Ela estava sendo insolente mesmo sob a mira de uma arma. Típico de Biscoitinho.

— Os brincos também. — O assaltante, por trás da balaclava, apontou para eles com a arma.

Biscoitinho dedilhou os brincos de pérola simples, balançando a cabeça.

— Não, não posso fazer isso. Eram da minha avozinha. E ela morreu...

— Eu não estou nem aí se sua vó bateu as botas, porra. Entregue os brincos, vadia.

O que ela estava fazendo?

*Sendo sentimental e doce. As coisas pelas quais você sempre a zomba.*

Ela espalmou os dedos na toalha de mesa.

— Eu não vou te dar os brincos.

Freida começou a chorar. O berro agudo ecoou pelas paredes como uma bala.

— Querida. — Não a chamei pelo nome, porque seria burrice dizer a eles quem éramos.

— Não. — Ela guiou a criança para debaixo da mesa e lançou um olhar hostil para aquele babaca, lançando um desafio silencioso. — Atire em mim se quiser, mas você não vai levar os brincos da minha avozinha.

O rosto dele se contorceu de raiva, visível mesmo atrás do tecido preto.

— Vou acabar com você. — Ele ergueu a pistola para acertá-la. Dallas fechou os olhos com tudo, preparando-se para o golpe que nunca veio.

Eu tinha bloqueado o cano a um centímetro do rosto dela. Segurei-o com firmeza.

— Vou transformar seu crânio em um porta-lápis se você sequer olhar para a minha esposa.

O assaltante puxou a arma de volta, suor manchando a balaclava.

— Quem você acha que é, porra?

— Você me ouviu. Baixe a arma e vá embora.

Freida abriu o berreiro. Francamente, eu não conseguia entender o fascínio de Dallas por crianças. Eram muito barulhentas para seu tamanho.

— Vou atirar na vadia se ela não me der os brincos.

— Vamos, T. Temos que ir. — O chamado urgente dos outros assaltantes fez "T" se virar de um lado para outro, em pânico. Os estimados colegas já hesitavam perto da porta, as mochilas jogadas nos ombros.

Um arsenal de sirenes da polícia soou, assaltando meus ouvidos e sinalizando o fim daquela baboseira.

— Não antes de ela entregar a porra dos brincos. Vou atirar na filha dela, cacete.

Ele pensava que Freida era nossa.

Aquilo fez Dallas cair na realidade. Ela se apressou para tirar os brincos.

— Não. — Coloquei a mão livre no braço dela. — Seus brincos ficam.

— T, que porra você está fazendo? — gritou um assaltante. Sua voz pareceu jovem.

— Ela não vai me desrespeitar.

T apontou a pistola para Biscoitinho.

Alguma coisa estranha aconteceu no meu peito naquele momento. Uma onda frenética. Um apetite intolerável por sangue e violência. Eu me movi, bloqueando a vista dele de Dallas. O assaltante cambaleou para trás quando fiquei diante dele, empurrando-o. Os amigos fugiram, abandonando-o —

*covardes* — enquanto ele lutava para recuperar o equilíbrio. Agarrei a arma dele pelo cano.

— Pare! — T tentou puxar a arma de volta. — Solte, caralho.

— Eu disse para você não ameaçar minha esposa, não disse? — Empurrei a arma para baixo e segurei T pelo pescoço com a mão livre, apertando com tanta força que os olhos dele saltaram das órbitas, rosados, grandes e petrificados. — Joguinhos idiotas só lhe dão prêmios idiotas. *Ninguém* ameaça minha esposa e continua vivo para contar a história.

Ele gorgolejou. Espuma borbulhando ao sair da boca. Ao fundo, registrei as sirenes se aproximando, pessoas ofegando e Dallas implorando para que eu parasse. Mas eu não conseguiria, mesmo se tentasse. Tudo em que conseguia pensar era que ele tinha apontado a porra da arma para ela, tudo porque ela quis manter a herança da avó. Uma avó que eu nunca conheceria. Havia tantas coisas sobre ela que eu desconhecia, e aquele idiota quase se certificou de que eu jamais as descobriria. Se ele fizesse alguma coisa com ela... se ele a machucasse... Agarrei o pescoço com tanta força que senti os ossos lá dentro começarem a ceder, quase quebrando.

— Meu Deus! — gritou Dallas, assim que o assaltante colapsou sob mim pela falta de oxigênio.

Achei que não estava morto. Talvez tivesse sofrido algum dano cerebral. Não seria uma grande perda, considerando os atos não muito inteligentes até aquele momento.

— Romeo. — Sem aviso, Dallas veio até mim. Então, entregou Freida para Casey quando viu meu rosto e segurou meus ombros. — Você está bem? — Ela envolveu minhas bochechas. As mãos tremiam. Aqueles lindos olhos cor de mel cintilando com lágrimas. — Por favor, por favor, fale para mim que você está bem. Tom ligou para a emergência, a ambulância está a caminho.

— Não estou nem aí para o delinquente. Por mim, ele poderia morrer aqui mesmo, no meu chão.

— Não para ele! Para você!

*Para mim?* Examinei Dallas primeiro: braços, pernas, pescoço. Tudo parecia intacto. Uma dor repentina fisgou meu braço esquerdo. O mesmo braço esquerdo que, naquela hora, pareceu um peso morto. Como se não pertencesse mais a meu corpo. Olhei para baixo e percebi que estava parado em uma poça do meu sangue. Meu olhar rolou para cima até o braço. Eu tinha levado um tiro. De raspão, para ser mais preciso. Bem, que inconveniente.

Conforme a adrenalina diminuía, a dor começava a ter um efeito dominó.

Dallas fez um aceno na frente dos meus olhos, tentando chamar minha atenção de novo.

— Oi? — Ela deu um tapinha na minha testa. — Tem alguém aí?

Puxei um pedaço do tecido rasgado.

— Por sorte, existe uma distância muito grande entre o bíceps e o cérebro.

— Você acabou de levar um tiro no braço. — Ela encarou a pele, seus olhos indo de um ângulo para outro como se a ferida pudesse desaparecer em algum deles. — Como você pode estar tão calmo?

— Sair correndo, todo histérico, com lágrimas escorrendo pelo rosto ajudaria a fechar a ferida?

— Você testa os próprios produtos ou o quê?

*Não, mas já sobrevivi a brigas piores.*

Dezenas de policiais irromperam no lugar e recolheram o homem apagado no chão, algemando-o. Uma comoção de pessoas me envolveu como um redemoinho, com Reynolds e dois policiais tentando afastá-los para me dar um pouco de espaço. Eu detestava atenção, ainda mais se fosse positiva. Um dos policiais puxou Dallas de lado. Ela lhe deu um coice, gritando para que não a tocasse, recusando-se a me deixar. Um fato que me surpreendeu e alegrou.

Com o braço que não estava ferido, puxei-a contra o peito.

— Minha esposa fica.

A ambulância chegou logo depois. Um paramédico me levou para dentro, cortando as roupas para alcançar a ferida. Nós dois observamos a cena com seriedade. Biscoitinho ficou parada ao lado das portas abertas do compartimento, rosnando como um cão de guarda para qualquer repórter que tentava se aproximar.

— Parece uma ferida superficial. Talvez precise de alguns pontos, mas parece mais um arranhão. — Afastei a mão do paramédico. — Posso fazer isso eu mesmo. Não tenho tempo para perder no hospital.

Ele limpou de leve a ferida com antisséptico.

— O protocolo diz que você precisa nos acompanhar até o hospital.

— Foda-se seu protocolo.

— Você não pode...

— Você vai me levar contra minha vontade?

— Não, mas...

— Então, eu posso.

Dallas virou o rosto para nós.

— Você deveria suturar isso. — A preocupação no tom de voz dela me deliciou, e foi assim que descobri que estava completa e totalmente ferrado.

— Eu vou. Eu sei o que estou fazendo. — Pulei para fora da ambulância, andando de volta ao Mayback, onde Jared nos esperava. — Vamos, Biscoitinho.

Ela parecia dividida entre tentar me convencer a ir ao hospital ou fazer o que eu dizia. No fim, pareceu se lembrar de que o marido não obedecia a ninguém, nem mesmo ela, e se juntou a mim. Quando entramos no carro e sangrei no assento de couro, sem camisa, Jared não fez perguntas. Ele conhecia seu lugar.

*Cale a boca e dirija.*

# 55

*Romeo*

Parecia que Biscoitinho queria começar uma briga. Ou, naquele caso, terminar uma. Eu a ignorei, entrando no quarto ainda sangrando. Ela seguiu as gotas vermelhas de sangue, como João e Maria em uma trilha de doces.

No banheiro, peguei o kit de primeiros socorros e higienizei a ferida mais uma vez. Tinha enfrentado arranhões piores do que aquele, mas ainda assim parecia horrível.

Dallas pulou em cima do balcão ao lado da pia, abraçando os joelhos. Ela descansou o queixo em cima deles, estudando a cena.

— Precisa de ajuda?

Sequei a ferida de leve e peguei a agulha e a linha, franzindo o cenho para o bíceps que eu precisava costurar.

— Você sabe dar pontos em feridas de bala? — perguntei.

— Não.

— Então como sugere ser útil? Me incentivando da arquibancada, segurando uma plaquinha com meu nome?

Ela pareceu magoada ao ouvir minhas palavras duras. Ao entrar com a linha na agulha, eu disse:

— Pode ir embora agora. Você se saiu bem hoje. Acho que salvamos o contrato.

— É só com isso que você se importa? — perguntou ela.

Passei a ponta da agulha na pele, procurando o local rompido. Que ângulo péssimo para dar pontos em mim mesmo.

— É claro que não. Também me importo com o dano causado ao Le Bleu. Cara vai ter que falar com a empresa de seguro e com as autoridades. Burocracia é uma merda.

— Você salvou minha vida.

— Aquele palhaço não infligiria nenhum dano sério. Era só um garoto.

Ela saltou do balcão, baixando a cabeça para buscar meu olhar, e então tocou meu rosto.

— Não, ele estava com raiva e estressado. Você levou um tiro por mim, Romeo. Franzi o cenho.

— Não seja dramática.

— Obrigada.

Já que não tinha feito nenhum progresso ao encontrar o ponto para começar a costurar, pigarreei, dando um passo para trás.

— De nada. Agora, vá embora — falei.

— Eu quero você.

As mãos dela desceram pelo peito, então, voltaram aos ombros.

*Também quero você, por isso precisa dar o fora daqui. Não consigo mais me reconhecer ou controlar minhas ações quando você está perto. Você se tornou um risco com o qual não posso arcar.*

Em vez de expulsá-la, coloquei a agulha de lado.

— Você pode se sentar no meu colo.

— Quero me sentar no seu *pau*. — Ela provocou, erguendo a barra curta do vestido oliva de cetim. — Quando me obrigou a ir ao Le Bleu, você não disse que me foderia se eu me comportasse? Eu me comportei.

— Eu disse que te foderia quando estivesse menstruada.

— Interpretei de outra forma.

— Não é um livro de filosofia do Spinoza. Não existe a possibilidade de interpretações diferentes — retruquei.

— Tanto faz. Da última vez nem foi tão bom assim. — Contradizendo suas palavras, o vestido subiu mais, flertando com a borda da calcinha de renda. — Faz tanto tempo que nem me lembro de muita coisa. Eu estava lá? *Você* estava? — Aquela provocação não funcionaria, e, para o azar de Dallas, eu era mais sofisticado do que aquilo. Ela continuou, determinada. — Oliver disse que você tinha ficado virgem de novo. Você sabe que seu piu-piu tem outras funções, né?

— Vá embora, Dallas.

No entanto, ela não se moveu. Em vez disso, ficou de joelhos e começou a desafivelar meu cinto.

Eu me recostei na beirada da pia, sem poder para impedi-la. Meus dedos se curvaram no balcão.

— Vou sangrar pelo chão todo. — Meu esforço derradeiro para impedi-la.

Ela tirou meu pau duro e inchado da cueca. Os dedos se fecharam ao redor dele, mas sem tocá-lo. Eu amava como ela era pequena se comparada a mim. Que par improvável éramos. As pessoas deveriam se perguntar como eu cabia dentro dela. A resposta deliciosa, aliás, era que eu *quase não cabia*.

— Vai combinar com o tom de verde da mancha que deixei no teto.

Ela envolveu meu pau com os lábios, tomando-o centímetro a centímetro. O calor dela o engoliu. Estremeci quando ela achatou a língua contra o membro.

Joguei a cabeça para trás e grunhi. Dallas pagava boquete muito bem. Ela tinha resistência, porque a mandíbula se exercitava o dia inteiro comendo. *E* era entusiasmada. Dava para ver que amava me chupar. E meu pau tinha sido chupado por mulheres que só faziam aquilo para aquecer minha cama. Erguiam os olhos pra mim, me avaliando através dos cílios com o que pensavam ser sorrisos sedutores, chupando delicadamente, acariciando meu pau, para cima e para baixo, como se fosse um violoncelo. Mas Biscoitinho, não.

Biscoitinho amava tudo: chupar, cuspir, beijar, a forma como meu pau acertava o fundo da garganta dela quando eu a agarrava pelo cabelo e fodia sua boca. Ela adorava se engasgar com ele e, muitas vezes, tentava me tomar até a base. Na verdade, aquele parecia ser o único aspecto na vida de Dallas no qual ela *não* era preguiçosa.

Eu a observei enquanto ela me chupava. Gotas vermelhas escorriam pelo cabelo lustroso, escorrendo pela testa. Ver Dallas manchada com meu sangue me fez sentir algo. Aquilo me deu um senso de posse que eu normalmente não me permitia contemplar. Talvez fosse a perda de sangue, mas eu não queria que acabasse daquela forma. Gozar na boca dela não bastaria. Enrolando o cabelo longo e castanho no meu punho, eu a puxei para longe do pau. Ela se afastou, piscando para mim, com esperança.

— Você quer que eu a foda? — Eu me inclinei, trazendo o rosto dela até o meu, encostando meu nariz ao dela. Agarrei o vestido dela pela frente, torcendo-o e apertando o tecido contra a pele até começar a rasgar. — Quer que eu coloque um filho aí dentro?

— Quero — sussurrou ela. — *Quero.*

Eu me sentei no chão de mármore, apoiando as costas no armário.

— Peça com carinho.

— Por favor.

— *Com mais carinho.*

Ela veio até mim engatinhando, montou no meu colo e agarrou minha mão, levando-a para entre as pernas. Os dedos dela me guiaram para dentro daquela boceta molhada, dois dos seus dedos se juntando aos meus dentro do calor. Meus lábios encontraram o mamilo de Dallas, e o mordi por cima do vestido. Juntos, fodemos a boceta dela até o nó dos dedos, curvando-os até as paredes pulsarem. Observei nossos dedos desaparecendo dentro dela. Ela arqueou as costas, tentando acomodar o máximo possível de nós dois.

Os lábios dela foram devagar até meu ouvido.

— Por favor, por favor, *por favor*.

Arranquei meus dedos de dentro dela, rasguei o vestido pelo meio e a segurei pela cintura, afundando-a no meu pau até a base. A cabeça dela tombou para a frente. Ela mordeu meu ombro, até arrancar sangue, o quadril se mexendo. Ela era tão apertada que mais parecia que eu estava fodendo sua bunda. As paredes dela se contraíram ao meu redor, ordenhando meu pau. Deixei que ela me cavalgasse até minha impaciência vencer, então tirei-a de cima de mim, virei-a de costas e a abaixei para que ficasse de quatro. O mármore deve ter parecido frio e duro sob joelhos dela. Eu adorava ver aquela malcriada mimada aguentando todo o meu pau, sentindo o desconforto. Minha ninfa de berço dourado.

Entrei nela por trás. Ela se impulsionava na minha direção, acompanhando cada estocada. Meus dedos se fecharam no pescoço dela e a ergui para cima até que as costas estivessem coladas ao meu torso. Ela virou a cabeça e capturou meus lábios, deslizando a língua entre eles. As costas dela se arquearam, os dedos entre as pernas, à procura do clitóris. Afastei a mão com um tapa, então, pousei a palma na bunda dela.

— Rom — gemeu ela. — Preciso gozar.

— Você precisa mostrar gratidão, porra. — Meu sangue deixou meu argumento claro, cobrindo cada centímetro das costas, dos braços e seios dela, emaranhando o cabelo. Soltei o pescoço dela e acariciei o topo da cabeça, sussurrando elogios no seu ouvido. — Que boa garota. — Palavras que nunca pensei que diria. Principalmente para aquela garota em particular, que era qualquer coisa, exceto boa em duzentos por cento do tempo. — Se ao menos você me obedecesse assim quando não está preenchida com o meu pau.

Passei a mão ao redor dela e encontrei o clitóris, recompensando-a com um tapinha. Ela gemeu alto e caiu para a frente, de novo com as mãos e os joelhos no chão, empurrando-se contra meu pau.

Mais gotas escarlates respingaram nas costas. A ferida estava aberta, e uma camada fresca de vermelho tinha pintado a coluna de Dallas. Mergulhei um dedo no sangue, então, escrevi meu nome entre as covinhas nas costas dela.

— Quem é o dono da sua bunda? — grunhi.

— Você.

— Mais alto.

— *Você*.

— Agora, engatinhe para a frente e me mostre essa boceta por trás. Quero ver se é digna da minha porra. — Com um gemido relutante, ela se afastou do meu pau, contorcendo-se até meio metro adiante. Ela começou a se virar, mas sibilei: — Não quero ver sua cara, sra. Costa. Só a boceta que roubei do meu inimigo.

Ela abriu as coxas, expondo a boceta, que pingou no meu chão, o gozo se misturando ao sangue e criando uma poça rosada aos pés dela. Acariciei meu pau, coberto pela umidade de Dallas e com o cheiro da esposa de quem eu não me cansava.

Sorri, o clímax fervilhando na minha ereção.

— Está com vergonha?

— Não. Só vazia.

Puta que pariu. Como uma mulher daquela tinha acabado com um covarde como Madison, eu não fazia ideia. Ela o teria transformado em almôndegas antes de servirem o jantar de casamento.

— Continue olhando para a frente. Vou fodê-la quando eu achar mais apropriado.

Aguentei menos de dois minutos antes de martelá-la por trás. Seus cotovelos cederam, e ela soltou um gemido surpreso.

Minhas bolas tensionaram. Grunhi e enfiei cada centímetro meu nela.

Gozei dentro dela. Em jorros intermináveis e densos, a cabeça do meu pau pressionada tão fundo quanto pude chegar. Quando ela percebeu o que eu tinha feito, o corpo todo dela ficou tenso. A boceta explodiu, molhando tudo com o clímax dela. Deslizei para fora, observando enquanto nosso gozo escorria para além das dobras e atingia o mármore. Ela colapsou nos azulejos, descansando de costas, um sorriso preguiçoso se espalhando pelo rosto.

Estiquei dois dedos, colhi a porra que escorria da boceta e enfiei para dentro outra vez, lembrando-me das palavras de Dallas mais cedo.

— É isso que eu faço com meu piu-piu?

De braços esparramados, como um anjo na neve, ela deixou escapar uma risadinha encantada. Na escala do prazer, fazê-la rir chegava perto de fazê-la ter um orgasmo.

— Você gozou dentro de mim — sussurrou ela, quase espantada.

— Gozei.

E, infelizmente, eu queria fazer isso de novo.

E de novo.

Quantas vezes ela me permitisse.

Ela se espreguiçou, apoiando um pé na minha coxa.

— Esse seu coração de gelo, Romeo... Um dia, vou quebrá-lo.

— Se alguém é capaz de fazer isso, é você, Biscoitinho.

Eu poderia dar um filho a ela sem lhe dar meu coração.

E era exatamente isso que eu planejava fazer.

# 56

## Dallas

Romeo e eu transamos. Transamos *de verdade*. Parecia que ele quase tinha aceitado a ideia de expandir nossa família. Sem mencionar que havia salvado minha vida na semana anterior no Le Bleu. Ele literalmente tomou um tiro por mim. Sem nem hesitar. Em teoria, eu deveria estar exultante. Então, por que eu não estava feliz?

Para começar, mais duas pétalas caíram da rosa de Vernon. *Minha* rosa. Quanto mais se desprendiam, mais triste parecia o caule frágil. As pétalas nadavam em uma poça de branco ressequido, já que eu me recusava a descartar qualquer uma das que tinham murchado. De alguma forma, isso a tornava ainda mais vazia. Um soldado solitário em uma guerra esquecida.

E, apesar de todas as concessões, gestos e devoção de Romeo, ele ainda me mantinha distante. Ainda não tinha me levado a um encontro de verdade. Eu reconhecia adoração genuína quando a via. Shep Townsend podia ser um pai horrível, mas amava minha mãe. Enquanto isso, Romeo não me dava atenção de verdade. Para ele, eu me tornara um acessório. Uma mobília. Uma distração. Perceber aquilo me deixou devastada. Afinal, não havia dor maior do que a do amor não correspondido.

Infelizmente, eu me senti idiota explicando tudo isso a Hettie. Então, em vez disso, ficamos jogando Lig 4 com a televisão ao fundo.

— Espere. — Agarrei o braço dela. — Aumente.

— Dal, você não pode mudar as regras cada vez que perde.

— Não. Aumente o volume do noticiário.

— Puta merda. — Ela pegou o controle remoto, estourando o volume da pequena TV na cozinha.

Uma apresentadora animada estava com as mãos entrelaçadas em cima da mesa.

— Uma fonte anônima relatou que a demonstração de artilharia da Costa Industries terminou em explosão, e três funcionários foram hospitalizados

Os investidores estão se perguntando se a empresa vai conseguir cumprir com sucesso seu contrato com o Pentágono, considerando o contratempo gigantesco de engenharia. — Um infográfico brilhava na tela. — Como podem ver, as ações sofreram uma queda considerável desde os relatos iniciais do fiasco.

Esse "vazamento" era a cara do meu ex-noivo. Quase tinha me esquecido de Madison, não recebera notícias dele desde nosso almoço no Le Bleu, e eu preferia manter as coisas assim.

Um recorte do rosto sorridente do meu marido em um evento de caridade apareceu ao lado da apresentadora. O que eu não esperava, enquanto ela lia a declaração oficial dele, era o tal marido aparecer. O relógio indicava que havia passado dois minutos do meio-dia. Romeo nunca chegava em casa antes das seis.

Hettie se virou para mim, bebendo o café vietnamita com ovo que tínhamos pedido por aplicativo.

— Acho que seu marido acabou de entrar na cozinha.

Balançando a cabeça, tentei com afinco não corar.

— Acho que não. Deve ser uma alucinação dos brownies de maconha que comemos antes. De jeito nenhum ele perderia toda a diversão no escritório.

Não comemos brownie algum, mas eu gostava de deixar Romeo nervoso, sempre na dúvida. Aquilo fazia com que ele prestasse um pouco de atenção em mim, e eu, que mendigava atenção, ficava contente com as migalhas que ele jogava na minha direção.

— Dallas. — Ele ignorou a existência de Hettie. — Temos que conversar. Venha comigo.

Meu sorriso evaporou. Eu estava encrencada? Se sim, por quê? Eu não falava com Madison fazia eras. Além do mais, o que aconteceu naquele dia mais cedo não tinha nada a ver comigo. Ao fundo, a notícia de que os problemas da Costa Industries estavam se amontoando continuava sendo exibida.

Fingi um bocejo, mas meu coração disparou.

— Seja lá o que tenha a dizer, pode ser dito aqui.

Ele encostou um ombro no batente, cruzando os braços. Os músculos ficaram salientes sob a camisa. Eu sabia que ele estava todo remendado, pontos e dor escondidos embaixo da manga. Aquilo me deu vontade de beijá-lo até que sarasse.

— É um assunto particular.

Hettie se remexeu no assento, querendo estar em qualquer outro lugar. Embaixo do balcão, ela me beliscou.

Eu a belisquei de volta.

— Hettie é da família.

— Não, ela não é. Mesmo que fosse, isso não significa que ela precise saber de tudo que se passa entre um marido e sua esposa.

Mais uma vez, ele falou como um duque do século XIX. Isso me fez repensar minha avaliação de romances históricos. Ainda assim, eu me recusava a me sujeitar a ele quando estava tão mal-humorado.

— Discordo. Seja lá o que for, pode dizer aqui e agora.

Ele passou os olhos por Hettie, e deu de ombros.

— Tudo bem.

Com dois passos rápidos, Romeo me alcançou e me ergueu, colocando minha bunda no balcão da cozinha, e começou a desabotoar minha calça.

Ofegante, eu me virei para encarar Hettie atrás de mim.

— O que você pensa que está fazendo?

Ele me deitou, achatando minhas costas no balcão. Meu cabelo roçou o cotovelo de Hettie enquanto ele puxava minha camiseta para cima, expondo meu abdômen. A língua dele trilhou um caminho na direção do meu seio. Arrepios violentos de prazer provocaram um curto-circuito no meu corpo. Em um instante, o lugar entre minhas pernas umedeceu.

— Você disse que qualquer coisa que eu precisasse poderia ser resolvido aqui. Na frente de Hettie. Estou tendo um dia ruim e preciso de algo estimulante. Vim aqui para gozar na boceta apertada da minha esposa e dar uns tapas no peito dela. Hettie pode ir embora a hora que quiser.

A cabeça dele desapareceu dentro da minha camiseta, os dentes mordiscando meu mamilo por cima do sutiã.

— E Hettie está indo embora agora mesmo antes que nunca mais consiga olhar para nenhum de vocês de novo — disse ela, a cadeira arranhando o chão. E então ela saiu com pressa da cozinha.

Vernon, que estava prestes a entrar, também deu meia-volta.

— Minha Nossa Senhora — murmurou ele antes de sair.

— Isso não é nada higiênico — falei para Romeo quando ele descartou minha camiseta e meu sutiã. Sua boca devorava a lateral do meu pescoço. — O balcão foi feito para as pessoas comerem nele.

— E eu *vou* comer. Sua boceta.

— Achei que você estava bravo comigo. — Eu me apoiei nos cotovelos, observando-o, fascinada.

Ele tirou minha calça jeans junto com a calcinha, enterrando o rosto entre minhas pernas, me chupando com a urgência de um homem faminto. A língua quente e molhada atacou minhas partes íntimas, o nariz massageando o clitóris.

— Por que eu estaria bravo com você? — As palavras foram sussurradas contra minha abertura.

— Por causa das ações... Mad...

— Não fale o nome dele enquanto minha língua estiver dentro de você.

Senti o rosto corar de forma familiar.

— Fiquei preocupada de você achar que eu tive alguma coisa a ver com aquilo.

Com muita relutância, ele ergueu o olhar, compreendendo que palavras precisavam ser trocadas entre nós. Ele suspirou, beijou a parte interna da minha coxa e se aprumou. O olhar dele estava fixo no meu.

— Eu sei que você não se encontrou mais com ele.

— Como? — De alguma forma, eu tinha certeza absoluta de que ele havia parado de mandar me seguirem. Romeo mantinha sua palavra. Sempre.

— Porque você e eu sabemos que eu a exilaria de Potomac e pediria o divórcio se você me traísse depois de tudo que dissemos um para o outro. — O fogo incendiava aqueles olhos cinzentos e glaciais. Apesar da malícia, seu olhar era como o sol, aquecendo-me até a ponta dos dedos.

Àquela altura, ele se importava o bastante para se machucar. Não era muita coisa, mas bastou para me fazer delirar de alegria.

— Agora. — Ele enfiou dois dedos em mim, curvando-os enquanto o som da minha umidade se grudando a ele preenchia o ar. — Posso chupar minha esposa, depois comê-la e, aí, chupá-la de novo? Cancelei todas as reuniões de hoje, só para poder fazer isso.

Ele retirou os dedos e os chupou até não sobrar resquícios do meu desejo por ele.

Abri um sorriso.

— Fique à vontade.

Eu estava tão satisfeita e exausta que todos os músculos no meu corpo doíam. Romeo estava em pé ao lado do fogão, esquentando o leite para meu chocolate quente. Pó de chocolate branco da L.A. Burdick, que ele instruíra Hettie a comprar antes da chegada do inverno. Era a primeira vez que ele fazia algo semirromântico para mim.

*Isso não significa nada, Dal.*

Ainda assim, não dei atenção ao meu aviso.

Romeo adicionou duas colheradas da mistura de chocolate na panela.

— Eu costumava levar um copo disso para aula toda vez que a temperatura diminuía. Mesmo no MIT, onde as localizações mais próximas eram ou na Harvard Square, ou do outro lado da ponte.

Fingi um arquejo surpreso.

— Quer dizer que você come outra coisa além de couve-de-bruxelas e peito de frango?

Meus olhos estavam grudados no antebraço forte enquanto ele batia a mistura. Meu bom Deus.

— Você vai entender quando experimentar.

Para ser honesta, poderia ser estrume líquido e, ainda assim, eu pediria uma segunda rodada se fosse para ver, da primeira fila, aquele espetáculo porno-gráfico de antebraço preparando a bebida. Eu me banqueteei com a visão. Sem camisa, poderoso e *quase* meu. Os músculos retesados se flexionavam toda vez que ele fazia o menor dos movimentos. Uma fina camada de suor ainda estava grudada naquele corpo bronzeado. Eu o observei com prazer, sentada na cadeira que Hettie tinha ocupado.

— Encomendei réplicas do seu anel de noivado e da aliança de casamento. — Romeo serviu o chocolate quente na minha caneca em formato de caldeirão, estampada com feitiços de Henry Plotkin. — Devem chegar semana que vem.

Meu coração idiota palpitou no peito. Era difícil demais resguardar meus sentimentos quando tudo que eu queria era libertá-los. Observá-los crescer, se desenvolver e evoluir.

Fingi tédio.

— E a sua aliança?

Ele chupou o dedão para limpar o resquício de leite, pousando a caneca na minha frente. Com chantili fresco e raspas de menta. Exatamente como eu gostava. Será que ele vinha prestando atenção?

Romeo se sentou na minha frente.

— Minha aliança deve chegar na mesma época.

Eu estava ouvindo tudo que eu queria. Por que não estava contente? Seria o fato de que a rosa estava morrendo aos poucos antes de Romeo ter tempo de se apaixonar por mim? Ou será que eu estava de mau humor? Com os hormônios esquisitos? Com saudades de casa?

Mexi o chocolate quente com a colher, me concentrando ao máximo no ato.

— Biscoitinho?

Meus olhos se ergueram com tudo.

— Sim?

Ele franziu o cenho.

— Por que você parece tão deprimida?

*Porque você ainda não sente nada por mim. Você apenas me aceita como algo seu. Assim como alguém aceita um novo colega de trabalho ou vizinho. Uma pessoa aleatória que entrou na sua vida e ficou.*

Tentei engolir a frustração, mas não consegui. A ideia de ir para cama com ele naquela noite — de compartilhar meu corpo sem compartilhar nenhum pensamento — me assombrava.

— Porque isso não é real — respondi.

— Elabore.

— Isso. *Nós.* — Suspirei, afastando o chocolate quente. A coisa estava séria quando eu não estava a fim de algo doce. — Dividimos tanta coisa, mas não dividimos nada. Você não me conhece. Não de verdade. Você nem tentou saber mais sobre mim. Você se abriu comigo, e, por isso, fico muito grata. Mas você não sabe nada de mim. Nenhum fato que me tornaria mais agradável para você. Você não sabe minha cor favorita. Minha comida favorita. Meus sonhos...

— Sua cor favorita é azul.

Meu Deus, teria como ele soar mais desinteressado?

Só que Romeo estava certo. E fiquei chocada.

Ele se recostou na cadeira, dando de ombros.

— Você sempre veste azul. Combina com seu bronzeado. E sempre escolhe coisas azuis. Desde a capinha de celular do Henry Plotkin até sua bolsa preferida da Chanel. Tudo azul. Quanto a sua comida favorita, você gosta de *lomo saltado.* Com *ají verde* extra. — Até o menor dos sorrisos dele era como raios de luxúria injetados na minha corrente sanguínea. — Você manda entregar isso aqui em casa três vezes por semana. O funcionário do *delivery* praticamente sabe a senha do portão. Você sempre muda de opção quando pede de outros restaurantes para variar. Exceto dos restaurantes peruanos.

Ele tinha acertado. De novo. Talvez eu fosse mais transparente do que eu pensava. Suprimi um sorriso, sabendo que, se eu o soltasse, Romeo veria como eu estava bem apaixonada por ele. *Ah, não.* Eu estava, não estava? Apaixonada por Romeo Costa. O homem menos caloroso e simpático de todo o planeta Terra. O Deus da Guerra.

Senti a boca ficar seca. A adrenalina no corpo me acordou da letargia provocada pelo orgasmo.

— Mas você não sabe do meu sonho. Meu sonho de verdade. Não dos que eu brinco a respeito.

Ele arqueou a sobrancelha.

— Filhos?

Balancei a cabeça.

— Isso é um objetivo, não um sonho.

— Então, não. Eu não sei. Qual é seu sonho, Dallas Costa?

*Ser Dallas Costa por escolha sua, não porque sou parte de um plano.*

Eu tinha um sonho bem mais antigo do que esse, na verdade.

— Quero uma casa que também seja uma biblioteca.

— Uma biblioteca na sua casa? — corrigiu ele, franzindo o cenho.

— Não, como eu disse, quero uma casa desfeita por dentro e transformada em biblioteca. Cada centímetro dela. Todos os quartos teriam estantes nas paredes, do chão ao teto. Não importaria onde entrássemos. Cozinha. Sala de jantar. Banheiro. Todos os lugares.

Ele me examinou como se eu fosse uma obra de arte intrigante que encontrou por acaso em um museu. Completamente nova a seus olhos. Ele assentiu, abriu a tampa da lata de chiclete e colocou um tablete na boca.

— Agora eu sei.

*Nossa, que anticlimático.*

Engoli em seco, me sentindo estúpida e infantil. Mudei de assunto.

— Então, você se sentiu mal hoje e veio me ver. Cuidado. Vou achar que está começando a sentir algo por mim.

A piada saiu toda errada e constrangedora, mais acusação do que flerte.

— Eu precisava de uma transa rápida para me livrar do excesso de raiva acumulada. — Ele pegou a garrafa de água, tomando um gole. — Faça um favor a você mesma e não tente encontrar significado nisso. Eu odiaria magoá-la, Biscoitinho. Seus sentimentos são preciosos. Assim como você, aliás.

Aquele foi o elogio mais horrível, condescendente e ofensivo que eu já recebera. E eu nem poderia dizer isso para Romeo, porque aí ele saberia quanto tinha me magoado.

— Ei, Romeo?

— Hum?

— Você notou que não está mascando tanto chiclete nos últimos dias?

Eu notei. Eu notava tudo sobre ele.

Romeo inclinou a cabeça.

— Verdade. Faz alguns dias.

— Qualquer dia, vai precisar me contar por que gosta tanto de chiclete e silêncio — provoquei, meu pé encontrando o dele embaixo da mesa.

— Por que você é tão fascinada por isso?

— Porque são nossos hábitos que nos dizem quem somos. Suas peculiaridades são parte de você. — Fiz uma pausa. — E quero juntar todas as suas peças, Romeo Costa. Se você me deixar, quer dizer.

Ele se levantou, levando a garrafa consigo.

— Vou estar no meu escritório, trabalhando. Obrigado pela transa, Biscoitinho.

# 57

**Romeo**

*Obrigado pela transa, Biscoitinho?*

Eu merecia levar um tapa de todas as mulheres do planeta.

Ainda assim, eu tinha falado sério.

Apesar dos sentimentos dela *realmente* importarem, seria errado se Dallas confundisse nosso relacionamento cordial com um de natureza romântica. Para ser sincero, Morgan não tinha nada a ver com isso.

Fazia tempo que meu coração tinha apodrecido quando Dallas entrou na minha vida.

Não. O que me incomodava não era meu coração morto. Era o perigo do que minha esposa poderia fazer com ele. Tirar a poeira com um sopro doce. Limpar a lápide com as mãos eficientes. Dar vida nova a ele com sua doçura inegável e insuportável.

Do porta-retratos no meu escritório, Biscoitinho parecia me encarar do alto. Seus olhos me analisavam enquanto meus sapatos achatavam o tapete, indo de um lado para o outro.

Claro, tínhamos algo bom rolando. Eu confiava nela. Até gostava de sua companhia. Sua boceta era, sem dúvida, a coisa mais doce que eu já experimentara — talvez como resultado da quantidade de açúcar que ela consumia.

No entanto, nunca seria mais do que isso.

E como eu poderia manter minha esposa enquanto oferecia apenas uma fração do que sabíamos que ela merecia?

Não entrei no quarto dela naquela noite.

Nem na noite seguinte.

Em vez disso, fui até a mansão de Oliver com Zach. Tinham acabado de voltar da nossa viagem anual de snowboard no Colorado, na qual pela primeira vez eu não os acompanhara.

Eles jogavam sinuca enquanto eu segurava uma garrafa, empoleirado na máquina de Pac-Man antiga. Um jogo dos Commanders passava na televisão na frente deles.

No geral, uma noite agradável.

Eu deveria ter sentido falta desses encontros com eles, agora que passava meu pouco tempo livre com Biscoitinho.

Mas, de alguma forma, não senti.

— Então, quando vai sair o divórcio? — Oliver perguntou, acendeu um charuto e tirou uma calcinha fio dental da dobra do sofá de couro, jogando-a no lixo.

Cristo. Tinha me esquecido de que a casa dele era um laboratório de ISTs, feito para criar novas doenças.

Fui até ao bar, examinando a seleção impressionante de bebidas.

— Quem disse que vamos nos divorciar?

Zach riu ao lado da mesa de sinuca.

— *Você.*

— Diversas vezes, na verdade — comentou Oliver.

— Seis. — Além de gênio, Zach parecia ter a memória de uma manada de elefantes. — Posso recitá-las se quiser, incluindo datas e contexto.

Oliver coçou a têmpora.

— Acho que as palavras exatas foram "obras de arte raramente ficam penduradas na mesma parede para sempre".

Abri a geladeira.

— Dallas e eu chegamos a um acordo.

— Boa tentativa. — Oliver enfiou uma calcinha fio dental vermelha no bolso, um fio de fumaça escapando-lhe da boca. — Você e sua mulher mal falam a mesma língua.

Tentei outra estratégia.

— Se decidirmos nos divorciar, vai levar um tempo. Não estou com pressa. Nem ela. Tenho assuntos mais importantes a tratar.

Zach e Oliver conheciam meus planos para a Costa Industries. E os motivos. Eu não escondia nada deles, exceto meus sentimentos complicados com relação a Dallas. Porém, isso era uma coisa recente, e não havia muito a contar.

— Nem tanto tempo assim. — Oliver caminhou pela sua sala de entretenimento, desenterrando peças de lingerie de diferentes tamanhos, estilos e cores, atirando-as na lata de lixo. — Ela vai querer ter filhos em algum momento.

— Darei isso a ela — retruquei, irritado.

Zach errou a tacada na bola, acertando a beirada da mesa. Meia dúzia de sutiãs caíram dos braços de Oliver. As sobrancelhas dos dois alcançaram a linha da testa onde o cabelo começava a nascer.

Zach foi o primeiro a digerir a fala.

— É mesmo?

Agarrei uma garrafa de cerveja pelo gargalo sem nem ler o rótulo, abrindo-a.

— Preciso de um herdeiro. Ela precisa de um hobby.

— Desde quando você precisa de um herdeiro? — Oliver jogou a cabeça para trás e gargalhou. — Na última vez que a gente falou disso, você praticamente desenvolveu um hímen em cima do pinto só para evitar ter filhos.

— Alguém tem que herdar minha fortuna.

Zach reorganizou a mesa de sinuca.

— Faça igual Gates ou MacKenzie Scott. Doe a maior parte.

— Vocês me conhecem? — Fiz uma careta. — Se a filantropia me encontrasse em um beco escuro, ela se fingiria de morta, e eu *ainda* assim a mataria por diversão.

Zach estalou a língua, passando giz na ponta do taco.

— Então o que entendi disso tudo é que você está com certeza absoluta, sem dúvida nenhuma, fodendo sua esposa. — Oliver terminou de recolher as peças íntimas de suas peguetes, e começou, então, a coletar embalagens vazias de camisinhas pelo chão. Por que eu achava que aquele bordel tinha sido digno da minha cerimônia de casamento? — E que ela faz um boquete *ótimo*.

— Digno de prêmios. — Zach assentiu. — Um boquete inigualável, para tê-lo feito mudar de ideia.

— Parem de falar da minha vida sexual — rosnei.

Oliver abriu um sorriso.

— A irmã dela já fez 18 anos?

Atirei a garrafa de cerveja ainda quase cheia na direção dele.

*Babaca.*

Não fui ao quarto de Dallas naquela noite.

Quis provar a mim mesmo que eu ainda tinha certo controle sobre o assunto.

Nosso tempo juntos não era compulsório.

Eu não estava obcecado.

Na verdade, eu nem sequer sentia falta do calor, da boceta ou dos beijos dela.

Não enquanto estava deitado naquela minha cama dura e grande demais.

E muito menos enquanto encarava o teto, me perguntando qual tipo de novo inferno eu prepararia para Madison Licht no dia seguinte.

# 58

*Romeo*

Desde o começo, Dallas tinha combinado de passar o Natal com a família dela enquanto eu passaria com a minha. Um acordo que tínhamos feito nas raras vezes que conversávamos antes de tirar as roupas. Um que achávamos que funcionaria bem. O problema era que eu não fazia ideia de como toleraria passar cinco dias sem Dallas ao meu lado.

A ideia assombrosa me incentivou a tentar um experimento. Planejei evitar Biscoitinho por alguns dias para provar a mim mesmo que conseguiria, de fato, viver minha vida sem afundar meu pau e minha língua dentro dela, assim como eu passara os últimos trinta e um anos antes de conhecê-la.

No primeiro dia, voltei para casa tarde o bastante para que a encontrasse dormindo.

No segundo, cheguei com um convidado. Oliver. Aquilo, com certeza, manteria Dallas distante.

Para minha surpresa, Biscoitinho não estava na cozinha quando entramos, seu hábitat natural. Também não estava na sala de estar ou no meu escritório. (Ela gostava de ler e deixar migalhas de lanches esparramadas no escritório, só para me lembrar de que eu nunca mais teria uma casa organizada e limpa.)

Oliver se serviu de seja lá o que Hettie tinha preparado mais cedo, enquanto eu fingia não estar confuso com o comportamento de Dallas.

— Hettie — vociferei, interrompendo o esforço dela para vestir uma jaqueta *puffer*. — Bis... Dallas está aqui?

Ela se virou, franzindo o cenho.

— Hoje não é o lançamento oficial do décimo quarto livro do Henry Plotkin? Ela deve estar na fila da Barnes & Noble, tentando pegar uma primeira edição autografada.

Óbvio. Ela adorava aqueles livros idiotas.

Dei uma olhada do lado de fora, franzindo o cenho. Havia neve empilhada em formato de pedras brancas gigantes.

— Ela estava agasalhada quando saiu?

A cabeça de Oliver se ergueu com tudo da tigela de sopa de vegetais, carne e pimenta. Ele me encarou, boquiaberto, a colher caindo dos lábios.

— Ah, eu não a vi sair. Eu estava comprando presentes de Natal. — Hettie enrolou o cachecol três vezes ao redor do pescoço, enfiando as mãos nas luvas. Estava tão frio que ela vestiu diversas camadas para atravessar a curta distância até sua residência do outro lado do gramado.

Minhas narinas se inflaram.

— Ela deve ter colocado um baby-doll e sandálias para sair.

Hettie riu.

— É bem provável. — Ela acenou para mim e Oliver antes de sair.

Continuei rígido por mais alguns instantes enquanto Oliver me espiava. Ele levou a colher de volta ao prato, engolindo um pouco de sopa.

— Você pode ligar para ela, sabia?

Eu podia. Mas ela não atenderia. Eu suspeitava que ela não tinha gostado do fato de eu ter desaparecido nos últimos dias.

— Vou pegar um casaco e um cachecol, Jared pode levar tudo para ela. — Balancei a cabeça, fingindo exasperação, apesar de estar mais preocupado do que com raiva. — Volto logo.

Em minha jornada escada acima, lembrei a mim mesmo de que não devia nada a Dallas. Tínhamos um acordo, e ela estava ciente disso. E daí que não nos víamos fazia dias? Ela também quase não me procurava.

Quando cheguei ao quarto de Dallas, fiquei surpreso ao encontrá-la ainda lá dentro. Mais ainda por estar deitada na cama. Biscoitinho não considerava ir dormir antes da uma da manhã. Ainda assim, um relógio marcava sete horas na mesa de cabeceira da minha esposa. A rosa ao lado dele tinha murchado, e apenas duas pétalas não se soltavam. Eu não conseguia entender o motivo de ela ainda não ter se livrado daquela coisa idiota.

— Deixe-me adivinhar. — Entrei fazendo barulho no quarto dela. — Você contratou alguém para ficar na fila por você, para não precisar mexer sua bunda preciosa...

O resto da minha frase morreu na garganta quando tive um vislumbre completo dela.

Imagino que, pela primeira vez na vida, Dallas Costa estava com uma aparência horrível. Um tom vermelho-cereja manchava as bochechas, mas toda cor tinha se esvaído do resto do corpo, deixando-a tão pálida quanto a rosa moribunda. Lascas brancas cobriam seus lábios ressequidos, enquanto um olhar vazio cobria os olhos. Pousei a mão na testa dela. Tão quente quanto uma caldeira.

— Jesus. — Eu me afastei. — Você está queimando de febre.

Ela estava narcoléptica demais para falar. Ou se mexer. Havia quanto tempo ela estava daquele jeito? Ela estava assim ontem? Eu deixara de notar que ela estava doente durante minha missão para provar ao meu cérebro que meu pau não era o responsável por esse desastre?

Toquei a testa dela de novo. Ardia.

— Querida.

— Por favor, saia daqui. — As palavras arranharam a garganta dela.

— Alguém precisa cuidar de você.

— Esse alguém com certeza não vai ser você. Isso ficou bem claro nos últimos dias.

Eu não disse nada. Ela tinha razão. Não tinha me dado ao trabalho de verificar como ela estava. Talvez eu queria que *ela* tivesse verificado como *eu* estava. Na verdade, ela tinha superado qualquer expectativa ao tentar fazer nosso relacionamento funcionar. Enquanto isso, eu a tinha afastado. Diversas vezes.

— Biscoitinho, vou buscar remédio e chá para você.

— Não quero que você cuide de mim. Você está me ouvindo? — Ela deve ter odiado que a vi naquele estado. Fraca e doente. — Chame minha mãe e Frankie. São elas que eu quero ao meu lado.

Engoli em seco, mas não discuti. Entendi que ela não queria se sentir humilhada. Ser cuidada pelo homem que garantira que ela entendesse sua insignificância para ele. Como ela não percebia as coisas? Como ela podia pensar que eu não sentia nada por ela?

— Primeiro, vou buscar remédio, chá e água. Então, vou pedir a Hettie para ficar com você. *Depois*, avisarei sua mãe. — Ergui o edredom até o queixo dela. — Sem discussão.

Ela tentou gesticular para eu ir embora, grunhindo ao menor dos movimentos.

— Tanto faz. Só vá embora. Não quero ver sua cara.

Dei a Dallas o que ela queria, mas, como sempre, não da forma como ela esperava. A sequência de ações não ocorreu como prometido. Primeiro, entrei em contato com Cara para despachar o jatinho particular para a Geórgia. Então, liguei para minha sogra e Franklin — separadamente — exigindo a presença delas. Só depois entrei na cozinha para pegar água, chá e ibuprofeno para a febre de Biscoitinho.

É evidente que, como o preguiçoso crônico que era, Oliver continuava sentado no balcão da cozinha, aproveitando uma fatia extragrande de bolo red velvet, que eu tinha certeza de que era para ser consumido por Dallas.

— O que você ainda está fazendo aqui? — perguntei, enquanto pegava as coisas de que eu precisava.

Ele coçou a têmpora com a parte de cima do garfo, sobrancelhas franzidas.

— Você me convidou. Você queria ver um jogo de futebol, lembra?

Eu não lembrava. Naquele momento, não lembrava do meu próprio endereço.

— Vá embora.

— Mas e o...

Tirei o prato das mãos dele, admitindo a mim mesmo que tinha começado a agir como um animal.

— Esse bolo não era para você comer.

— Você enlouqueceu nesses dez minutos que saiu. — Oliver me encarou, boquiaberto. — O que aconteceu? A Durban não conseguiu o mais novo livro do Henry Plotkin e descontou a raiva em você?

*Merda.*

O livro do Henry Plotkin.

Empurrei Oliver para fora, um garfo ainda apertado nas mãos imundas, e liguei para Hettie com a mão livre.

— Alô? — Ela meio atendeu, meio bocejou.

— Dallas está doente. Você precisa vir aqui e tomar conta dela até a mãe e a irmã chegarem daqui a umas duas horas.

— Ah, é? — A energia dela voltou dez vezes mais potente. — E o que diabo você vai fazer enquanto isso?

— Vou congelar minhas bolas.

Eu poderia ter mandado Cara fazer aquilo. Não seria a coisa mais elegante que eu tinha feito na vida — afinal, Cara tinha mais de 50 anos, estava sofrendo com as costas arruinadas e merecia um descanso no Natal —, mas não seria nada inesperado. Inferno, eu poderia ter mandado qualquer um dos meus outros seis assistentes que recebiam menos. Mas não mandei.

Algo me convenceu a me juntar à fila de mais de trezentas pessoas do lado de fora da Barnes & Noble mais próxima para ter a chance de colocar as mãos no mais novo e último livro da série de Henry Plotkin: *Henry Plotkin e os fantasmas cadavéricos.*

E, por "chance", quis dizer que eu conseguiria o livro para Biscoitinho. Mesmo que precisasse arrancá-lo à força das mãos de uma criancinha órfã com câncer terminal. Eu não me arrependeria de incendiar aquele lugar se significasse voltar para casa com aquele livro valioso. Era o que ela queria — o que ela planejava fazer naquela noite —, e juro por Deus que ela o teria.

Uma expressão mal-humorada estampava meu rosto enquanto alguns repórteres entrevistavam pessoas no frio congelante sobre quanto tempo estavam paradas naquela fila (de quatro a sete horas), como planejavam passar o tempo até a loja abrir pela manhã (com bebidas quentes e sacos de dormir), e o que achavam que aconteceria no livro (ignorei essa parte).

Eu me perguntei como tinha descido ainda mais de nível na vida. Nunca tinha feito nada remotamente desconfortável para ninguém. Até mesmo para minha ex-noiva, que eu pensava tolerar. Morgan poderia apenas sonhar comigo passando a noite toda em uma fila por ela. Eu costumava ficar furioso sempre que ela me mandava buscar absorventes se já tinha passado das nove da noite.

Talvez o sentimento de culpa pudesse ser responsabilizado por me fazer sofrer naquela temperatura de -3°C, mas eu não achava que era isso. Primeiro, eu não tinha consciência para me sentir culpado. Segundo, mesmo que tivesse, teria me sentido mal por fazê-la se casar comigo, não por ficar sem saber como ela estava nas últimas quarenta e oito horas.

De vez em quando — na verdade, em intervalos de sete minutos, precisamente —, eu mandava mensagem para Hettie, exigindo uma atualização sobre o estado de saúde de Dallas.

**Romeo Costa**: Como ela está se sentindo?

**Hettie Cozinheira**: Nada bem, mas você já sabe disso. Ela tomou ibuprofeno e bebeu um pouco de água. Estou preparando uma sopa de *avgolemono* para ela.

**Romeo Costa**: A febre baixou?

**Hettie Cozinheira**: Nesses cinco minutos desde que você perguntou pela última vez? Não.

**Hettie Cozinheira**: Febres sempre pioram à noite, então não se preocupe com isso.

**Romeo Costa**: Liguei para um médico. Ele vai dar uma passada aí nos próximos quarenta minutos.

**Hettie Cozinheira**: Quarenta minutos?

**Hettie Cozinheira**: Espero que ela aguente até lá.

**Romeo Costa**: ???

**Hettie Cozinheira**: ESTOU BRINCANDO. ELA NÃO ESTÁ TÃO MAL ASSIM. JESUS. FIQUE FRIO.

Eu estava tão frio que não conseguia nem sentir o nariz, muito menos as bolas.

**Romeo Costa**: Você está demitida.

A noite se arrastou, minuto a minuto, recusando-se a se dissipar e se transformar em manhã. O médico chegou e determinou que a febre de Dallas precisava diminuir, o que o fez ganhar o prêmio de Médico Mais Inútil do Mundo na minha cabeça. Ele receitou a ela descanso, líquido e compressas frias. Se servisse de consolo, Hettie tinha concordado com minha análise.

**Hettie Cozinheira**: Você tinha que contratar o diretor de medicina EMER-GENCIAL do Johns Hopkins? O coitado ficou totalmente confuso quando percebeu que Dal não estava morrendo.

**Romeo Costa**: Você também o achou inútil?

Hettie foi embora quando Franklin e Natasha chegaram, o que me forçou a amenizar o tom das mensagens. Tentei ser mais reservado com minha cunhada, considerando que Dallas costumava falar mal de mim para ela.

**Romeo Costa**: Ela está se sentindo melhor?

**Franklin Townsend**: Como se você se importasse.

**Romeo Costa**: Era uma pergunta de sim ou não.

**Franklin Townsend**: Ela não melhorou.

**Romeo Costa**: Me mantenha atualizado.

**Franklin Townsend**: Você não manda em mim.

**Romeo Costa**: Meu Deus, que pirralha. Quero muito que Oliver acabe com você quando for maior de idade.

**Franklin Townsend**: O quê?

Uma década tinha se passado desde o começo da noite quando o sol finalmente apareceu naquele céu prateado, pálido e relutante. A loja abriu. As pessoas entraram com pressa. Precisei de quinze minutos excruciantes para chegar ao caixa.

O funcionário adolescente abriu o livro, folheando-o enquanto me cobrava.

— Mal pode esperar para ver o que Henry vai fazer com o duque de Hollowfield, hein?

Puxei o cartão da carteira.

— Cuidado com a lombada antes que eu quebre sua lombar.

Ele me encarou, quase estragando o livro de capa dura na pressa para fechá-lo.

— Sacola?

— Passe o livro para cá. Não confio em você para não amassá-lo ainda mais.

Eu guardei o livro dentro da sacola com cuidado.

Enquanto Jared seguia o caminho pelas ruas ladeadas de árvores, passando por mansões gigantescas, gramados bem cuidados e decorações de fim de ano exageradas, não consegui evitar me sentir um pouco em dúvida quanto ao novo presente de Natal recém-adquirido para Dallas.

Cheguei a comprar um fim de semana em um spa no Tennessee para que ela passasse um tempo com Franklin, mas aquele livro parecia bem mais significativo. Eu não diria que a adrenalina inquietante que me percorria era empolgação, mas eu não estava infeliz naquele momento.

Quando cheguei em casa, Hettie, sonolenta, entrou cambaleando na cozinha para buscar a massa doce que ela preparava todas as noites para o café da manhã de Dallas.

Parei ao lado dela na ilha, segurando o livro em um aperto mortal, como se estivesse correndo perigo de ser roubado.

— Dallas está no quarto?

— Ela estava dormindo quando cheguei, mas Frankie disse que a febre abaixou.

— Como ela está?

Hettie bocejou, prendendo o cabelo com pontas cor-de-rosa em um rabo de cavalo alto.

— Bem o bastante para se recusar a tomar todos os xaropes de tosse que demos a ela.

— Por quê?

— Falou que o gosto é ruim.

— É remédio. Não deveria ter gosto bom.

— É bem ruim. A embalagem dizia que era sabor uva, mas tem cheiro de picles e carne enlatada. — O nariz dela se franziu. — Vernon, a mãe, a irmã e os outros funcionários verificaram todas as farmácias da região atrás de pílulas. Esgotadas. Um dos farmacêuticos disse que tem uma virose complicada se espalhando.

— Vou dar um jeito nisso. — Peguei a garrafinha ofensiva do balcão. — A mãe e a irmã estão com ela?

— Frankie está. Natasha foi dormir no quarto de hóspedes. Acho que ela sentiu que poderia descansar, já que Dal está se sentindo melhor.

Subi as escadas dois degraus por vez. A cada um, meu humor melhorava. A cadência doce parecida com sinos da voz de Biscoitinho preenchia o corredor. Baixa, mas era a voz dela.

Por que percebi apenas naquele instante que gostava da voz dela? Do som que ela emitia? Da sua existência em geral? Talvez porque fosse a única coisa, além de completo silêncio, que meus ouvidos apreciavam.

Quando cheguei à porta dela, ergui o punho na intenção de bater. Mal poderia esperar para lhe mostrar o livro. Um orgulho infantil tomou conta de mim.

Imaginei que fosse assim que os filhos se sentiam quando sabiam que tinham feito algo que lhes faria receber a aprovação dos pais. Eu não tinha como saber. Meus pais raramente prestavam atenção na minha existência.

—... nem acredito que não me contou que vocês dois estavam fazendo S-E-X-O. — Franklin soletrou a última palavra em um sussurro de empolgação.

Uma risada se entalou na minha garganta. Eu não era de bisbilhotar, mas me demorar um pouco para ouvir a resposta de Dallas não entraria na lista das dez mil piores coisas que eu tinha feito na vida.

— Como é? — exigiu saber Franklin.

— É bom, acho. — Dallas tossiu, ainda fraca. — Não estou sofrendo.

*Eufemismo do século, docinho.*

— Quer dizer que você gosta dele? — Frankie ofegou, prendendo a respiração. Por um motivo estranho, fiz o mesmo.

Não houve pausa, não houve hesitação, na resposta de Dallas.

— Meu Deus, Frankie, é claro que não. Eu já disse: ele é o equivalente humano a uma injeção de cloreto de potássio. Isso ainda não mudou.

As palavras me atingiram como um soco no estômago, com tanta força que cambaleei ao dar um passo para trás.

*O que você estava esperando? Que ela se apaixonasse por você depois de tê-la forçado a se casar e passado meses a atormentando?*

— Então por que está fazendo S-E-X-O com ele?

*Eis a questão.*

— Porque ele nunca vai me libertar do acordo. É melhor eu me divertir um pouco, então, né? — Biscoitinho fungou. — Além do mais, quero muito um bebê. Você sabe que sempre quis uma família grande, Frankie. Só porque não gosto do meu marido, isso não quer dizer que não posso criar uma família que eu ame. Na verdade, quanto mais rápido eu engravidar, mais cedo posso voltar para Chapel Falls. Bem, ele não vai me querer por perto quando eu estiver grávida. Ele odeia crianças.

Eu não odiava crianças.

Tudo bem, eu odiava.

Não havia muito tempo — naqueles últimos dias, precisamente —, eu tinha começado a pensar que não seria tão horrível assim se Dallas e eu tivéssemos um filho. Ainda mais se o filho herdasse aqueles lindo olhos cor de mel e a risada afetuosa.

No entanto, eu tinha acabado de descobrir que a única razão pela qual minha esposa me cavalgava como se eu fosse seu cavalo preferido era porque queria fugir para Chapel Falls.

— Esse é o plano. — A voz de Dallas ecoou pelo corredor. — Voltar para cá, engravidar e correr de novo para a Geórgia até eu ter uns três ou quatro filhos. Tenho certeza de que ele também não vai sentir minha falta.

Meus dedos tremiam, fechando-se ao redor do livro. Uma respiração tensa e laboriosa revolvia na garganta. Eu tinha oferecido um divórcio a ela — por que não o aceitou e foi embora?

O motivo, no entanto, piscou na minha frente como se estivesse em luzes neon gritantes.

Ela seria uma mulher arruinada, exatamente como eu tinha dito. Ela precisaria começar do zero, contentar-se com as migalhas que Chapel Falls lhe ofereceria e arcar com uma reputação terrível pelo resto da vida.

Se eu a engravidasse, ela iria e viria como bem entendesse. Ainda seria a esposa de um dos homens mais ricos dos Estados Unidos.

Ninguém ousaria dizer nada negativo sobre ela. O respeito, a dignidade e a boa reputação da família dela permaneceriam intactos.

— Espero que você engravide logo. — Frankie deu uma risadinha. — Estou com tanta saudade. Mal posso esperar para ter você de novo em casa.

— Eu também, Frankie. Acredite em mim.

Aquilo não deveria ter me provocado nem metade da sensação terrível de quando encontrei Morgan em cima da mesa, sendo chupada pelo meu pai. Ainda assim, eu me senti mil vezes pior. Porra.

Foi como se Dallas tivesse arranjado uma faca, arrancado minhas entranhas e atirado tudo aos lobos.

O nível de traição era incompreensível.

Que ironia eu ter pensado que a deslealdade dela chegaria na forma de Madison Licht, quando, naquele tempo todo, Dallas nunca quis outra pessoa.

Ela simplesmente não *me* queria.

Virando o corpo, avancei pelo corredor e desci as escadas, largando o livro idiota em uma lixeira aleatória no caminho porta afora.

Se ela não queria nada comigo, não precisaria dizer duas vezes.

Eu daria todo o espaço de que precisasse.

E mais.

# *Romeo*

Talvez reconhecendo que aquele momento representava uma crise genuína, Zach se ofereceu para me deixar dormir na casa dele durante as festas de fim de ano. Na véspera de Natal, arrastei minha existência miserável até a casa dos meus pais, principalmente porque eu sabia que meu pai estava com os dedos coçando para se aposentar. A posição de CEO nunca pareceu tão perto do meu alcance. Apesar da sensação de eu ter sido atropelado um milhão de vezes pelo nosso Humvee fracassado, decidi não desistir e, em vez disso, me certificar de terminar o que eu começara: acabar com a Costa Industries.

O evento anticlimático que foi o jantar de Natal consistiu em Monica se lamentando sobre a doença de Dallas — aparentemente, ela tinha visitado minha esposa mais cedo naquele dia, que relatou uma febre insistente — e em meu pai examinando a comida, sem apetite. Zach e os pais passavam as férias em Plitvice, o que me deu a oportunidade de ficar na casa dele sozinho para remoer a informação que minha sogra tinha mandado por mensagem quando voltei daquela refeição medíocre.

> **Natasha Townsend**: Oi, Romeo. Queria mantê-lo informado, já que seus funcionários estão de recesso. A febre de Dallas continua. De acordo com o médico, ela também está com pneumonia. Ele receitou antibióticos. Franklin e eu vamos ficar nos quartos de hóspedes. Você tem planos de visitar sua esposa em algum momento?

O tom passivo-agressivo não passou despercebido. Eu não poderia culpá-la. Eu estava ausente enquanto a filha dela — minha esposa — sofria com pneumonia nas festas de fim de ano. A epítome de um marido escroto. Ainda assim, duvidei que ela apreciaria a resposta que eu continuava tentando escrever para ela.

> **Romeo Costa**: Oi, sra. Townsend. Mil desculpas por eu estar fora de casa. Atualmente, estou ocupado com a tarefa árdua de alternar entre beber até morrer ou arranjar briga em bares para diminuir minha raiva.

já que sua filha deixou perfeitamente claro que o que eu pensava ser um relacionamento verdadeiro era apenas uma tentativa desesperada de escapar de mim. Volto assim que tiver superado o fato de que não sou nada além de um saco cheio de dinheiro e um vibrador com esperma para ela.

Deitado no sofá de couro na sala de Zach, embalando um copo de uísque caro, de uma coisa eu tive certeza: eu estava apaixonado por Dallas Costa. Apaixonado por ela, pelo chão que ela pisava, pela sua risada, suas sardas, sua obsessão por livros, sua bagunça, sua alegria, sua personalidade sincera. Eu adorava cada pedacinho dela.

Não fazia ideia de quando, exatamente, Biscoitinho tinha me enfeitiçado. Mas sabia que eu estava indefeso e apaixonado por ela, contra a minha vontade. Na verdade, um dos seus poucos atrativos iniciais era a certeza absoluta de que eu jamais desenvolveria algum sentimento por ela. Tudo que um dia achei constrangedor e grosseiro nela acabou sendo minha kryptonita.

A bebida em minha mão se transformou em três copos, depois cinco, então mais. Como Jared estava de férias, acabei em um Uber e com um cachecol Burberry bem enrolado no rosto para esconder minha identidade. Por algum motivo que eu desconhecia, eu tinha escolhido a Costa Industries como destino. Não havia ninguém no prédio além da equipe de segurança noturna, então me deitei no saguão de mármore, entornando uísque direto da garrafa.

Soltei uma risada sem um pingo de humor.

*Você levou um tiro por ela.*

*Você quebrou sua regra de não ter herdeiros por ela — ou, pelo menos, teve a intenção de fazê-lo.*

Tinha aceitado, sem reclamar, suas exigências, defeitos, paixões e jeitos de agir. Ainda assim, ela não me quis. Não havia por que tentar convencê-la do contrário. A pior parte era que, apesar de eu detestar Dallas por conquistar meu amor, eu ainda me preocupava com ela. Mesmo depois de tudo que ela tinha dito sobre mim para Franklin, eu queria estar ao lado dela. Segurar a mão dela. Cuidar dela.

Eu estava errado. Eu nunca amara Morgan. O que eu sentia por ela era apropriação e possessividade. *Isso aqui* era amor de verdade. Como se um dos meus órgãos estivesse na mão de outra pessoa, e eu não pudesse recuperá-lo nem se quisesse.

Odiei cada momento de estar apaixonado por Biscoitinho.

No entanto, isso não tornava o amor menos real.

Cambaleei pelas portas giratórias da Costa Industries, tropeçando em um idiota sóbrio com expressão dura. Infelizmente, eu não estava bêbado o bastante para ter nenhuma maldita alucinação. Sim, era Madison Licht, parado na minha frente em toda a sua glória de um metro e setenta. Ou melhor, sua modéstia de um metro e setenta.

— Ora, ora. O que temos aqui? — disse ele.

O ar gelado nos chicoteou, mas já que ele compartilhava da lividez de um boneco de neve derretido, suas bochechas foram as únicas que ficaram vermelhas como as de um palhaço.

— Está entrando no espírito de Natal ao beber sozinho?

— Nem todo mundo aguenta a alegria de ver a própria empresa desmoronar. Como está a Licht Holdings, falando nisso? — Peguei o celular, chamando um Uber. Cinco minutos, caralho.

— Vamos dar a volta por cima. — Madison cerrou os dentes. — Sempre damos.

— Estão falando que, além de todos os problemas legais, vocês fracassaram em mais auditorias do que o Pentágono. Se ao menos conhecessem um especialista financeiro com uma década de experiência na área de defesa... — provoquei.

— Prefiro morrer a aceitar ajuda vinda de você.

— Eu estava mesmo esperando por essa opção. — Joguei a garrafa vazia de uísque em uma lixeira ali perto. — Vamos prosseguir com sua morte prematura.

— Que convencido. — As narinas dele se inflaram enquanto me encarava através de uma névoa de fúria vermelha. — Você se acha intocável, não acha?

Eu sabia que ele tinha vazado a informação do teste fracassado para a imprensa. Sabia que ele achava que tinha feito uma coisa terrível, mas apenas havia me entregado um enorme presente logo antes do Natal.

Dei uma risada.

— Ah, posso ser tocado, sim. Sua ex-noiva me toca o tempo todo. *Em todos os lugares*. Ela é deliciosa. Obrigado por isso, aliás.

Madison avançou, cerrando as mãos no meu colarinho, algo que ele nunca faria — ou sofreria as consequências — se eu estivesse sóbrio. O hálito podre de carpa inundou minhas narinas.

— Não se esqueça de que sei do seu segredinho. Morgan me revelou todos os seus medos mais profundos e terríveis antes de dar o fora.

— Meus segredos não podem me matar — disse, percebendo pela primeira vez que aquilo era verdade.

O passado era apenas aquilo: o passado. Tão insuportável e doloroso como sempre.

Ele me soltou, levou o polegar ao pescoço e passou o dedo por ele, mantendo contato visual comigo o tempo todo.

— Mas *eu* posso.

Acordei na manhã de Natal com uma ressaca do cão e uma mensagem de Frankie, e não soube qual das duas era pior.

> **Franklin Townsend:** Mamãe e eu vamos embora amanhã. É bom você vir e cuidar da sua esposa, ou, juro por Deus, você não vai encontrar nada aqui quando voltar. Vou destruir sua casa inteira, Costa.

A raiva com certeza corria no sangue Townsend.

Continuei bebendo durante o dia, ignorando as mulheres Townsend que tentavam falar comigo pelo celular, através de Zach ou do telefone fixo no apartamento dele. Eu tinha combinado com Hettie e Vernon que chegassem algumas horas antes de Natasha e Franklin embarcarem no avião de volta à Geórgia. Eles cuidariam de Dallas enquanto eu me lamentava no sofá de Zach.

A certa altura, fiquei entediado de beber e encarar as paredes, então saí da casa dele. O frio gélido beliscava meu rosto enquanto eu passava pela neve que não tinha sido retirada. Uma cidade fantasma com bares e restaurantes fechados, que me encontravam a cada esquina. Perambulei pelas ruas até sentir as bochechas arderem de frio, depois voltei para a casa de Zach e cedi, submetendo-me ao desejo do meu coração.

> **Romeo Costa:** Como ela está?
>
> **Franklin Townsend:** Venha você mesmo ver, babaca.
>
> **Romeo Costa:** Estou ocupado.
>
> **Franklin Townsend:** Eu também. Não me mande mais mensagens.

Dane-se ela.

Uma noite sem sono seguiu esse dia miserável. Assim que o sol espreitou no céu e olhei para o relógio, percebi que Frankie e Natasha já deveriam ter decolado para a Geórgia. Liguei para Hettie.

— Você está aí? — Andei de um lado para o outro da sala de estar, gastando o tapete com as minhas meias (a casa dos Sun tinha uma política estrita de não usar sapatos). — Ela está bem?

— Bom dia para você também. — Ouvi o som da neve derretida e do gelo sendo triturados sob as botas dela. Sua respiração ofegante pesou do outro lado da linha. — Na verdade, estou presa em Nova York por causa dessa merda de clima. Os ônibus e os trens não estão circulando. Só agora estão jogando sal nas ruas...

— E você está me contando agora? — rugi, correndo para pegar os sapatos e calçá-los, que a regra se danasse. Eu os amarrei em tempo recorde, já vestindo o casaco. — Vernon só vai chegar à tarde. Dallas está sozinha.

Aquele pensamento fez minha pele formigar. Ela estava doente. Ela poderia me odiar e detestar e me querer longe... mas ainda estava doente. Saí pela porta de Zach, direto para o Tesla dele. Com certeza, ele não se importaria. E, com ainda mais certeza, eu não me importava.

— Bom, para ser sincera, Romeo, você está literalmente no mesmo bairro, então... — As palavras de Hettie perderam força. Ela achava que eu tinha ficado na casa dos meus pais.

— Só volte para casa o mais rápido possível.

Desliguei o celular e acelerei tanto no caminho de volta para casa que cheguei quinze minutos antes da previsão do Waze.

Silêncio completo e uma casa vazia me cumprimentaram quando cheguei. Praguejei mil vezes enquanto subia correndo as escadas até o quarto de Biscoitinho. Abri a porta sem bater. Educação era um luxo com o qual eu não poderia arcar naquele instante.

Um edredom cobria aquelas curvas suculentas. Só quando cheguei mais perto que notei os olhos fechados. Havia manchas vermelhas salpicadas pelas bochechas. A febre deveria ter voltado. Espalhados na mesinha de cabeceira havia lenços, uma variedade de remédios líquidos e uma garrafa de água.

Então, entendi a gravidade da doença. Mais uma vez, fiquei nauseado com o tanto que me odiava. Como eu escolhera meu ego precioso em vez da minha linda esposa?

— Querida. — Me apressei até o lado da cama dela, pousando a mão em sua testa. Tão quente quanto um forno ligado. — Quando foi a última vez que tomou banho?

— Me deixa sozinha — grunhiu ela, os olhos ainda fechados. — Você tem sido muito bom nisso.

— Eu sinto muito. Muito mesmo. — Eu me ajoelhei ao lado da cama dela, segurando sua mão. Pareceu sem vida entre meus dedos. Pressionei os lábios contra ela. — Vou preparar um banho para você.

— Não quero que você faça nada por mim. Hettie vai chegar daqui a pouco.

Ela preferia esperar que outra pessoa a ajudasse. Dallas virou o rosto para o outro lado, para que eu não pudesse vê-lo. Cada vez que eu pensava que a faca no meu coração não poderia ir mais fundo, Dallas provava que eu estava errado.

Entrei no banheiro da suíte, enchendo a banheira. Enquanto isso, troquei a água da rosa, porque sabia o quanto ela gostava daquela coisa feia e sem pétalas, depois fiz um chá e preparei uma torrada com manteiga de amendoim.

Eu me acomodei no colchão para alimentá-la, levando o pão aos seus lábios e incentivando-a a comê-lo.

— Só mais uma mordida, querida. Você consegue. Eu sei que consegue. Vou comprar toda a comida peruana do mundo para você se terminar de comer isso.

Ela não respondeu. Muito menos me agradeceu. Só engoliu as pequenas mordidas sem saboreá-las. Eu não podia culpá-la. Não importava o que ela sentia por mim, eu sabia — era um fato — que ela cuidaria de mim se eu estivesse no lugar dela. Eu era um covarde. Um tolo infantil por puni-la por não me amar.

Quando a banheira encheu, tirei a roupa de Dallas e a levei para dentro, trazendo, arrastada, a cadeira da penteadeira. A julgar pelos grunhidos baixos, imaginei que não fiz um trabalho horrível massageando o xampu no couro cabeludo. Depois de enxaguar, esfreguei cada centímetro do corpo dela com uma esponja macia e sabão. O simples ato de respirar parecia incomodá-la.

*Ótimo trabalho, seu canalha. Como pôde ser tão egoísta?*

A certa altura, a água esfriou. Eu a levei para cama, deixei-a em cima de uma toalha estendida e a sequei com tapinhas de leve, então, vesti a calcinha. Depois, tirei a toalha e joguei o edredom por cima dos ombros dela.

— Você esqueceu o resto da minha roupa — gemeu ela, fraca demais para me dar uma bronca de verdade.

— Não esqueci. Vamos dar um jeito na febre.

*Antes que você dê um jeito de se livrar de mim.*

Ela me observou com olhos pesados enquanto eu me despia, ficava de cueca, erguia o edredom e me deitava ao lado dela. Eu a abracei por trás para que ela não pudesse me ver.

Com o nariz aconchegado em seu cabelo, decidi que, naquele momento, se ela fosse louca o bastante para me dar outra chance, eu lhe daria tudo que ela quisesse, sem questionar e sem exigir nada em troca. Se aquilo significasse que eu poderia ficar com ela, eu aguentaria uma vida toda na qual ela apenas me enrolaria, engravidando e fugindo para Chapel Falls, voltando ali apenas quando lhe fosse conveniente.

Biscoitinho tremia em meus braços.

Apertei-a com força contra o peito, todas as palavras que Dallas merecia ouvir, mas que eu nunca tinha dito presas na minha garganta.

— Está tremendo, querida?

Os ombros estremeceram. Depois de uma longa pausa, ela disse:

— Não, eu estou triste, seu idiota.

Não sei por que aquilo me fez rir.

— Por quê?

— Porque você me abandonou.

— Eu não a abandonei. — Beijei o queixo dela. — Achei que não quisesse me ver. — Aquilo chegava perto da verdade, imaginei.

— Você é meu marido. Quem mais eu desejaria ver?

*Sua mãe e irmã, a quem você declarou que me achava insuportável.*

— Estou aqui agora, e não vou a lugar nenhum. — Acariciei o cabelo dela. Eu não conseguia parar de beijar o seu queixo. Meu corpo sugando a febre do dela, nossa pele grudada, nossa carne derretendo e virando uma coisa só.

— Eu te odeio.

— Eu sei. Eu também me odeio.

Inclinando-me para a frente, beijei as bochechas dela, lágrimas inexistentes. Notei que Dallas nunca chorava, mesmo quando eu esperava que o fizesse. Outra coisa a respeito da qual nunca perguntei. Eu esperava que ela me desse a chance de perguntar no futuro.

Dallas tremeu nos meus braços até a respiração se estabilizar, e soube que ela tinha dormido. Outra coisa que adormeceu foi meu braço embaixo dela, mas não ousei me mover. Nem mesmo quando uma hora se transformou em duas, depois três, depois quatro, e tive certeza de que precisaria amputar o braço quando ela acordasse.

Na verdade, nem prestei muita atenção nisso, porque finalmente — *porra, finalmente!* — o suor de Dallas ajudou a febre ceder. Eu soube que a temperatura tinha abaixado quando os lençóis ficaram ensopados. Minha esposa gemia e se revirava enquanto a doença saía do seu corpo. Não consegui fazer muita coisa, a não ser acariciar o cabelo molhado, beijar sua nuca e observar enquanto ela aos poucos ia se recuperando.

Durante todo o tempo que a segurei, fiquei abismado com o que senti. Com a maneira que eu era capaz de dar amor a alguém sem esperar que me dessem um grama sequer daquilo em troca. Espantado com a forma como eu estupidamente entrara na cama dela. O lugar onde meu coração, sem dúvida, acabaria partido.

# 60

## Dallas

Acordei no quarto escuro, me espreguiçando nos lençóis úmidos. Estrelas brancas dançavam pela minha visão enquanto a realidade me envolvia. Romeo estava ao meu lado, o corpo musculoso cobrindo o meu. *Ele ainda está aqui.* Mexi os dedos das mãos e dos pés, tentando manter a calma. Decidi não contar a ele que parte da culpa do meu corpo ter tanta relutância para sarar era dele. Mas, no meu coração, eu sabia a verdade. Do instante em que ele saiu da cozinha e me ignorou, uma inquietação venenosa tomou conta do meu corpo, agarrando-se a cada órgão até eu ter dificuldade de ficar em pé, respirar, *existir*.

Por mais que meus dutos lacrimais parecessem não ter recebido o recado, o resto do meu corpo permanecia em perfeita sintonia com a minha alma. Os dois ansiavam por Romeo. E aquelas duas entidades teimosas decidiram entrar em greve até recebê-lo de volta. Mais uma vez, meus livros de romance provaram ter razão: o amor era um acidente, algo que acontecia fora do seu controle, sem qualquer preocupação com sua segurança.

No começo, o desejo de falar com ele me instigou. Depois, a febre aumentou, meus ossos perecendo em uma dor sem fim. Quanto mais tempo passava, pior eu me sentia. Quanto pior eu me sentia, com mais raiva eu ficava por ele nem ter vindo ver como eu estava.

Mas agora ele estava ali. Eu não sabia se por obrigação, relutância ou preocupação genuína. Não importava. Uma gratidão idiota motivava cada respiração minha. Eu me sentia melhor. Nova em folha, na verdade. E ávida por reconquistar a boa vontade do meu marido. Era muito conveniente que nós dois estivéssemos nus na cama. Esfreguei a bunda no pau dele, sentindo-o ganhar vida em segundos. Para alguém tão contrário a procriar, ele sempre brandia uma resposta viril. Grudando minhas costas em seu torso, encaixei a cabeça no ombro de Romeo e estiquei a mão até o pênis.

Ele segurou meu punho antes de eu conseguir deslizar os dedos para dentro da cueca.

— Não, obrigado.

Prendi a respiração. O sangue rugiu entre meus ouvidos. Encontrei os olhos dele. Frios e sem vida, eram os olhos do homem que eu tinha conhecido no baile de debutantes, não do homem que fazia chocolate quente e concordara em me dar o filho que eu queria, em sacrificar seus planos e sonhos para ceder aos meus.

— Você não me quer mais? — Tentei soar casual.

— Quero você mais do que quero minha próxima refeição. Meu próximo sono. Minha próxima respiração. Mas não posso arcar com isso, Biscoitinho. Se eu ceder, você vai acabar me matando.

Sentindo os meus olhos arregalarem, afastei o rosto.

— Do que está falando?

Ele se afastou, jogando as pernas pela lateral do colchão, e vestiu a calça com as costas viradas para mim.

— Você está bem?

— Eu... hum... estou. — Eu me sentei, tonta. Disse a mim mesma que por causa do movimento, não por causa do rumo da conversa. — Acho que não estou mais com febre.

— Não mesmo. — Então ele tinha verificado. — Hettie chegou. Vernon também. Falei com o dr. Reuben. Ele vai voltar mais tarde para examiná-la. Ele recomendou uma dose extra de remédio para acabar com o restinho da doença.

Franzi o nariz.

— É horrível.

— É remédio. — Ele pegou o copinho de plástico, encheu até a borda com xarope roxo para tosse e o pressionou contra meus lábios. — Beba.

Balancei a cabeça, os lábios fechados.

— Biscoitinho.

Balancei a cabeça de novo. Eu sabia que, se abrisse a boca, ele viraria o xarope. Aquilo não só tinha gosto de coisa vencida, como o sabor continuava na boca por horas. Com o copo ainda tocando meus lábios, Romeo abaixou o nariz, roçando meu pescoço, o queixo, a orelha.

Soltei um gemido, bem a tempo de ele virar o remédio na minha garganta e sussurrar:

— Engula.

Será que "jogo limpo" ao menos *existia* no vocabulário dele?

Franzindo a testa, engoli cada gota.

— É nojento.

— Que bom. Lembre-se do gosto e nunca mais fique doente.

— Não foi culpa minha.

— Você foi ou não foi patinar no gelo sem casaco? E não negue. Você deixou as notas fiscais do rinque em Rockville Town Center na penteadeira, com os horários marcados. Além disso, eu confirmei com Hettie.

— Tudo bem, eu deveria ter me agasalhado.

Ele pegou a carteira e o celular, enfiando-os no bolso.

— Você vai embora? — guinchei, observando-o abotoar a camisa. Meus olhos estavam com tanta saudade que nem ousaram piscar.

Ele calçou o sapato.

— Sim.

Meu lábio inferior tremeu.

— Mas... por quê?

— Porque você só quer que eu a engravide para que possa voltar a Chapel Falls. E eu só quero me enterrar fundo dentro de você e nunca mais sair da sua cama. Você é uma fraqueza. Um vício. Uma distração.

Saí rápido da cama. O movimento abrupto fez a náusea espiralar no meu estômago, e os joelhos fraquejaram. Romeo chegou em menos de um segundo, me apoiando em seus braços. Ainda assim, o olhar dele permaneceu vazio e frio. Eu poderia me liquefazer em uma poça de arrependimento ali mesmo, aos pés dos sapatos Brunello Cucinellis dele.

— Você não está falando nada com nada! — Bati no peito dele, furiosa. — Eu não quero voltar para Chapel Fa...

— Pare de mentir! — Aquela foi a primeira vez que ele ergueu a voz para mim. Ele nunca tinha feito isso. Ele se afastou, passando a mão no cabelo preto e bagunçado. — Pare de mentir para mim, Dallas. Eu ouvi você falando para sua irmã o quanto me odeia. Como quer que eu a engravide para poder voltar logo para casa.

*Ah, não. Não, não, não, não, não.* Não acredito que ele me escutou dizendo isso. Que desastre.

— Meu Deus. — Joguei a cabeça para trás, forçando uma risada. — Eu menti para ela, Romeo.

— Por quê?

— Ela descobriu que estávamos transando. Meus lençóis estavam impregnados do nosso cheiro. Tive que inventar uma desculpa por ter permitido você subir na minha cama. Eu não tinha contado para ela. Nunca guardei segredo nenhum de Frankie. Ela sentiu como se eu a estivesse enganado e começou a se afastar de mim. Ela ficou magoada. — Não parei para pensar que ele também ficaria magoado se escutasse minhas palavras. Mas eu deveria ter imaginado. Nenhuma delas era verdade.

Ele arqueou uma sobrancelha.

— E falar para ela que estávamos nos dando bem não era uma resposta adequada?

— Não.

— Por quê?

Suspirei.

— Porque ela não entenderia.

— Não entenderia o quê?

*Que estou apaixonada por você. Pelo meu captor. Meu inimigo. Minha fera.*

— Porque eu e você somos complicados, e ela não sabe nada de relacionamentos. Confie em mim, Rom. Eu não quero ir embora. Não quero voltar para Chapel Falls. Eu menti para minha irmã e vou consertar esse erro. Prometo. Mas você precisa acreditar em mim.

Segurei a lapela da camisa dele. Se ele fosse embora agora, eu sabia que minha vida estava acabada. Ou, pelo menos, a vida que eu queria para mim.

Ele abaixou os olhos e me encarou. Deu para ver que não acreditava em mim. Que seus instintos de autopreservação bem treinados imploravam para que ele se resguardasse contra mais um coração partido. Eu não pude acreditar que eu o fizera sentir o golpe da traição de novo. Aquela ideia me deixou enojada.

— Não tenho motivos para confiar em você — disse ele, por fim, baixinho.

— Eu sei. — Não o larguei. Estávamos tão perto que eu sentia o cheiro dele. Quis me afogar em Romeo e nunca voltar à superfície.

— Então por que eu deveria?

— Porque estou pedindo. — Umedeci os lábios. — E porque isso deveria ser suficiente.

As narinas dele se inflaram. Eu sabia que ele não queria me dar uma chance. Também sabia que era por que ele tinha me abandonado. Ele quis se afastar da intensidade do nosso relacionamento. Bem, eu não aceitaria isso. Eu o queria. Por inteiro.

Segurando suas bochechas, puxei seu rosto para baixo. Nossas testas se encostaram, a ponta do nariz. Respirei com força, meus lábios se movendo, roçando os dele.

— Você não é o único com um cantinho sombrio na alma. Farei o que for preciso, qualquer coisa, para que você seja meu. Eu quero você. E não vou desistir só porque decidiu que quer tentar viver sem mim outra vez.

Foi tudo que precisei dizer para ele fundir os lábios nos meus. Antes de eu perceber o que estava acontecendo, ele agarrou a parte de trás das minhas coxas, me erguendo enquanto eu prendia as pernas ao redor da cintura dele, então, ele me carregou pelo quarto. Romeo enfiou a língua com força para além dos meus lábios, beijando-me de maneira profunda e sedenta.

Gemi na boca dele, dando tudo de mim àquele beijo antes de parar para respirar, percebendo que estávamos no corredor.

— Aonde vamos? — Mordisquei o queixo dele, já começando a desabotoar a camisa. Eu não acreditava que tínhamos passado uma semana inteira sem sexo.

— Meu quarto. — Ele chupou meu pescoço, puxando a calcinha para o lado e me penetrando com a mão livre. — *Nosso* quarto.

— Nosso quarto? — Eu me afastei, encarando-o, olhos arregalados.

— Estou cansado pra caralho de perguntar se posso vê-la todas as noites. Você vai se mudar para cá. A partir de agora.

Na manhã seguinte, Romeo já estava no escritório dele quando acordei. Ele não emendava o Natal e o Ano Novo para descansar. Fiquei esparramada na sua cama enorme — *nossa* cama enorme — sorrindo sozinha. De alguma forma, o que aconteceu no dia anterior rompeu uma das barreiras mentais de Romeo. E eu estava mais perto de ser sua esposa, não só no papel, mas em presença.

Meu estômago roncou, anunciando que estava de volta ao trabalho, exigindo ser preenchido com docinhos e salgados de Natal. Mas todo o resto do meu corpo tinha tarefas mais importantes a fazer. Como levar todas as minhas coisas para a suíte principal antes que Romeo mudasse de ideia. Eu me apressei pelo corredor antes de lembrar que precisava fazer xixi. Entrando no banheiro, me abaixei na privada e ri sozinha. Pelo canto do olho, notei uma coisa na lixeira perto da pia. Depois de me limpar e apertar a descarga, peguei a sacola. *Uma sacola da Barnes & Noble?*

Com o coração martelando, peguei o que estava lá dentro, apesar de já saber o que seria. O novo livro de Henry Plotkin. A coisa que eu queria mais do que tudo. Minha respiração ficou entrecortada. Fechei os olhos, pressionando as mãos nas bochechas quentes e sensíveis. Ele tinha ido até a livraria. Romeo. Ele tinha ficado esperando do lado de fora a noite toda para comprar o livro que eu queria, sabendo que eu não pude ir.

Então, voltou pela manhã, mas me ouviu falar mal dele para Frankie... Não era à toa que tinha ficado tão bravo. Tão infeliz. Depois de se abrir para mim, depois de ter compartilhado comigo seu corpo e seu futuro. Depois de tudo. E, ainda assim, ele se importava comigo. Preocupava-se comigo. Cuidou de mim para eu ficar saudável, me deu banho enquanto pensava que eu sentia apenas o pior por ele.

Eu não estava me apaixonando por meu marido. Estava abrindo os braços para uma obsessão frenética e nada saudável.

Se ele me deixasse agora, eu jamais superaria.

Ele seria para sempre meu Romeo, perfeito e sombrio.

# 61

## Dallas

Nem a atitude distante de Romeo nem seu apetite por vingança me incomodavam. Era sua habilidade de se distanciar de todas as coisas vivas que se provou fatal, especialmente quando essa extensa lista me incluía.

Todas as noites, dividíamos uma cama, mas, assim que o sol se erguia no horizonte, cada um seguia sua vida. A estratégia de sobrevivência de Romeo era convencer a si mesmo que a afeição que sentia por mim podia ser controlada.

Apesar de ansiar por chamar a atenção dele, eu me contive. De alguma forma, eu tinha passado a colocar as necessidades dele acima das minhas. E foi assim que percebi o quanto eu estava apaixonada.

Vovó tinha razão: o amor era uma doença, e o primeiro sintoma era priorizar a felicidade alheia.

Ao menos, continuávamos transando sem proteção.

Ao menos, em breve, eu abrigaria um pedaço dele — algo que pertencia apenas a Romeo Costa — dentro de mim.

No meu tempo livre, eu aceitava convites para festas, eventos de caridade e até para uma celebração de Ano-Novo. Enquanto isso, os paparazzi tiravam fotos do meu marido rodopiando com uma mulher atraente na pista de dança de uma festa particular de algum bilionário.

— Seu marido é gato. — Hettie deu zoom no vídeo do site de fofocas. — A mãe do Zach também.

Observei, através de uma névoa de inveja, os olhos de Romeo enrugados com o riso. Quando ele a abaixou, a sra. Sun brilhou com toda adoração e amor de uma mãe.

Uma afeição genuína que eu nunca tinha visto Monica oferecer a Romeo.

No meio de janeiro, decidi visitar Chapel Falls.

— Está na hora. — Enfiei vestidos e sapatos na mala aberta. — Era para eu ter ido no Natal, de qualquer forma. Já passou, e muito, da hora.

Não era uma mentira, mas não era toda a verdade.

Eu precisava fugir.

Notei que passei a observar os relógios todas as noites, antecipando a chegada do meu marido.

Os braços compridos de Romeo envolviam os braços da poltrona de canto no nosso quarto.

— Tudo bem. Uma semana inteira, no entanto, parece demais. — Ele estalou o chiclete, descartando o *Financial Times* no colo. O único homem com menos de 60 anos que ainda assinava uma revista que não incluía mulheres sem roupa. — O que diabo você vai fazer lá por tanto tempo? Não tem nenhum teatro, nenhum restaurante Michelin, nenhuma cultura.

— Tem cultura o bastante. — Fechei a mala com tudo e tive dificuldade para fechar o zíper. Para a surpresa de ninguém, eu não era do tipo que levava pouca coisa. — Além do mais, é minha casa. Não vou para lá me entreter. Vou pelas pessoas.

Romeo ficou em pé, fechando a mala com facilidade.

— Você gosta mais de um pacote de Cheetos do que do seu pai.

— Para ser justa, um pacote de Cheetos nunca vai me fazer mal. — Enfiei alguns elásticos de cabelo no bolso da frente da bagagem. — Ele não me obrigaria casar com um estranho. O máximo que pode fazer é deixar a ponta dos meus dedos laranja.

— Eu juro que, quando eu o encontrar de novo, vou acabar com a raça dele por ter me entregado você tão rápido — disse ele.

Balancei a cabeça, arrastando a mala da cama para o tapete.

— Você não consegue enxergar a contradição na sua fala?

— Três dias. — Ele tentou negociar, bloqueando minha saída pela porta. — É tempo suficiente para abrir presentes e fingir que sua irmã é um ser humano tolerável. Se quiser visitá-los de novo, pode fazer isso depois da Páscoa.

— Por que você quer que eu volte tão rápido? Não é como se a gente fizesse muita coisa juntos.

Ele franziu a testa.

— Fazemos bastante coisa. Três vezes por dia, no mínimo. Cinco, se incluirmos oral.

— Não estou falando só de sexo. — *Para variar.* Sexo era a única coisa em que eu parecia pensar quando Romeo se aproximava. — Estou falando de encontros, assistir a séries juntos, jantares... sabe? Coisas de casal.

Pela forma como as sobrancelhas dele se ergueram, quase suspeitei que ele desconhecia aquele conceito todo.

— Você já teve noiva — pontuei, inclinando a cabeça.

— Sim, mas, na maior parte do tempo, ela gastava meu dinheiro e me deixava em paz. Eu trabalhava muito, e tirávamos férias uma vez por ano.

Minha nossa. A ideia dele de amor era dar casa, comida e um cartão de crédito para a mulher que estivesse ao seu lado.

— E vocês dois eram felizes assim?

Ele me lançou um olhar de "o que você acha?".

*Opa.*

Eu conhecia o final daquela história.

Repousando a mão no peito dele, fiquei na ponta dos pés para beijar a base do seu pescoço.

— Gostaria de fazer mais coisas juntos quando eu voltar?

Ele estreitou os olhos.

— Que tipo de coisas?

Pela primeira vez, eu não era a pessoa sem experiência e esquisita da relação. Senti a felicidade borbulhar no meu peito.

— Você pode me levar para um encontro. Jantar, depois um filme. *Então*, posso ficar lendo com a cabeça apoiada no seu ombro enquanto você dá uma olhada no seu jornal de dinheiro.

— São notícias do mercado financeiro. — Ele segurou minha mão e a levou do peito aos lábios, beijando-a de forma distraída. — Tudo bem, se é o que você deseja. Mas, ainda assim, acho que você deveria voltar depois de três dias.

Deslizei meu rosto de leve pela mandíbula dele, meu sorriso se abrindo na barba por fazer.

— Por quê? Vai ficar com saudade?

Ele comprimiu os lábios.

— A saudade foi uma invenção da Jane Austen premeditada para vender livros.

Jogando a cabeça para trás, ri com tanta vontade que minha barriga doeu.

— Você vai sobreviver sete dias sem mim, maridinho. Você vai ver.

# 62

**Romeo**

Na verdade, eu não sobrevivi nem a *dois* dias sem ela.

No primeiro dia, fiquei emburrado, disparando ordens incoerentes a Cara, Dylan e a qualquer um que estivesse por perto.

No segundo dia, comecei brigas banais com Romeo Sênior, Zach, Oliver e um atendente do Starbucks que me ofereceu um canudo ("Você gosta de cagar em todo o planeta? Tem mais algum escondido por aí, para quando chegar a hora e esse lugar todo estiver submerso?").

No terceiro dia, eu estava subindo pelas paredes.

*Literalmente.*

Zach mal ergueu a cabeça do laptop, no meio de uma reunião virtual com acionistas.

— Saia de perto da minha parede, Costa. O pé-direito é alto. Vai ser um saco repintar.

— Sua parede tem dois tons diferentes. Acabei de notar.

Bege e branco-cisne.

— E você tem cinquenta tons de desespero porque sua mulher foi embora. — Do outro lado do escritório, Oliver estava engajado em seu hobby favorito: fuçar o laptop em busca de pornografia de alta qualidade. — Parece que alguém matou seu hamster.

Andei em círculos pela sala.

— Estou entediado.

— Eu me ofereceria para entretê-lo como sua mulher o faz, mas minha promessa de Ano-Novo inclui transar apenas com gente que eu acho atraente.

O tapete se achatou sob meus pés descalços, que iam de um lado para outro. De novo e de novo. Zach grunhiu.

— Você está me dando dor de cabeça, Costa.

— Talvez seja sua parede com dois tons. — Parei, encarando a janela com a uma careta.

Meus pais moravam do outro lado da rua de Zach. Às vezes, quando estava ali, eu olhava para o lado de fora na esperança de ver uma ambulância subindo a colina até a casa dos meus pais, tirando meu pai já sem vida da cama.

Para um homem moribundo, ele estava aguentando firme.

Quando ele me daria o cargo de CEO?

— Como é o tempo na Geórgia nessa época do ano? — Pensei em voz alta.

Zach fechou o laptop com força.

— Eu não sei, mas se você não for embora para descobrir, vou pessoalmente arrastá-lo até lá pela orelha. Admita que perdeu. Você se apaixonou. Por uma menor de idade.

— Podemos, por favor, normalizar relacionamentos sexuais com mulheres que são maiores de idade perante a lei? — resmungou Oliver.

— Não — Zach e eu respondemos em uníssono.

— Ela está com a família dela. — Aquelas palavras foram disparadas. Como se eu tivesse pensado no assunto. Será que eu *tinha*?

— Você também faz parte da família dela agora.

Oliver se decidiu por um vídeo de uma dona de casa sendo comida tanto pelo marido quanto pelo irmão dele. Dividiam o mesmo buraco. Até do meu ângulo, do outro lado da sala, dava para ver que a ideia poderia ser boa, mas a execução mandaria dois dos três participantes direto para o pronto-socorro.

— E se ela não quiser me ver? — perguntei.

Desde quando eu me *importava*?

— Então, ao menos, você vai descobrir seu papel na vida dela. — Zach ficou de pé, indo até a porta. Ele a escancarou, esperando ao lado. — E seja lá qual seja esse papel, espero que seja bem longe da minha casa. Adeus, Costa.

Na minha lista de desejos, voltar a Chapel Falls ocupava algum lugar acima de ir morar com Oliver von Bismarck e abaixo de fazer um transplante de pelos pubianos.

Ainda assim, ali estava eu, parado na porta da casa em que Dallas cresceu.

Pareceu adequado, naquele momento, fazer o que deveria ter feito antes: trazido um buquê com a esperança de receber o afeto da mulher que eu escolhera para mim.

Ao me ver, Shep deu dois passos arrastados para trás, os ombros retesados.

— Dallas disse que você sabia que ela estava aqui. — Ele virou o rosto, quase como se preparando para receber um tapa. Para ser justo, aquela ideia *tinha* me ocorrido algumas vezes, mas, como a filha dele dissera, eu também era culpado pelo ocorrido.

— Por isso estou aqui.

Ele juntou os restos patéticos da sua dignidade e ergueu a cabeça, decidindo me enfrentar.

— Ela está se divertindo. Não arruíne as coisas para ela.

Passei por ele, acertando-o com o ombro, assim como tinha feito havia tantos meses.

— Não tenho desejo algum de arruinar a diversão dela.

Ele me seguiu, ainda tenso.

— Então, por que está aqui?

— Estou com saudade dela.

Eu não poderia culpar Shep pelo seu choque. Afinal, nem eu acreditava na minha presença ali. No fim, não há razão quando se trata do amor. Ele só existe para destruir. Até a lógica.

Segui a risada que soava como sinos de igreja. A que eu costumava detestar, mas que, naquela altura, evidentemente, eu era incapaz de sobreviver quarenta e oito horas sem ouvir.

O som vinha da cozinha.

Óbvio.

O cômodo favorito de Biscoitinho em qualquer casa onde ela entrava, tirando as bibliotecas. Uma expectativa aterrorizante se agitou em meu estômago. Ela estava se divertindo sem mim, enquanto eu era incapaz de fazer o mesmo sem ela.

Caminhei por todo o corredor, então, inclinei-me no batente da cozinha, observando Dallas, Franklin e Natasha prepararem uma torta de maçã. Biscoitinho enrolava as faixas decorativas de massa. Suas bochechas e seu nariz com sardas estavam cheios de farinha. Seus olhos brilhavam de felicidade quando deu uma voltinha no lugar, notando, por fim, minha presença.

Os lábios se entreabriram.

— Romeo. O que está fazendo aqui? Está tudo bem em casa? Aconteceu alguma coisa com Romeo Sênior?

*Casa. Era mesmo aquilo que minha mansão significava para Dallas?*

— Está tudo bem. Ele ainda está vivo, infelizmente. — Fixei os olhos nos dela, recusando-me a ver Franklin e ser lembrado das palavras duras que Dallas usou para me descrever.

Eu não tinha ideia se Biscoitinho fazia boas tortas de maçã, mas, com certeza, tinha experiência em servir tortas de climão.

— O que está acontecendo? — Ela repousou a massa no balcão, aproximando-se de mim. Coloquei o buquê de rosas brancas nas mãos dela. Ela o envolveu nas mãos, um milhão de perguntas dançando em seus olhos.

— Nada. — Peguei sua cintura estreita, puxando-a para mim, sem me importar nem um pouco em como a família inteira dela nos observava. — Só pensei em cobrar de você aquela ideia de encontro.

— O encontro seria depois que eu voltasse da Geórgia.

— A data não daria certo para mim.

Ela franziu as sobrancelhas.

— Por que não?

— Porque não consigo ficar longe de você por mais de quarenta e oito horas.

Por fim, ela pareceu feliz com minhas palavras. E minha presença. Minha esposa colocou a mão no meu rosto, abrindo um sorriso. Olhei rapidamente para Franklin. Parecia que eu tinha acabado de declarar que devoraria meu próprio braço na televisão ao vivo. Mais uma vez, não me importei com o que uma adolescente pensava a respeito do que eu fazia. Tudo que eu sabia era que a sensação de ter minha esposa nos braços era muito boa.

Dallas ergueu os olhos para mim. Não consegui me segurar. Beijei o pouquinho de farinha no nariz dela.

— Podemos ir agora, se não for atrapalhar seus planos. O encontro, digo.

— Perfeito — confirmei. — Minha agenda está livre.

— Me deixa só trocar de roupa.

Beijei a testa dela.

— Vou esperar.

*Para sempre e sempre, se preciso.*

Ela estreitou os olhos.

— Da última vez, você me cronometrou.

— Da última vez, eu fui um babaca.

Ela riu, alegre. Uma alegria que eu havia proporcionado.

— E o que você é agora?

*Agora, sou um homem apaixonado.*

# 63

**Romeo**

Eu entendia o motivo de homens tomarem medidas drásticas para reivindicar uma mulher para si. O motivo dos Aqueus terem invadido Troia para buscar Helena. Ou, no meu caso, o motivo de ter passeado por uma cidadezinha provincial e tediosa por Dallas.

Biscoitinho sorria abertamente, dando pulinhos a cada passo enquanto guiava nosso encontro.

Nosso primeiro destino: a biblioteca pública.

— Foi aqui que tive meu primeiro encontro com o sr. Darcy. — Ela se emocionou com o banco de madeira gasto ao lado do café. — E, aqui, dei meu primeiro beijo. Foi com Lars Sheffield, o *quarterback* da minha escola.

— Que pena que disse o nome dele. — Entrelacei os dedos nos dela. — Agora, terei que matá-lo.

Ela deu uma risadinha.

— Quer jogar um jogo?

Meu instinto foi dizer não.

— Claro.

— Eu costumava brincar disso com Frankie o tempo todo quando criança. Escrevemos uns tópicos gerais, tipo mamíferos, estações, flores, *qualquer coisa* em pedaços de papel, dobramos cada um e jogamos em um chapéu. Depois de misturar, sorteamos um tópico aleatório. A primeira pessoa a encontrar cinco livros do tema ganha.

— Ganha o quê?

Ela agitou as sobrancelhas.

*Ah*. Com certeza havia uma falha de lógica no sistema de recompensa, já que tanto o perdedor quanto o vencedor se beneficiariam ao pagar o preço, mas não vi motivos para direcionar a atenção dela àquilo.

Biscoitinho escreveu alguns assuntos, pegou um boné de um estranho aleatório, então sorteou o tema. *Frutas*. Ela deu um gritinho.

— Essa é boa. Nunca tirei antes.

Saímos em busca de capas e títulos temático de frutas. Eu tinha que admitir, a brincadeira não era tão idiota. Escolhi *Segredos de família*, que tinha maçãs na capa, *As vinhas da ira* e *Tomates verdes fritos no café da Parada do Apito*. Tomates, afinal, eram frutas como quaisquer outras. E, sim, eu não abriria mão daquele argumento. Falando em frutas, eu estava cada vez mais faminto. Não tinha comido nada antes da viagem de avião até ali, preocupado demais para notar a fome.

— Consegui! — anunciou Biscoitinho no meio da biblioteca, sem se dar ao trabalho de diminuir o volume da voz. A pilha de livros que carregava nos braços escondia o rosto. Uma bibliotecária idosa pediu silêncio. Dallas nem notou enquanto se apressava até mim, exibindo o que encontrara.

— *O bracelete misterioso de Arthur Pepper?* — Eu a encarei. — É um legume.

— Mas pimentões são doces como fruta.

— Isso é uma interpretação muito generalista de frutas. Com essa lógica, vodca é um tipo de pão, já que os dois contêm grãos. — Meu estômago roncou. Precisávamos parar de falar sobre comida.

— Bom, talvez *seja* um tipo de pão. — Dallas colocou os braços ao redor dos meus ombros, a alegria estampada em todo aquele seu rosto bonito. — De qualquer maneira, eu ganhei.

— Ótimo. Vamos comer alguma coisa e ir para um hotel onde podemos fingir que sou um estranho que você encontrou no bar. — Eu precisava compensar o fato de que ela nunca ficaria com outro homem, porque de forma alguma eu a deixaria ir embora.

— Ah, precisamos mesmo? — O rosto de Dallas murchou. — Eu queria que você visse meu lago favorito. Escrevi um poema sobre ele, e até foi publicado no jornal da região.

Fazia dez horas que eu não comia.

*Não tem problema*, lembrei a mim mesmo. *Você é adulto. Consegue aguentar mais um pouco.*

— Então vamos fazer isso. — Dei um beijo no queixo dela. — E, depois, eu gostaria que você lesse o poema para mim.

Ela se animou.

— É sério?

— *Nua.*

Ela deu um tapa no meu ombro.

— Seu porco.

Ótimo. Depois disso, tudo em que consegui pensar foi em bacon.

E fomos para o lago favorito de Dallas, onde descansamos recostados no carvalho preferido dela, e Biscoitinho fez sua coisa preferida no mundo: falou sobre as comidas que queria experimentar e onde as experimentaria. Japão, Tailândia, Índia e Itália estavam no topo da lista.

Uma hora se passou, e mais outra.

Meu estômago começou a doer.

— Precisamos ir, querida. — Eu fiquei em pé, oferecendo minha mão a Dallas. Se eu não comesse logo, poderia cometer um homicídio doloso qualificado.

Ela se levantou, o rosto anuviado.

— Você se arrependeu de ter vindo?

— Não. — Franzi o cenho. — Por que você pensaria isso?

— Porque você quer ir embora desde que começamos.

Eu me senti como uma criança idiota.

— Só estou com um pouco de fome, nada mais.

Ela entrelaçou os dedos nos meus.

— Tudo bem, então vamos comer.

Infelizmente, os residentes de Chapel Falls eram tão incompetentes quanto eram cheios de julgamento pela vida alheia. Os três primeiros restaurantes que tentamos no centro não tinham mesas disponíveis. O quarto tinha fechado para reformas. Quando nos acomodamos em uma cabine grudenta em uma lanchonete pequena e banal, eu estava trêmulo de fome.

Pedi um hambúrguer e uma Coca Zero. Biscoitinho solicitou panquecas. Ela tentou conversar comigo enquanto eu fingia prestar atenção genuína.

Vinte minutos depois de termos feito os pedidos, a garçonete passou pela nossa cabine, o cabelo loiro intacto em um penteado extravagante e um uniforme rosa cafona, anunciando que os hambúrgueres tinham acabado.

— Como é que uma lanchonete fica sem hambúrgueres? — sibilei, os lábios pressionados com força para evitar rugir.

Ela deu de ombros.

— Pergunte ao dono. Só estou aqui para anotar os pedidos.

— Então anote isso: leve essa bunda para a cozinha e traga o gerente. Agora.

Biscoitinho se virou para mim, chocada.

— Romeo, está tudo bem?

— Não, não está bem. — Saí da cabine e fui até a cozinha.

Eles deveriam ter algo para comer. Naquela altura, eu estava disposto a morder a perna de alguém se isso significasse me sentir saciado.

Escancarando as portas da cozinha, entrei naquele lugar crepitante e passei por cozinheiros e auxiliares que lavavam louça. Fui até o homem de terno barato. Dallas e a garçonete tinham vindo em meu encalço.

— Ei! — Ele se virou para mim, segurando uma prancheta. — Você não pode entrar aqui.

Eu o encurralei na parede. Barulhos de panelas retinindo e gritos apressados encheram meus ouvidos. Eu odiava barulho. O único barulho que eu era capaz de tolerar era o que vinha de Dallas.

— Acabaram os hambúrgueres. — Eu o segurei pela camisa e o ergui no ar, empurrando-o contra o freezer industrial.

— Romeo! — Em questão de segundos, Dallas se apoiou no meu braço. — Solte o homem. Meu Deus, o que está acontecendo com você?

— A-a-ainda temos bifes. — Os olhos do McGerente quase saltaram das órbitas. — D-desculpe pelos hambúrgueres. Tivemos uma festa de um escritório mais cedo. Muita gente pediu...

— Eu não quero bife. Eu quero a porra de um hambúrguer.

— Vou providenciar que alguém vá ao mercado comprar mais... — Uma mancha vermelha se espalhou pelas bochechas dele, o suor descendo em profusão pelas têmporas. — Enquanto isso, podemos mandar anéis de cebola e batatas fritas como cortesia para a mesa.

Biscoitinho finalmente conseguiu me afastar.

— Romeo, solte ele.

Com relutância, eu me desprendi dele. Minha esposa se colocou entre nós, o rosto queimado em um tom rosado. Sua expressão me trouxe de volta para a realidade. O que diabo tinha acabado de acontecer? Dando alguns passos para longe, ergui as mãos no ar, mostrando que eu tinha finalizado meus maus-tratos aos funcionários.

Dallas sorriu como se pedindo desculpa.

— Obrigada pela oferta... e pelos anéis de cebola, mas vamos para outro lugar.

Ela me empurrou para fora da cozinha, depois, do restaurante. Aturdido, deixei que Dallas me arrastasse até o assento de passageiro do carro de Natasha. Um suor frio fazia meu pescoço coçar. Dallas seguiu para um drive-thru e comprou dois hambúrgueres gigantescos com todos os adicionais, batata frita e refrigerante.

Ela enfiou a comida nas minhas mãos antes mesmo de colocar o cartão de volta na carteira.

— Coma.

— Eu posso esperar por você.

— Coma agora, ou vou enfiar essa comida goela abaixo, Rom. Juro por Deus.

Bom, se ela *insistia*....

Devorei tudo em minutos. Não havia mais nada quando estacionamos em um parque a duas quadras dali, escondido atrás de um bairro residencial.

Biscoitinho desligou o carro e se virou para mim.

— Você teve um ataque de pânico.

Senti a vergonha me invadir. Na verdade, ela nunca tinha ido embora. Encarei o horizonte, os balanços e as gangorras. Eu não me permitia ficar mais de quatro horas sem comer. Fazia décadas desde a última vez. Aquele era meu único motivo para ingerir refeições nutritivas e de baixa caloria. Eu precisava consumir comida a intervalos curtos para manter a ansiedade sob controle.

— Eu só estava com fome.

— Mentira. Você é a criatura mais meticulosa que já conheci. Você nunca perdeu a paciência antes. Alguma coisa o incomodou. O que foi?

*Você já não me conhece o bastante? Não conhece minhas falhas? Minhas inúmeras imperfeições? Precisa ficar sabendo de todas as coisas terríveis sobre mim?*

Aquelas perguntas deviam estar estampadas no meu rosto, porque ela assentiu.

— Sou sua esposa. Seu porto seguro. Preciso saber tudo. E, como eu disse: eu nunca vou trair sua confiança.

Tudo bem. Se ela queria uma visão íntima da minha alma, era o que receberia. Apesar de que ninguém deveria ser azarado a ponto de testemunhar essa bagunça.

Ao mesmo tempo, eu não conseguiria negar nada a ela.

Fossem meus segredos, meus pensamentos ou meu coração.

Estava tudo ali, em uma bandeja de prata, para que ela abocanhasse. Aquela mulher me tinha tão sob controle que eu a seguiria até os confins do inferno se ela quisesse aproveitar o clima quente de lá.

Juntando as embalagens dos hambúrgueres e das batatas, amassei tudo, evitando contato visual.

— Como mencionei uma vez, Morgan não foi a primeira aventura do meu pai na Terra das Traições. Mesmo antes dela, Romeo Sênior tinha o hábito irritante de enfiar o pau em qualquer coisa que tivesse um buraco e o mínimo interesse nele.

Os olhos de Dallas se fixaram no meu rosto, aquecendo minha pele.

— Ele traía Monica de vez em quando. A união deles era o padrão de qualquer casamento arranjado. Ela nasceu rica, ele queria pôr as mãos na fortuna dela. As duas famílias eram italianas e católicas. Também ambiciosas. Fazia sentido. Infelizmente, Romeo Sênior viu aquilo como o que de fato era: um acordo com benefícios, enquanto Monica se apaixonou por ele, exigindo sua lealdade.

O amor era uma coisa terrível. Trazia à tona o pior lado das pessoas. Se bem que eu tinha começado a enxergar que também trazia à tona o melhor.

Biscoitinho descansou a mão na minha coxa, apertando-a.

— Meus pais costumavam passar por ciclos violentos. Romeo a traía, Monica o expulsava de casa. Então, a certa altura, ele se arrastava de volta para ela pedindo uma segunda chance. Sempre querendo engravidá-la de novo. Tudo se repetia. Exceto que o bebê nunca chegava. Monica era infértil, com exceção de mim, o sortudo.

Um sorriso amargo se abriu em meus lábios. Eu tinha perdido as contas de quantas vezes desejei nunca ter nascido.

— Quando eu tinha 6 anos, Monica descobriu uma traição de Romeo Sênior. Não uma simples traição, mas um caso. A mulher tinha se mudado para o apartamento da cobertura no centro. Trouxe todas as porcarias que tinha. Até o filho.

A mesma cobertura que eu tinha ocupado, vez ou outra, enquanto Biscoitinho virava meu mundo de cabeça para baixo. A mesma cobertura que eu tinha dividido com Morgan. Pensando bem, eu não poderia arranjar em um destino mais apropriado para aquele apartamento a não ser queimá-lo até não sobrar nada.

— Desde pequeno, eu me acostumei a cuidar de mim mesmo quando meus pais entravam em crise. Eu preparava meu banho, minhas roupas, almoço e fazia a lição de casa. Monica quase não me dava atenção, dedicando seu tempo aos planos fracassados de sedução e tentativas de gravidez. O filho que existia não importava. Então, no começo, quando ela expulsou meu pai, eu consegui me virar.

Soltando o fôlego, segurei a mão de Biscoitinho, ainda na minha coxa.

— Foi quando comecei o primeiro ano. Logo ficou claro que eu não tinha nenhum adulto responsável na minha vida. Eu chegava atrasado na escola, quando eu aparecia, já que o motorista de Monica sempre estava fazendo algum trabalho para ela e não tinha tempo de me levar. Eu era desleixado. Fedia. Não conseguia acompanhar a lição de casa. Ao fim do primeiro semestre, o conselho tutelar bateu na nossa porta.

Os dedos de Biscoitinho apertaram mais minha perna. Estudei o teto solar, recusando-me a ver pena no rosto dela.

— A solução natural seria contratar babás, mas meus pais já tinham se dado mal com isso antes. Babás do passado sempre quebravam os contratos de sigilo, abrindo a boca para a imprensa. A mãe de Zach se ofereceu para cuidar de mim por algumas semanas ou meses. Quanto tempo precisasse.

Naquela época, Zach e eu nos tornamos irmãos inseparáveis.

— No fim, Romeo Sênior não conseguiu aguentar a vergonha que recairia sobre ele se as pessoas soubessem que tinha entregado seu único filho para estranhos. Ele ficou ressentido e com raiva de Monica por ela ter fracassado no único trabalho que tinha: ser mãe. Então, ele encontrou uma solução. Ele me mandou para a casa de sua irmã mais nova em Milão.

Sabrina Costa era a definição de desastre.

A filha do privilégio com a estupidez.

Aquela mulher passava o tempo pulando de um relacionamento tóxico para outro sem pausa para respirar. Ela preenchia os dias com festas, compras e cocaína sem o conhecimento da família. O vício em drogas a tinha feito cruzar o oceano até um lugar onde os pais não monitoravam cada movimento dela.

Dallas levou minha mão para o colo dela, limpando a gordura do hambúrguer dos meus dedos.

— Eles mudaram toda a sua vida no meio do ano escolar?

Assenti.

— Como eu não falava italiano, meus pais decidiram que eu deveria ter aulas em casa com Sabrina, que duvido que tinha mais conhecimento do que uma fita cassete didática infantil. — Talvez eu estivesse sendo duro. Com certeza, a fita cassete saberia mais sobre cores e sons de animais do que minha tia. — No segundo que cheguei a Milão, entendi o que aconteceria. Sabrina não prestou atenção em mim nem por um minuto sequer. Ela estava sempre fora de casa, frequentando festas ou ficando com o namorado da vez. Eu me vi sozinho no apartamento. Só eu e os livros didáticos que meu pai tinha mandado comigo. Uma vez por semana, ela voltava com uma ou duas sacolas de compras, mas mal dava para dois dias de refeição.

A mandíbula de Biscoitinho ficou tensa, como se estivesse se preparando para um ataque físico.

— Eu me virei, está bem? — Uma risada superficial me escapou. — Eu sempre encontrava latas de comida em algum lugar. Às vezes, eu só comia algumas colheradas de molho de tomate por dia. Macarrão seco, porque eu não sabia preparar. Latas de atum eram o paraíso. Sempre que ela trazia algumas, eu ficava feliz à beça. A certa altura, até aquelas entregas cessaram. Um dos namorados assumiu o posto.

Dallas enrijeceu ao meu lado, esmagando o guardanapo umedecido com o punho. A escuridão cobria o parque. De alguma forma, tínhamos perdido o pôr do sol.

— No primeiro dia que eu o conheci, ele me levou para sair. Fiquei tão feliz. Foi a primeira vez que saí do apartamento desde que eu tinha chegado havia um mês. Achei que Sabrina finalmente tinha encontrado alguém que não era um merda. Gabe me disse que me levaria para comer, e ele fez isso, só que não em um restaurante. Fomos a uma arena de luta na periferia de Modena.

Os olhos de Biscoitinho se arregalaram ao ouvir a palavra *arena*. Ainda assim, ela não interrompeu.

— Ele me levou até uma gaiola, me trancou lá dentro e disse que, se eu quisesse comer, precisaria vencer. Não venci. Pelo menos, não nas quatro primeiras rodadas. Na verdade, eu nem sequer lutei nas duas primeiras, estava aturdido demais. Eles abriram a gaiola e me conduziram ao centro da arena com uma vara de tocar gado, onde um órfão, um pouco mais velho do que eu, me deu a maior surra.

O guardanapo úmido escorregou da mão dela, caindo em meio aos pedais.

— Mais tarde, aprendi a lutar de verdade contra os órfãos maiores. Eram mais opressivos, mais ferozes e tinham comido por causa das inúmeras vitórias, sempre recompensados com uma refeição. Uma refeição pequena, mas comida era comida. Eu não comia fazia dias. Depois da quinta luta, não aguentei mais. Comecei a chutar, socar, agarrar. Fazer qualquer coisa para ganhar, e ganhei. Tiveram que me tirar de cima do garoto. Ele devia ser um ano mais velho, ou seja, sete anos, mas bati tanto nele que o carregaram para fora.

"Eles me deram minha refeição. O que Gabe nunca me disse era o quão bom seria. Eu não comia nada cozido havia mais de um mês. Então quando me ofereceram meio prato de risoto, eu teria caído no chão se já não estivesse jogado na terra da gaiola. Gabe me levou para casa e me disse que tinha conseguido compensar as apostas dele. E que, com alguma prática, eu poderia ter um bom futuro. Ele até parou no mercado e comprou porcarias para mim. Aquilo me fez aguentar mais alguns dias, e fiquei feliz em agradá-lo, se significasse que eu poderia comer risoto de novo.

"Íamos para a arena todo final de semana. Quando eu ganhava, os apresentadores me davam comida caseira. Gabe me levava para casa, dando mais dicas de como lutar por todo o caminho, então fazia as compras. Mas eu não queria sair da arena. Queria lutar. Queria *comer*. *Parmeggiano* de berinjela. Linguine *alle vongole*. Ricota *gnudi*. Eles me davam apenas o suficiente para sobreviver aos dias entre as lutas. Eu sentia tanta inveja dos órfãos que podiam ficar e lutar todo dia... Os outros, crianças como eu e crianças pobres com família, lutavam apenas nos finais de semana."

Engoli em seco, finalmente ousando encontrar os olhos dela. Estavam secos, acompanhados por uma mandíbula cerrada. Ela se recusou a me ver como o caso de caridade que eu de fato era, e, por isso, fiquei grato.

— Por fim, aprendi a carregar uma lata comigo. Uma latinha na qual eu podia guardar minha recompensa para me sustentar enquanto esperava a próxima luta.

Virei a caixa na mão. Os chicletes lá dentro chacoalharam contra o metal.

— Foram apenas seis meses. Quatro deles, passei com Gabe. Ele foi o relacionamento mais duradouro de Sabrina. Ainda deve ser o recorde dela. Ele a mantinha abastecida com drogas, então minha tia não o largava. Por fim, as coisas acabaram, e nunca mais vi Gabe. No dia que foi embora, ele me desejou boa sorte. Falou que não me visitaria. Fiquei tão bravo que joguei isso... — ergui a caixa do chiclete, apontando o amassado — na cabeça dele. Então, chorei igual a um bebê idiota. Quando ele se foi, voltei a depender de Sabrina para comer.

Não contei a Dallas que, em alguns dias, eu não tinha nada para comer. Que meu peso caiu até eu parecer uma criança de 4 anos. Que meus ossos saltavam tanto da pele que doía me deitar na cama para dormir. Não contei a ela que dois dos meus dentes caíram. Que meu cabelo ficou fraco e fino, pendurado como uma nuvem lúgubre na minha cabeça.

— Minha tia tinha pouca comida em casa, mas tinha muito chiclete. A mandíbula costumava travar por causa da cocaína que cheirava, então mantinha um estoque. Ajudava a diminuir a fome. Eu os mascava durante o dia.

Cometi o infeliz erro de engolir o chiclete para encher o estômago uma única vez. Aquilo resultou em uma dor tão forte que passei os dois dias seguintes me rastejando de um lado para o outro, o que me lembrou que eu não poderia ir ao hospital caso precisasse. Eu precisaria cuidar do meu corpo e nunca mais me colocar em uma situação como aquela.

— É por isso que você é obcecado por chiclete. — Biscoitinho alisou a lata, ainda na minha mão, de forma quase reverente. — É seu conforto. Isso o ajudou a passar pelo pior pesadelo.

— Me ajuda a ficar calmo — confessei.

— E barulho? Por que você odeia tanto barulho?

— Porque me lembra da arena e do público. Eles tinham favoritos: eu, na maioria das vezes. Eu era quem mais se esforçava. Quem mais ganhava dinheiro para eles. A certa altura, comemoravam todas as vezes que minha gaiola abria. Cada vez que eu acertava um soco, quebrava as costelas de outro menino, tanto fazia, rugiam em satisfação. Parecia que o barulho estava prestes a furar meu crânio.

— As cicatrizes. — Ela assentiu consigo, como se encaixando todas as minhas peças tortas. — Então, o que aconteceu? Quem o trouxe de volta para cá?

— Romeo Sênior. — Abri a porta para jogar as embalagens no lixo, depois, voltei para o carro. Não levou mais do que trinta segundos, mas me proveu o ar fresco de que eu precisava. — Ele apareceu no fim do ano letivo para ver como eu estava. Não gostou do que viu, para dizer o mínimo. Me colocou em um voo de volta para Potomac, contratou duas babás e avisou a Monica que, se ela não se controlasse, ele pediria o divórcio e ficaria com a minha guarda.

*Uau.* A boca de Dallas formou a palavra, em vez de dizê-la em voz alta.

— Parece que ele caiu em si e percebeu que devia tratar melhor o filho.

— Na verdade, ele percebeu que Monica não lhe daria mais nenhum herdeiro e quis manter vivo o que tinha — rosnei. — Então, por isso me alimento a cada quatro horas. Por isso masco chiclete. Por isso odeio barulho. Por isso começo brigas como se fosse instinto, porque *é*. Eu me empenho para assumir o controle. Qualquer coisa que não seja poder completo não me satisfaz.

Uma emoção que não soube identificar irrompeu nos traços dela. Algo entre raiva e orgulho. Ela se inclinou, segurando meu rosto entre as mãos.

— Você venceu. Olhe para você. Lindo. Bem-sucedido. Realizado.

— *Fodido* da cabeça — completei, meus lábios buscando os dela, exigindo serem beijados.

Ela me beijou lenta e firmemente, mas manteve a paixão controlada. Quando se afastou, deu um tapinha na minha barriga.

— Prometo que, de agora em diante, garantirei que seu estômago esteja sempre cheio. Não vai ser difícil, confie em mim. Eu mesma sou uma grande fã de comida.

Ela estava tentando deixar a situação mais leve. Por mais que eu apreciasse, não havia necessidade daquilo.

— Estou melhor agora. — Rocei o polegar naquelas sardas que me enlouqueciam. — Bem, na maior parte.

— Vou ser uma boa mãe para nossos filhos. Prometo. Eles sempre virão em primeiro lugar. Dane-se o pai deles.

Eu acreditava nela. Era uma das coisas de que eu mais gostava em Dallas. Ela tinha instinto materno. O filho dela jamais ficaria sem roupa, com fome ou sujo.

Dallas agarrou meus ombros, pressionando a testa na minha, inspirando meu cheiro.

— Sei que você foi machucado, além do que palavras poderiam descrever. As pessoas que deveriam tê-lo protegido... Monica, Romeo Sênior e Morgan, todas fracassaram com você. Mas, se algum dia seu coração se abrir... Espero que seja eu a pessoa com a chave dele.

*Já estou apaixonado por você. Mas você nunca pode saber.*

O poder que ela teria sobre mim seria tão completo, tão destrutivo, se ela soubesse da força dos meus sentimentos por ela.

Dallas Costa me assustava. Ela não era Morgan. Ela não precisava da chave do meu coração.

Ela já tinha arrombado a porra da porta.

# 64

## Dallas

A ideia de me separar de Romeo assim que voltássemos para Potomac me horrorizava. Mas ele tinha um trabalho. Responsabilidades. Uma vida além de mim.

E eu? Sentia como se a gravidade tivesse me abandonado.

Como se eu flutuasse acima da Terra, me esforçando para manter um pé naquela nova realidade. Uma realidade que incluía uma infância lutando em uma arena, uma relação complexa com a comida e uma vingança justificada.

Eu quis abraçá-lo. Curá-lo. Acima de tudo, quis me amaldiçoar por ter julgado tanto Romeo. Não existiam feras. Apenas pessoas cuja dor fora entalhada do lado de fora.

Todas as noites, Romeo entrava na nossa cama e apoiava o *meu* sonho. Transávamos. Muito. Sem proteção. Na cozinha. Na sala de cinema. Na sauna. Até na academia quando ele me arrastou para uma aula de spinning com Casey Reynolds — a razão daquilo, eu não sabia. Por que alguém subiria em uma bicicleta para ir a lugar nenhum?

Uma semana depois de termos voltado de Chapel Falls, eu estava deitada no sofá da sala, revendo fotos do casamento com Hettie. Daquela vez, minha intenção era imprimir uma foto na qual meu marido aparecia.

— Que tal essa?

— Cara, pela quinquagésima vez, vocês dois estão gostosos em todas as fotos. Acho que, na verdade, odeio vocês por isso.

— Tudo bem, tudo bem. Podemos parar. Por enquanto.

— Ah, graças a Deus. — Ela pegou o controle remoto da TV e saiu do aplicativo de compartilhamento de fotos. — Vamos assistir a *Friday Night Tykes* de novo. Não tem nada melhor do que homens adultos bravos com crianças de 10 anos correndo atrás de uma bola.

Algo piscou na televisão antes de ela mudar de canal.

— Espere. — Segurei o braço de Hettie. — Volte.

Ela apertou um botão, revelando uma notícia de última hora. A manchete na tela dizia: *Ações da Licht Holdings sofrem mais uma queda.*

A repórter falava no microfone.

— Nossas câmeras estão no local, em frente ao prédio da Licht Holdings. O CEO, Theodore Licht, e seu filho Madison estão sendo levados, algemados, por agentes especiais do Departamento de Justiça do setor de fraudes. Nossas fontes no departamento indicam que pai e filho foram detidos por acusações de fraudes corporativas. Com as chances destruídas de algum dia trabalharem com uma agência do governo, quem vai substituir a Litch Holdings? Mais detalhes hoje à noite.

Hettie apertou o botão para silenciar a televisão, virando-se para mim.

— *Meu. Deus.*

Inspirei fundo. Eu sabia o que aquilo significava. E, ao contrário do que ela poderia ter pensado, não era bom.

Durante todo aquele meu tempo em Potomac, eu tinha percebido a mesquinhez absoluta que Madison irradiava. Ele sempre queria ter a última palavra. Então de jeito nenhum aquela história acabaria ali.

Um Madison encurralado era um Madison perigoso. Na verdade, no nosso voo de volta de Chapel Falls, Romeo tinha mencionado seu encontro com ele no Natal.

Minha mão voou para o celular. Com dedos trêmulos, liguei para Romeo.

Ele atendeu no primeiro toque.

— Biscoitinho?

Hettie saiu da sala, dando-me privacidade.

— Eu vi as notícias — falei.

— Você não parece feliz.

— Não estou feliz. Estou preocupada. — Comecei a andar de um lado para o outro, mordendo as pontas do cabelo. — É uma acusação de fraude corporativa. Ele vai pagar a fiança e sair logo. Vamos ter que lidar com ele andando por aí até a conclusão do julgamento. Isso pode levar anos, Romeo.

— Contratei uma equipe de segurança completa. A partir de amanhã, quando você sair de casa, um lutador treinado vai segui-la. Prometa que vai deixá-lo fazer isso.

— Não estou preocupada comigo. Estou preocupada com *você*.

— Não fique. A Costa Industries tem o prédio mais seguro da região de Arlington.

— O Pentágono fica em Arlington — rebati.

— Foi o que eu disse. — Consegui ouvir o sorriso na voz dele, mas não estava tranquila o bastante para acompanhar a diversão.

Parei de andar. Meus lábios se entreabriram. Três palavras pesaram na ponta da língua. Quis soltá-las. Lançá-las no universo. Ouvi-lo dizê-las de volta. Não fiz isso. Parecia tolice confessar agora — ao telefone, logo depois de Madison ter sido preso.

Engoli as palavras.

Sem nem ter ideia de quanto eu me arrependeria.

# 65

*Romeo*

Pela primeira vez em mais de uma década, existi ao lado do meu pai sem querer socar a cara dele. Afinal, eu precisava que a boca dele funcionasse para o anúncio que ele planejava fazer — verifiquei o Rolex — dali a dezoito minutos. Estávamos sentados diante da diretoria e dos acionistas em uma reunião anual de cotistas da Costa Industries. Não poderia ter vindo em hora melhor. Tínhamos passado os primeiros trinta minutos nos deleitando com a queda da Licht Holdings, a foto do registro policial de Madison e do pai, naquela hora, gigantes na tela do projetor atrás de mim.

As coisas haviam se encaixado. Logo, depois da breve pausa, Romeo Sênior anunciaria a aposentadoria e me nomearia como substituto. No canto, Bruce estava carrancudo, segurando um lanche com as mãos cerradas. Era uma pena eu não sentir triunfo ou prazer sabendo que logo seria anunciado como CEO da Costa Industries. Na verdade, eu não queria o cargo. Eu apenas o queria pelo tempo que fosse preciso para destruir a empresa. Quanto a Bruce, ele nunca tinha causado nenhum conflito interno em mim. Eu sabia que, assim que o empurrasse para fora do caminho, ele se tornaria insignificante e esquecível, apesar da presença amarga e prolongada. Como um peido. Um peido com um salário bem alto.

Dei uma olhada no grupo de mensagens quando meu celular vibrou com uma notificação de Von Bismarck.

> **Ollie vB**: Quanto querem apostar que a população da prisão regional também acha que a cara de Madison Licht é perfeita para se dar um soco?
>
> **Romeo Costa**: Eu preferiria que a achassem perfeita para foder.
>
> **Zach Sun**: Esqueçam disso. O que está acontecendo com a posição de CEO, Rom?
>
> **Romeo Costa**: É minha. A qualquer instante. A Licht Holdings está fora de jogo. Bruce está devorando suas emoções. Enquanto eu

fazia hora extra, ele traçava a recepcionista nova. Mal completou 22 anos. Romeo Sênior não gostou. Nem o marido da moça, que está ameaçando contar tudo.

**Zach Sun**: Estou orgulhoso de você.

**Zach Sun**: (Finja que me importo o suficiente para ser verdade.)

**Ollie vB**: Não ligue para ele. EU estou orgulhoso de você. Sua dedicação a arruinar os outros só pode ser comparada com a de Stefano DiMera.

**Zach Sun**: Eu não conheço esse nome. Político? Figura histórica?

**Ollie vB**: Personagem da novela *Days of Our Lives*. Supervilão. Faz o Billy the Kid parecer um filhotinho.

**Romeo Costa**: Uma pergunta, @OllievB: por quê?

**Ollie vB**: Você esqueceu que minha vida é basicamente respirar e ser pago por isso? Assistir TV é tudo que eu fazia antes dos serviços de *streaming* entrarem no jogo.

Encarei as mensagens no celular, começando a perder o rumo da conversa, e a paciência.

**Ollie vB**: Não fale mal antes de dar uma chance. Na novela, quando a Marlena foi possuída pelo demônio foi a maior loucura. A cena do exorcismo é uma das melhores coisas que já vi na TV.

**Zach Sun**: É porque a maior parte do seu tempo de tela é gasto com pornografia amadora.

**Ollie vB**: Pornografia amadora tem uma profundidade diferente. Dá para suspender a descrença que as pessoas são meios-irmãos. Não dá para fazer isso com pornô de primeira linha.

**Zach Sun**: Suspender a descrença? Você acabou de citar o enredo de uma novela em que uma mulher levita pelo quarto sem globos oculares.

**Zach Sun**: Você sabe que o Papai Noel não existe, certo?

**Ollie vB**: É claro que existe. Eu o vi no shopping no Natal.

**Zach Sun**: Você precisa de um hobby urgente.

**Ollie vB**: Eu sei, mas Rom não me passa o telefone da cunhadinha dele. :(

**Romeo Costa**: Ela é nova demais pa

Estava prestes a informar Oliver o quanto ele estava chegando perto de ser cancelado pelos amigos de infância quando notei algo errado. Sussurros ecoavam pela sala, indo de um acionista ao outro.

Cara veio com pressa até mim, saindo de perto da mesa de refrescos e guardando o celular no caminho. Ela se inclinou no meu ouvido, a voz baixa.

— Madison e o pai já pagaram a fiança para sair.

*Merda.*

— Já? Em geral são quarenta e oito horas para a audiência de fiança.

— Os advogados aceleraram a audiência, e, bem, os Licht ainda têm muitos amigos em D.C.

A ameaça de Madison ecoava na minha cabeça. Aquele cretino tinha a coragem de uma bala de goma, mas, quando se tratava de Dallas, eu me recusava a correr qualquer risco. Peguei o celular e mandei uma mensagem para Alan, que eu havia recontratado naquela manhã. Ele só começaria o serviço de proteção no dia seguinte.

**Romeo Costa**: Pode começar mais cedo?

**Alan Reece**: Cedo quando?

**Romeo Costa**: Cedo agora.

**Alan Reece**: Estou em um voo para Potomac saindo de Nova York. Devo pousar daqui a uma hora.

*Ainda bem, caralho*. Cara saiu enquanto eu mandava um alerta para meu time de segurança, exigindo que aumentassem o nível de ameaça para amarelo e seguissem o protocolo correto.

Ao meu lado, Romeo Sênior se levantou, tomando seu lugar em frente ao microfone no pódio.

— Bem-vindos de volta, senhores.

No público, os lábios de Marla Whitmore se contraíram. Ela era nossa única conselheira mulher, e meu pai tinha prazer em fingir que ela não existia. Aquilo tornava o fato de que ela se recusava a puxar o saco dele muito mais divertido.

— Agora que voltamos à reunião, eu gostaria de fazer um anúncio. É um anúncio que tenho certeza de que esperam há algum tempo.

No canto da sala, Cara acenou com o celular, chamando minha atenção mais uma vez. Meu aparelho vibrou com uma mensagem segundos depois.

**Cara Evans**: Emergência.

**Romeo Costa**: Pode esperar? Ele vai fazer o anúncio a qualquer momento.

De fato, foi o que Romeo Sênior fez naquele instante.

— De efeito imediato, estou me aposentando do cargo de CEO da Costa Industries. Meu último ato como CEO será anunciar meu candidato à sucessão...

**Cara Evans**: Acabei de receber a informação de que Madison Licht está a caminho da sua casa.

*Dallas está em casa*. Eu me levantei em um pulo da cadeira, fazendo-a voar para trás de mim. Ela acertou a parede com força, e as pernas cederam. Meu pai deu uma risadinha no microfone.

— Calminha, rapaz. Eu nem anunciei seu nome ainda, Romeo. Essas crianças de hoje em dia... — Ele balançou a cabeça. — Tão cheias de energia. — Risadas se espalharam pela sala. Caminhei direto até a porta da saída atrás de Romeo Sênior, o que o fez franzir o cenho entre as bochechas afundadas. — Aonde você está indo, filho?

As palavras ecoaram pelos alto-falantes da sala.

Não respondi. Ele acenou para a segurança obstruir o caminho. Quatro homens de terno me rodearam, espalhados em um semicírculo. Eu poderia enfrentá-los. Eu tinha experiência com lutas, além da urgência apavorada alimentando minhas células.

Mas, para poupar tempo, virei-me para Romeo Sênior.

— Madison Licht pagou a fiança e está indo para minha casa. Para onde minha *esposa* está.

— Alerte a equipe de segurança.

— Já alertei.

Ao nosso redor, os sussurros dos acionistas ganharam volume. Bruce ergueu a cabeça da bandeja de salgados na qual descontava as frustrações, vendo o sol espreitar por entre as nuvens pela primeira vez desde que meu pai o informara da decisão.

Sênior pigarreou, desacostumado a ter sua autoridade questionada de forma tão pública.

— Você não pode fazer mais nada. A reunião dos acionistas só acontece uma vez por ano. Sente-se.

Eu me virei para os lacaios dele, ignorando meu pai.

— Um milhão de dólares para cada um se saírem da frente. — Eles trocaram olhares, tentando avaliar se eu cumpriria a promessa. — A oferta é reduzida em cem mil dólares a cada segundo. Um...

Eles se dispersaram porta afora.

Do pódio, Romeo Sênior ainda não tinha entendido o recado de que destruir a Costa Industries não significava merda nenhuma em comparação a Dallas.

— Sente-se, Romeo Costa Júnior, ou que Deus me ajude, mas você nunca mais vai pisar nessa sala de novo, muito menos se tornar o CEO da Costa Industries.

Eu não olhei para trás.

# 66

*Romeo*

O Maybach esperava ao lado da calçada quando consegui fugir do prédio. Cara deve ter alertado Jared. Sentei-me depressa no banco de trás, tirando o celular do bolso.

— Para onde, chefe? — Jared me analisou pelo espelho retrovisor, inclinando o chapéu para baixo. Dallas, uma vez, tinha me atormentado para desobrigá-lo a trabalhar com uniforme. Alegou que Jared talvez se sentisse como um macaco de circo.

*Dallas.*

Na próxima vez que ela fizesse uma sugestão, mesmo que fosse doar meus rins para a ciência, eu a cumpriria sem hesitação.

— Para casa — disse, conseguindo não gritar. — O mais rápido que puder.

Jared me ofereceu um breve aceno de cabeça e tirou uma garrafa de água do frigobar ao lado, então, entregou-a para mim como sempre fazia. Eu não tinha tempo algum para aquela coisa rotineira.

Prendendo a garrafa embaixo do braço, mandei uma mensagem para Zach e Oliver.

**Romeo Costa**: @ZachSun Quão rápido você consegue descobrir a localização de Madison Licht?

**Ollie vB**: Ele não está na cadeia regional? No centro de detenção do FBI?

Ou, se Deus existir, em uma base secreta da CIA?

Tomei um gole da água, dando meu melhor para não perder a compostura enquanto aguardava uma resposta de verdade. Eu chegaria a tempo. Eu teria que chegar.

**Romeo Costa**: Ele pagou a fiança e saiu.

**Ollie vB**: Merda.

**Zach Sun**: Se ele estiver com o celular, preciso de um minuto. Espere.

**Romeo Costa**: @ZachSun, acabou? Já faz um minuto, cace

Um calafrio percorreu minha pele, subindo por cada pelo no meu corpo. Como se eu tivesse sido eletrocutado.

*Deve ser um choque estático.*

Mas não consegui terminar de digitar a frase. Um turbilhão de enjoo acertou meu estômago como se estivesse sendo socado. Um grunhido gutural escapou dos meus lábios. Ergui a garrafa, com a intenção de tomar outro gole, e notei que minhas mãos tremiam.

Minhas mãos *nunca* tremiam.

Analisei os sintomas. Mãos trêmulas. Respiração lenta. Visão borrada. Meu corpo inteiro se revirava por dentro como se cobras deslizassem por ali. Os olhos de Jared encontraram os meus no espelho retrovisor antes de se apressarem a focar na estrada adiante. Eu reconhecia culpa quando a via. E sentia o gosto de traição a quilômetros de distância.

Eu tinha sido envenenado.

Madison ou Bruce? Nem precisei pensar duas vezes. Madison, obviamente. Bruce era astucioso, mas convencional demais para tentar um assassinato. Ele era tão ousado quanto uma freira num convento.

Madison deve ter dado dinheiro ao meu motorista para me matar. O problema era que eu não fazia ideia do que ele tinha usado para batizar a água. Não dava para saber a gravidade da minha situação nem qual seria o antídoto. Eu duvidava que Jared soubesse.

Uma coisa era certa: mencionar aquilo agora, enquanto estava fraco demais para respirar, seria um erro. Voltando a atenção para o celular, escrevi uma palavra. Envenenado.

Meio segundo depois, o nome de Zach apareceu na tela. Aceitei a ligação, sentindo-me mal demais para falar. Tudo bem, porque Zach não queria ouvir minha conversa. Ele queria minha localização através do aplicativo de GPS dele.

— Mal posso esperar para chegar em casa — coaxei, para que ele soubesse meu destino. A julgar pelo cenário, eu chegaria em quatro minutos.

Mais mensagens apareceram na tela.

**Ollie vB**: Mandei uma ambulância para sua casa. Estou indo para lá agora.

**Ollie vB**: Aliás, adorei que você fez questão de colocar um ponto-final depois da palavra "envenenado", mesmo no seu leito de morte. Sua paixão pela gramática correta é louvável.

**Ollie vB**: Ah, e guarde o que você comeu ou bebeu para podermos checar e descobrir o que misturaram.

Eu estava grato pelos meus amigos, que, apesar de exibirem a idade mental de 13 anos, eram ágeis na hora do desespero. O alívio me percorreu quando percebi que Madison deixaria Biscoitinho em paz. Não havia sentido em machucá-la se eu não estivesse vivo para testemunhar.

Os ombros de Jared sacudiam com o nervosismo. Ele me lançava olhares através do espelho, agarrando o volante com força excessiva, deixando marcas de suor no assento de couro.

Ou ele esperava que eu fosse cair morto e estava se perguntando por que eu ainda estava sentado, parecendo calmo e sereno, ou estava pensando duas vezes.

*Zero chances de eu deixar você sair impune dessa.* Se *eu conseguir sair vivo.*

Nunca fui um grande fã da vida. Na infância, passei inúmeros dias desejando nunca ter nascido. Portanto, o pânico estranho que tomou conta do meu peito me surpreendeu. E, com ele, uma constatação inquietante.

Eu não queria morrer.

Queria mais tempo com Dallas "Biscoitinho" Costa.

Com minha esposa.

Queria ouvir a risada dela. Experimentar novas comidas com ela. Dançar com ela em salões de festa — dessa vez, porque ia querer me conceder as danças, não por pressão social.

Queria seduzi-la e ser seduzido por ela. Queria ter outra lua de mel em Paris, dessa vez do jeito certo.

Inferno, uma parte de mim queria conhecer nosso filho.

Seria menino ou menina? Teria olhos cor de mel ou cinzentos? Teria o temperamento dela? Ou meu senso de humor seco? E a risada dela? Será que ela já estava grávida?

Porra, e se ela estivesse?

Eu não estava pronto para dizer adeus.

O carro estacionou na frente da minha mansão. O pensamento que me atravessou foi que aquela poderia muito bem ser a última vez que eu veria Dallas em nossa casa. Se ela ainda estivesse ali.

Empurrando a porta do carro para abri-la, cambaleei para fora, andando em zigue-zague até a porta de casa.

Jared voou para fora do assento de motorista, no meu encalço.

— Chefe, você não parece muito bem. Eu deveria...

Irrompi pela porta de entrada, caindo de joelhos. Meu corpo estava parando de funcionar. Um órgão por vez.

Engatinhando na direção da escadaria, passei por Hettie, que estava a caminho da cozinha, uma sacola de laranjas embalada nos braços.

— Não deixe Jared entrar em casa — balbuciei.

Ela não perguntou o que estava errado. Ela fez o que pedi e impediu o motorista de entrar, com o corpo magro dela.

A jornada para subir a escadaria em espiral foi excruciante. Cada passo parecia me custar um ano de vida. O suor escorria por cada centímetro da pele. Pontos brancos borravam minha visão.

Por fim, cheguei ao quarto de Dallas. Apesar de dormirmos no nosso quarto, ela ainda amava o quarto que ocupara quando chegou ali.

Estava repleto de livros. Do cheiro dela. Da doce existência de Dallas.

Ela passava a maior parte das tardes lendo no assento do parapeito da janela.

O alívio que senti ao vê-la encurvada na frente da janela com um livro no colo foi imediato. Ao menos, eu poderia dizer a ela o que tinha em mente.

Ela parecia uma pintura, tão única e especial que nem mesmo Zach poderia colocar as mãos nela. Usava um vestido turquesa claro. A paisagem era um reino invernal com neve branca como pérolas.

Mechas do cabelo escapavam do coque bagunçado. Eu me amaldiçoei por todas as vezes que quis ajeitá-las atrás da orelha, mas não o fiz. A vida era curta demais para não estar apaixonado pela garota que te enlouquecia.

O olhar de Biscoitinho saltou das páginas do livro e me encarou. Ela ficou boquiaberta.

Os olhos dela refletiam uma tempestade iminente. Mesmo se eu nunca a ouvisse me responder o que eu estava prestes a declarar, eu sabia que isso seria o suficiente.

— Rom! — Ela jogou o livro de lado, que caiu no chão. Fiquei satisfeito por ela ter descuidado de um livro na minha frente. Os livros eram o mundo dela.

Ela correu até mim, me pegando nos braços. Agachando-se, ela ergueu minha cabeça, embalando-a. Imaginei estar com uma aparência tão horrenda quanto me sentia, porque os dedos dela tremiam tanto que Dallas me largou no colo com um baque seco.

— O que está acontecendo? — As pupilas dançaram histéricas nas órbitas. — Por que você está tão pálido?

— Veneno. — Não tive energia nem para dizer o que realmente queria: "envenenado".

Ela arfou e pegou o celular, discando o número da emergência. De alguma forma, ergui a mão, empurrando o aparelho para longe. Não consegui sentir o toque dela. Seu calor. Era como se eu estivesse encasulado em um tecido congelante.

— Ambulância a caminho.

— Vou matá-lo. — Ela enterrou o nariz no meu ombro. Não consegui sentir o cheiro de rosas em seu cabelo. — Madison. Foi ele que fez isso com você.

Minhas pálpebras se fecharam, trêmulas. Reuni toda a força que me restava. Eu teria apenas uma chance de falar aquilo. Precisava soar firme. Claro. Abri os olhos, e nosso olhar se encontrou.

— Preciso dizer uma coisa.

De uma forma estranha, eu estava mais ocupado em dizer a ela o que tinha vindo dizer do que ficar furioso com Madison. No final das contas, Dallas tinha razão. O amor era maior do que o ódio. O bem vencia o mal. Quando se dava seu último suspiro, não se pensava nas pessoas que se odiava. Pensava-se nas que se amava.

— Isso é muito importante, Biscoitinho. Está ouvindo?

Apesar de não conseguir sentir o corpo dela, consegui sentir sua dor. Parecia que estava com o coração partido. Do mesmo jeito que naquela noite do baile de debutantes. *Ah, porra.* Mesmo naquela época, eu não tinha poder nenhum sobre ela, tinha? Do instante em que a vi naquele salão, em seu próprio universo, rodeada por doces e a cabeça perdida em terras fictícias distantes, eu a quis.

— Sim. — Ela tremeu, segurando minhas bochechas com mais afinco. Nossos rostos se fundiram um no outro. — Estou escutando, Rom.

— Estou apaixonado por você, Dallas Costa. Amo cada pedacinho seu. Cada célula. Cada respiração. Cada risada. Você me enfeitiçou, e não quero partir desse mundo achando que você não sabe o quanto me mudou.

— Não, Rom. Não.

Dallas repousou minha cabeça no chão. Perceber que eu tinha perdido completo controle do meu corpo se voltou contra mim. Ela desabotoou a camisa em uma tentativa desesperada de me salvar. Seus olhos procuravam alguma marca na pele. Uma mordida. Algo que a pudesse ajudar a decidir o que fazer.

Pela primeira vez desde que a vi — e a conhecendo, talvez em toda aquela década —, uma única lágrima se formou no canto do olho. E escorreu pela bochecha dela, passando pelo queixo.

Uma única lágrima, no entanto, aquela lágrima me trouxe mais alegria do que eu alguma vez tinha sentido em toda a vida.

Então minha rebelde e destemida esposa *conseguia* chorar, afinal.

Só precisei morrer para descobrir isso.

De repente, lágrimas inundaram suas bochechas, respingando do queixo dela no meu. Ela franziu o cenho ao ver o líquido escorrendo. Observou meus olhos antes de perceber que não tinham vindo de mim.

Com a mão instável, ela levou a ponta do dedo até a própria bochecha, coletando uma lágrima.

Dallas a examinou, quase pasma.

— Estou chorando.

*Eu também te amo, Biscoitinho.*

As sirenes da ambulância preencheram o quarto com seus gritos estridentes. Fechei os olhos, perguntando-me por que eu nem mesmo poderia morrer em paz nos braços da mulher por quem eu estava relutantemente apaixonado.

— Eles estão chegando para salvá-lo. Por favor, espere. — Dallas beijou minha bochecha. Minha testa. A ponta do nariz. As pálpebras.

Quando eu tinha fechado os olhos?

Eu não lembrava, mas aconteceu, porque eu não a estava mais vendo.

Eu precisava ver Dallas.

Só uma última vez.

— Por favor, Rom, fique acordado. *Por favor*. Por mim.

— Faço qualquer coisa por você — disse, antes de o mundo ficar preto e as ambulâncias pararem de ecoar. — Você é a minha reviravolta favorita.

# 67

**Dallas**

Então aquela era a sensação de chorar.

Como se a morte me estrangulasse com mãos cruéis, e eu me debatesse naquele aperto, apesar de querer me juntar a ela.

Lágrimas espessas desciam pelas bochechas. A culpa me consumia como um monstro sanguinário, esbaldando-se em meus órgãos.

*Você fez isso com ele.*

*A culpa é sua.*

Enquanto Romeo ficava imóvel em meus braços, não consegui evitar pensar onde estaria a coisa que o envenenou, onde eu poderia consegui-la para me juntar a ele no sono eterno. O desejo que eu fizera não parava de ecoar e se repetir em meus ouvidos.

*Meu único desejo é que você morra nos meus braços, Romeo Costa. Quero ver quando você der seu último suspiro. Sentir sua pele ficar fria e cadavérica sob meu toque. Meu desejo é testemunhar suas narinas oscilando enquanto você consome oxigênio pela última vez. Quero ver você sofrer por todo o sofrimento que me causou. Não tem nada no mundo que eu deseje mais do que isso.*

Minha fantasia se transformou em realidade, e a realidade se transformou em um pesadelo.

Eu me balançava para a frente e para trás, tremendo com soluços que pareciam me cortar como facas afiadas.

— Você não pode me deixar. Não agora. Não quando você finalmente me ama. Você não pode morrer. Você sobreviveu a coisas demais.

Envolvi as bochechas dele, tão pálidas e geladas sob a ponta dos meus dedos.

— Meu sombrio Romeo. Minha fera mal compreendida. Você é mais forte que veneno, que a mortalidade, que a *morte*. Nunca pude dizer que te amo. Acorde e prometo que direi.

Ele não se mexeu.

Não piscou.

Não *respirou*.

O tempo era a arma preferida do arrependimento. E, daquela vez, fui golpeada com tanta força que soube que nunca me recuperaria.

Pressionei minha testa na dele, implorando para que eu pudesse tomar o frio dele e trocar tudo pelo meu calor.

— Por favor, volte para mim. Eu te amo mais do que todas as coisas na minha vida juntas... minha família, meus amigos, meus livros, eu mesma.

Inclinei a cabeça para cima e notei que uma pétala de rosa flutuava, pousando na mesa de cabeceira.

*A última pétala caiu.*

Bem quando Romeo confessara que me amava. Muito depois de eu já ter me apaixonado por ele. E eu continuaria me apaixonando. Indo em direção às profundezas infinitas do meu amor por ele.

Porém, nossa história não seria um conto de fadas com final feliz. Em vez disso, recebia um aviso.

Abracei Romeo com mais força, mesmo quando senti uma mão tocar minhas costas.

— Venha, Dallas. — Era Zach, com sua voz aveludada. Aquele homem poderia anunciar o apocalipse na TV ao vivo e ainda pareceria estar seduzindo alguém para levar para a cama. — Os paramédicos chegaram.

Ele precisou usar sua força delicada para soltar meus braços do meu marido, enquanto os paramédicos rodeavam Romeo, colocando-o em uma maca.

Fiquei mole e inerte nos braços de Zach. Ele tentou me erguer e endireitar minha postura, mas colapsei como um feto amorfo no chão.

Então, Zach colocou as mãos na cintura e me encarou de cima.

— Seu casamento de conveniência é o mais cafona que já testemunhei.

— Eu o amo. — Eu gemi encurvada, uma poça de lágrimas se formando no pescoço. — Eu o amo tanto. Não posso viver sem ele.

Zach deu um passo para trás, como se sentimentos fossem uma doença contagiosa. Oliver entrou de repente no quarto enquanto levavam Romeo para fora.

Eu sabia que deveria ter acompanhado os socorristas pelo corredor. Ido na ambulância para o hospital. Feito perguntas. *Qualquer coisa* além de ficar no chão. Mas me senti vazia demais para me mexer.

Oliver inclinou a cabeça.

— *Hum*. O que temos aqui?

— Uma Julieta desconsolada. Diz que não pode viver sem ele. — O tom de Zach era o mesmo de um comercial de remédio. A voz acelerada do aviso de efeitos colaterais do medicamento anunciado. Ele tirou uma garrafinha de álcool em gel do bolso e apertou uma boa quantidade na palma da mão.

— E a forma de ela demostrar isso é cochilando no chão?

— Não estou cochilando no chão, seu babaca. — Eu me levantei abruptamente. Uma onda renovada de raiva pura crepitando na minha corrente sanguínea. — Vou lutar por ele. Preciso mostrar a Romeo o que ele significa para mim.

Eu não sabia o motivo de ter dito isso a eles. Talvez eu precisasse verbalizar o sentimento para mim mesma.

Oliver girou as chaves ao redor do dedo.

— Eu levo ela para o hospital.

Zach assentiu.

— Vou caçar Jared, levá-lo para a polícia e atualizar todo mundo da merda que Madison aprontou.

Talvez estivessem fazendo isso por minha causa, mas a tranquilidade profunda deles quase me fez esquecer a última vez que segurei Romeo. Ele estava tão frio quanto o mármore do salão de baile em que nos conhecemos.

— Ele vai ficar bem, não vai? — Agarrei as lapelas de Zach. Eu tinha a sensação de que não podia confiar na língua de Oliver, por suas palavras ou pelo prazer que dava às mulheres.

Zach desviou o olhar, guiando-me para fora do quarto com a mão nas minhas costas.

— Vamos.

Eu me virei, encarando o lugar em que segurara Romeo pela última vez.

Nunca tinha percebido antes, mas o casamento era um espelho que mostrava exatamente quais partes estavam vazias antes de preenchê-las.

Se Romeo me deixasse, eu ficaria vazia para sempre.

# 68

*Dallas*

Não saí do lado do leito hospitalar.

Nem para comer, beber ou tomar banho.

Frankie, mamãe e Monica vieram correndo para ficar comigo assim que receberam a notícia. Elas se revezavam, trazendo comida e roupas limpas, mas só conseguiam me convencer a sair dali para dar uma passada no banheiro de vez em quando. E mesmo assim eu não me demorava.

Os dias foram se transformando em um borrão. O tempo não era meu amigo, escorregando por entre meus dedos como areia. Em um instante, eu ficava maravilhada que Romeo não tinha morrido, que o coração ainda batia, que ele tinha conseguido e que lutava por cada respiração. No outro, eu me sentia derrotada e ficava desesperada. Ele não estava melhorando. Ele existia como uma estátua gloriosa. Imóvel, mas ainda linda.

A porta se abria e fechava a todo momento. Zach. Oliver. A sra. Sun. Cara. Monica. Romeo Sênior. Mamãe. Frankie. Centenas de buquês de flores e ofertas de comida chegavam todos os dias de colegas e amigos. Doei tudo. Elas faziam parecer que Romeo não estava mais vivo. A mera ideia bastava para me fazer querer me atirar pela janela.

No quarto dia do coma induzido de Romeo, o advogado chegou com Romeo Sênior. Jasper Hayward. Eu o reconheci do dia em que eu tinha assinado o acordo pré-nupcial. Eu me aprumei e enxuguei as lágrimas, limpando as remelas dos olhos.

— O que estão fazendo aqui? — Fiquei em pé, meus olhos indo de um homem ao outro. — Não tem motivo para essa visita. A condição dele não mudou, e os médicos ainda não consideram desligar os aparelhos, então de jeito nenhum...

— Dallas. — Romeo Sênior pousou a mão no meu ombro. Eu me esquivei, dando um passo para trás. — Não se preocupe tanto. O sr. Hayward está aqui para repassar alguns documentos com você. Só isso.

*Documentos, até parece.* Eu confiava em Jasper Hayward como confiava no coito interrompido como forma de contraceptivo. E confiava no pai de Romeo menos ainda. Eu tinha assistido ao vídeo vazado da reunião dos acionistas. Assim que Romeo saiu da sala para me salvar, o pai cumpriu a ameaça e anunciou Bruce como substituto.

Meu olhar atento foi de um ao outro.

— Não demorem. Vou ficar aqui o tempo todo.

Romeo Sênior me olhou atônito.

— Você o ama mesmo, não ama, criança?

Eu o encarei, com raiva.

— Eu *mataria* por ele, senhor.

Depois do silêncio desconfortável que seguiu minha declaração dramática, mas verdadeira, Jasper foi até a cama de Romeo, observando tudo com atenção. Meus dedos se contraíam. Resisti ao impulso de bloquear sua visão de meu marido, que estava em uma posição tão vulnerável.

Eu não me lembrava de um dia tê-lo visto não parecendo um imperador intocável. Essa nova visão ainda não tinha parado de me incomodar, mesmo quatro dias depois.

Jasper abriu a maleta, folheando alguns documentos.

— É claro que estamos todos torcendo e rezando pela recuperação rápida de Romeo Júnior. Gostaria de informar, entretanto, que caso o sr. Costa piore, ele deixou definido o destino que gostaria para o dinheiro e as propriedades. E, apesar de não haver um acordo pré-nupcial, há um testamento.

Piscando meus olhos inchados devagar, com os quais eu mal conseguia ver qualquer coisa, balancei a cabeça.

— Não. Você está errado. Há um acordo pré-nupcial. Eu o assinei. Bem na sua frente.

Aquilo parecia ter acontecido décadas antes, mas eu sabia que minha memória não estava falha. Jasper Hayward franziu a testa.

— Senhora Costa, achei que seu marido tinha contado.

— Contado o quê?

— Que ele passou no meu escritório há algumas semanas, rasgou o acordo e, em vez disso, fez um testamento. Ele deixou tudo o que tem para você. Tudo.

Cambaleei para trás, quase desmaiando. Foi por milagre que continuei em pé.

— Você está falando sério?

— Sou bem pago demais para brincar com essas coisas.

Romeo deixou tudo para mim. O dinheiro. A mansão. Os carros. Tudo. Eu sabia o motivo. Ele tinha me dito segundos antes de perder a consciência.

A questão era... quando ele tinha escrito o testamento? Quando ele tinha concluído que me amava?

— Quando foi isso? — exigi saber, segurando-me àquela nova informação como se ela tivesse um peso, como se ela pudesse trazê-lo de volta para mim. — Quando ele o visitou? Que dia? Qual foi a data?

Jasper abriu a boca para responder bem quando meu som favorito do mundo inteiro preencheu o cômodo.

— *Biscoitinho?*

*Ele está em um coma induzido. Não tem como eu ter ouvido a voz dele.* Ainda assim, o som pareceu real demais. Tão dolorosamente perfeito. Eu me virei devagar, preocupada de estar começando a alucinar logo depois de um colapso mental. Eu *de fato* tinha dormido apenas uma hora em cada um daqueles últimos dias. Porém, quando olhei para a cama de Romeo, ele estava nela, encarando-me com seus olhos claros que nunca pareciam se ofuscar, mesmo sob a luz implacável do hospital.

— Meu Deus. — Caí de joelhos, agarrando a mão dele. — Por favor, diga que não estou imaginando coisas e que você realmente acordou. Não tenho forças para uma decepção dessas.

Uma risada áspera retumbou no peito dele. Ele tentou segurar meus dedos.

— Não é sua imaginação hiperativa.

Atrás de mim, Romeo Sênior andou até a cama.

— Filho.

Romeo nem sequer desviou os olhos do meu rosto quando disse:

— Sênior? Jasper? Deem o fora daqui. Agora.

Eles desapareceram em segundos. Segurei o rosto dele, com a testa franzida e a ponta dos meus dedos formigando com faíscas de eletricidade deliciosas. Eu não deveria ter ficado ao menos *um pouco* preocupada com meu marido desafiando as leis da ciência?

— Eu achei... Eu achei que o tinham colocado em um coma induzido? — Descansei o queixo na ponta do colchão, orgulhosa do meu autocontrole. Eu ainda não tinha pulado em cima dele e o beijado. — Quer dizer, foi o que fizeram. Nos últimos quatro dias. Seu corpo todo estava falhando. Quase não funcionava mais.

— Que esposa educada eu tenho. — Ele me observou sem pressa. Não consegui evitar rir, e os ombros tremeram. — Não chore.

— Eu nunca choro.

Entretanto, aquilo não era verdade. Não mais.

Um sorriso torto tocou os lábios dele.

— Você chorou por mim. Por mais que eu aprecie o sentimento, se fizer isso de novo, meu corpo vai sofrer mais um colapso.

— Você assinou um formulário para tirar ele do coma ontem. — Oliver entrou sem bater, como se fosse dono do hospital. — Deve ter se esquecido, já que está funcionando à base de café e surtos de raiva, além do entretenimento que deve ser enfiar agulhas no boneco de vodu de Madison Licht que Frankie fez para você.

Olhei para o sofá que eu tinha ocupado nos últimos quatro dias, e para o boneco de crochê que Frankie fizera, àquela altura completamente espetado. Mais parecia um boneco de retalhos com entradas no cabelo amarelo e um sorriso bobo feito de caneta permanente.

Romeo entrelaçou os dedos nos meus.

— Oliver.

O amigo dele piscou, fingindo um flerte.

— Pois não, querido?

— *Vá embora.*

— Não antes de você me dar o número do celular de Frankie.

— Vou dar um soco na sua cara antes disso — avisei. Eu não conseguia pensar em um candidato menos adequado para minha irmã.

Assim que Oliver foi embora, voltei a atenção para meu marido. Romeo ergueu a mão, prendendo uma mecha de cabelo atrás da minha orelha com um sorriso enviesado.

— Rom.

— O que foi?

— Quando você reescreveu o testamento? E cancelou nosso acordo pré-nupcial? — Eu queria saber quando ele tinha percebido que me amava.

— No dia seguinte ao da sua festa na mansão, quando me forçou a me mudar de volta.

Franzi o cenho.

— Você me odiava naquela época.

— Meu amor. — Ele segurou minha bochecha. — Eu nunca te odiei. Fui da indiferença a ficar paralisado pensando o que você poderia fazer com meu coração, então me vi tão perdidamente apaixonado que eu quis que você me abandonasse só para poder dizer a mim mesmo: "Eu avisei".

— Na noite depois da festa. — Apertei a mão dele, cantarolando. — Uau. Meu boquete é tão bom assim?

Apesar de estar sentindo dor, ele riu e me puxou para um beijo.

— É difícil dizer. E se você for boazinha e me ajudar a lembrar como foi?

# EPÍLOGO

## Dallas

*Seis meses depois*

— Pela última vez, prometo que Franklin Tabitha Townsend nunca foi possuída em toda a sua vida. Quantas vezes preciso dizer isso? — Eu me seguro um pouco antes de jogar as mãos para o ar, sem querer distrair Romeo da estrada.

Com Jared (e Madison) na prisão aguardando julgamento, ele ainda não encontrou um substituto.

Romeo insiste que está *feliz* por ter sido envenenado, já que a acusação de tentativa de assassinato significa que Madison vai apodrecer na prisão de segurança máxima, não em algum instituto confortável com direito a quadras de tênis, massagens suecas e carne *Wagyu* servida aos domingos.

Romeo dá seta para a esquerda.

— Derrubaram ela quando criança, e ela bateu a cabeça?

— Não que eu saiba.

— Ela descascou alguma pintura à base de chumbo da parede e engoliu quando bebê?

— Nã... — Paro de falar. Eu não minto para Romeo, e já que aquilo parecia com algo que a Frankie bebê teria feito... — Como é que eu vou saber? Eu era criança na época.

— Ela não vai vir morar com a gente, Biscoitinho. Ela pode ficar com a cobertura em D.C., mas não vou tolerar aquele gremlin andando pelos corredores do lugar onde espero dormir em segurança à noite.

— Tudo bem, combinado.

Eu me reclino no assento do passageiro, satisfeita por ele ter oferecido a solução preferida de Franklin desde o começo. Romeo disse mesmo que queria destruir aquele lugar. E não consigo pensar em um arauto da destruição melhor do que Franklin Townsend.

— É só por alguns meses. — Tiro um lanche do porta-luvas. — Até papai se acalmar e a faculdade retirar a suspensão.

Shep voltou a ser papai. Por enquanto.

— Como é que ela conseguiu alagar um dormitório inteiro? — Romeo vira à direita, saindo na estrada a partir do aeroporto particular. — Como isso é possível?

Por ter derramado clorofila no nosso teto, não estou em posição de julgar. Na verdade, as manchas verdes ainda estão lá. Espalhadas como relâmpagos em uma pintura de Rorschach. E quanto a papai, ele perdeu as estribeiras quando a faculdade mandou uma conta de vinte e três milhões de dólares por causa dos danos. Tirou tudo da herança de Frankie para ensinar a ela uma lição, que com certeza vai continuar sem ser aprendida.

— E isso importa? — Ergo as pernas e as apoio no painel, mastigando palitinhos Pocky. — Tenho um pouco de culpa nisso.

— Não foi você que alagou um prédio de dormitório inteiro no meio da semana das provas finais.

— É claro que não, mas *eu* sou o motivo pelo qual papai dá tanta liberdade para Frankie.

Essa era a versão de um pedido de desculpas por parte do meu pai para mim. Em algum momento neste ano, ele deu a Frankie toda a liberdade que nunca tinha me concedido para provar que ele havia mudado.

Por mais que eu esteja feliz por ela, também temo as consequências. A essa altura, já tivemos o Debate da Loja de Construções, o Fiasco da Viagem de Esqui na Suíça, e, por muito pouco, não tivemos um acidente internacional em Dubai.

Romeo para no semáforo, virando-se para me encarar.

— Ou seu pai pode criar coragem e pedir desculpas para você usando palavras. Assim, poderemos começar um novo capítulo da nossa vida. Um capítulo em que Frankie não é expulsa de casa para aprender a ser responsável da maneira mais difícil possível.

Gesticulo, ignorando o que ele disse.

— Por falar em novo capítulo, quando você vai contratar um motorista?

Seis meses desde a prisão de Jared, e Romeo *ainda* não tinha feito a verificação de antecedentes dos novos candidatos. Para ser justa, o motorista antigo tentou *matá-lo*, então não dá para culpá-lo por querer ser minucioso depois de ter sido envenenado.

— Cara me encaminhou por e-mail o que faltava hoje cedo.

Ah. Cara. O único resquício da Costa Industries na vida de Romeo. Quando ele foi embora (tudo bem, foi demitido), ela também pediu as contas. Ele recompensou a lealdade dela com um aumento enorme de salário. Acontece que meu marido é melhor vendendo ações do que, bem, lidando com ações.

Romeo atravessa nossos portões de ferro, então seguimos pela estradinha de meio quilômetro que leva até a entrada, passando por uma empilhadeira.

— Por que tem uma empilhadeira na nossa propriedade? — Eu viro a cabeça para encarar aquela coisa desagradável. — Tem alguma obra sendo feita na casa? Eu não quebrei nada antes de a gente ir embora. Não dessa vez.

Ele franze o cenho.

— Eles deveriam ter ido embora ontem à noite. Paguei um milhão a mais para terminarem antes de voltarmos.

— De que reforma estamos falando? Só faz três meses desde que saímos para o *tour* gastronômico.

Três meses de pura paz. Seguindo de país a país, comendo em todos os lugares que podíamos, desde comidas de barraquinhas até restaurantes sofisticados com estrelas Michelin. Romeo não só se lembrou de todos os lugares na minha lista de países em que eu queria comer, na época do nosso encontro em Chapel Falls, como também organizou um itinerário para cada parada. Ajudou muito ele estar desempregado. Certo, tudo bem. Negociando ações. (Ele jura que isso é um emprego de verdade. Eu só aceitei.)

— Contratei um time para reformar a casa.

Meu maxilar praticamente se solta em surpresa.

— A casa toda?

*Sem me consultar?*

Romeo desliga o motor na frente de casa, entregando as chaves para Vernon, que nos esperava.

Hettie abre minha porta, rindo quando me jogo nos braços dela.

— Mal posso esperar para que você veja. Ficou incrível.

Lanço um olhar de acusação para Romeo.

— Todo mundo sabia da reforma menos eu?

Hettie passa um braço pelo meu, levando-me até a entrada.

— Você não vai acreditar. É tudo que você sempre quis...

Ao ver a expressão de Romeo, ela para de falar.

— Fora. — Ele tira o braço dela do meu, e indica os aposentos dos funcionários atrás da casa principal. — Antes que você estrague a surpresa.

— Tudo bem, tudo bem.

Tarde demais. Já estou correndo na direção das portas duplas, empurrando--as com força para abrirem. Sei o que me espera lá dentro, porque conheço meu marido.

O homem está determinado a me fazer feliz.

Assim como eu esperava, ele transformou nossa casa em uma biblioteca. Cada centímetro das paredes, coberto de estantes do chão ao teto. A sala. Os corredores. O cinema. Até mesmo o escritório dele. Minhas pernas me levam de um quarto a outro na velocidade da luz. Apesar de me apressar para ver tudo, meus olhos não deixam de notar nenhum detalhe. Como ele catalogou tudo por gênero, por lombadas, do jeito que imaginei. Terror e mistério no escritório. Viagens e culinária na cozinha. Romances e eróticos no quarto.

Eu me viro para Romeo, que finalmente me alcançou, e me atiro nos braços dele, enchendo seu rosto de beijos.

— Obrigada, obrigada, obrigada.

— Já estou arrependido — diz ele, enquanto me leva pelas escadas até nosso quarto. — Os livros no banheiro vão mofar.

— Vou fazer com que fiquem à prova d'água.

— Os da cozinha podem pegar fogo.

— Vou fazer com que fiquem à prova de fogo.

Ele dá um beijo na ponta do meu nariz.

— É exatamente como você queria?

— Até melhor.

### *Romeo*

*Um ano depois*

**Romeo Costa**: Vamos precisar adiar hoje. Por algum motivo, minha esposa se trancafiou na sala de leitura com três quilos de sorvete de pudim.

**Zach Sun**: Talvez ela esteja com saudades de casa?

**Romeo Costa**: Talvez seu cérebro esteja com saudades de casa. ELA ESTÁ EM CASA.

**Ollie vB**: Leva a Daytona para comer no KFC. Ela vai se animar na hora.

**Romeo Costa**: Ela é da Geórgia, não do Kentucky, seu babuíno sem cultura.

**Zach Sun**: Tem diferença?

**Ollie vB**: KFC = KOREAN Fried Chicken. Coreano.

**Ollie vB**: Você que é um babuíno sem cultura.

Guardo o celular no bolso, andando a passos largos até o antigo quarto de Dallas. Um choro alto ecoa pelo corredor vindo do espaço embaixo das portas. Minha esposa, que só chorou quando *eu quase morri*, está se debulhando em lágrimas.

— Dallas? — A palma da minha mão encontra a madeira da porta. — Abra.

Sem resposta.

— Dallas.

Ainda nada.

Bato na porta com mais força, mas o som é abafado pelo choro.

— Dallas Maryanne Costa.

O pânico toma minha garganta, afundando até o estômago como uma âncora gigantesca.

— Você está bem? O que aconteceu?

E, *ainda assim*, sem resposta.

— Droga, Dallas. Vou derrubar a porta se você não a abrir nesse instante.

Ela não abre.

Mantendo minha palavra, ergo a perna e chuto o ponto em que as portas se encontram, lascando a madeira em pedaços.

Esparramada no chão, rodeada por um verdadeiro círculo de *séance* feito de potes de sorvete, Dallas segura uma caixa transparente de vidro. A que contém o décimo quarto livro de Henry Plotkin. Normalmente, ela a deixa do outro lado do cômodo, pendurada ao lado da pintura de pétalas secas que Vernon tinha feito para ela com os restos da rosa branca.

Cachoeiras de lágrimas escorrem pelas bochechas e ricocheteiam no mármore perolado, onde mergulham em um oceano de suas semelhantes. Tudo bem, a descrição não é bem essa. No entanto, minhas pernas não recebem o aviso quando avançam ao ver três lágrimas pequenas escorrendo, uma no encalço da outra, pela bochecha.

Tiro a caixa dela, deixando-a de lado, e coloco Dallas no meu colo, suas pernas, uma de cada lado das minhas coxas.

— O que aconteceu, amor?

— Sim.

*Hum?*

Prendo uma mecha de cabelo dela atrás da orelha.

— Sim, o quê?

— Exatamente.

— Dallas, você não está falando nada com nada.

Como se acabando de perceber que estou aqui, ela solta um grito, jogando os braços ao redor do meu pescoço, quase me estrangulando até a morte.

— Um *bebê*. Vamos ter um bebê.

— Um o quê?

— Eu estou grávida, Romeo. *Grávida*.

— Mas começamos a tentar faz só três semanas.

*Re*começamos, na verdade. Depois que fui envenenado, Biscoitinho e eu decidimos que ainda não estávamos prontos para aumentar nossa família e queríamos aproveitar um pouco mais a companhia um do outro antes de nos dedicarmos a outra pessoa.

— Eu sei. Não é incrível? — Ela se curva e faz carinho no meu pau, falando diretamente com ele: — Obrigada por sua excelente contribuição para essa família. — Ela inclina a cabeça para trás, dessa vez falando com o teto: — Não dá para acreditar que eles funcionaram.

O temor faz meu estômago revirar.

— Eles *quem*?

Porém, é tarde demais. Minha agente pessoal do caos já está correndo pelo corredor em direção ao nosso quarto. Passo a mão pelo rosto, um pouco preocupado com a zona que a casa/biblioteca/lugar ficará daqui a nove meses, se meu filho herdar a personalidade da mãe.

Ainda estou pasmo demais. Deve ter acontecido durante nossa sexta lua de mel — a repetição da lua de mel parisiense. O choque logo se transforma em empolgação. *Biscoitinho vai ser mãe. Eu vou ser pai.*

Em poucos minutos entro em uma chamada de vídeo com Oliver e Zach, que foi quem começou a ligação. Franzo o cenho para Zach.

— Como é que você já sabia?

— Decatur ligou para agradecer a minha mãe. — Zach está na Coreia a negócios, escovando os dentes no quarto de hotel luxuoso.

— Pelo quê?

— Ela levou Davenport a um templo para pegar talismãs Guan Yin. — Diante da minha falta de expressão, ele explica: — Talismãs de fertilidade.

*É claro que ela fez isso.*

Muito prestativo, como sempre, Oliver sugere:

— Se for menino, você deveria chamá-lo de Romeo Costa Terceiro.

— Por favor, vá se foder.

— Boa ideia. Não amacio a calabresa faz dezesseis horas.

Ele está falando a nossa língua?

Zach se afunda em um sofá, a câmera sacudindo com o movimento.

— Ao menos essa notícia descobrimos em um tempo razoável.

— Três segundos não é nada razoável — respondo. Eles me ignoram, ainda ressentidos a respeito do que aconteceu meses antes.

Então, Zach vai direto ao assunto:

— Existe algum motivo para termos descoberto que seu pai morreu pelo noticiário das seis?

— Não era uma notícia boa o bastante para o jornal das nove?

Oliver coça a testa.

— Zach, você já chegou a se preocupar que talvez Romeo seja um sociopata?

— Eu não sou sociopata.

Por que estou falando com esses dois em vez de estar com minha esposa grávida? Ah. Certo. Porque consigo ouvi-la aos gritos com Hettie no andar de baixo, e sei que vai levar pelo menos mais dez minutos até eu poder me aproximar dela em segurança.

— Questionável. — Zach deixa o celular de lado, jogando a escova de dente elétrica, como se fosse uma bola de basquete, em um copo de vidro. — Lembra o que você disse quando fomos oferecer nossas condolências?

— Eu mal me lembro da cor do seu cabelo.

— "Bom, algumas vezes se perde, outras se ganha." — Ele imita até o timbre da minha voz. — "E acabei de ganhar. Cadê meus parabéns?"

— Ora, um "estou feliz por você" teria sido bom.

Na verdade, peguei leve com Romeo Sênior no restinho do seu tempo de vida, por causa de Dallas. Abandonei meus planos de vingança. Isso foi generoso. Até mesmo Morgan recebeu um passe-livre para voltar aos Estados Unidos. Da última vez que tive notícias, ela estava vivendo em uma comunidade hippie nos Apalaches.

Oliver inclina a cabeça.

— Quando eu bater as botas, você pode fazer o discurso? Preciso de alguém que não tenha emoção para formular palavras depois que eu morrer. Todas as outras pessoas vão estar ocupadas demais chorando até não poder mais.

— Você quis dizer comemorando. — Zach desliga as luzes do quarto de hotel. Atrás dele, uma visão rápida e reluzente da Torre Namsan. — Com certeza, vai haver uma festa.

É minha deixa para desligar. Pressiono o botão vermelho, imaginando que Dallas já teve tempo de fazer e falar o que queria com Hettie. Quando entro no nosso quarto, ela está sentada em um mar de papel amarelo, os braços embaixo do nosso colchão, arrancando mais e mais. Não param de sair dali, como o lenço sem fim de um palhaço.

Ela ergue um contra a luz, como se fosse dinheiro e ela precisasse verificar a autenticidade da cédula.

— Essas belezinhas devem ter funcionado assim que as peguei. Talvez tenham funcionado bem até demais. E se a gente tiver gêmeos? Trigêmeos?

Eu me recosto na porta, observando minha esposa existir.

De forma ruidosa. Bagunçada. E autêntica.

Assim como uma mulher amada deve florescer.

Como uma rosa na primavera.